ARRIGO

ARRIGO

Marcelo Ridenti

© Boitempo, 2023
© Marcelo Ridenti, 2023

Direção-geral Ivana Jinkings
Edição Thais Rimkus
Coordenação de produção Livia Campos
Assistência editorial João Cândido Maia
Revisão Natália Klussman
Diagramação e capa Antonio Kehl
Imagem da capa Rodrigo Branco (sem título)
Foto do autor Arthur Marossi Ridenti

Equipe de apoio Elaine Ramos, Erica Imolene, Frank de Oliveira, Frederico Indiani, Higor Alves, Isabella Meucci, Ivam Oliveira, Kim Doria, Luciana Capelli, Marcos Duarte, Marina Valeriano, Marissol Robles, Maurício Barbosa, Pedro Davoglio, Pedro Ravasio, Raí Alves, Tulio Candiotto, Uva Costriuba

---

CIP-BRASIL. CATALOGAÇÃO NA PUBLICAÇÃO
SINDICATO NACIONAL DOS EDITORES DE LIVROS, RJ

R412a

Ridenti, Marcelo Siqueira, 1959-
  Arrigo / Marcelo Siqueira Ridenti. - 1. ed. - São Paulo : Boitempo, 2023.

  ISBN 978-65-5717-205-6

  1. Ficção brasileira. I. Título.

22-80605   CDD: 869.3
                                                    CDU: 82-3(81)

Gabriela Faray Ferreira Lopes - Bibliotecária - CRB-7/6643

É vedada a reprodução de qualquer
parte deste livro sem a expressa autorização da editora.

1ª edição: fevereiro de 2023

BOITEMPO
Jinkings Editores Associados Ltda.
Rua Pereira Leite, 373
05442-000 São Paulo SP
Tel.: (11) 3875-7250 | 3875-7285
editor@boitempoeditorial.com.br
boitempoeditorial.com.br | blogdaboitempo.com.br
facebook.com/boitempo | twitter.com/editoraboitempo
youtube.com/tvboitempo | instagram.com/boitempo

"O retrato descoloria-se,
era superfície neutra.

As dívidas amontoavam-se.
A chuva caiu vinte anos.

Surgiram costumes loucos
e mesmo outros sentimentos.

– Que século, meu Deus! diziam os ratos.
E começavam a roer o edifício."

"Edifício Esplendor", Carlos Drummond de Andrade

O camarada do edifício Esplendor

Bato na janela, na porta. Ninguém repara. Continuo trancado. Lembro-me da canção: "Desesperar, jamais". Volto ao sofá da sala de Arrigo. Tantas vezes estive aqui no edifício Esplendor para conversar com o revolucionário que viveu mais de um século. Ainda vale escrever com a pena da galhofa e a tinta da melancolia? Qual é a graça, neste tempo de canetas esferográficas à venda em cada esquina, mas só para fazer anotações, pois os textos são escritos e editados por computador, com os livros guardados na poeira das nuvens de empresas de informática?

Talvez por isso Arrigo tenha desistido de escrever suas memórias. Um dia deve ter acalentado o plano, pois guarda anotações, documentos, fotos e quinquilharias na casa de campo de Aurora, tudo a salvo das incursões da polícia. Parte estava conservada em uma cesta de vime que as empresas costumavam dar aos funcionários no fim do ano, com artigos de Natal. Arrigo deve ter recebido o presente num dos jornais em que trabalhou em meados do século passado. A cesta somou-se ao baú herdado de dona Imma, trazido da Itália. Coisa de imigrante, das poucas recordações restantes da mãe. Veio em boa hora, pois o baú já não comportava o volume de material, que ele parou de colecionar após o fim da ditadura. Não se sabe se por falta de espaço, por se considerar velho demais ou por ter outro esconderijo. Ele sempre evita o assunto, prefere conversar sobre os tempos de outrora, quando havia maior proximidade imaginativa com a revolução.

Nunca aceitou gravar as conversas. Mas, se dá corda para elas e ainda permitiu o acesso aos documentos no sítio de Aurora, é porque deseja contar sua vida, dizer como o índio do romantismo: "Meninos, eu vi". Viu e viveu. Não tinha escapatória: depois de conhecer o velho, seria minha sina escrever sobre ele e seus companheiros, trabalho realizado ao longo dos anos.

A conclusão do projeto foi muitas vezes adiada. O plano a princípio era aproveitar a efeméride da virada do milênio para publicar a história desse homem que encarnou todas as lutas revolucionárias do século que findava. A data ajudaria a encontrar editora disposta a ganhar prestígio, algum lucro e ainda ceder uns cobres. O constrangimento valeria a pena para divulgar uma vida como aquela, suas batalhas e seus ideais. Com outros compromissos, alguma preguiça, um tanto de acanhamento e falta de coragem de mostrar o texto a Arrigo, o arremate da obra foi sendo postergado, embora faltasse pouco. Não imaginava realizá-lo aqui, na sala do apartamento dele, enquanto mato o tempo na espera de abrirem a porta para eu partir.

A demora em colocar um ponto-final na redação talvez se deva à insegurança diante das condições exigidas por Arrigo. Primeiro, a de contar também a história de tio Mário e demais companheiros, sem os quais sua vida não teria sentido. E não desejar ver aumentado o que chama de seu próprio tamanho ordinário. Nada de lhe atribuir importância indevida. Mais de uma vez – essa mania dos idosos de repetir o relato de certo episódio – ele me contou da conversa com o velho Graça quando preparava suas *Memórias do cárcere*. O escritor ensinava que era preciso evitar os defeitos da autobiografia de Trótski, que lhe causou impressão lastimosa, pois estaria cheia de pimponice e egocentrismo. A conversa com Graciliano transcorrera no auge do stalinismo, o que talvez explique a opinião polêmica sobre a obra do comandante do Exército Vermelho, mas o recado de Arrigo estava dado: não deveria fazer o mundo girar em torno dele.

Escrevo com base em conversas e nas consultas ao baú e à cesta guardados com Aurora. Várias vezes sugeri a Arrigo doar os documentos ao Arquivo Mário Liberati da Universidade de São Paulo. Ele desconversava – talvez não quisesse assumir a rivalidade com o tio anarquista que deu nome ao arquivo, quiçá desconfiasse do esquerdismo acadêmico. Quem sabe gostaria de alguma exclusividade ou estivesse necessitado de dinheiro, então vieram a calhar as ofertas de compra do material, disputado pelo Instituto Moreira Salles e pelo Itaú Cultural. Eles poderiam pagar um bom preço ao veterano, e eu seria o curador. Não deu para ouvir a palavra dele, antes adveio o incidente em Vinhedo, como será contado a seu tempo.

Arrigo pediu para que eu não fotografasse nem fizesse qualquer reprodução do material de seu arquivo. Obedeci, em termos, na dúvida se era conselho ou imposição. Sem pleno acesso às fontes, não há meio de garantir a veracidade destas linhas. Traduzir já é trair, não só idiomas. Como traduzir a experiência do outro se é difícil dar conta até mesmo da própria? Tenho anotações feitas a partir dos documentos e das memórias dele, das recordações de seus conhecidos, seus amigos e suas namoradas com quem dialoguei. Fragmentos no computador, construção em palavras do que descobri. A fim de colar os cacos, cabe pedir licença para usar a argamassa da imaginação, cara leitora pintada de verde, disposta a embarcar nesta viagem.

O apartamento

A primeira visita ao apartamento teve o propósito de entrevistar Arrigo enquanto eu preparava minha tese de doutorado sobre os comunistas. Ele é um mito para diversas gerações, até para quem não é de esquerda. Participante da greve de 1917 ainda menino, das revoltas tenentistas, exilado para fugir de Vargas, combatente na guerra civil espanhola, depois na França contra o nazismo, resistente armado à ditadura militar, preso e exilado de novo.

Eu não imaginava voltar ao local tantas vezes nem cogitava que o destino me deixaria fechado aqui numa sexta-feira, olhando as rugas do homem sentado na cadeira de balanço, descansando em silêncio. Justo no dia em que era portador de má notícia, o que me deixava ainda mais angustiado.

Quando bati, ninguém atendeu, mas a porta estava entreaberta, como de costume, pois é dada a emperrar e só o dono tem a manha de abri-la, embora também com esforço. Arrigo gosta de esperar em sua cadeira, às vezes fumando um charuto trazido de Cuba por algum amigo. Logo puxa prosa e iniciamos a conversa, que segue pela tarde. Desta vez, ele não se movimentava. Só se ouvia o ruído abafado dos carros lá fora, sem incomodar, devido à barreira da janela, travada faz tempo, de onde se avistam a rua e os edifícios ao redor, que não canso de mirar desde que cheguei. Na parede do prédio em frente, um grafite diz: "A cidade está presa no arame de seus dedos".

Estaria ele dormindo? Pensei em ir embora, deixá-lo descansar. Logo me ocorreu que poderia estar desmaiado, precisando de ajuda. Então o chamei, sem resposta. Chacoalhei de leve seu ombro, depois mais forte. Nada. Estaria morto? A técnica dos velhos filmes de terror me veio à mente: procurar um espelho e colocar junto a seu nariz para ver se saía algum bafo. Ri da lembrança, mas fui atrás do espelho. Pela primeira vez entrava na cozinha, no banheiro, mexia em gavetas, nenhum espelho. No quarto, recordei algumas histórias que se contavam, sobre seu fascínio pelas mulheres, o encanto que exercia sobre elas – para tristeza de Aurora, único caso de amor que durou toda a sua vida, a fidelidade em pessoa, apesar de tudo. Nada de espelho, exceto o do armário do banheiro de mil cores árabes. Não tinha cabimento quebrá-lo para fazer o teste dos filmes, ainda mais que poderia dar azar. Senti-me ridículo, pela superstição e pela ideia do teste do espelho. Logo me lembrei do *laptop* com tela espelhada. Sim, poderia servir.

O aparelho foi levado perto da boca, do nariz de Arrigo. Nem sinal de respiro. Não conseguia tomar seu pulso nem ouvir seu coração. Mas o corpo não estava frio, tampouco exalava cheiro. Talvez minhas mãos estivessem desaquecidas, não deu para notar a diferença de temperatura. Os corpos que não se decompõem seriam por santidade, como o amigo Irineu ensinara a ele. Onde já se viu santo ateu, estaria mesmo morto?

Tentação de sair de fininho e ceder a outro a honra de encontrar o cadáver. A fuga não estaria à altura do personagem, prevaleceu o sentimento de vergonha pelo pensamento egoísta. E se ainda estivesse vivo? Era preciso chamar um médico. O telefone fora cortado por atraso no pagamento, Arrigo não tinha computador, celular, internet, interfone ou qualquer meio de comunicação. Eu esquecera o celular em casa, o computador era inútil sem *wi-fi*, exceto para servir de espelho e escrever estas linhas. Que fazer?

Teria de sair, procurar ajuda. A porta, que se fechara às minhas costas assim que entrei no apartamento, bateu de tal modo que não consegui destrancá-la. Como as janelas, teimava em não abrir. Esmurrei a porta, chacoalhei as janelas. Ninguém reparava. Depois de fazer barulho até cansar, sem resposta, voltei a me acomodar na sala. Logo apareceria alguém, questão de tempo. À espera de ajuda, era o caso de trabalhar na já avançada escrita da história de Arrigo e seus companheiros. Oportunidade para os retoques finais.

Na sala do apartamento fica a mesa em que Arrigo faz anotações e recebe amigos para jantar, além do sofá e da cadeira de balanço. Nada de televisão, apenas uma rádio-vitrola dos anos dourados, ainda em funcionamento, embora às vezes precise de um tapa ou dois para funcionar. Também toca os discos guardados ao lado. Os programas em ondas curtas ajudam a matar a saudade dos tempos passados fora do país. Alguns livros seguem na estante, colecionados nos últimos anos, quando a polícia deu trégua, mas, após perder tantas bibliotecas, ele desanimara de acumular obras. Mário e Imma aparecem em branco e preto, abraçados, num porta-retratos sobre o pequeno bufê perto da mesa.

Nas paredes, reproduções de pinturas, o quadro do pai em tamanho natural e a coleção de relógios. Todos parados. Cada um marcando uma hora. Perderia tempo para acertar o conjunto e ainda enlouqueceria com os tique-taques, sem contar os irremediavelmente quebrados. Ao ouvir a sugestão de acertar ao menos um deles, Arrigo discordou, disse que não precisava. Afinal, todos os relógios estavam certos em algum momento do dia e da noite, a graça era descobrir qual.

Os quadros também ficam meio tortos. Certa vez tomei a iniciativa de alinhar; o dono da casa não permitiu. Segundo ele, teriam se deslocado por obra dos ventos, era inútil intervir. Não seria agora, com aquele corpo inerte ao lado, que tomaria a liberdade de acertar os quadros, apesar da aflição causada pelo desalinho.

Sobre o bufê está também o caleidoscópio. Metal resistente, vidro de primeira, cores mantidas, coisa de época distinta. Nas visitas ao apartamento, quando sobra um tempo, vale a pena olhar a magia da imagem, mil ângulos no giro. O difícil é manter uma vista fechada enquanto a outra contempla o universo de cores em espaço tão restrito. Agora, em espera forçada, resta mirar o caleidoscópio com um dos olhos e ver os detalhes da casa de Arrigo com o outro.

Pelo tamanho e pela singularidade, o quadro mais chamativo é o do velho jurista em sua toga, posando de corpo inteiro para a posteridade, em pé. A ação do tempo tornou a tela ainda mais escura do que devia ser originalmente. O fundo misturou-se com a toga; só se veem com nitidez o rosto e as mãos do magistrado. Os detalhes das vestes ficaram esmaecidos, o rosto traz as rachaduras da pintura malconservada, também os óculos, as rugas e o olhar que lembram os de Arrigo. O incômodo está no pormenor: ao lado de um livro descorado e de uma pena suja sobre a escrivaninha, pousam as mãos do juiz, cheias de verrugas.

Que diabo de pintor foi contratado, naturalista a ponto de reproduzir até as verrugas? Por isso o velho detestou o quadro, exigiu retoques a fim de eliminar o detalhe. Fiel a sua obra, o artista recusou a mudança. O transtorno pode ter contribuído para a doença do magistrado, que se negou a fazer o pagamento.

Não deu tempo de resolver a pendenga na justiça e contratar outro artista para o retoque; o portador das verrugas faleceu antes. Seu único filho herdou a obra, agora exposta na sala. Por que a conservava, já que gerara tantos problemas para o retratado? Talvez por respeito – afinal, era seu pai, a quem prometeu preservar o quadro. Ou por gratidão, pois a herança pagou o apartamento e ajuda com o pouco de que precisa para se manter. Arrigo abrira mão de parte do legado numa das brigas com seu velho, mas não de tudo. Renúncia inútil, saldo quase zerado com a burrada do pai, a qual o levou a perder a fazenda.

A hipótese de ter conservado o quadro pelo prazer de mirar as verrugas deve ser considerada. As más línguas dizem que o juiz pediu ao filho, antes de morrer, que providenciasse o retoque nas mãos, tarefa sempre adiada. Mas o destino daria um jeito nisso.

Páter-famílias

Pode causar espanto que Arrigo tenha tido um pai daqueles, ainda mais sabendo que sua mãe era imigrante e anarquista. A mirada no caleidoscópio é outra ao movermos um pouco o cilindro. Difícil adivinhar o homem por trás da neblina das vestes. Alucinação, sonho ou realidade? Pois sucedeu. Para espanto, temor ou deslumbramento de padres e fiéis, tantas crianças veem lágrimas no rosto de santos na igreja e até falam com eles… Milagre? O olhar fixo na direção de uma imagem pode fazer a mente voar, ver coisas. E ouvir. Mas isso são os outros, inocentes ou enganadores, conosco não se passa assim. Pois aconteceu. Talvez com pena de minha solidão no apartamento ou cansado do próprio isolamento, o magistrado sentiu-se no direito de sair do quadro e dar sua versão da história.

Doutor Ludovico contou que era filho do proprietário de uma fazenda na região de Campinas, em que foi trabalhar a família de Maria Immacolata, ou Imma, vinda do Vêneto no fim do século XIX. Depois de pôr os olhos na figura alva e altiva, pouco além de uma menina, o futuro magistrado nunca mais esqueceu seus encantos. A própria imagem espelhada em mergulho naqueles olhos. O mundo espremido em espaço tão pequenino, com a vantagem de serem dois globos em vez de um só. E azuis.

A moça não parecia ser uma qualquer, ele dizia, como as que trabalhavam antes na fazenda e enfeitiçavam senhores com suas poções africanas, as quais pelo menos não eram duradouras. Elas podiam servir para a diversão e tantas coisas, como de resto a gente de baixo. Mas aquele olhar celeste, aquela beleza, parecia alguém de alta estirpe. Encanto de outra natureza. Fascínio que só alguns jovens podem sentir e carregar para o resto da vida.

Os pais do futuro juiz não gostaram de sua paixão de segunda classe. Opuseram-se ao casamento, realizado às escondidas tempos depois, em São Paulo, onde ele foi estudar direito. Temiam tanto o enlace que orientaram os capatazes a fazer vista grossa quando a família de Imma fugiu, certa noite sem luar, deixando de pagar o devido ao armazém da fazenda. Gente de outra categoria. "Pelo menos mais branca que nós", pensavam. Ela haveria de se educar com os anos.

Era para funcionar, não fosse a chegada de Mário, anarquista que abalou a vida da prima e seu romance. Por certo a moça já dava sinais de *fastídio*, como dizia em portuliano, mas a gravidez colocara as coisas nos eixos. A vida ia bem: ela cuidava da casinha alugada na Barra Funda, enquanto o marido se iniciava no ofício de advogado. Seus pais haveriam de aceitá-la, tão bela e branca e com um herdeiro no ventre; enganaram-se ao imaginar o interesse no dinheiro e na posição do marido.

Mário tinha de aparecer e estragar tudo. Pôs caraminholas na cabeça da mulher, que nunca mais foi a mesma. Deixou Ludovico e levou o filho pequeno. Tanta renúncia e sacrifício para isso. Foi o que disse o homem antes de voltar ao silêncio. Beleza, seu nome é ingratidão. Isso não ficaria assim.

Imigrantes

Olhei o porta-retratos com as imagens de Mário e Imma. Estavam em preto e branco, mas qualquer um perceberia os olhos claros de ambos. Talvez ela tivesse visto no olhar dele o mesmo infinito que o pai de Arrigo percebera antes nos dela. A dama está um pouco mais velha, nem tão bela como o ex-marido a descreveu. Já merecia o título "dona Imma", pelo qual era conhecida na vizinhança. Parecida com o primo; quem só visse a foto diria que eram irmãos. Olhares idênticos, o mesmo sangue, origem estrangeira e sobrenome: Liberati. Utopias compartilhadas.

Apertei a vista para ver se tomavam o exemplo do juiz e vinham falar comigo. Sem chance. Arrigo diz que dona Imma também teve problemas com os seus, bem antes da chegada de Mário. Aqueles italianos recusavam o romance com o filho do patrão. Também pelo fato de os jovens terem feito certas coisas fora de hora e lugar, práticas de fazendeiros e futuros juízes com mulheres à toa, não de pessoas honestas do povo. Quando Arrigo nasceu, os pais dela já haviam se mudado para o Rio Grande do Sul. Ele jamais conheceu os avós maternos, tementes a Deus, como não o eram o tio Mário e, por influência dele, a mãe. Mas o crédito talvez possa ser dado a vizinhas, más companhias no bairro do Brás. Gente sem pátria e contra o patrão, libertários. Não podia acabar bem.

O pai de Arrigo tampouco se dispunha a desistir da mulher. Moveu mundos e fundos para Imma voltar. Inutilmente. Ela poderia privá-lo de seu amor, mas não do herdeiro. Ainda que nem ele mesmo soubesse ao certo se queria cuidar do filho ou vingar-se. Importante era que as leis estavam a seu lado. Ganhou na justiça o direito de reaver o pequeno, mas levou tempo. O que era feito dos transgressores? Imma, Mário e Arrigo sumiram na poeira da vida operária de São Paulo. Só seriam localizados após a famosa greve.

Gavroche

Aquela mulher com peitos de fora, carregando a bandeira da França, não passa despercebida na sala de Arrigo. Ele mantém há anos uma reprodução do quadro *A Liberdade guiando o povo*. Torta, como tudo ao redor. Agora há tempo para ver os detalhes em que nunca reparara durante visitas anteriores, ofuscados pela conversa com o anfitrião, pelas tetas divinas e pela banalidade da cópia na parede, parecida com as que enfeitam tantas casas de nosso círculo.

Um pôster, daqueles à venda no Louvre, trazido por Arrigo de estada em Paris? A ausência da marca do museu, as cores esmaecidas e o sombreado irregular alentam a hipótese de ser uma duplicata bem mais fajuta, comprada aqui mesmo, nessas bancas de trabalhadores precários elegantemente chamados de autônomos, a vender livros, pôsteres, filmes, discos e outros itens ditos alternativos nos eventos de esquerda e nos corredores das faculdades de letras, filosofia e ciências humanas, portadores do dom de dar alguma graça ao mundo desencantado.

Se tivessem perguntado a Arrigo, provavelmente ele diria que a força da imagem reproduzida é o que importa, não sua origem, sua originalidade ou seu desgaste natural pela exposição contínua às intempéries, em especial à fumaça dos bifes fritos na cozinha ao lado. Seja como for, o pôster da famosa tela está lá e pede atenção para desvendar o caráter de seu dono.

Claro, o gosto pelas mulheres deve ser considerado. Aqueles peitos são para os raros homens como ele, que não se apequenam diante da beleza e do poder femininos. Nem se escondem à sombra da nação representada na imagem de Marianne, pela qual Arrigo lutou na resistência aos nazistas. Ali está mais que uma mulher, a única retratada entre a turba masculina. Mais que uma nação, o desejo sem limites. Liberdade, igualdade, fraternidade, promessas tornadas dívidas. Como não se emocionar diante da bandeira tricolor, ereta nas mãos da deusa seminua, dirigidas ao céu, a exemplo das armas de seus seguidores, a quem volta o olhar?

Arrigo exigiu o compromisso de nunca contar algumas minúcias de nossas conversas. Sua vontade foi respeitada, mas é difícil resistir à indiscrição em alguns casos; ele há de perdoar se por milagre ler estas linhas. Eis um caso que testemunhei:

mesmo torcendo para o selecionado brasileiro, pela televisão, o velho de guerra chorou ao ouvir a Marselhesa cantada em uníssono pelo público no Stade de France antes da final da Copa do Mundo de futebol no fim do século XX.

No pôster, os revolucionários de 1830 passam sobre os cadáveres derrotados das forças da ordem, um deles quase despojado do uniforme. Trata-se do outro personagem seminu da tela, caído ao chão, aos pés de Marianne, que se encontra em pé, triunfante, de peito aberto. Num piscar de olhos, a nudez troca a liberdade pela humilhação. Ele morto, despido e saqueado pela turba, a mesma que se lança ao futuro, encarando sem temor a destruição gerada. Por contraste, lembrei-me das paredes de minha própria casa, com duas reproduções de pinturas do anjo da história, forçado a olhar para trás, na direção das ruínas do passado, enquanto a tempestade do progresso lança irresistivelmente suas asas adiante, ao futuro incerto.

Como Arrigo mantinha tantos objetos antigos, pode-se perguntar se não estaria também condenado a mirar os escombros do que se foi, levado pela tormenta do futuro, cujos ventos não sopraram na direção esperada. Talvez estivesse agrilhoado às correntes do que passou, que prendem as asas e impedem de ir adiante, por mais forte que seja o vento, feito uma pipa à deriva com seu fio de náilon inquebrável enroscado numa rocha. Tensionada entre a tempestade e a linha presa, que pipa resiste sem se destroçar?

No pôster da sala está a deusa terrena, ladeada à direita por um combatente de chapéu, gravata e fuzil em punho, à esquerda pelo garoto com uma pistola em cada mão, uma para o alto e outra para baixo, como se estivesse dançando. Imagem de quadro em movimento. Vento a favor. Imma, acompanhada por Mário e o menino Arrigo em São Paulo, 1917. Profaníssima trindade.

Entre os poucos livros sobreviventes na estante da sala, está uma edição de *Os miseráveis* em francês. O exemplar tem anotações à margem, com a letra hieroglífica de Arrigo. As páginas referentes a Gavroche são as mais rabiscadas, traindo a predileção pelo personagem do menino morto numa batalha ao fim da obra, cantando entre as trincheiras. Demorou para decifrar o significado de "E. D." ao lado de um parágrafo sobre Gavroche. Pensei na hora em Everardo Dias, mas o tipógrafo maçom nascido na Galícia teria pouco a ver com a cena, a não ser pelo fato de ter sido professor e amigo de Arrigo, com quem esteve preso. Havia tempo de matutar resposta mais convincente para o enigma da sigla, à espera de ajuda para sair do apartamento.

Já tinha desviado o olhar do pôster e parado de pensar em dona Imma, tio Mário e o menino, quando veio a revelação. *Touché*: E. D. refere-se a Eugène Delacroix, pintor do famoso quadro. Consta que Victor Hugo se inspirou nele para criar o personagem favorito de Arrigo. Ironia e tragédia, não foi o garoto quem morreu no fim das jornadas da grande greve.

"A questão operária é uma questão de polícia"

Os céticos diriam que muita gente jamais deixou de sentir na pele, até hoje, apesar do avanço das leis, essa frase atribuída pela oposição ao presidente Washington Luís. Arrigo conheceu desde cedo seu significado. Era menino quando estourou a greve de 1917, mas já aprendera a ler e ajudava tio Mário com afazeres na tipografia de um livre pensador português, homens que lhe ensinaram a profissão. Tantos revolucionários tipógrafos, muitos ao mesmo tempo jornalistas, editores, pau para toda obra impressa. Trouxeram de Portugal, da Espanha, da Itália e de tantos lugares as sementes da discórdia para plantar numa nação pacífica. Pelo menos assim pensavam as gentes de bem que viriam a expulsar do país os mais perigosos. Tem nome que parece de personagem de ficção: Adolpho Gordo. Não é caricatura, foi ele quem emprestou a denominação à lei de sua autoria, dando base para expulsar legalmente os imigrantes indesejáveis. Tio Mário estava entre eles, mas devagar com o andor, para não atropelar a história.

Sob supervisão de Mário e Imma, Arrigo foi aprendendo à sua maneira a língua, as línguas. *A Plebe*, *O Combate*, *O livre pensador* – títulos misteriosos de jornal. Sem falar dos que vinham em italiano: *Fanfulla*, *Avanti!*, *Guerra Sociale*. Afinal, a maioria dos operários era estrangeira na São Paulo que chegava a meio milhão de habitantes, sem contar descendentes na labuta. Cada jornal com seu programa, seus ídolos e suas ideias, embaralhados aos olhos do garoto, não apenas dele. Anarquismo, sindicalismo revolucionário, livre pensamento, socialismo, maximalismo. Bastante disputa.

O importante, dizia tio Mário, era que todos estavam contra os patrões e pelos direitos dos trabalhadores. E muitos vinham imprimir panfletos e jornais na tipografia onde trabalhava. Circulavam informações e ideias como as relacionadas com as revoluções russas, levando esperanças e receios aos leitores; as notícias chegavam até aos tantíssimos analfabetos, submetidos às piores condições de trabalho. Dona Imma ficava revoltada com a situação e ensinava a Arrigo: não podia confiar nas oligarquias e nos patrões, que pretendiam continuar o escravismo por outros meios.

Dona Imma trabalhava na linha de produção do Cotonifício Crespi, na Mooca, a maior fábrica da cidade, com mais de dois mil trabalhadores, centenas de crianças. A gota d'água para ela foi o assédio à pequena Diana, depois da extensão da jornada até meia-noite. O contramestre dizia que era muito mandona, precisava aprender o lugar da mulher. Podia dar uma de menino, mas ele a ensinaria a ser menina.

Terminado o expediente, numa noite escura de sexta-feira, um gato preto cruzou o caminho na volta de Imma para casa. A seu lado, Diana ficou assustada. A menina não se convenceu com as palavras da companheira mais velha, que lhe disse para não ser supersticiosa. Imma contava da viagem de navio que a trouxera da Itália, buscando desviar o pensamento da garota, no momento em que passavam por uma baixada, diante de um terreno baldio. Sentiu um golpe na cabeça e caiu, desacordada. Só despertou depois, com sangue na cabeça e a roupa rasgada, ao ouvir a voz de Diana no mato crescido do terreno abandonado. Deu um abraço na companheirinha, que estava em estado de choque. Nunca se soube ao certo a que situação foram constrangidas nem quem foram os autores do atentado. Imma superou o episódio, mas não houve notícia de que Diana tenha se deixado tocar de novo por um homem.

A revolta explodiu de início na fábrica dos Crespi na Mooca. Imma e Diana estavam entre centenas de operários que cruzaram os braços em 8 de junho. Não era uma revolta apenas contra os desmandos, os abusos contra as jovens e os problemas trabalhistas, mas também contra a direção do Cotonifício, que criara fundos de ajuda para a Itália em guerra, contribuição supostamente voluntária, mas na prática tornada obrigatória para os funcionários nascidos naquele país, que formavam a maioria dos empregados. De início, o patriotismo caiu bem, mas logo os trabalhadores deram ouvidos ao que Imma sempre dissera, ao sentirem o peso nos bolsos quase vazios. A contribuição passou a ser odiada.

A onda paredista subiu, atingindo toda a fábrica nos dias seguintes de enfrentamentos com a polícia na porta do Cotonifício. Num deles, Imma e outras companheiras tomaram bordoadas e responderam arremessando pedras nos policiais. Diana montou um estilingue, e sua pontaria era cada vez mais certeira. Seriam tratadas como arruaceiras nas páginas dos grandes jornais. *Correio Paulistano* e *Jornal do Commercio* atribuíam a onda subversiva aos anarquistas e exigiam providências das autoridades.

Arrigo nunca se esquece da empolgação em sua casa; a greve logo ganhou a cidade, com incontáveis comícios, geralmente em três línguas: português, italiano e espanhol. Contagiavam-se os bairros fabris Brás, Belenzinho, Bom Retiro, Bela Vista, Cambuci, Barra Funda, Lapa. Os grevistas marcavam reuniões no centro da cidade para os operários conquistarem espaços nobres, segundo tio Mário.

Todas as praças deviam ser do povo. Circulavam informações de que o Rio de Janeiro também parava.

No segundo dia de greve, a vila no Brás onde Arrigo morava acordou bem cedo com mensageiros dos patrões, acompanhados de policiais que iam de casa em casa pressionar os grevistas a voltar ao trabalho. Poucos se intimidaram, pois a situação de arrocho salarial passara dos limites. As manifestações localizadas logo deram lugar a uma greve geral. Junto com as fábricas, pararam os bondes da Light, as ferrovias, o comércio, os bancos e tudo o mais.

Tio Mário era um dos líderes do Comitê de Defesa Operária a reivindicar aumento salarial, jornada de oito horas diárias em semana de cinco dias e meio, segurança laboral, fim do trabalho infantil, restrições à contratação de mulheres e adolescentes. E mais, tudo noticiado pelos jornais impressos na gráfica em que Arrigo trabalhava: direito de associação, redução dos aluguéis e do custo dos bens de consumo básicos, recontratação de grevistas demitidos e liberdade aos presos durante a greve. Por quase dois meses, a cidade ficou em polvorosa. Notícias empolgantes para os revoltosos vinham dos trabalhadores da capital federal e de outras cidades, como Santos, Sorocaba e Campinas.

O quarteto

Aquelas crianças nunca aprenderam a tocar um instrumento, mas se entendiam como se formassem um *quartetto d'archi*, segundo dona Imma, que atuava num teatro popular aos domingos, ela sim, cantando e tocando violino do jeito que podia. Nenhum dos moleques aprendeu isso com ela, que mesmo assim falava no quarteto dos pequenos, cordas afinadas a seu modo, sem instrumentos, nem tudo se herda.

Arrigo, Abel, Benedito e Diana. O filho de dona Imma era o caçulinha do inseparável quarteto, cujo membro mais velho ainda não completara dez anos. Benedito era mulato, como se permitia dizer na época, sem ofensa. Mais negro que branco. Sua mãe, viúva, catava papel. Brasileiro de algumas gerações, caso de poucos no bairro. O diretor da Escola Moderna certa vez dissera na frente de todos: "Olhem bem para este menino, será um grande homem, nunca esqueçam essas palavras". Ele era conhecido como Dito Cabeção, objeto da inclemência e do despeito infantil, a estigmatizar o melhor aluno da classe, crânio avantajado para a idade, em contraste com o corpo mirrado: "Dito, empresta o boné pra carregar melancia! Quaquaraquaquá".

Melhor amigo de Arrigo, Abel era filho de judeus da Bessarábia comerciantes de tecidos. Corria como poucos, era o que se dava melhor para falar as línguas da Babilônia da Pauliceia. Abel, Abele em italiano, diminutivo Abelino. Por achá-lo belo, quase tanto quanto seu rebento, dona Imma tirou uma letra e o chamava de Belino. Pela lei do menor esforço, virou Lino para os demais. O apelido pegou.

Lino era o mais empolgado com as leituras infantis: a mãe adquiria a revista *O Tico-Tico* para ele, que emprestava aos amigos, ávidos pelo almanaque com histórias e imagens. Ninguém gostava tanto de ler quanto ele, em português e alemão. Amava as aventuras fantásticas do barão de Münchhausen.

Diana completava o grupo. Seus pais, um galego e uma açoriana, tinham outras quatro meninas e viviam tão ocupados com o trabalho que sobrava atenção escassa para a temporã. Gostava de jogar bola na rua, companheira dos garotos, mais forte que qualquer um deles, ai de quem se metesse com ela. Talvez essa valentia toda tenha estimulado a agressão que revoltou dona Imma no Cotonifício Crespi, onde também Dito trabalhava. Tão pequenos e labutando nas engrenagens. Imma costumava levar os dois para fazer companhia a Arrigo e Lino, que já eram amigos e também precisavam ajudar no sustento da casa, mas com menos intensidade: Arrigo na tipografia ao lado do tio Mário e Lino no pequeno comércio de tecidos dos pais.

O trabalho deixava pouco tempo livre, mas em compensação as crianças podiam estudar na Escola Moderna da avenida Celso Garcia, implantada por alguns anarquistas para educar a molecada, inspirados nas propostas do professor Francisco Ferrer, executado na cadeia em Barcelona após a semana trágica de 1909. Classes mistas, ensino laico, cooperação e respeito mútuo, sem castigos – era demais para o governo espanhol e a Igreja católica que o apoiava. O crime contra o mestre e outros desmandos não ficariam sem resposta, como Arrigo viria a testemunhar na terra de dom Quixote.

Dona Imma e tio Mário tinham abandonado o catolicismo fazia tempo; no entanto, conviviam bem com outros anarquistas, graças a Deus, pois a maioria do povo era religiosa e não militante – caso da família de Dito. Havia a turma mais politizada, como os pais de Lino, socialistas, e os de Diana, sindicalistas revolucionários a exemplo da maioria dos que participaram ativamente da histórica greve.

Um rato

Quem já matou um rato? Pode-se prendê-lo numa ratoeira e jogar no tanque para se afogar. Também molhar com combustível e pôr fogo em seu rabo, depois soltá-lo para correr como nunca rumo à morte. Algumas crianças se divertiam assim, descontando no rato as humilhações e os sofrimentos pelos quais passavam na fábrica e em casa; ou quem sabe fosse pura maldade injustificada. Melhor um gato, animal menos nojento.

Mais gostoso: esmagar o rato com o pé, encurralando-o junto à parede. Apertar com força suficiente para ele não fugir, sem o trucidar de imediato. Depois ir apertando devagar, sentir seus ossos se quebrarem lentamente sob o calçado, um estalo por vez, em meio aos grunhidos de desespero, até o sangue escorrer de cada orifício, carne mole sob o sapato, com técnica, para evitar a sujeira das tripas na sola.

Soldados já foram crianças, seguem humilhados, agora sob a farda e com as armas que os distinguem das gentes de baixo de suas origens, liberados para nelas sentar o pau. O deleite era evidente no rosto do policial, cuja bota apertava devagar o peito de Arrigo contra o chão naquela noite fria de julho.

Almas penadas

Tudo parou durante a greve, então havia tempo para ficar em casa; foi lá que Dito Cabeção ouviu sem querer a conversa de adultos preocupados, dando conta de que o primo que trabalhava na polícia realizaria missão misteriosa num cemitério. Dito contou ao quarteto. Logo pensaram em histórias macabras.

Lino sugeriu que fossem atrás do homem ver do que se tratava. Unidos, nada se passaria com eles. Dito argumentou que seria insensato, poderiam encontrar espíritos a vagar à noite pelos cemitérios, assombrando as pessoas. Arrigo concordou, nesse caso era melhor esquecerem o assunto, pois quem via um ente estava condenado a ser assombrado por ele em sonhos sem fim. Diana fez troça dos moleques medrosos, ela não se abalaria nem que aparecesse um lobisomem e, se o bicho desse as caras, melhor ainda, estava louca para matar um com seu estilingue, pontaria infalível.

Lino ponderou que lobisomens não eram maus, apenas condenados pelo destino por serem a sétima criança numa sequência de filhos do mesmo sexo. Diana logo pensou que era a quinta menina em casa, mais duas irmãzinhas e a pobre caçula viraria lobisomem. Bobagem, ora essa, mulher virar lobisomem, mas ficou em dúvida. Arrependida, disse que não usaria seu estilingue nesse caso. Dito resolveu o impasse: como não era sexta-feira com noite de lua cheia, não dava para ser lobisomem. Então, concluiu Arrigo, só podia ser mula sem cabeça. Queria ver Diana acertar uma pedrada nela, sem cabeça para ser ferida! Todos riram do modo valentão das palavras do pequeno.

Vampiros, estava na cara, apostou Dito. Precisariam levar crucifixos e cabeças de alho para espantar os monstros. A tarefa não seria tão simples, considerou Lino, pois alho era caro e muitos dos pais do quarteto não eram católicos para ter o símbolo de Cristo. Bobagem, bradou Diana, terço e cruz é o que não falta na vizinhança, fácil pegar emprestado. Nem precisa ter esse trabalho, argumentou Arrigo, vampiros chupam o sangue do povo, portanto deviam ser aliados dos patrões e dos policiais. Por que haveriam de ser perseguidos por meganhas no cemitério?

Surgiu a hipótese de fantasmas mais convencionais, mas eles não se materializavam, de quê adiantaria um policial ir atrás deles? Lino lembrou-se da história de dom Quixote, que o professor lhes contava na Escola Moderna. Quem sabe não estaria no cemitério algum *sábio nigromante* para resolver o mistério? Também poderia revelar o futuro de cada um dos amigos.

Depois da animada discussão, concluíram que o parente do Dito estaria à caça de um saci, pois corria o boato de que este aparecia à meia-noite no cemitério do Araçá, então nas bordas da cidade. Que mal poderia fazer aquele pequeno travesso para merecer atenção policial? Ora, concluiu Lino, se a polícia bate em nossa gente boa, só pode estar atrás de um espírito do bem, com seu boné vermelho, cor dos nossos. Covardia ir atrás do menino duende. Que ousassem atacá-lo! Diana defenderia o travesso com seu estilingue, já tinha pedras reservadas para eventual batalha. Perda de tempo da polícia, disse Arrigo, o saci corre mais com uma perna só que nosso Lino, campeão de todas as corridas no bairro. Nunca conseguiriam pegá-lo.

Encorajados pela conversa, a curiosidade venceu o medo, e resolveram seguir o primo do Dito. Juntos, nada de mau se passaria com eles. Meteram-se atrás do polícia, que encontrou colegas, e foram na direção do Araçá. Que caminhada! A distância era grande, mas a revelação do local animou a molecada a prosseguir: era mesmo o saci que estava sendo caçado. Os policiais desembestaram na frente, e os meninos não precisavam acompanhar de perto, já sabiam para onde ir.

Na vizinhança do Araçá, surgiram veículos da polícia. Traziam caixões vagabundos, como logo descobriram. Sorrateiramente, Lino aproximou-se do esquadrão de cavalaria que não deixava os poucos transeuntes chegarem perto do cemitério. Era perigoso, mas ele encarou o risco e ouviu o que não devia: estavam enterrando em segredo gente morta durante a greve. Anotou na memória o que dissera um oficial: 210 valas. Os garotos esgueiraram-se pelos cantos, pulando o muro, chegaram aos túmulos e viram com os próprios olhos: cadáveres eram jogados nus nas valas, em quadra afastada da zona nobre, na parte mais íngreme do terreno.

Hoje, preso no apartamento de Arrigo, não tenho acesso a todas as anotações, mas essa informação está registrada na memória do computador que agora serve de máquina de escrever: "Quadra 139, letras A e O". Ali estavam as valas. Lino registrou a notícia com exatidão; logo a transmitiria, se pudesse.

Foi quando dois policiais viram Arrigo e Lino. Um deles agarrou o mais novo e o apertou como um rato sob o pé enquanto Lino fugia sob balas e gritos do outro guarda, que se pôs a correr atrás dele. Apertado lentamente, Arrigo tentava gritar e voltou as vistas angustiadas ao entorno em busca de ajuda. Conseguiu ver com o rabo dos olhos o amigo tentar fugir. Ouvia os berros, ou os imaginava, nas vozes de Dito e Diana: "Corre, Lino, corre! Lino, foge!".

O menino viu ódio e prazer no rosto do policial que o asfixiava, a bota escorregando para seu pescoço. Debatia-se no chão e parecia perdido quando, de repente, o guarda caiu estatelado, cabeça sangrando, só Deus ou o diabo saberiam com que chance de sobreviver. Atrás dele apareceu Diana com o estilingue; ela agarrou Arrigo pela mão, e eles saíram correndo das balas reais ou imaginárias, acelerando até faltar fôlego, corações em tropel, enquanto outros policiais acudiam o colega.

Era noite escura, não sabiam onde andava o Dito, que assistia a tudo atrás de um túmulo; logo os viu e foi ao encontro deles. Voltaram os três, caminhando pelos cantos para não serem notados, de mãos dadas, pernas a tremer, em silêncio, sem saber que fim teria levado Lino. Tão crianças e já tiveram seu batismo de sangue, a indesejada das gentes mostrara suas garras. Lino precisava ter escapado, juntos nada lhes aconteceria. Um pressentimento trágico rondava seus passos.

Deu no *Fanfulla*

Na edição logo após o ocorrido no cemitério, saiu a notícia: "*Voci allarmanti sul numero dei morti*", assim mesmo, em italiano, que era a língua do jornal. Denunciava que foram escavadas 210 valas e sepultados cadáveres no Araçá, em manobra secreta sob proteção da cavalaria, dando detalhes das coordenadas ouvidas por Lino.

Pouco importava que não esclarecessem as circunstâncias para obter as informações que quase custaram a vida de Arrigo e Lino nem mencionassem a estilingada salvadora de Diana ou as pistas essenciais de Dito. O quarteto seguia anônimo, como tantos heróis. Por sorte, pois a revelação poderia colocar a vida deles em risco. O diretor do periódico mandara ao cemitério um jornalista que confirmou a versão de Lino.

Sim, o lépido estava são e salvo. Chegara antes de todos à casa dos pais, que logo foram ter com dona Imma. Missão cumprida, Lino passara a notícia a tio Mário, que repassou ao pessoal do *Fanfulla*, enquanto os demais meninos voltavam para casa a fim de ser recebidos de madrugada aos beijos e abraços.

Nossos Gavroches sobreviveram. Meteram-se em incontáveis aventuras, como o assalto ao estoque de farinha de trigo no Moinho Santista para distribuir entre as famílias grevistas sem comida pela falta de salário ou jogando rolhas no chão para derrubar os cavalos dos policiais, defendendo-se dos ataques de sabre e cassetete durante as manifestações. Exemplos de ação direta dos revoltosos, nada de bombas e atentados, ao contrário da mitologia difundida pelos jornais da ordem. O quarteto estava junto, entendendo-se de novo por música, sem saber sequer uma nota. A desafinação viria bem depois.

Vitórias e derrotas

Arrigo conta que, assustados com o movimento, não foi difícil para grandes industriais como os Matarazzo, os Crespi, os Gamba, os Hoffmann, os Jafet e os Street atenderem a parte das reivindicações trabalhistas, sobretudo as salariais, mas outras também, como jornadas menos extensas, maior restrição ao trabalho de crianças e mulheres. Os lucros eram grandes, e os ordenados, de fome. Dava para conceder algo e sobrava bastante.

A família de Arrigo e seus companheiros tiveram a sensação de vitória com as concessões, que incluíram até mesmo a liberação de presos após a greve. Mas logo se indignaram ao constatar que foram retiradas, aos poucos, nos meses e nos anos seguintes; os patrões contavam com o poder público para colocar essa gente atrevida em seu devido lugar. A alegação era a de sempre: um movimento legítimo e bem-intencionado caiu nas mãos de radicais violentos e subversivos. Temeram a revolução; o que ocorria na Rússia deixava os poderosos de calças e armas na mão, embora não houvesse conhecimento preciso do que acontecia por lá.

Não demorou, colocaram muitos trabalhadores na cadeia ou no olho da rua. Casas e reuniões foram invadidas, proibiram-se sindicatos, jornais e organizações operárias. O Cotonifício despediu Imma com uma desculpa fajuta. Dito e Diana também perderam o trabalho, com a alegação de que o acordo impedia empregar crianças pequenas. Tio Mário foi levado com outros dirigentes do Comitê de Defesa Operária para a Bastilha do Cambuci, como era conhecida a delegacia da rua Barão de Jaguara, célebre por albergar presos políticos, cadeia que seria arrombada e incendiada por uma turba após a chamada revolução de 1930, na presença de Arrigo, incógnito na multidão.

As ervas daninhas do exterior eram enviadas de volta. Tio Mário saiu da Bastilha do Cambuci para Santos, onde foi colocado num navio para ser deportado, embora a lei dissesse que os imigrantes residentes no Brasil por mais de três anos não podiam ser expulsos. A lei, ora, a lei. O julgamento foi mais rápido que as pernas de Lino. O pai de Arrigo atuou nos bastidores, queria abrir portas para reconquistar Imma.

Um juiz foi voto vencido no Supremo Tribunal Federal, dizia que não era o caso de mandar Mário e os demais indesejáveis estrangeiros ao exterior, mas, sim, de criar prisões para que pagassem seus crimes por aqui, castigo bem dado. Adeptos desse juízo fariam escola um pouco depois: criaram a colônia Cleveland, entre outras realizações da justiça que Mário, Arrigo e tantos companheiros viriam a conhecer. Por sua vez, o movimento operário voltaria à carga, especialmente nas greves de 1919, quando os ventos do destino já haviam levado a vida de Arrigo para outra direção.

Chibata

Mário nunca soube por que tomou aquelas chibatadas no porto de Santos antes de seguir no navio com destino ao degredo. Talvez vingança do pai de Arrigo, que já conseguira a recusa do *habeas corpus* com seus contatos no Supremo Tribunal Federal e estava fazendo a cama para se tornar ministro.

Arrigo apanhou um bocado ao longo da vida desde as manifestações durante a República Velha. As cacetadas na via pública foram fichinha perto do que passou nos cárceres de Arthur Bernardes, Getúlio Vargas e da ditadura militar, cada época com sua lógica de violência. Mas nunca foi sovado feito tio Mário, sem explicação nem interrogatório, castigo à moda dos escravizados fujões. Em silêncio de lado a lado, algoz e vítima, 25 chibatadas, uma dúzia de soldados calados como testemunhas que nada viam. Não era para extrair informação, apanhou sem motivo aparente, senão o de castigo, total arbítrio do senhor que mandou dar. Sentiu na pele o que era estar no país da escravidão negra, abolida fazia relativamente pouco tempo.

Tio Mário concordava com as ideias de seu amigo Gígi, Dgídgi na pronúncia italiana. Arrigo conhecia Luigi Damiani pelo apelido, e o homem ficou em sua memória como o tipo de vastos bigodes, visita frequente na casa de dona Imma, ao lado da companheira dona Gemma, Emma para os íntimos, também anarquista. Ele vivia dizendo que o capital no Brasil tem seus aliados do tempo do escravismo, crueldade em dose dupla contra os que ousam contestar a ordem. Dificuldades redobradas para organizar os operários, fragmentados por diferentes origens étnicas e nacionais. Era o que pensava o diretor de *Guerra Sociale*, jornal que não sobreviveu à repressão.

Teimoso, com apoio de Mário, Gígi continuou a colaborar com *A Plebe*, jornal dirigido pelo amigo Edgard, tão atuantes de novo na greve seguinte. Ele acabaria sendo mandado de volta para a Itália, onde escreveu um livro sobre a questão social no Brasil, o país para onde não se devia emigrar. Conselho de quem zanzara pela terra tropical por mais de vinte anos. Tio Mário nunca ouviu a recomendação; sua teimosia era maior que a de seu Gígi, apesar das 25 cicatrizes nas costas. Que logo se somariam a outras.

Mário teimava em permanecer no país da Revolta da Chibata, do Almirante Negro que Arrigo veria reaparecer inesperadamente em pessoa numa assembleia de marinheiros às vésperas do golpe de 1964. O veterano exortou os marujos a não confiar em acordos com oficiais e governantes nem renunciar à luta, pois seriam traídos como ele e seus companheiros haviam sido na sublevação contra o autoritarismo e os castigos na Marinha.

Mário podia se dar por satisfeito, teria dito seu algoz, 25 chibatadas eram dez vezes menos do que batera cerca de sete anos antes no marinheiro Marcelino, comparsa de João Cândido, o subversivo falso almirante. Essa gente precisa ser tratada assim. Negros de pele ou de alma. Pode ter olho claro, como esses anarquistas ou comunistas que vira e mexe aportam em nossa pátria. Merecem castigo especial para que nunca mais voltem. Depois do levante comunista de 1935, ele ensinaria isso também a Jayme, codinome de um ex-deputado alemão, enviado pela Terceira Internacional para ajudar na revolução. Ele retornou louco à Europa, após tanta violência sofrida. Alemão vermelho. Algumas lições os brasileiros sabem dar.

Desgraça pouca é bobagem

Arrigo ainda lembra que uma epidemia ajudou a arrefecer a repressão aos revoltosos de 1917, muitos deles atingidos pela gripe espanhola no ano seguinte; faleceram milhares de pessoas, cada família tinha seu morto. A gripe vitimava principalmente os pobres, mas teve seu lado democrático: espalhou-se o boato de que levou até Rodrigues Alves antes de ele assumir seu segundo mandato na Presidência da República.

Como diziam os delegados de polícia, tudo o que não presta vem de fora – anarquistas, socialistas, comunistas –, e não seria diferente com essa gripe, que carregou milhões de almas no mundo todo. Pouco adiantaram as quarentenas de navios nos portos brasileiros, pois a costa é imensa, e intermináveis são as fronteiras por terra. Nossa gente não tinha como sair ilesa, era parte de um mundo que nem Deus conseguia controlar. Atingido em sua onipotência, vingou-se com a gripe espanhola. Também soube ser misericordioso.

Avisaram dona Imma que Lino ficara doente. Logo se dispôs a ajudar, mas não deu tempo, pois Arrigo adoeceu em seguida. Ela não acreditava no sobrenatural, mas se juntou às orações judaicas da mãe do melhor amigo de seu filho e não se importou quando as comadres começaram a fazer novena nem ao saber que a tia de Dito procurou ajuda num terreiro. A mãe de santo jogou os búzios e, de negra, ficou amarela. Evitou dizer tudo o que viu; certas coisas, melhor não relatar. Entretanto, mandou o recado para a descrente: nem seu filho nem o outro pizindim morreriam da gripe.

A gravidade do caso chegou a ponto de Imma recorrer ao ex-marido, humilhação máxima a que se submeteria para o bem do menino. Antes de receber a resposta da mensagem enviada, ela mesma caiu de cama no cortiço da Bela Vista para o qual se mudara com Arrigo após a prisão de Mário.

A fuga

Quando o navio do Lloyd Brasileiro que deportaria tio Mário e alguns companheiros fez escala no Recife, o plano estava traçado por um grupo local. Carregadores entrariam no barco com baús cheios de mantimentos e sairiam com os presos dentro, depois de dar um jeito nos guardas. Contariam com a ajuda de marujos do próprio barco, que teriam de agir sem levantar suspeitas. A notícia chegou aos prisioneiros por um bilhete clandestino, que por certo omitia a parte da conivência de marinheiros, mas que estava pressuposta, afinal o bilhete chegara aos deportados. A nota advertia que só haveria espaço para três escaparem, depois pensariam em tirar os demais na parada em Belém do Pará.

Os dez prisioneiros reuniram-se para decidir. Dois desistiram da fuga, queriam voltar à terra natal após tanto sofrimento. Outros três argumentaram que era melhor esperar uma saída legal para retornar sem problema com a justiça, depositavam suas esperanças no recurso do advogado e deputado Maurício de Lacerda ao Supremo. Eram maçons com razões para apostar nessa saída, pois tinham contatos importantes no governo e nas altas cortes. Restavam cinco, dois teriam de esperar sua vez na parada em Belém. Mário logo se dispôs a aguardar, assim como os outros quatro, todos movidos por brios altruístas, sinceros ou não. Entretanto, ninguém queria parecer covarde, afinal a fuga comportava seus riscos.

Alguém propôs tirar a sorte no palito. A ideia foi bem-vinda, mas o estado de saúde de Mário depois das chibatadas inspirava cuidados, tinha dores e febre alta, talvez não resistisse à viagem se ficasse a bordo. Decidiram que ele sairia de imediato, gostasse ou não. Acabou aceitando, e os palitos escolheram os demais fugitivos.

Na primeira noite após a parada, os prisioneiros aguardaram, e nada ocorreu. Temeram que o plano tivesse malogrado. Na segunda, esperaram em vão até mais de meia-noite. Desapontados, alguns já haviam pegado no sono quando ouviram vozes animadas de mulheres. Os guardas estavam com elas, bebendo muita cachaça e falando alto. Um dos marinheiros não teve dificuldade para pegar as chaves da cela, sem ser notado, com o propósito de buscar Mário e os outros dois, que rapidamente se esgueiraram para dentro dos baús vazios. Logo descobririam que não eram só mantimentos que vieram neles, mas também as belas morenas para entreter os guardas. Esperaram o fim da festa escondidos, e o sol já ia raiar quando receberam a companhia feminina, um casal em cada baú retirado do barco pelos estivadores.

Naquele espaço estreito e fechado, Mário conheceu Rosalina, cuja camaradagem viria a ser muito importante no futuro. O cheiro de perfume barato – misturado com pinga, suor e outras emanações corporais – era quase insuportável, a ponto de Mário esquecer as feridas nas costas, que também exalavam odores. Ainda não tivera o direito de tomar banho, então compunha o quadro da fedentina. Apertados no escuro, nem a catinga, nem a febre, nem o cansaço ou a embriaguez apagavam a sensação única do espaço compartilhado pelos corpos de homem e mulher.

Em terra, todos saíram dos baús. Num canto escondido do porto, Cristiano e seus assistentes, que iam levá-los a local seguro no agreste pernambucano, os aguardavam. Mário quase não conseguia caminhar. Rosalina – ao encontrar, no seu, o olhar celeste de quem esteve colado na pele dela em meio à escuridão e ao fedor, ao ver a camisa ensanguentada como único abrigo de homem tão formoso e forte, mas desprotegido feito uma criança – propôs levá-lo à casa das meninas para se recuperar antes de seguir ao interior. Não estava sozinha, as colegas apoiaram a ideia.

Cristiano ponderou que, ao saber da fuga, os guardas logo perceberiam o engodo e mandariam a polícia à zona dos puteiros. Claro, não deve ter usado esse termo ofensivo, afinal era uma pessoa elegante e respeitosa; além do mais, as companheiras haviam ajudado a soltar os três grevistas. Bobagem de dândi, elas não ficariam melindradas com o uso dessa ou de outras palavras, desde que fossem ditas com jeito.

"Qual o quê?", disse uma das andorinhas. Os policiais não vestiriam a carapuça de ter dormido em serviço, muito menos com quengas; fariam de conta que os presos se evadiram por outros meios. Deixariam a vingança para outra ocasião, Deus a perdoe, ela não queria estar perto para ver. Por enquanto, o italiano estaria a salvo com elas. Cristiano não se convenceu por completo, mas seus discípulos advertiram que não tinha jeito, o ferido não suportaria a viagem para Limoeiro.

Assim, Mário foi deixado com as morenas do bordel; e nunca se esqueceria de seus cuidados. Elas quebraram os preconceitos dele, se é que podiam ser rompidos. Até mesmo os anarquistas eram um tanto moralistas, talvez esquecidos das experiências de amor livre da colônia Cecília, caso tenham tomado conhecimento delas.

Sob as asas das andorinhas e da turma de Cristiano

Mário ficou alguns dias inconsciente. Bem tratado, recuperou-se aos poucos – não é de duvidar que tenha despedaçado, sem querer, mais de um coração. Um homem daquele! Quem saberia ao certo o que se passou nos dois meses que viveu ali? Dias agradáveis de convalescença e malemolência, o inédito *dolce far niente* sob atenção das morenas, como o cuidado materno durante as doenças na infância na Itália, únicos momentos em que a *mamma*, afogada em tanto trabalho, se desdobrava, encontrando tempo para seu *bambino*. Agora, quase o *paradiso*, três mães jovens dedicadas a ele, ainda pouco maltratadas pela profissão. Francisca, Adelaide e Rosalina, simplesmente Rosa para Mário. Revezavam-se para nunca o deixar só, de tal modo que o italiano nem percebia as saídas para o trabalho. Mães provisórias de um Apolo, sem laço de sangue, não deixava de ser um hiato de paraíso também no destino daquelas mulheres da vida.

A favorita de Mário era o contato de Cristiano na zona, onde policiais tinham igualmente suas informantes e os gigolôs não davam trégua, um deles interessado em Rosa e bem desconfiado do que se passava. Algumas garotas logo tiveram ciúmes e inveja, sentimentos comuns a pessoas de todas as profissões e estratos sociais. Não era aconselhável Mário permanecer mais tempo lá. Aumentava a angústia com a falta de notícias de São Paulo, dos companheiros, de Imma e Arrigo, que, confiava, deviam estar abrigados com os amigos. Só isso atrapalhava o idílio, quem poderia condenar esse parêntese numa vida?

Cristiano foi buscá-lo numa tarde de segunda-feira, dia de pouco movimento. Na despedida triste, Mário abraçou cada uma das três, lágrimas escaparam ao sentir o rosto, os peitos, o corpo de Rosa junto ao seu, tremendo sob o vestido, sem os odores do baú no barco, cujo sacolejar ainda o mareava. Gratidão, cumplicidade, desejo, quem sabe? Prometeu não se esquecer, iria revê-la. Promessa é dívida para um homem de palavra, quando vive para cumpri-la.

Mário escrevera numa carta jamais recebida por Imma: "Esse operariado nacional colorido denota mais consciência e entusiasmo até que o próprio operariado estrangeiro de São Paulo. Isso, para mim, foi uma revelação".

Una rivelazione! A carta está no arquivo Mário Liberati, tenho cópia na memória do computador. Atesta o encontro desse homem com a nacionalidade brasileira, que o marcaria nos anos seguintes. Aprendeu muito sobre a região Nordeste e o estado de Pernambuco, no tempo que esteve sob proteção da turma de Cristiano, composta por cerca de uma dúzia de estudantes, jornalistas ou jovens advogados. Eram livre-pensadores, anticlericais que defendiam a liberdade religiosa e de imprensa, cultuando a razão contra o conservadorismo da Igreja católica. Quase todos maçons, alguns dos quais viriam a ajudar na fundação do Partido Comunista. Intelectuais párias, em geral herdeiros de usineiros decadentes ou falidos. Tinham lastro de cultura, mas poucos recursos financeiros. Figuras como tantas que mais tarde Arrigo conheceria no papel de dirigentes comunistas.

A turma cultivava laços com o movimento operário. Cristiano apresentou ao visitante estrangeiro alguns líderes sindicais, em geral das tecelagens. A troca de experiências foi produtiva: Mário ajudou a fundar o jornal anarquista *A Tribuna*, junto com um jovem alagoano radicado no Recife. Saía uma vez por semana, publicado pela Federação Pernambucana de Sindicatos.

No tempo em que Mário viveu por lá, testemunhou e participou da expansão das lutas entre ferroviários, gráficos, trabalhadores nas usinas de cana-de-açúcar e outros, não só no Recife. Fez amizade com muita gente, até um menino de nome Romão, apelidado Galego por ser loiro, de pele morena, provável descendente dos holandeses que haviam dominado a região em parte do século XVII. Fazia Mário recordar-se de Arrigo e do quarteto. Galego vendia jornais nos trens, circulando pelo estado. Ajudava a divulgar *A Tribuna* contando as notícias mais importantes para os companheiros que não sabiam ler, mais numerosos conforme se afastava da capital.

Os discípulos de Cristiano conheciam história e ensinaram a Mário um pouco sobre a tradição popular pernambucana, com lutas e guerras desde o tempo da colônia, como a dos escravizados negros que fugiram para construir o Quilombos dos Palmares. Contaram da Guerra dos Mascates no Pernambuco de 1710. Ensinaram sobre as revoltas no século seguinte, como a Confederação do Equador, a Cabanada, a Insurreição Praieira. *Una rivelazione!* O italiano e seus professores brasileiros se entenderam muito bem. Constataram que cada movimento tende a ignorar o anterior, perdendo vínculos com as lutas geralmente derrotadas no passado. Queriam reatar os elos perdidos.

A mestra

As descobertas para um homem como Mário em geral passam pelo perfume de mulher. Coisas dos cinco sentidos, arredios a convenções sociais. A prima, a puta, a outra. E ele se afligia com a falta de notícia de Imma, de Arrigo e dos companheiros em São Paulo, mas o envolvimento na luta no Recife mitigava a angústia. Acreditava na revolução em andamento, vidas em jogo, não havia lugar para preconceito.

Para evitar suspeitas, Mário não podia voltar à casa de suas andorinhas, mas as recebia de vez em quando, em particular Rosa, feliz por saber que ele ainda estava por perto e cumpriu, antes do imaginado, a promessa de revê-la. Tinham momentos de prazer, porém não era como no tempo em que viveu na casa das meninas, especialmente depois de conhecer Doroteia. Olhos de jabuticaba, pele morena, moça donzela, a flor da turma de Cristiano, professora cada vez mais frequente de suas aulas de história do Brasil.

Ele já sabia alguma coisa sobre a Inconfidência Mineira e Tiradentes, mas simulou desconhecer só para admirar a aula de Doroteia. Natural de Salvador, ela ensinava sobre a Conjuração Baiana, a insurreição dos malês, a Sabinada e tantas insubordinações em sua terra, culminando na Guerra de Canudos.

Mário já tinha ouvido falar de *Os sertões*, mas fingiu nada saber, então a professora reproduziu o melhor que pôde a obra de Euclides da Cunha sobre Canudos. Contou também as circunstâncias da morte do escritor, pois um pouco de indiscrição podia avivar a aula. A tragédia do homem envolvido em longas viagens de trabalho, deixando sozinha a mulher, que se apaixonou por um oficial bem mais novo que ela. A história é sabida, Euclides acabou morto em troca de tiros com o jovem no Rio de Janeiro.

"Esses romances entre gerações distantes não costumam acabar bem!" Mário não sabia se Doroteia dizia isso a ele ou a ela mesma, preocupada com a inviabilidade do amor entre um casal com tanta diferença de idade. Ela tomava a defesa de Saninha, dizia que sua paixão era verdadeira, tanto que depois se casaria e teria vários filhos com o rival do ex-marido, enfrentando todos os preconceitos. Só receberia ingratidão de seu amado, que depois a trocaria por mulher mais jovem. "Definitivamente, a relação entre um casal com tanta diferença de idade não podia dar certo", dizia ela, voltando os olhos negros para a mirada azul de Mário.

O italiano ponderava que essas coisas de paixão não têm tempo certo, tudo está sempre por um fio, a tragédia poderia ter acontecido para pessoas de qualquer idade. O risco de sofrer não deveria servir de desculpa para deixar de viver. Paciente e curioso, Mário aprendeu com ela sobre a Cabanagem no Pará, a Balaiada maranhense e tantas revoltas mais, até chegar à Sedição de Juazeiro. Ele descobria a história e, de quebra, a geografia do Brasil. Essas revoltas em tantos lugares do país continental, seus casos de ódio. E de amor.

As lutas, a prisão, as chibatadas, a fuga, a doença, a inesperada acolhida em Pernambuco, tudo revirava o coração do italiano. Teve tempo para pensar e questionar seus sentimentos e a própria vida, que o levava de roldão. Seguia amando Imma, com uma ponta de culpa por tirá-la do conforto com o ex-marido e por não ter como ampará-la na condição de fugido da polícia, mas o envolvimento já não era o mesmo. Os encontros com Rosa, as andorinhas e agora Doroteia estremeciam seus valores. Essa moça com corpo de violão, olhos de jabuticaba, voz suave e ar terno e puro encarnava a brasilidade que Mário descobria. Uma paixão mais forte que ele, talvez porque irrealizável, mesmo vendo no olhar fugidio da baiana que seu amor era correspondido.

Nas aulas dedicadas ao Sul do país, Doroteia contou da Revolução Farroupilha. Mário tivera notícia da longa guerra dos Farrapos – não foi nela que lutou seu conterrâneo Garibaldi, o herói de dois mundos? Não foi então que conheceu a jovem Anita, sua linda catarinense, catorze anos mais jovem, que retornou com ele para as batalhas pela unificação da Itália? Ora, o amor entre gerações pode dar certo.

Tentando disfarçar o rubor, Doroteia ponderou que Anita morreu bem nova, em meio às lutas. Mário retrucou que foi obra do destino, o marido a amava e sofreu muito com a perda. Ela cortou a conversa para retomar a história das revoltas populares gaúchas; agora era a vez dos Muckers, depois viria a Revolução Federalista, verdadeira guerra civil.

Doroteia conhecia a história de Mário, ouvira falar de sua família e seus companheiros em São Paulo e não ficara incólume às fofocas sobre Rosa e outras andorinhas. Era zelosa de sua reputação, não iria se perder à toa. Envergonhava-se de sentir tamanha atração por um homem mais velho. Lutou quanto pôde para resistir ao sentimento. Estava a ponto de ceder quando começou a matéria sobre a recente Guerra do Contestado. Então chegou a notícia inesperada e alarmante de São Paulo. As aulas sobre a Revolta da Vacina e outras do Rio de Janeiro teriam de ser adiadas, mas Mário já aprendera o principal. Ao contrário do que alegavam os magnatas e a polícia, as lutas populares não foram trazidas ao Brasil por seus amigos anarquistas, socialistas e outros imigrantes. Sem demora, ele pegou suas poucas tralhas e seguiu para a capital paulista.

"Tanto era bela no seu rosto a morte"

A prisão de Mário, a promiscuidade no cortiço do Bixiga para onde precisou se mudar, a perda do emprego, o viver de bicos lavando e passando roupa, culminando na doença de Arrigo, tudo isso era demais até para uma mulher forte como Imma. Consolava-se com a solidariedade dos companheiros, em geral afundados no mesmo pântano. Fazia tempo, desde antes da greve, que as atribulações e o cansaço deixavam pouco espaço para a vida pessoal. Amava e respeitava Mário, empolgados na luta, mas no íntimo sentia que a relação com ele já não era a mesma. Abandonara a vida tranquila com Ludovico, fulminada pela paixão, em nome de sonhos agora esfacelados.

No desamparo no quarto do cortiço, mesmo extenuada, Imma perdia o sono a pensar na vida. Não se arrependia de ter deixado o primeiro marido, aquela vida não era para ela. Mas em que enrascada se metera, ainda mais com a doença de Arrigo! Em desespero, vieram-lhe à mente as orações italianas da infância, de uma fé que já não tinha. Por impulso, rezou muito e pediu a Deus que levasse sua alma e poupasse a do filho.

Muito tempo depois, ao ver as imagens do filme de Che Guevara morto, crivado de balas na Bolívia, Arrigo lembrou-se do breve contato com ele quando passou incógnito pelo Rio Grande do Sul, pouco tempo antes de ser executado. Recordou-se também do velório de sua mãe. Quase nenhuma relação entre os fatos, a associação inconsciente deve ter vindo de detalhes: a beleza no rosto defunto dos dois revolucionários e o fato de que seus olhos continuaram abertos, pois ninguém teve coragem de fechá-los. Retinas fatigadas sem direito de repousar sob as pálpebras.

Como uma mulher dessa podia morrer assim, do modo mais banal, levada pelo surto de gripe espanhola? Dona Imma estava lá, velada pelo pequeno Arrigo, que convalescia da doença, por seus amigos do quarteto e tantos companheiros que se dispuseram a estar presentes apesar da epidemia. Quem compareceu inesperadamente e fez questão de pagar enterro de primeira, além de túmulo central no cemitério da Consolação, foi doutor Ludovico. Chorou lágrimas sinceras, a ponto de comover até a hostilidade que encontrara no local.

Alguma coisa aquele homem havia de ter para despertar a atenção de Imma no passado. Agora, diante da beleza que nem a morte levara do rosto da amada, era como se caminhasse sobre vasos quebrados calçando apenas os cabelos dela. Aquelas unhas já não arrepiavam suas costas, nem eram vermelhas, tolas transparentes. As mãos da mulher não podiam mais remover a faca invisível que ela, distraída, esquecera enterrada na carne de Ludovico. A roleta da lembrança girava como um tambor de revólver sem bala, até parar naquele corpo, naquela pele, naqueles olhos azuis. Resignar a fala, palavras não ditas.

Sob novas asas

Quando Ludovico soube da situação, ficou desnorteado com a possibilidade de perder para a gripe espanhola, de uma só vez, o amor de sua vida e o herdeiro que mal conhecia. Por fim localizava os dois, com Mário já fora da disputa, supostamente rumo ao exílio. O plano parecia perfeito. O destino impediu a reconstrução da vida ao lado da mulher, e ele só teve tempo de rever Imma defunta e resgatar o filho.

Arrigo foi morar com doutor Ludovico, que o tirou da Escola Moderna. Foi matriculado no colégio São Luís, uma vez que aos olhos do pai os jesuítas eram os mais indicados para corrigir e educar o garoto. Lá aprendeu a rezar, fez a primeira comunhão e seguiu protocolos em que nunca acreditou. Não tinha escolha, mas também não dava para dizer que sua vida era dura; afinal, podia se dedicar só a estudos, leituras e brincadeiras.

Lugar de mãe não se tira, mas o menino encontrou abrigo nos braços de dona Maria, uma senhora que cuidara também do pai e ajudara a parteira quando Arrigo veio ao mundo. Foram as primeiras de muitas mulheres que salvaram a vida dele; sem sua destreza não se livraria do cordão umbilical amarrado em volta do pescoço. Como doutor Ludovico costumava dizer em público, era agradecido à santa empregada da fazenda, negra de alma branca, já nascida livre, pois a família do senhor era caridosa e cristã.

Arrigo estranhou a forte disciplina e o grupo apenas de rapazes no colégio jesuíta, estava acostumado com a camaradagem e a turma mista da escola anarquista. Muitos colegas o olharam com desdém, e ele logo arrumou brigas. Foi acolhido por Irineu, garoto pio e pacífico, que se atribuiu a tarefa de endireitá-lo. Deu-se o contrário.

Às escondidas, Arrigo continuaria a ver os amigos do quarteto, cujas cordas imaginárias seguiam afinadas. Contou dos encontros secretos a Irineu, que se integrou à turma e simpatizou com Lino e Dito; no entanto, gostava mesmo era de brincar com Diana, que lhe ensinava a usar o estilingue. Ele tinha pena dos passarinhos e convenceu a amiga a atirar as pedras em alvos inanimados. "Se for para comer, não é maldade", ela justificava. Mesmo assim, o garoto recusava a hipótese, haviam de tomar o exemplo de São Francisco, amigo dos animais. Diana se convenceu, talvez pelos argumentos dele ou porque matara uma coruja que agora a assombrava à noite, aparecendo gigante nos sonhos, vestida em uniforme de contramestre da fábrica. Não queria mais ter pesadelos.

Arrigo morava com o pai numa bela casa, verdadeiro palacete perto do colégio, na avenida Paulista, relativamente próxima ao cemitério da Consolação, onde repousava dona Imma. O menino dizia que ia rezar pela mãe como desculpa para encontrar os amigos nas imediações. Foi Dito Cabeção quem trouxe a novidade: tio Mário estava na cidade e queria encontrar Arrigo.

Os dois não se viam desde que Mário fora preso. Arrigo imaginava que estivesse pela Europa, deportado. Abraçaram-se, emocionados, numa rua próxima do colégio São Luís. O garoto via os olhos da mãe na face do tio, Mário dava nele o abraço que não pôde dar em Imma. Observou, admirado, como o menino tinha crescido. Saíra correndo do Recife, mas não havia meio de chegar a São Paulo em tempo para o enterro. Prometeu ao sobrinho que daria um jeito de pegá-lo assim que possível. Agora teria de passar pelo Rio de Janeiro, tarefas revolucionárias.

Logo Arrigo tomaria conhecimento, por intermédio de Lino, de tio Mário ter se envolvido em escaramuças cariocas, não sabia quais. Tempos depois, concluiu se tratar da tentativa malograda de levante anarquista que serviu de pretexto para desencadear perseguições e proibições ao movimento operário. Elas atingiram as escolas modernas, que sofreriam impacto ainda mais duro no ano seguinte, fechadas após as greves que pararam de novo as fábricas paulistas. Os amigos do quarteto ficaram sem ter onde estudar. Aos sábados, Irineu e Arrigo repassavam o fundamental das matérias aos companheiros, até encontrarem outra escola.

Em Pernambuco, de novo

Após o levante frustrado na capital federal, Mário escapou para o Recife, onde era aguardado pela turma de Cristiano, cada vez mais vermelha. O impacto da revolução soviética ficava evidente. A turma ajudava a editar o jornal operário *Hora Social* e integrava a Juventude Socialista. O italiano logo se envolveu em paralisações que culminaram, no meio do ano, numa greve geral que se estendeu para o interior. Mobilizaram-se fábricas, usinas de cana e até ferrovia.

Antes da greve, a tarefa de agitação era tão intensa no Recife que não sobrava tempo para as aulas de história. Doroteia e Mário em geral se viam na presença de outras pessoas, em reuniões febris, com breves trocas de olhares e palavras. A moça notou que Mário procurava se esquivar, não era o mesmo, embora traído pelo jeito como dirigia a ela os olhos azuis, antes de desviá-los quando detectados pelas duas jabuticabas no rosto da jovem. "Melhor assim", ela pensava, com uma ponta de dúvida. Não se sabe ao certo o que se passava naqueles corações, apenas que ele ficou com a impressão de ter semeado o terreno para dar frutos que jamais poderia colher, ainda mais depois que o sentimento de culpa pela morte de Imma o dominou. Além do amor platônico, querências dos sentidos. Rosa acolhia com prazer o desejo de Mário, cujos cacos da alma ela ajudou a juntar e colar.

Mário, Cristiano e companheiros empolgaram-se com os ganhos da greve: embora aquém do que reivindicavam, conseguiram jornada de dez horas diárias e aumento salarial. Na festa em que viu Doroteia pela última vez no Brasil, Mário disse a ela para não se enganar, pois a vingança dos inimigos viria pesada, como em São Paulo e no Rio de Janeiro, precisavam se preparar. Advertência vã, o movimento operário seria praticamente desbaratado após perseguição cruel aos anarquistas. Naquela noite, ao despedir-se num canto isolado, suas bocas calaram-se com um beijo logo interrompido pela presença repentina de Cristiano, que fora buscar Mário para uma reunião. Doroteia nunca se esqueceria do olhar dele ao longe.

O caso entre Mário e Doroteia prometia ter novos capítulos, que não se realizaram, pois no dia seguinte ele foi preso e mandado de volta para a Europa em navio de carga procedente do Rio de Janeiro e que transportava também um grupo de germânicos que dera o azar de navegar na costa do país no momento da declaração de guerra à Alemanha. Participação bélica pífia, mas atrapalhou aquela gente, obrigada a ficar um bom tempo retida no Brasil, com o retorno ainda mais atrasado pela quarentena imposta devido à gripe espanhola. Mário dizia, em conversas para matar tempo durante a longa viagem, que ao menos a guerra proporcionara ao Brasil a necessidade de produzir para substituir bens industrializados, antes importados.

O italiano encontrou na embarcação estrangeiros que haviam sido presos durante e depois das greves nas principais cidades, submetidos a maus-tratos e sem direito de defesa. Fizeram-se prisões de cambulhada, quase sem triagem, de líderes operários a grevistas de pouca militância, incluindo alguns trabalhadores sem envolvimento com os acontecimentos. Entre os passageiros estava seu amigo Gígi, aquele que, após chegar à Itália, escreveria que o Brasil não era lugar para se emigrar.

Mário permaneceria na terra de Garibaldi até que os ventos por lá também soprassem contra, com a ascensão do fascismo ao poder. Saudades do Brasil, de Rosa, de Doroteia, de Arrigo, dos companheiros. Resolveu voltar. Que se danassem os conselhos de Gígi.

Guerra e festa em São Paulo

Arrigo estava no ensino secundário quando espocaram os primeiros tiros da revolta militar de julho de 1924. Em férias escolares, acompanhou o desenrolar dos acontecimentos, reunindo-se secretamente com os amigos do quarteto e com antigos conhecidos do tempo de tio Mário. Havia uns dois anos, um grupo crescente de oficiais manifestava descontentamento com o governo federal, desencadeando uma série de atos de insubordinação. Arrigo e seus companheiros não puseram fé no tenentismo, que consideravam moralista e autoritário, mas não escondiam certa simpatia pelas propostas de ensino público obrigatório, voto secreto e fim da corrupção. Liam nos jornais que o general Isidoro liderava os insatisfeitos com a eleição considerada fraudulenta de Arthur Bernardes, cuja posse na Presidência da República se aproximava.

Tio Mário já tinha voltado clandestinamente e se juntado a amigos anarquistas, trabalhava como tipógrafo e ajudava na direção de *A Plebe*. Seu grupo buscou contato com os revoltosos, procurados também por outros trabalhadores e uns poucos comunistas, que haviam formado seu partido, mas não eram representativos em São Paulo. Queriam que os insurgentes incorporassem a proposta de estabelecer o salário mínimo, com jornada de oito horas, além de liberdade para a imprensa e organização operárias e até apoio para formar batalhões populares. Nada feito, o tenente encarregado do contato ficou assustado e logo voltou com a resposta dos comandantes, que a muito custo deram permissão para o alistamento de voluntários nas trincheiras, que poderiam contar com batalhões por nacionalidade.

"Patriotada pequeno-burguesa!", gritou tio Mário ao ouvir a proposta, rechaçada de imediato por seu grupo. Mas houve quem topasse integrar os batalhões assim mesmo. Os revoltosos militares pretendiam fazer uma revolução de dimensões nacionais e tinham bases em vários estados. Tomaram a capital paulista, que acabou sitiada e bombardeada pelas tropas federais. Elas jogavam explosivos por todo lado, mas alvejaram em especial os bairros populares que o quarteto conhecia tão bem: a Mooca do Cotonifício Crespi, que empregara dona Imma, Dito e Diana; o Brás onde a família de Arrigo morou; o Belenzinho; e outras vizinhanças. Avolumavam-se os danos em toda parte.

Alguns amigos de tio Mário empolgaram-se com a agitação, apostando que o movimento iria além dos limites dos tenentistas. Participaram de saques sobretudo a lojas de tecidos e alimentos, até mesmo ao mercado municipal. Por uns dias, apesar das trocas de tiros e do bombardeio, o clima de festa esteve no ar, sensação de liberdade nas ruas, uma atmosfera que por si só seria suficiente para nunca ser esquecida por Arrigo, que teria razão adicional para lembrá-la para sempre.

Agitado, o quarteto passeava entre as trincheiras, visitava locais destruídos, ajudava a cuidar dos feridos. Foi com essa última tarefa que Irineu se envolveu, ainda mais que Diana participava. Se dependesse dela, juntava-se logo à artilharia de defesa de sua cidade, mas era jovem demais e mulher, foi recusada e mandada para auxiliar na enfermagem. Tornou-se íntima do amigo católico, sem corresponder a seu amor inconfessado, mas evidente. Dito, já rapaz alto e vigoroso, destacado nas partidas de futebol, ajudava os revoltosos no que podia, assim como Lino; ambos trabalhavam no comércio dos pais do melhor amigo de Arrigo no Bom Retiro, que fechou as portas nos dias mais agitados.

Quanto ao filho de doutor Ludovico, a revolta terminou de azedar seu relacionamento com o pai, que saiu da cidade com o governador Carlos de Campos, ambos dispostos a combater os sediciosos. Tentou a todo custo levar Arrigo junto, culminância dos entreveros nos últimos tempos. Sobretudo depois que tio Mário voltou e recuperou o contato com o filho de dona Imma. Encontravam-se sempre, às ocultas, na tipografia onde o rapaz retomava o aprendizado da infância e tornava-se bom profissional. Já era adolescente, escrevia bem e fazia seus primeiros textos jornalísticos – as aulas no colégio jesuíta serviram para alguma coisa.

Lia muito em casa, romances de capa bonita a adornar as estantes da biblioteca do pai e também a literatura esquerdista que chegava até ele, encaminhada pelo tio e seus amigos. O encanto maior era com artigos e livros sobre a Revolução Russa, que já ganhara sua mente e seu coração, apesar das críticas dos companheiros anarquistas. Mário aconselhou o rapaz a não abandonar a casa do pai antes de terminar os estudos, prometeu ajudá-lo depois, fosse de seu interesse.

A guerra de julho passou logo e causou sofrimento, mas teve dias inebriantes para Arrigo usufruir a cidade rebelde e a vida com os amigos, livre do pai. Foi nesse clima que conheceu Carmen, apresentada por Diana. Vinda pequena da Espanha, uns poucos anos mais velha que ele, a linda morena encantou o jovem, que se destacava pela personalidade e pela formosura, exibindo, orgulhoso, o bigodinho.

Na posse da casa do pai, sob os olhares de reprovação e impotência de dona Maria, Arrigo abriu o lar e o socializou com os companheiros, formando o quartel-general da anarquia juvenil. Podiam dormir e festejar ali os membros do quarteto e quem mais quisesse, sem distinção de classe, colegas do São Luís também eram bem-vindos. Até o tímido e receoso Irineu passou uma noite lá, talvez na esperança de conquistar Diana, que não compareceu, chocada com a morte de um soldado em seus braços na enfermaria em que era voluntária.

Arrigo franqueou a adega de doutor Ludovico para a turma, que mal se iniciara no consumo de vinho, estreando em grande estilo, ao tomar importados da França e da Itália. Com tamanho atrativo, correu o boato de que alguns poetas modernistas passaram por lá.

Foi nesse ambiente de festa e revolução, real ou imaginária, arrebatado pela bebida dos deuses, que Arrigo pegou nas mãos de Carmen e a puxou para si aos pés da escadaria, beijando-a pela primeira vez. Depois a segunda, a terceira e muitas mais, incerto feito um bêbado. Carmen nem pensou em gritar ou chamar alguém. Estava encantada com Arrigo, seus modos finos, sua beleza, seu olhar de desejo. Nunca entrara numa casa tão grande e bonita como a dele, em bairro assim nobre, nem mesmo quando era chamada para ajudar na cozinha ou trabalhar na limpeza de outras moradias. Logo percebeu que o garoto era fogoso, mas inexperiente, e a sensação de ser professora lhe dava prazer. Que aluno! Aprendia depressa.

Arrigo nunca esqueceu os dias que passaram juntos na casa ocupada, antes que o pai voltasse para retomá-la e acabar com a festa, furioso sobretudo com o assalto à adega.

Retorno à ordem

Arrigo logo se decepcionou com o desenrolar dos acontecimentos. Os líderes revoltosos temeram perder o controle da situação, que passava dos limites nas ruas. O oficial que dialogara com tio Mário o procurou, exaltado, para ameaçar os desordeiros com prisão. Arrigo lia nos jornais declarações dos tenentes, que deixavam claro ao empresariado paulistano que o movimento nada tinha a ver com o bolchevismo importado da Rússia. Podiam ficar tranquilos com os militares patrióticos em busca de recuperar a moralidade e os ideais republicanos abandonados, de ordem e progresso. Não teriam tempo para cumprir suas promessas às gentes de bem, cujos amigos mais íntimos logo retomaram a cidade. No fim de julho, o governador do estado já estava de novo em seu palácio, e doutor Ludovico, no dele.

Diana, que atuara na assistência às vítimas de três semanas de batalhas esparsas e bombardeios indiscriminados, testemunhou os estragos, com o saldo de centenas de mortos e feridos, além de edificações destruídas ou avariadas. Sem contar que ela foi vítima da repressão generalizada após as tropas federais retomarem São Paulo assim que parte dos revoltosos deixou a capital para continuar a luta no interior do estado. Ficou presa durante quase um mês, sem acusação formal, junto com milhares de pessoas, algumas torturadas pela polícia, em especial as mais pobres, como Diana sempre contava. O episódio teve importância decisiva na formação de seu caráter e sua disposição para o combate. Aquela menina que ainda não completara dezoito anos já podia ser considerada adulta. Tio Mário fugiu, mas sobrou repressão para entidades e lideranças operárias e sua imprensa.

Os militares em retirada seguiram para Bauru, depois interior adentro até a região de Foz de Iguaçu, na fronteira, onde aguardaram as tropas rebeladas no Rio Grande do Sul, sob liderança de Luiz Carlos Prestes, também em retirada. As duas colunas se encontraram e formaram a mítica Coluna Prestes, que atravessou o país.

O filho de dona Imma escapara da repressão policial em São Paulo, mas recebeu castigo do pai, que cerceou suas saídas de casa fora dos horários de aula; ele que não viesse com a desculpa de rezar no túmulo da mãe. Arrigo não se fez de rogado, fingia estar trancado no quarto e pulava a janela para ganhar a cidade. Era fácil engambelar dona Maria enquanto o pai estava no fórum. Ela não via ou fingia não ver o que se passava, detestava confusão para seu lado, eles que eram brancos que se entendessem. Além disso, aprendera a querer bem o menino, que a cativava.

Se preciso, Arrigo matava aulas para encontrar os amigos – não com a frequência que gostaria, pois eles tinham de trabalhar, e o tempo disponível passou a ser dividido com Carmen, companhia privilegiada. Paixão avassaladora em tenra idade. O primeiro de muitos amores. Que aproveitasse bem; o castigo mais duro viria a galope.

Na casa de madame

Mário, crítico dos militares revoltosos, não poderia seguir com eles para o interior nem foi preso nos arrastões da polícia paulista. Escapou rumo ao Rio de Janeiro, onde era esperado por Rosa, que agora vivia na capital e tinha um esconderijo para ele na requintada casa de madame Eneide, onde prestava seus serviços. Local discreto, próximo à sede do Senado, procedência de boa parte da seleta freguesia.

Antes de fugir, Mário deixou com Lino um recado para Arrigo: não achava prudente abandonar a casa do pai naquela conjuntura nem depois de terminar os estudos no fim do ano. Em todo caso, mantinha a palavra, sua promessa estava de pé: se o filho de Imma não aguentasse mais a vida com o pai e quisesse refúgio, podia encontrá-lo no Rio de Janeiro. Deixava o endereço da casa de madame Eneide, que procurasse Rosalina por lá, ela saberia onde o achar. Se não, poderia localizar o professor Oiticica no colégio Pedro II.

No Rio, Mário teve um encontro secreto com Astrojildo, velho conhecido do movimento anarquista, então encantado pela Revolução Russa. Ele tinha acabado de retornar de sua primeira viagem a Moscou. Era o principal dirigente do Partido Comunista, ainda bem modesto, mais expressivo no Rio de Janeiro que em São Paulo, mas já reconhecido oficialmente pela Internacional. Estava em plena campanha para converter antigos anarquistas ou adeptos de outras correntes de esquerda e, por isso, procurou Mário. Buscava mostrar que só o partido de vanguarda da classe operária poderia levar a revolução adiante. Fazia a crítica de sua militância anterior e sugeria ao interlocutor o mesmo caminho. Alinhavava os erros que levaram à derrota das grandes greves. Mário rebatia ponto por ponto, não pretendia conquistar o poder de Estado, que deveria ser abolido de imediato.

A conversa esquentou, e os dois despediram-se antes que começassem a trocar sopapos. Em todo caso, deram-se as mãos. Estavam unidos na luta contra o autoritarismo do governo Bernardes, que manteve estado de sítio em todo o seu mandato, fazendo um dos governos mais repressores da história republicana, como Mário viria a sentir na pele. Arrigo também.

No porão amplo da casa de madame Eneide havia um quartinho escondido, onde Rosa alojou Mário. Ele entrava e saía da casa por uma porta discreta, sempre existente nesse tipo de lugar. Sabia dos riscos, assim como Rosa e Eneide. Disseram para as garotas que Mário era um namorado de Rosa que veio do exterior e estava desempregado. Não deixava de ser verdade, restava saber se acreditariam. A situação tinha de ser provisória, mas estava difícil encontrar outro local, com a perseguição policial aumentada em pleno estado de sítio.

Os cuidados redobrados dos transgressores faziam de Mário um ser quase invisível no lupanar. Quase. Freguês assíduo, doutor Rodolfo era homem de meia-idade com cargo no governo. Usava os cabelos repartidos perto da orelha para, ao penteá-los, tentar disfarçar parte da calvície. Nos lábios escondidos sob o vasto bigode, sempre levava um sorriso de satisfação consigo mesmo que resplandecia nas bochechas coradas. Perfumado e bem-vestido, tinha o hábito de fingir intimidade com os interlocutores que interessavam, dando-lhes tapinhas na barriga. Era aturado, pois tinha posição social e cargo importante. Para as meninas, a tolerância fazia parte do trabalho e *noblesse oblige*. Usavam estratagemas para que o serviço com ele fosse rápido. Era fácil contentá-lo com elogios e outros truques.

Pois bem, esse doutor Rodolfo elegeu Rosa como sua preferida e não desgrudava dela, que fazia de tudo para se desvencilhar do gorducho, principalmente depois da chegada de Mário. O bacharel não primava pela inteligência, mas notava quando o deixavam de adular ou de fazer suas vontades. Ficou de olho, havia algo estranho. Pagou bem, mais do que pretendia, a duas ou três garotas para ver se lograva desvendar o segredo, mas não conseguiu resultados palpáveis. Era meio surdo do ouvido esquerdo, mas o direito seguia atento. Certa noite regada a champanhe francês, ouviu o comentário de uma rapariga, dirigido a outra pessoa, sobre os olhos azuis do forasteiro que encantara Rosalina.

O bacharel fingiu cochilar e cair em sono profundo, estendido no sofá da sala, onde não raro passava as noites de bebedeira. Madame Eneide já se acostumara a deixar o solteirão rico pernoitar por lá. Em plena luz do dia, ele costumava sair pela mesma porta discreta que Mário utilizava. Era um chato, porém bom freguês.

A casa já estava em silêncio, mas doutor Rodolfo ficou atento aos movimentos da madrugada. Quase dormia quando ouviu leve ruído de chinelos de pano na escada. Era Rosalina. Ele a seguiu com os olhos e percebeu que se dirigia ao porão. Segurou os sapatos e, na ponta dos pés, foi para lá. Estava escuro, apenas a luz tênue vinha das frestas da porta fechada ao fundo. Ele tropeçou num abajur, o local era entulhado de quinquilharias. Temeu ser descoberto, mas ninguém notou o barulho, deviam estar ocupados no quarto. Caminhava com cuidado redobrado, seguindo o som dos gemidos sem dor. Empurrou levemente a porta e viu, à meia-luz, pela fresta, os corpos de Rosa e Mário grudados. *Voyeur*, esperou para compartilhar o prazer. Depois partiu de fininho, à francesa, pela saída secreta, que conhecia bem.

Rodolfo pensou uns dias antes de decidir o que fazer. Não queria deixar Rosalina desconfiada. Estava certo de que se tratava de rufião protegido por ela. Enfim, resolveu pedir ajuda a amigos na polícia. Eram tantos que nem sabia a qual deles solicitar a gentileza. Falou com doutor Flores, melhor recorrer ao mais graduado, para quem seria menos embaraçoso retribuir o favor oportunamente. O delegado mandou dois subordinados ficarem de campana na frente do casarão. O plano era dar uma lição no suposto gigolô estrangeiro para que não aparecesse mais e deixar nele uma lembrança inesquecível da Cidade Maravilhosa.

Mário saía bem cedo para o trabalho. Certa manhã, ao colocar os pés na rua, foi abordado pelos policiais. Antes que pudesse reagir, tomou um soco na boca do estômago e um golpe na nuca. Foi levado à Polícia Central, desacordado. Mofou o resto da noite no xilindró até que doutor Flores pusesse os olhos nele. O delegado preparava-se para dar o corretivo quando o italiano entrou em sua sala, conduzido pelos policiais. Surpresa, em vez do esperado gigolô, viu um dos subversivos mais procurados. Era acusado de participar da conspiração liderada pelo almirante Protógenes, imprimindo panfletos. Mário não vivia de brisa nem era incongruente para um anarquista trabalhar como tipógrafo para os militares insurretos contra o governo.

O delegado pensara estar fazendo uma gentileza ao doutor Rodolfo, quando era ele quem recebia o favor. Exultante de prazer, comemorou socando o indesejável.

Carmen e os fantasmas do passado

Nos braços de Carmen, Arrigo traçava planos. No fim do ano, fugiriam juntos para o Rio de Janeiro, ao encontro de tio Mário. Na capital, ajudariam a organizar a revolução, que estaria próxima. Ajudariam os companheiros no que fosse preciso, ele escreveria na imprensa operária, redigiria panfletos para conquistar o povo, colocaria a mão na massa para editar e distribuir os jornais nas ruas e nas fábricas, ao lado dela. Quando chegasse o momento, lutariam nas barricadas, arriscando a vida, matando ou morrendo pela revolução. Ergueriam a república soviética do Brasil. E fariam amor nas areias da praia, à luz do luar.

Carmen adorou essa última parte. Mas, com cuidado, ponderou sobre a oportunidade da viagem ao Rio de Janeiro. Tão longe, tio Mário em local incerto, não seria melhor seguir com os estudos e ajudar a revolução ali mesmo, em São Paulo? Além de tudo, os jardins da casa dele sob o luar eram tão excitantes quanto a praia carioca.

Como dizia o falecido pai dela, reproduzindo a lição de sua infância na região da Mancha, todo Quixote está perdido se não encontrar um Sancho para ensiná-lo a colocar os pés no chão. A morena espanhola não mencionou o ensinamento ao namorado, pois sabia que ficaria possesso. Entretanto, levava ao pé da letra a lição ao fazer suas ponderações, com o jeitinho que bem incorporara no Brasil, afinal aqui chegou com dois anos de idade.

O jovem reconheceu alguma sensatez nas palavras da amada, mas não aguentava mais a presença do pai a maldizer anarquistas e bolchevistas. Discutia com ele por qualquer motivo, político ou não. Cada vez mais, o velho dera para cultuar a esposa falecida, projetando imagem na qual Arrigo não reconhecia a mãe. Primeiro, foi a compra do túmulo chique no cemitério da Consolação, logo adornado por estátua angelical. Colocou na lápide uma fotografia tirada no dia das bodas, acima do nome quase completo de casada: Maria Immacolata L. Penteado Ramalho de Castro e Silva Leme.

Arrigo ainda era muito pequeno, estava convalescendo da gripe e emocionado demais para reparar em detalhes no dia do enterro. Quando ficou maior, questionou sobre a omissão do Liberati no nome da mãe. Doutor Ludovico respondeu que a denominação completa era demasiadamente longa para caber na lápide, por isso abreviou o sobrenome de solteira. Calúnia, não o omitiu, o "L" estava lá para comprovar. Se fosse por desprezo, nem o mencionaria.

Depois veio o quadro encomendado pelo pai para colocar sobre a lareira, a partir de uma fotografia do casal nas roupas de noivos no dia do casamento: dona Imma quase escondida dentro do vestido, reconhecível apenas pelos olhos azuis que o mecenas mandou o pintor ressaltar na imagem. Só vi o quadro quando Aurora certa vez o tirou do baú de que era guardiã. Pintura cara, nem por isso mais expressiva que a pequena foto desbotada de Imma com Mário, mantida por Arrigo em sua sala. Ele se irritava com a versão da história que doutor Ludovico repetia e consolidava ao longo dos anos, da bela e virtuosa Maria Immacolata, que trouxe a alegria e a beleza para a fazenda dos antepassados dele, com seus olhos celestiais, e lhes deu um herdeiro. A fuga com Mário costumava ser minimizada, com o tempo sequer mencionada. Se alguém por indiscrição questionava o desfecho, o juiz logo colocava a culpa no bruxo anarquista italiano que enfeitiçou a princesa, levando-a à miséria e à morte.

A presença de Carmen perturbou doutor Ludovico, trazia recordações que gostaria de sepultar. Repetiu ao filho tudo o que ouvira dos pais: a imigrante queria dar um golpe para herdar a fortuna da família. Deveria ficar atento para não engravidar a moça. Ora, esses jesuítas não recomendavam ler Machado de Assis na escola? Doutor Ludovico era fã do bruxo do Cosme Velho, interpretado à sua maneira. Como Arrigo poderia se apaixonar à moda de Brás Cubas por Marcela, espanhola feito essa Carmen, mais velha que o namorado? Ainda por cima com esse nome de cigana, mulher fatal.

Enfim, o magistrado admitia ter havido ponderação e sabedoria no conselho familiar. Tentaram abrir seus olhos a tempo, como agora fazia com o filho. No íntimo, tinha suas dúvidas, sabia que a adorada Imma não se importava com dinheiro – tanto que deixou o conforto para trabalhar e viver na pobreza. Além de tudo, tola. A desgraça foi o surgimento do anarquista para virar sua cabeça. Tremia ao pensar que o filho repetiria a história. Com o passar dos anos, passou a ver Capitu em todas as mulheres, oblíquas e dissimuladas, dizia sempre. Não se casaria de novo.

Arrigo não aguentava mais, estava a ponto de deixar a casa antes mesmo de terminar os estudos no fim do ano, contra o conselho de tio Mário e o desejo velado de Carmen. Foi quando os azares do destino bateram de novo à porta. O rapaz caiu de cama inesperadamente, com febre alta.

Minha primeira noite no edifício Esplendor

Água na torneira e comida suficiente: ovos, leite de caixa, cereais, bananas, laranjas e um mamão na geladeira. Arrigo acabara de fazer as compras da semana; ao menos eu não morreria de fome no apartamento.

A noite caía. Pela lógica, nesta época do ano, deviam ser seis da tarde. Era o que por acaso apontava o cuco parado nesse horário. Tentei dar corda, ele disparou a cantar. O silêncio noturno trouxe esperança: haviam de ouvir os chamados, o canto do cuco. Bati de novo na janela, na porta. Em vão, pois ninguém notava. E voltei a meu lugar.

O edifício Esplendor andava vazio, Arrigo não tinha vizinhos de andar, estes se mudaram ao constatar a decadência do prédio. Antes de subir, reparara que havia muitas placas de "aluga-se" e "vende-se" no jardim. O lugar estava na mira dos sem-teto. Um guarda noturno ficava lá para impedir a invasão, apitando de hora em hora a fim de marcar presença e mostrando que podia chamar a polícia a qualquer movimento suspeito. Seu apito dava alento, mas ele não escutava os gritos aqui do alto. Além do mais, se numa sexta-feira havia pouca predisposição para socorro, que dizer do fim de semana.

Absorto na escrita e na revisão dos originais, madrugada já avançada, levei um susto ao sentir o toque nas costas. Cheio de esperança, num piscar de olhos, pensei que poderia ser Arrigo, voltei o rosto e vi sobre o ombro esquerdo a mão cheia de verrugas do doutor Ludovico. Sim, ele deixara o quadro novamente para me assombrar e contar a história do pacto com o Canhoto.

Doutor Ludovico falou, com olhos arregalados, do fato sucedido no tempo que seu filho teve tifo, já mais para o fim daquele ano da guerra tenentista em São Paulo. O rapaz passou dias entre a vida e a morte. Suava, delirava e às vezes andava como sonâmbulo. Por sorte, a namorada espanhola aparecia para se revezar com dona Maria nos cuidados. Era a empregada quem estava lá quando aconteceu.

O magistrado acudira ao quarto de Arrigo após ouvir vozes. Viu o jovem saltar em delírio e encenar uma conversa com o interlocutor invisível que ele mesmo representava. Só podia ser o demônio, que falava com voz grossa e cavernosa, enquanto Arrigo respondia com sua fala normal. Interpretava os dois personagens de uma vez, como um contador de histórias para crianças.

O Sinistro fez sua proposta com voz própria, na boca de Arrigo: daria a ele a existência mais longa já conhecida por um humano, com saúde e formosura até o fim, além de todas as mulheres que quisesse ter. Nunca passaria necessidade, em uma vida cheia de aventuras. Arrigo respondeu, em sua fala habitual, que precisava saber o que o Peste desejava em troca. A voz do além pediu total dedicação dele à causa comunista; levaria sua alma quando chegasse a hora, avançando pelo século XXI.

Arrigo considerou que a primeira parte da contrapartida não tinha problema, pois era mesmo revolucionário. A opção comunista não seria sacrifício, melhor ainda com as facilidades amorosas e demais ofertas. Mas ficar para a eternidade no fogo do inferno era demais. Nada feito. Negociaram durante cerca de meia hora, em duelo de oratória que doutor Ludovico jamais veria igual, e na boca de uma só pessoa, por mágica transformada em duas. Terminaram por acordar que Arrigo ocuparia o quarto mais nobre do inferno pelo mesmo período que viveu na Terra, sendo depois liberado para o purgatório, onde negociaria diretamente com Deus os termos de sua entrada no paraíso. Para fazer essas concessões, o Demo incluiu na negociação algumas provações em vida, que dariam uma amostra do que seria sua passagem pelo inferno.

Feito o acordo, a mão direita de Arrigo apertou a esquerda, as duas vozes se apagaram e ele voltou a dormir, a suar, a falar sozinho em línguas estranhas por três noites. O médico do pai chegou a desenganá-lo e um padre lhe deu a extrema-unção. Assustada, Carmen caía em prantos ao visitá-lo, de mãos dadas com dona Maria e o sogro arrasado.

Vendo meu olhar incrédulo, o morto falador repetiu que nunca revelara antes esse segredo, viu tudo com aqueles olhos que a terra já comeu e agora podia ter certeza, pois passara ao Outro Lado. Dona Maria testemunharia, se viva estivesse.

Jacaré acreditou? Nem eu. O magistrado só viu o filho delirando, talvez estivesse fazendo brincadeira com o pai e dona Maria. Mas fica a ponta de dúvida, pois é muito raro um homem passar assim de cem anos com o vigor de Arrigo, pelo menos o que demonstrava até eu chegar para a última visita.

Por desencargo de consciência, registre-se a versão de doutor Ludovico, que ainda disse, antes de voltar para sua pose no quadro da sala: o Demo cumpriu tudo o que prometeu; chegava a hora de Arrigo terminar de fazer sua parte, agora que já não há lugar para o comunismo.

O despertar

De seu lugar na cozinha, dona Maria viu como Carmen soube cativar doutor Ludovico durante a doença de Arrigo. Era mais fácil ele escorregar de novo numa casca de banana que o menino cair pela primeira vez. A moça não a enganava, mas os brancos que se entendessem.

A espanhola dizia ao futuro sogro, com voz embargada e lágrimas nos olhos, como Arrigo era tolo de desprezar a vida ao lado do pai, que lhe proporcionava tudo o que ela mesma não possuía: conforto, educação, segurança, tudo sem ter de se esfalfar em trabalhos manuais. Assegurava não se interessar por política, essas coisas de greve, anarquismo e comunismo já tinham causado sofrimento em demasia. Queria construir uma família e viver bem com a graça de Deus, era católica como toda sua gente. O filho ingrato era muito jovem, ainda iria trilhar o bom caminho e dar alegrias ao pai, estivesse ou não ao lado dela, que agora só queria recuperada a saúde do namorado. No fundo, o rapaz era ótima pessoa, puxara à família paterna, o senhor haveria de ver. Carmen esperava estar à altura das tradições; se o sogro não acreditasse nela, podia ficar à vontade para dizer, ela se afastaria. Pedia apenas para cuidar do amado doente.

O choro e a dedicação ao moribundo plantaram a dúvida em Ludovico. E se estivesse errado em seu parecer sobre a garota? Logo pensava melhor e voltava atrás. Percebia o olhar oblíquo e dissimulado à moda de Capitu. Ruminou o assunto e, ao cabo de noites de insônia, concluiu que poderia ter na espanhola uma aliada para segurar Arrigo em casa e tirar as minhocas vermelhas de sua cabeça. Ela seria mal menor diante da influência nefasta de Mário, que lhe roubara Maria Immacolata e estava de novo no Brasil para levar seu único herdeiro ao mesmo caminho de perdição. Se o filho escapasse da doença.

Aos pés da cama do enfermo, prometeu arrumar emprego para Carmen no fórum, fosse qual fosse o desfecho. Ao ouvir a oferta, um brilho faiscou nos olhos negros, que logo se fecharam para escorrer uma lágrima. Era muita bondade, ela segurou delicadamente as mãos do benfeitor, curvando-se para beijá-la com o agradecimento de filha.

Após uma semana de cuidado médico e familiar, por milagre de Deus ou intervenção do Sinistro, Arrigo acordou. São, como se nada tivesse acontecido. De tudo o que ocorreu, só se lembrava do choro da namorada em sua cabeceira. As coisas jamais seriam as mesmas entre eles. Ainda ficaram juntos uns meses; nos primeiros dias, maravilhados com a continuidade da vida. Depois a sombra do futuro se fez mais escura.

Arrigo insistia no plano de ir ao Rio de Janeiro encontrar o tio. Carmen procurava driblar o jovem com todas as armas de que dispunha. Debalde, conforme se dizia na época. Quanto mais ela insistia e usava seus dotes para convencê-lo, mais ele se distanciava. Passou a procurar os velhos amigos cada vez com mais frequência, deixando a namorada com tempo para se dedicar a trabalhos eventuais nas casas de família. Aborreceu-se por não convencer Lino, Dito, Diana e Irineu a seguirem para a aventura carioca. Gastaria o último cartucho com Carmen.

Aos prantos, após concluir que o namorado manteria a ideia fixa, ela se recusou a ir com ele e ainda disse um montão de desaforos ao filhinho de papai. Ele não sabia o que era dar duro, sempre teria a quem recorrer no caso mais que provável de fracasso dos planos revolucionários malucos. Acusou-o de filho ingrato e de falta de reconhecimento por tudo o que ela sofrera durante a doença dele. Lamentou as ilusões que o *cabrón* plantara em seu coração, desfilando uma coleção de impropérios em espanhol e português, como ele poucas vezes escutaria na vida.

O rapaz não esperava aqueles termos nos lindos lábios que lhe deram o primeiro beijo. A boca que tocara a sua estava agora habitada por verdadeira língua de serpente. Sobrou até para a falecida dona Imma: "*¡Me cago en la puta madre que lo parió al copón!*". Uma vez na vida, concordava com o parecer do pai sobre alguém, sem saber que talvez ele o tivesse reformulado.

Na virada do ano, sob ameaça de ser deserdado, Arrigo juntou suas parcas economias e rumou para o Rio de Janeiro em busca do tio, da revolução e de novas aventuras, enquanto Carmen foi para o fórum, no cargo de escrevente.

Mistério na capital

Ao chegar à capital federal, sem notícia da prisão de tio Mário, Arrigo foi em busca de Rosalina no endereço indicado. Bateu à porta do casarão de madame Eneide. Logo foi posto para dentro pela empregada, cheia de má vontade, que acabara de fazer a limpeza da sala; ela imaginara se tratar de freguês convencional. Era manhã de uma segunda-feira de janeiro, não havia clientes no local, cuja serventia ele ignorava. Mário se esquecera de informar ao rapaz, provavelmente julgando que não levaria adiante o plano de deixar a casa paterna, muito menos naquele contexto de estado de sítio que deixava o clima do verão carioca ainda mais insuportável.

O salão para o qual Arrigo foi conduzido era chique, mobiliado com objetos importados, elegantes como os da casa de seu pai, pisos em mármore de Carrara. Estando vazio de gente, não era qualquer um que perceberia do que se tratava, muito menos aquele jovem que nunca estivera em bordel. O luxo era evidente, e ele ficou intrigado por ter sido indicação de tio Mário, poderia haver engano. A empregada dissera que todas ainda dormiam, antes de buscar alguém para atendê-lo. Ora, ora, aparecer numa hora dessa da matina.

Madame Eneide acabara de acordar, mal refizera a maquiagem e apareceu de roupão para falar com o suposto freguês. Sua silhueta de balzaquiana enxuta chamou a atenção de Arrigo. Beleza não é exclusividade das jovens. O mau humor da anfitriã se dissipara ao chegar à sala e divisar a formosura do garoto, trajado de modo fino e com uma interrogação mal disfarçada no rosto. Deixou-se encantar pelo timbre e pela cadência de sua fala segura, em contraste com a pouca idade, embora parecesse ser mais velho do que era. Fazia lembrar alguém perdido na poeira do tempo, na tenra juventude em Marselha. Disse ao rapaz que Rosalina já não trabalhava na casa, mas que podia chamar outra garota.

Como assim? Só se fosse uma amiga de Rosa que soubesse o paradeiro dela ou de tio Mário. Ao ouvir o nome do anarquista – que Arrigo ainda não mencionara, por precaução –, Eneide estremeceu, logo disfarçou, mas o gesto de surpresa não escaparia ao interlocutor. Ela notou, então, a pequena mala próxima aos pés dele e adivinhou na hora que não era freguês. Disse que nunca ouvira falar no italiano.

Arrigo percebeu o ato falho e perguntou como ela sabia se tratar de um italiano. Madame teve o impulso de colocá-lo para fora, mas resolveu dar-se ao prazer de ouvi-lo um pouco mais. Disfarçou a surpresa e disse que não disse o que dissera. Certo homem passara por ali, realmente, mas dera outro nome. Não sabia se era o tio do garoto. Devia ter ido atrás de Rosa. Não tinha certeza, mas achava que ela retornara ao Recife.

Arrigo se lembrou do plano alternativo do tio e quis saber como chegar ao colégio Pedro II, onde trabalhava o professor Oiticica. De novo, ele intuiu que Eneide faltava com a verdade ao dizer que desconhecia o personagem, mas ao menos sabia dar a direção do colégio. O jovem, então, perguntou se estavam numa pensão. Gostaria de se alojar por uns dias, se pudesse pagar preço razoável; carecia de outros contatos no Rio de Janeiro.

Eneide achou graça, não quis contar ao garoto do que se tratava. Disse que não deixava de ser uma espécie de pensão, ele logo descobriria. Estava lotada, mas havia um quartinho no porão, e ele poderia permanecer ali por uns dias, até achar alojamento mais adequado. Mostrou-lhe o caminho e a entrada alternativa que deveria utilizar; Arrigo foi proibido de entrar pela porta principal e de frequentar os andares de cima. Qualquer dúvida, podia procurar dona Zulmira na cozinha. Assim ganhava tempo para descobrir o que o jovem viera fazer na capital e matutar se podia ajudá-lo sem grande risco.

Antes de deixar Arrigo sozinho no quarto, deu as coordenadas para chegar ao colégio Pedro II, mas aconselhando que não fosse, assim não perderia a viagem em pleno recesso escolar de verão, com a entrada do ano-novo. Faria melhor em flanar pelas belas ruas da cidade desconhecida.

Arrigo deixou para fazer mais tarde seu ninho no pequeno recinto. Aceitou uma xícara de café e torradas e logo saiu em direção ao colégio, em busca do professor Oiticica. Perambulou pelas ruas, fascinado, mas suando em bicas. Madame tinha razão, o colégio estava fechado, às moscas, apenas um porteiro uniformizado tomava conta do edifício. Antes que o visitante abrisse a boca, esclareceu o que Arrigo já sabia: não havia aulas, deveria voltar em fevereiro ou março.

Então o jovem perguntou por Oiticica. Ao ouvir o nome do professor, o vigia ficou visivelmente embaraçado. Disse que não podia ajudar, não sabia quando ele voltaria. Depois de olhar ao redor e se assegurar de que ninguém estava reparando, pegou no braço esquerdo do rapaz e o aconselhou a não se meter nessas coisas do professor. Era perigoso. Largou o braço e não falou mais, retirando-se para a guarita.

Bem, Arrigo já sabia que Oiticica era anarquista e que viviam em pleno estado de sítio. Somados os fatos ao sumiço de Rosalina e ao paradeiro ignorado do tio, logo viu que a coisa andava malparada. Sem saber o que fazer, deu meia-volta rumo à casa de madame Eneide. Ao chegar, entrou pela portinha discreta na lateral, em direção ao quarto. Tirou as coisas da mala e pôs nas duas gavetas disponíveis. Numa delas havia um pedaço amassado de bilhete. Olhou bem, reconheceu a letra de tio Mário. Ele estivera ali, madame mentira. Em que arapuca se metera? Havia um endereço anotado, bairro da Lapa, além de um nome invulgar, Astrojildo. Não lhe era estranho, ecoava ao longe nas conversas com os companheiros de *A Plebe*.

Arrigo foi atrás do endereço; custou a achar, pois não conhecia a cidade, mas as pessoas eram gentis e informavam. Chegou a uma barbearia. Esperou o profissional concluir o corte e despachar o freguês; aprendera com o tio a prudência da discrição. A sós, perguntou por Astrojildo, da parte de Mário Liberati. O barbeiro disse que não conhecia nenhum dos dois. Arrigo falou do endereço anotado pelo tio, o interlocutor português respondeu que era comum os fregueses marcarem encontro ali, mas não conhecia todos pelo nome, nada podia informar.

Saiu desanimado. Antes de virar a esquina, sentiu a mão no ombro. O homem perguntou se ele procurava Astrojildo. Ficou paralisado, temeu que fosse policial à paisana ou bandido a assaltá-lo. Foi pego pelo braço e conduzido à força para um beco, onde certo comparsa os aguardava. De canivete em punho contra seu pescoço, falou em voz abafada: que provasse não ser meganha disfarçado.

Arrigo estava tão assustado que nem teve tempo de raciocinar, disse logo que nada tinha de policial, buscava o tio Mário, que sumira deixando anotação com o nome de Astrojildo. Tirou o escrito do bolso; mal terminara o gesto, sentiu uma pancada na cabeça. Ao acordar, estava numa sala diante de Astrojildo Pereira, secretário-geral do Partido Comunista do Brasil, como viria a saber depois.

Mundo novo e tragédia na Guanabara

Astrojildo apostou na sinceridade de Arrigo quando soube de sua história. Pediu desculpas pela forma como foi levado à sua presença, mas era preciso tomar cuidado, a polícia não dava trégua a seus inimigos. Estava à caça, sobretudo, de simpatizantes dos tenentes e também de anarquistas, socialistas, comunistas e quantos mais julgasse suspeitos de conspiração contra o governo. As cadeias estavam cheias. Resumiu a conversa com Mário, divergia dos anarcoides, mas havia sido um deles, respeitava. Eram lutadores equivocados, ainda seguiriam o caminho apontado por Lênin. Não conseguira convencer Mário, mas permaneciam juntos na oposição a Bernardes, burguês carola, facínora.

Contou ao rapaz sobre o mundo novo que vira surgir em sua viagem a Moscou, com palácios agora em poder de organizações de trabalhadores a construir o futuro comunista, já visível em assembleias operárias e atos comemorativos. Estivera no enterro de Lênin, homenagem de grandeza indescritível, mais de 1 milhão de pessoas na praça Vermelha, pequena amostra das multidões que continuariam o trabalho revolucionário do grande líder no mundo todo. A revolução se daria aqui também, cedo ou tarde, conforme as leis da história. Custaria o sacrifício de muitas vidas, mas valeria a pena.

Não precisou falar do *Manifesto Comunista*, Arrigo já o tinha lido. Nem da Revolução Russa, porque o garoto sabia razoavelmente bem do que se tratava, uma vez que circulava o livro de John Reed *Os dez dias que abalaram o mundo*. Aconselhou o rapaz a retornar a São Paulo, era jovem demais, e a conjuntura, desfavorável. Melhor aguardar oportunidade, que não tardaria, para ajudar a organizar a revolução em sua terra natal.

Arrigo disse que estava na casa de madame Eneide e queria entender o que se passava, qual era a razão para ela negar conhecer o tio. Ouviu, então, o triste relato. Segundo o líder comunista, Mário estava preso; havia notícia de que tinha ido parar na colônia Cleveland, mas nada se sabia com certeza naqueles dias de forte censura e repressão, gente detida aos magotes. Arrigo ficou abalado, precisava saber mais, ajudar o tio. Poderiam tentar descobrir seu paradeiro e denunciar, arrumar um advogado, quem sabe assim teria chance de sobreviver. Oficialmente, não estava na cadeia.

Menos sorte tivera a companheira Rosalina. A polícia baixou na casa de madame Eneide e a levou. Não se sabiam ao certo os detalhes, apenas que seu corpo apareceu desfigurado na baía de Guanabara. Pobre andorinha, deve ter sido vítima de todo tipo de abuso, conforme contaram em segredo duas colegas levadas à delegacia e soltas depois de tomar uma coça. Eneide escapou porque mobilizou contatos, fregueses importantes.

Pela conversa, Arrigo começou a se dar conta da natureza do trabalho exercido na casa de madame. Nada disse para não parecer ingênuo. Temeu pela própria segurança no local. Devia voltar para lá? Foi tranquilizado, Eneide era de confiança. Se permitiu sua estada, é porque era seguro, na medida em que algo podia ser seguro para esquerdistas nas circunstâncias.

O jovem soube da boca de Astrojildo que sua anfitriã não era envolvida diretamente com política, embora servisse a muitos deputados e gente graúda. As raparigas atendiam também a gente nossa; afinal, ninguém é de ferro. Podiam ser boas informantes, mas atenção: havia risco de jogo duplo. Bico fechado, confiar desconfiando.

Arrigo queria saber mais de sua misteriosa protetora. Conforme o chefe segredou, corria a história de que adotou o nome Eneide em homenagem ao antigo namorado em Marselha. Um espanhol anarquista bem moço, chamado Eneas, que se envolveu com bombas e acabou morto pela polícia. Isso teria sido antes de cair na vida e mudar-se para o Brasil. Talvez fosse verdade, pois madame era solidária com revolucionários de todo tipo. Tinha seus limites, dizia quando chegavam. Não recusava gente nossa, como a falecida Rosalina, vinda do Recife. Moça valente, nada disse sobre a turma no Nordeste. Não foi só por causa de Mário que perdeu a vida.

Arrigo ficou chocado. O desejo de desforra venceu o receio. Ele se propôs a continuar a luta ali mesmo, aderindo ao partido. Contou sobre o aprendizado profissional com tio Mário, o pessoal de *A Plebe* e outros companheiros tipógrafos.

Ele mesmo já escrevera algumas matérias como jornalista, era pau para toda obra. Revelava, assim, a natureza impulsiva e destemida que o marcaria.

Astrojildo o olhou hesitante, não seria prudente admitir alguém tão jovem. Ao mesmo tempo, necessitava de gente para ajudar a tocar o jornal *A Classe Operária*, órgão oficial do partido, que estava para ser lançado. Só queria ter certeza das convicções e do caráter do novato.

Arrigo garantia que aprendera muito com os anarquistas, mas que agora eram parte do passado. Os trabalhadores precisavam de partido revolucionário profissional, nos moldes concebidos por Lênin; só assim o proletariado teria força e organização para combater um governo repressor como o de Bernardes e fundar a nova sociedade. O fim da conversa foi o início de sua longa e atribulada relação com o Partido Comunista.

Vida no casarão

Énéide, em francês, perdeu os acentos quando abrasileirada. Eneida em português, conforme a chamavam alguns gozadores, por ser desses nomes que se prestam a rimas, como Julieta, Violeta e Concetta, as amigas de Arrigo na casa de madame. Ele inventou os apelidos de cada uma: a andaluz Maria Dolores virou Violeta, Concetta foi o codinome para Maria Annunziata, siciliana, e Maria Augusta tornou-se Julieta – para rimar mais, ela era lisboeta. Arrigo brincava com as três e ria; ainda não fora subjugado pela sisudez de revolucionário profissional que passaria a adotar no trabalho. Os apelidos acabaram pegando, e assim suas três Marias ficaram conhecidas na casa de madame Eneide. Havia lindas polacas, russas, garotas da Europa central, muitas delas judias, sem contar as brasileiras de nascença. Verdadeira Liga das Nações. Por afinidades culturais, Arrigo dava-se melhor com as três latinas.

Nunca cometi a indiscrição de perguntar o tipo de relacionamento que manteve com elas. Nem com Eneide. Sei apenas que, além de belo, seu jeito encantador conquistou quase todas no local. A estada temporária no quartinho do porão converteu-se em residência definitiva nos meses em que morou no Rio de Janeiro. Ganhava pouco no partido e gastava menos ainda na pensão de madame, preço simbólico. Eneide permitiu que ele frequentasse os cômodos de cima quando soube quem era seu pai. Tinha o álibi perfeito. Filho de paulista quatrocentão aproveitando a vida na Guanabara. Não era incomum, tampouco mentira.

A anfitriã tinha predileção pelo rapaz. Quem a conhecera de antes dizia que seu olhar e seu corpo ganharam outro frescor depois da chegada dele. Reza a lenda que se parecia com Eneas, príncipe plebeu do paraíso perdido da francesa. Naquele tempo, a psicanálise era novidade quase desconhecida no Brasil. Mesmo após sua difusão, Arrigo não seria homem de acreditar no doutor Freud, muito menos de se deitar no divã. Só se fosse na casa de madame, mulher-feita que daria assunto para mais de uma sessão.

Arrigo partia cedo para o trabalho, perambulava pela capital realizando tarefas, em especial de organização do jornal e do II Congresso, ambos programados para maio. Aprendeu a conhecer e a gostar da cidade tão diferente de sua São Paulo. Os contatos partidários permitiram acesso a advogados simpatizantes das causas dos trabalhadores. Localizaram o paradeiro de tio Mário. Estava mesmo na colônia Cleveland, ou simplesmente Clevelândia, como era conhecido o campo de concentração localizado no município de Oiapoque, no extremo norte do país. Começou a batalha jurídica para libertá-lo. Um jovem bacharel alertou Arrigo: poucos saíam de lá vivos ou sem sequelas.

Arrigo logo constatou que o partido era bem pequeno, não atraíra os cuidados das autoridades. Seus organizadores tiveram a prudência de não explicitar que *A Classe Operária* era o órgão oficial do PCB. Arrigo dedicava-se sobretudo à seção de cartas, de bastante destaque: o jornal as publicava com as respostas, não raro formuladas por ele. A proposta era fazer textos didáticos, sem elucubrações teóricas. Funcionou bem por uns três meses, com tiragem crescente, até que despertou a atenção da polícia. Foi o primeiro de muitos fechamentos, quando Arrigo já não atuava no jornal.

Nas horas livres, suas três Marias o levavam passear pela praça Onze, centro da boemia carioca. Berço do samba, do chorinho e do Carnaval, próximo do morro da Providência, onde surgira a primeira favela. De lá e de pontos diversos da cidade vinham negros a fazer músicas. O espaço também contava com alta concentração de judeus imigrantes. As meninas aproveitavam para visitar colegas em cabarés e bordéis, várias estrangeiras. Madame Eneide não gostava de ir à região, tinha horror a misturar-se com profissionais de outra classe do ramo. Quanto a Arrigo, aprendeu a apreciar a música brasileira na praça Onze.

Três santos e nenhum milagre

Não foi a presença de Arrigo na casa de madame, tampouco seu vínculo com o partido e o jornal, o motivo que levou a polícia a ele. O que mais perturbava o governo era a ameaça dos tenentes; a Coluna Prestes perambulava pelo interior do país sem ser batida, e a insatisfação continuava a vicejar nas casernas. As forças da ordem repeliram a tentativa de tomar o quartel da praia Vermelha em maio, o que resultou na debandada dos rebeldes, incluindo ex-oficiais na clandestinidade. A polícia localizou um deles, o tenente Lindoso, peixe pequeno, mas que podia levar aos grandes. Por isso, em vez de prendê-lo, resolveu segui-lo. Demorou certo tempo até a pesca render.

Arrigo não desistia de fazer contatos para ter notícia de tio Mário e tirá-lo da cadeia. Isso envolvia conhecer militares, principal contingente nas prisões políticas. Eram eles os mais bem informados sobre o que acontecia atrás das grades. Já passara da metade do ano quando um advogado de sua relação lhe disse que alguns oficiais costumavam se encontrar num bar em Laranjeiras para trocar notícias. Nunca eram mais de quatro por mesa, para não levantar suspeita. Quem sabe poderiam ajudar.

Seria uma tentativa, depois de tantas frustradas, mas precisava arriscar. Ao chegar, notou uma dezena de mesas ocupadas. Duas delas mais discretas, no canto, com homens cujo corte de cabelo poderia indicar origem militar. Mal Arrigo se aproximara para conversar com um deles, cujo nome era Lindoso, como saberia depois, ouviu gritos dos policiais que entravam a suas costas, armados para fazer uma canoa, conforme chamavam na época a prisão em massa em determinado local suspeito. Viu dois ou três fregueses pularem o muro, enquanto os demais foram parar na delegacia. Eis como o rapaz iniciou sua jornada na cadeia: suspeito de ligação com os nacionalistas.

A notícia da prisão de Arrigo logo chegou aos ouvidos de seus três padrinhos: Eneide, Astrojildo e seu pai. Uma garota viu de longe o sucedido no bar e avisou madame, que não hesitou em contatar o comunista e doutor Ludovico. Sabia que o jovem precisaria de santo forte para escapar da polícia. Dadas as dificuldades da circunstância, melhor três padroeiros que um. Cada qual tomou suas providências para libertá-lo.

Astrojildo realizou os devidos procedimentos de segurança ao saber da notícia infeliz e trocou os locais de encontro que Arrigo conhecia. Depois falou com o grupo de advogados de confiança para tentar libertar o rapaz.

Por sua vez, o pai ficou aborrecido, mas sua voz não demonstrou surpresa aos ouvidos de Eneide, que se apresentara em chamada interurbana como a dona da pensão em que o filho dele morava. Doutor Ludovico agradeceu e acrescentou que falaria com doutor Vital Beltrão, assessor especial do presidente Bernardes para assuntos criminais, auxiliando Sobral Pinto a organizar os presídios. Era parente distante por parte de mãe e saberia dar um jeito. Despediu-se e desligou o telefone.

Registrando o nome do figurão, madame tratou de tomar informações e providências para ajudar o protegido. Apurou que doutor Vital era pai de família, sujeito íntegro e moralista, católico fervoroso, amigo íntimo do presidente. Precisava de um plano para abordá-lo. O caminho era a missa das sete da manhã, que ele frequentava diariamente em igreja próxima ao trabalho no palácio do Catete.

Mais de uma semana se passou enquanto Arrigo esperava a salvação, que tardava. Não era pouco; no cárcere, cada hora era de pesadelo.

A santa e o barqueiro

Madame Eneide colocou seu vestido negro, dos mais elegantes e discretos, cujas rendas, entretanto, deixavam entrever seus seios, ainda atraentes. O caimento da roupa com tecido fino privilegiava a silhueta esbelta e altiva. O rosto coberto com véu escuro, quase transparente, tornava a mulher ainda mais bela e misteriosa.

Passou a frequentar a mesma missa que doutor Vital não perdia na igreja colonial da Glória. Na primeira manhã, sentou-se com discrição à sua frente, no melhor ângulo para que a espiasse sem ser notado, sem parecer desejar atrair o olhar dele. Coisas que profissional de seu quilate, com tantos anos de carreira, sabia fazer melhor que ninguém, sem levantar suspeita. Arfava, ajoelhada, deixando escorrer lágrimas discretas que secava com um lenço branco, levado ao rosto pelas mãos protegidas por luvas de renda. Comoveria qualquer mortal.

Com sua carapaça de moralista sincero e obstinado, doutor Vital Beltrão não era um mortal qualquer. Parecia imune aos encantos de Eneide, que mudava de lugar a cada dia, ajoelhava-se perto dele em suas rezas habituais após o fim da missa, deixava cair o livro de orações no chão para ver se ele o pegava para ela, entre outros estratagemas sem resultado. Depois de algumas missas, deu-se a brecha. Ela rezava em francês junto a ele no altar lateral após o culto, falando em voz baixa e sussurrada, mas possível de ser ouvida. Ao notar o idioma, Vital não resistiu a mostrar que o conhecia e fez breve comentário na mesma língua, terminado com "*Dieu vous bénisse*".

Ela percebeu o sotaque carregado de carioca da elite, mas aproveitou a oportunidade para elogiar sua pronúncia. Ele agradeceu em francês correto, mas sofrível, e ela retrucou fingindo surpresa com uma pessoa falando tão bem sua língua; que alívio encontrar alguém com quem conversar no idioma materno. E pôs-se a contar suas desventuras, falando devagar, em francês claro e comovido, voz tão sensual e encantadora que hoje poderia ser contratada para gravar anúncios, dar avisos em aeroportos, fazendo seu pé-de-meia com mensagens de espera nas linhas telefônicas bancárias ou atendendo a clientes privados apenas com a voz na internet.

Eneide contou a Vital que era viúva, temente a Deus, incompreendida nesta terra de pecadores, onde só permanecia para cuidar do sobrinho. Por erro da polícia, ele fora preso sob a falsa alegação de ser contrário ao governo. Podia ter falado alguma coisa indevida, a ser perdoada na boca de jovem inexperiente, menor de idade. Entendia o zelo das autoridades naqueles dias conturbados, confiava nos poderes constituídos e esperava ser possível uma solução legal para reparar a injustiça com o pobre Arrigo. Mas não tinha contatos suficientes no país. Vinha à missa todos os dias e rezava sem parar, só a misericórdia divina poderia salvá-lo.

Vital aproveitou a chance de falar francês, que lia bem, enquanto a viúva o devorava discretamente com os olhos de súplica. Ele incentivava as preces, nada era impossível para a Virgem. Anotou o nome do garoto e – sem mencionar o cargo que ocupava – disse que perguntaria por ele a seus conhecidos no governo. Eneide deu trela ao diálogo, às vezes não entendia bem o que ele falava. Percebia que o inverso era verdadeiro, mas seguia elogiando o domínio dele do idioma. Pediu que continuassem a conversar após as missas, quem sabe não seria o homem enviado pela Santíssima para ajudá-la.

Um belo dia, quando as conversas já haviam atingido o ponto de não retorno para o doutor Vital, sucedeu algo fora dos planos de madame: assim que ela se afastou da porta da igreja, deixando sozinho seu parceiro, certo homem gordo e reluzente aproximou-se dele. Era doutor Rodolfo, conhecido do tempo de faculdade, aquele mesmo solteirão que delatara Mário à polícia. Veio com seu leve sorriso nos lábios, de quem mal escondia o prazer de descobrir um segredo. Melhor ainda se tivesse a oportunidade de revelar algo sigiloso à pessoa que, supunha, ficaria perturbada com a surpresa.

Depois dos cumprimentos formais de todas as ocasiões, como quem nada quer, Rodolfo deu um tapinha na barriga de Vital e perguntou sobre madame Eneide, sua conhecida de certa casa proibida para homens comprometidos. Bem se via, agora ela mudara de vida e estava frequentando a igreja, glória a Deus.

Doutor Vital não demonstrou emoção, apenas disse que nada é impossível para a misericórdia do Senhor. Fez de tudo para se mostrar impassível, sem dar ao interlocutor o gosto de vê-lo perturbado. Pouco provável que tenha tido sucesso, pois doutor Rodolfo se afastou com um jeito presunçoso que Vital nunca perdoaria, por mais católico que fosse. O homem deveria saber que o prazer pela humilhação momentânea teria seu preço, no mínimo a conquista de inimizade eterna.

A revelação sobre Eneide só não foi mais devastadora porque doutor Vital estava lendo um livro recente, que caíra em suas mãos no gabinete presidencial, levado por um congregado mariano, indignado com a obra. Vital torceu o nariz para a influência do modernismo, chocou-se com certos trechos, mas foi seduzido pelo poema chamado "Balada de Santa Maria Egipcíaca". Não havia de ser mera coincidência, os tortuosos desígnios de Deus o teriam levado a ler os versos, traduzidos em francês para madame no encontro seguinte, em voz ainda mais baixa que a habitual, ajoelhados aos pés da Virgem.

O poeta narra o episódio em que a futura santa seguia em peregrinação à terra do Senhor quando teve de atravessar um rio bem largo, mas não tinha dinheiro. Pediu o favor ao dono do barco parado junto à ribanceira. O homem, duro e sem pena, disse que não faria o serviço de graça e exigiu em troca nada menos que seu corpo. Como precisava cruzar o rio, ela respondeu ao gesto do homem duro com graça divina: despiu o manto e entregou ao barqueiro a santidade de sua nudez.

Pelo santo, beija-se a pedra? Doutor Vital intrigou-se com a ideia de que os pecados da carne seriam o preço para chegar à terra do Senhor. Como conhecia a vida dos santos, ficou mais perturbado: Maria do Egito, ao fazer a peregrinação, ainda era prostituta tal e qual Eneide, conforme acabara de saber. E continuou a vida de luxúria até chegar a Jerusalém, onde se arrependeu dos pecados e se retirou para uma vida solitária de meditação ascética no deserto.

A transposição do caso para seu *affaire* com Eneide era confusa, embaralhavam-se os papéis. Quem entregaria ao outro a santidade de sua nudez? Quem fazia o papel da santa e quem faria o do barqueiro? Não havia clareza sobre quem, afinal, demandava favor indevido em troca de pedido justo. Nem sobre qual pecado estava envolvido no negócio.

No poema, a futura santa fazia um pedido razoável ao barqueiro: queria ajuda para atravessar o rio que levaria à terra sagrada. Em troca, ele exigia preço alto, a entrega do corpo dela, que acatou a proposta. Aceitava o meio vil como sacrifício para atingir um fim sagrado. Ou o fazia de bom grado? Nesse caso, haveria pecado do barqueiro?

Vital, no papel da santa, considerava justo o próprio pedido: a outra margem do rio era o amor de Eneide, pecadora que ele gostaria de redimir com sua devoção. Mas ela cobrava preço elevado pela travessia, nada menos que a honra do homem público a interceder pela liberdade de um subversivo perigoso.

Por sua vez, interpretando a santa, Eneide fazia um pedido que julgava legítimo: a liberdade de Arrigo, tão jovem e injustiçado. Previa Vital como o barqueiro a pedir seu corpo em troca, que daria de bom grado ou em sacrifício, não importava. Ou ao menos que aceitasse seus favores no negócio proposto; afinal, não era nenhuma santa Egipcíaca arrependida.

Entretanto, Vital não tinha intenção de ser o barqueiro do poema, tampouco a santa. Ele aceitaria o amor de Eneide, daria o seu em troca, nada mais. Duplamente inviável para a andorinha: não abria mão de conseguir a liberdade de Arrigo nem aceitaria dar ao doutor mais que o corpo.

Caleidoscópio giratório: conforme o ponto de vista, cada um podia estar na pele da santa, mas também na do barqueiro, de ambos ou de nenhum dos dois. Admitindo ou não, cada qual pedia um preço sem entrar em entendimento sobre o objeto da venda. Difícil regular o escambo.

Quando o barco está no meio da viagem, diante de inesperado rodamoinho, pode atingir um ponto de não retorno. Difícil manter-se à tona, ainda mais se o barqueiro perde o leme. O local da parada torna-se uma incógnita, pode ser o fundo do rio.

Tudo isso foi pensado após a leitura do poema, mas nada se verbalizou. Sem combinar explicitamente, cada qual imaginou que o par corresponderia a seus planos. Acabaram juntos em cama de hotel escondido no bairro do Catete, perto da igreja da Glória, do palácio onde Vital trabalhava e não distante do casarão de madame. Mais de uma vez, por três dias e três noites, só interrompidos de manhã bem cedo para irem à missa, até que, por fim, Eneide disse a ele que Arrigo estava sofrendo na cadeia, não poderia esperar mais.

O doutor teve um baque, viu nela a figura do barqueiro, na forma de bela navegante a cobrar o que sua ética de homem da justiça não poderia admitir. Mas faria de tudo para tirá-la da vida em pecado, viveria eternamente junto a ela, ainda que tivesse ele próprio de pecar outra vez, largando mulher e filhos, até mesmo o posto de assessor do presidente. Deus sabia da sinceridade de seu amor, não se tratava apenas de fraqueza dos sentidos, o desejo da carne dava forma ao sublime que nunca imaginara antes de estar nos braços da barqueira. Só podia ser coisa de Deus, que saberia perdoar seus pecados.

Eneide ficou indignada, tanto trabalho com esse homem sem receber a paga pretendida, barqueiro mentiroso, aproveitou-se dela sem a levar à outra margem! Riu-se da oferta de Vital, aguentar um carola daqueles para a vida inteira, nem que libertasse Arrigo e esvaziasse as cadeias. Que ficasse com a mulher, pobre coitada.

Vital sentiu-se traído, sua Eneide não passava de barqueira do inferno que tentou sua alma e recusou sua oferta mais nobre. Desfeito o *affaire*, podia calar, tudo ficaria entre quatro paredes, desde que doutor Rodolfo não desse com a língua nos dentes nem Eneide pecasse pela indiscrição.

Entretanto, doutor Vital era homem sincero, fiel a suas convicções. Arrasado e arrependido, contou tudo à esposa e aos filhos, também ao confessor, claro. Dizem que recebeu a penitência de vestir ternos pretos pelo resto da vida e nunca mais sorrir. Há controvérsias sobre o castigo ter sido imposto. Uma obrigação como essa é difícil de cumprir se vem de fora. Mais provável que tenha feito a promessa a si mesmo, pois morreu bem velho, sem nunca a quebrar. Resta saber se foi só esse o motivo de penitência tão austera.

A travessia daquele rio afetaria a vida pública de doutor Vital Beltrão, mas levaria tempo. Arrigo ainda aprenderia com ele a gostar da poesia de Manuel Bandeira quando se conheceram, anos depois.

Nas bastilhas de Bernardes

Doutor Ludovico deixara o filho na cadeia por uns dias antes de intervir, na esperança de que se corrigisse. Não supunha encontrar resistência à iniciativa. Quando doutor Vital recebeu sua carta, intercedendo por alguém que, afinal, descobriu ser seu parente distante, já estava a par do assunto, arrasado com o episódio das conversas em francês. Laços de sangue, caso de amor, cartas de presos de posição social fazendo denúncias que considerava exageradas, nada disso importava. Sua honra de homem público não se deixaria macular. Cumpria o dever ao lado do presidente, que tinha condições de levar o país por um bom caminho. Fez-se de morto e não respondeu ao familiar.

O silêncio foi tomado como desaforo pelo solicitante do favor, que sabia mexer seus pauzinhos, conforme dona Maria gostava de repetir. Doutor Ludovico mobilizou até ministros para livrar o menino e exonerar o parente. Ignorado, viu na desfeita algo mais grave que a prisão do filho menor de idade. Bernardes, no entanto, mandou o recado: garantiria a vida de Arrigo na cadeia, mas não afrontaria seu servidor mais fiel, que tinha motivo para denegar o favor.

Ludovico teve de esperar a posse do sucessor, Washington Luís, seu amigo em São Paulo. Ele não se recusaria a atender ao pedido. Além disso, estava disposto a pacificar o país. Ou seja, Arrigo provavelmente seria solto mesmo sem o pistolão, como ocorreu com outros presos políticos logo após o início do novo governo. Antes desses acontecimentos, Bernardes ainda mandava e, por extensão, Vital tinha poder. Nenhum dos três padrinhos pôde libertar Arrigo, de modo que o jovem sentiu na pele o que nunca imaginara.

Arrigo e os demais presos no bar em Laranjeiras foram encaminhados à delegacia da Polícia Central, para onde iam regularmente os suspeitos de qualquer crime. Viu-se no meio de supostos bandidos de todo tipo, além de prostitutas, mendigos e pobres, na maioria negros, suspeitos de sempre, fora a leva de acusados políticos. Feita a triagem, o delegado logo viu que se tratava de peixe pequeno e podia esperar o interrogatório, então foi levado a uma cela com apenas alguns jornais a forrar o chão.

Após mofar ali por alguns dias, certo carcereiro sugeriu, com jeito de cumplicidade, que poderia ajudar. Pediu bastante dinheiro para entrar em contato com um familiar. Sem a intenção de recorrer ao pai, Arrigo mencionou madame Eneide, mas não tinha a soma solicitada. O cúmplice disse que era o de menos, podia entregar o restante da quantia depois. O preso teve a imprudência de entregar tudo o que tinha no bolso, esperançoso e satisfeito por ter obtido desconto no negócio.

Caíra na conversa do achacador e ficou sem meios para barganhas mais seguras. Ao insistir em protestar, foi levado ao porão, onde ouviu desaforos e impropérios que fizeram as palavras que Carmen lhe dirigira na despedida em São Paulo parecerem coisa à toa de gente pouco educada. Agora, no porão, o jogo era outro, envolvia amedrontá-lo e aviltá-lo, com insultos, pontapés e bofetadas.

"Arrigo, pede arrego!", dizia o torturador. Frase que ouviria muitas vezes na vida. Desacostumado a apanhar, de início não se protegeu dos murros no tórax. Sangrando pela boca, foi levado de volta para a cela. Antes de desmaiar, ouviu a advertência sussurrada para que se comportasse bem, ou levaria outras palmadas no peito ou, então, o cano de borracha. Arrigo não sabia do que se tratava, mas logo se imaginou apanhando com uma mangueira do material ou que ela fosse introduzida à força em sua boca ou em orifícios mais delicados.

O jovem estava quase recuperado da surra quando foi levado à presença do major encarregado da investigação em plena sede da Polícia Civil, coisa de estado de sítio. Ele apurara o parentesco com Mário Liberati, envolvido na edição do manifesto nacionalista do almirante Protógenes no ano anterior. Agora Arrigo havia sido preso na companhia de oficiais rebeldes em Laranjeiras. Qual era sua ligação com os tenentistas? Não havia, já se sabe, não tinha como inventar. Disse apenas a verdade: foi ao bar justamente tentar localizar o tio que o investigador mencionara. Não convenceu o major.

O delegado Flores estava de plantão, ia dormir em sua sala na Polícia Central e não queria ser importunado à noite com gritos vindos do porão. Por isso, o major pediu para dois especialistas levarem Arrigo à praia do Leblon, deserta na época. Quem sabe a brisa do mar refrescaria sua memória – costumava funcionar com outros meliantes. Carregaram com eles a palmatória, pesada raquete de madeira com alguns furos ou protuberâncias, a depender do modelo, e que servia para atingir não apenas a palma da mão, mas também outras partes do corpo, até mesmo a genitália.

Exemplares mais simples do produto eram usados por professores para punir alunos indisciplinados nas escolas. A criançada temia o fantasma de madeira, a assombrar até gerações posteriores, que não conheceram o castigo, mas ouviam de pais e avós louvações aos velhos tempos da palmatória, quando então, sim, o mundo andava em ordem. Como a maioria não tinha possibilidade de frequentar salas de aula, alguns só viriam a conhecer a versão adulta do objeto quando levados à cadeia. Não foi o caso de Arrigo, cujas mãos costumavam ficar em fogo de palmatória após as traquinagens no colégio jesuíta. Saudade das classes mistas, sem castigo, da Escola Moderna na avenida Celso Garcia.

No automóvel, a caminho do Leblon, os investigadores contavam a Arrigo sobre a palmatória e outras ferramentas de suplício. Na praia, as ocasiões em que sofrera a ação do instrumento pareceram suaves lembranças de infância, diante da virulência dos brutamontes. Cansados de tanto bater, esperando uma cooperação que não poderia vir e diante do esgotamento do supliciado, resolveram levá-lo de volta. Furiosos, avisaram que viraria borboleta para ver se soltava a língua.

Arrigo conta que, na Polícia Central, os presos temiam ser deslocados para a geladeira, uma cela sujeita à ação das vazantes e das enchentes, fria e sempre lotada de acusados de todo tipo de crime. Durante o estado de sítio, chegou a abrigar quase duzentos presos em espaço projetado para vinte, no máximo trinta. Os desafortunados, frequentemente dependurados nas grades, não tinham como distinguir o dia da noite devido à falta de luz e ao revezamento do espaço para dormir no chão, sem sequer a proteção das folhas de jornal disponíveis nas outras celas.

Os policiais costumavam ameaçar os presos de virar borboleta, expressão que significava ser transferido para a geladeira. Naquela época não havia refrigeradores elétricos. Arrigo foi testemunha da evolução tecnológica. Capturado no pior momento da ditadura militar, ouviria de novo o termo "geladeira" para designar o método de tortura que consistia em trancar a vítima numa cela estreita e baixa o suficiente para não deixar a pessoa permanecer em pé. Uma vez instalado no local, o preso era submetido a variações de temperatura, da mais gelada ao calor insuportável, sem água ou comida, sujeito a sons desagradáveis ao extremo. Há quem diga que, além de barulhos vários, tocavam *hits* patrióticos. Outros tempos.

Naquele 1925, Arrigo teve de se haver com cerca de uma centena de presos na antiga geladeira, administrada pelo mais velho na cela superlotada. O delegado avisara: ninguém seria fuzilado, a ideia era fazê-los morrer aos pouquinhos. Por sorte, havia outros três ou quatro presos políticos na geladeira, dois deles tenentes parrudos que protegeram Arrigo da ação de certos hóspedes da cela, nos quais ele reconhecia bandidos vis, mas nem por isso mereceriam tratamento tão infame.

Galos na ilha

A crueldade e a convivência entre homens de classes diferentes e desclassificados ficaram ainda mais evidentes e chocantes para Arrigo em seu destino seguinte, a temida Casa de Detenção. Lá, a hierarquia preponderava nas chamadas ilhas dos inocentes, salões organizados conforme o critério do diretor, que distribuía os presos de acordo com a posição social, em graus de comodidade decrescentes, se é que alguém tinha conforto no local. No primeiro salão ficavam aqueles mais nobres, como profissionais liberais; no segundo eram alojados funcionários públicos, estudantes e outros; no terceiro, um conjunto de pessoas de alguma educação, mas carentes de relações; o quarto salão se reservava a presos considerados mais perigosos, incomunicáveis. A qualidade da comida, o tratamento dos guardas e o acesso a médicos seguiam a mesma escala. Além dos salões havia outros espaços, crescentemente degradantes.

Arrigo foi alojado no segundo salão, junto com os estudantes, mas apenas na etapa seguinte de sua passagem pela Detenção. Antes teve de suportar o porão, como era conhecido o espaço de cubículos úmidos e sujos no subsolo. Celas para quatro pessoas por vezes abrigavam até vinte. Jovem e belo, sem a proteção dos militares da geladeira na delegacia central, Arrigo ficou exposto a piolhos, percevejos, muquiranas e outros bichos que atazanavam os presos, dois deles dispostos a forçá-lo a praticar indecências, como se dizia na época. Além de bonito, o rapaz era forte e valente, arrumou briga que alvoroçou a cela com tantos gritos e algazarra que os carcereiros intervieram, em meio ao revoar de baratas que infestavam o porão, sem contar os ratos.

Estropiado, Arrigo tomou uma descompostura do carcereiro e foi colocado no chamado túnel, solitária escura, dois metros de profundidade por um de largura, pé-direito baixo. Mofou ali durante cerca de uma semana, privado de limpeza, sem ver atendidos seus pedidos de socorro médico, recusando a comida escassa e péssima, até que o guarda veio abrir a porta da cela e o conduziu ao segundo salão do andar de cima. Ouviu que tinha sorte, algum santo de fora intercedera por ele, que ficou imaginando quem seria o benfeitor, o pai ou Eneide. Nunca soube. Mais tarde, conjecturou que poderia ter sido o doutor Vital Beltrão.

Arrigo estava acostumado com o inferno da Detenção quando foi transferido para o presídio da Ilha Rasa. Colocar presos em ilhas, particularmente presos políticos, é prática antiga, nem sequer poupa figurões. Ainda menino, já ouvira dizer que até Napoleão Bonaparte morreu aprisionado em uma. Só não imaginava a angústia gerada pelo isolamento no pedaço de terra, divisando apenas água ao redor.

No limite que a vista permitia alcançar na Rasa, distinguiam-se montanhas inacessíveis no horizonte iluminado do Rio de Janeiro. Era a impotência do isolamento que mais perturbava Arrigo, atazanado pelas nuvens de moscas que não davam trégua, alimentadas pelo lixo produzido no local. Militares eram maioria entre os presos na ilha. O governo estava convencido de que faziam parte do complô nacionalista não apenas Arrigo, mas também intelectuais que haviam participado das grandes greves anarquistas, como Everardo Dias e José Oiticica, que tornaram a estada nessa prisão menos solitária.

Everardo era amigo de tio Mário, colaborava com *A Plebe*, velho conhecido de Arrigo. Fazia apontamentos para escrever um livro sobre as bastilhas de Bernardes. Endereçava cartas com denúncias detalhadas da vida nas prisões ao próprio presidente e a auxiliares, como doutor Vital Beltrão. Nunca teve resposta, era detestado por eles devido a sua conhecida pregação de livre-pensador. Trazia no rosto e na voz um travo amargo com a vida nas prisões, especialmente com o caráter de vários parceiros de infortúnio. Estava saturado dos baratinadores, presos que viviam para descobrir segredos dos demais, sem contar aqueles capazes de tudo em troca da liberdade, até mesmo de delatar companheiros.

Arrigo compartilhava o sentimento de revolta com as condições nas cadeias. Um sistema que produzia aquilo não teria salvação. Reforçava suas convicções comunistas, via no ceticismo de Everardo o sinal do ultrapassado. Ele, Oiticica e tio Mário seriam símbolos heroicos de um passado utópico a ser suplantado pelo socialismo científico de Marx e Engels, comprovado com a vitória da Revolução Russa liderada por Lênin. Não imaginava que Everardo já aderira ao Partido Comunista nem que, ao sair da cadeia, viriam a trabalhar juntos, sob a batuta de Astrojildo.

Everardo apresentou o rapaz ao professor Oiticica, que ouviu a história da visita frustrada ao colégio Pedro II e o conselho do porteiro para se afastar dele. O mestre ensinou Arrigo a cantar o hino que compôs para reanimar os presos. Não havia clima para a Internacional ou canções proletárias que empolgaram os meios revoltosos anarquistas fazia pouco tempo. O ambiente era outro, Oiticica e Everardo eram dos raros personagens repetidos nas revoltas bem diferentes.

O hino da Rasa rimava "nação" com "revolução". Era entoado por todos à noite, a plenos pulmões, no barracão dos prisioneiros na hora de dormir. Cantavam com entusiasmo até as vozes silenciarem aos poucos, vencidas pelo cansaço. Desde antes de Cabral já se sabia que o galo precisa de outro, mais outro, e tantos mais, cada um se alimentando do canto anterior para tecer a manhã. Galos exaustos, esquecidos no silêncio da noite oceânica.

Pirata

Na companhia de galos afônicos e andorinhas de asas quebradas em busca do verão, Arrigo passou por prisões de diversas ilhas – Trindade, das Cobras, das Flores –, até ser transferido ao presídio do Bom Jesus e, finalmente, à Casa de Correção. Périplo de quase ano e meio, escola de vida e morte.

Estava no pátio da Correção no momento em que viu ao longe figura que lhe pareceu conhecida, um pouco arcada, combalida pelas agruras da cadeia. Um preso gritou: "Ei, pirata!". Quando o suposto bandido se voltou, Arrigo viu o tapa-olho na vista esquerda. Chegou perto da presença cada vez mais familiar, que só reconheceu em definitivo ao mirar o olho azul de fora. Era tio Mário. Deram-se um abraço forte e comovido, como no reencontro após a morte de dona Imma.

A imagem estropiada contrastava com o ânimo de sempre, e ele logo falou dos companheiros que estariam à espera fora da cadeia; tinha notícia da Coluna Prestes por intermédio de nacionalistas presos. Na pior das hipóteses, o governo Bernardes estava terminando, e seu sucessor não teria como manter o estado de sítio e a repressão no mesmo patamar. Otimismo da vontade.

A fala foi interrompida por um acesso de tosse. Em seguida, ele perguntou a Arrigo como fora parar na prisão. Ouviu atenciosamente seu relato, com um pouco mais de pormenores do que foi possível narrar aqui, com duas exceções. Seria penoso demais para o tio saber naquele momento o que acontecera com Rosalina. O jovem teve o impulso, mas não a coragem, de dizer a ele. Pela primeira vez sentiu compaixão por seu herói de meninice; preferiu dizer que provavelmente Rosa tinha voltado ao Recife, por isso não a encontrou na casa de madame. Tampouco contou ao tio sobre a entrada no Partido Comunista. Logo mudou de assunto, quis saber o que se passara, como ganhou o tapa-olho. Pouco à vontade para responder, Mário começou a relembrar da vida dura e feliz dos dois no tempo de Imma.

Arrigo mirou o mentor com certa nostalgia, revolucionário de outra época, raro anarquista preso, em meio a centenas de nacionalistas e mais alguns socialistas e comunistas, estes os portadores do futuro, da verdadeira revolução que estava por vir, inspirada no triunfo soviético, pensava. Não era o momento de falar sobre isso – nem seria polido naquelas circunstâncias. Insistiu em indagar ao tio sobre o que se passou com ele, ouviu uma resposta curta. Descobriria detalhes por outros meios.

A punição escravocrata atingira tio Mário novamente quando estava no navio-presídio Campos, ancorado num canto escondido da baía de Guanabara. Ficou conhecido como navio fantasma entre as centenas de prisioneiros, em geral marinheiros e soldados expulsos das Forças Armadas por envolvimento com o tenentismo, incluindo ex-participantes da Coluna Prestes, mas havia também operários e outros populares. Tio Mário fez amizade com muitos deles e contava que as condições a bordo eram tais que aquela embarcação poderia ser chamada de navio negreiro, onde alguns eram maltratados até morrer.

Quando certo personagem inominável o viu de novo, lembrou-se dos olhos azuis e das chibatadas que lhe dera anos antes. Italiano petulante, alma negra feito a bandeira dos anarquistas. Fora avisado para não voltar. Não bastaram as cicatrizes nas costas, teria de levar outra recordação do Brasil, estampada na cara. Aproximou do olho esquerdo de Mário o mesmo ferro incandescente com que acabara de machucar seus dedos. Ouviu o grito e sentiu o prazer da brasa apagando o azul. Olhos claros como os do delegado chefe, gosto redobrado de furá-los. Clemente, resolveu poupar uma vista. Mas advertiu: se escapasse dessa e o visse de novo, babau o outro olho d'água.

As andanças de Mário pelos presídios não se restringiram ao navio fantasma. Passou por vários deles – a exemplo de Arrigo –, até chegar à temível colônia Cleveland. A prisão foi a mais tétrica que o tio anarquista conhecera, se é que tem cabimento classificar horrores. Lá centenas de prisioneiros perderam a vida, dizimados por doenças, má alimentação e falta de cuidados médicos. Verdadeiro inferno verde, como era também qualificada, depósito para onde eram mandados os mais indesejáveis, quase a sentença de morte.

Arrigo soube que a colônia penal não era exclusiva para presos políticos, abrigava ainda gente simples, sem envolvimento com a política, não raro sem ter culpa formada, ao arrepio até das leis da oligarquia no poder. Pobres, sobretudo, do Rio de Janeiro e de São Paulo eram enviados para lá em cambulhada, junto com todo tipo de marginais e presos políticos. Assim ensinava o professor Oiticica em conversas indignadas no pátio da Correção, dizendo que o estado de sítio era uma verdadeira higienização oligárquica que colocava nos desprovidos a culpa pela precariedade em que viviam nas grandes cidades.

Não teriam de passar muito mais tempo presos. Foram liberados logo após o fim do estado de sítio, já sob o governo de Washington Luís, que de início se mostrou pacificador.

Retorno do filho pródigo

O ano iniciava com esperanças para todos. Quase todos. Ao sair da cadeia, Mário soube do sucedido com Rosa – mais uma perda difícil de aceitar. Também tomou conhecimento da ligação de Arrigo com o partido. Aconselhou o rapaz a voltar a viver com o pai, precisava ter paciência com o velho, que, a seu modo, gostava do filho. Deveria fazer faculdade e pensar melhor sobre o futuro e suas ideias políticas. A revolução necessitaria dele, mais preparado, em outro momento.

Nos braços de suas três Marias e de Eneide, Arrigo comemorou a liberdade e tratou das sequelas fincadas pelas torturas, cujas circunstâncias volta e meia retornam para assombrá-lo. Encontrou a cidade animada, o teatro de revista celebrava Luiz Carlos Prestes, que conduzira sua invencível coluna em retirada até o exílio na

Bolívia. O espetáculo *Viva a paz* estava em cartaz no Teatro Carlos Gomes, sempre lotado nas noites animadas na região da praça Tiradentes, onde Lia Binatti atuava em *Prestes a chegar*, no teatro Recreio Fluminense, com várias canções em homenagem aos feitos do homem barbado da coluna. Os comunistas tinham esperanças de converter o líder pequeno-burguês à causa do proletariado, dizia Astrojildo.

Arrigo retomara o contato com o secretário. O partido continuava pequeno, concentrado no Rio de Janeiro e em Niterói, mas firme na perspectiva revolucionária. Com o novo governo, conseguiu ser reconhecido; abriam-se novas perspectivas, e o grupo foi crescendo até atingir mil membros em relativamente pouco tempo. O jovem foi bem recebido pelos camaradas, chegou a trabalhar no jornal *A Nação*, do doutor Leônidas, que cedeu aos comunistas o diário de boa vendagem no Rio de Janeiro naquele começo de ano. Logo Arrigo recebeu a tarefa de ajudar Everardo e outros companheiros a construir a organização em São Paulo.

Era o impulso que faltava para o retorno a seu berço. O conselho de tio Mário, os contatos insistentes do pai, certa artificialidade da vida no porão de madame, agora a tarefa partidária. Comovido, Arrigo despediu-se de Violeta, Concetta e Julieta; disse a Eneide que devia muito a ela e prometeu visitá-las.

Doutor Ludovico foi receptivo à volta do filho, que, mais maduro, nada disse sobre a missão do partido e aceitou o apoio do pai a fim de se preparar para a prova de ingresso na faculdade de direito. Dona Maria comemorou a volta do menino e cozinhou pratos especiais para ele recuperar os quilos perdidos nas bastilhas de Bernardes.

"Há margem para buscar aliados entre os tenentes!", era o que Astrojildo dizia a Arrigo, a quem passava literatura comunista, propondo articular o operariado com o campesinato e a pequena burguesia para uma nova revolta contra a ordem. Segredou que foi conversar com Prestes na Bolívia. O secretário também indicava livros de Machado de Assis, como matéria literária à parte.

O jovem atirou-se na distribuição de *A Nação* em São Paulo. Para seu desencanto, atingia raros leitores, os encalhes eram elevados, distribuídos depois em fábricas e oficinas gratuitamente; mesmo assim, bem poucos se mostravam interessados. Arrigo era dos raros militantes na cidade, empenhado na tarefa de mobilizar o proletariado, mas nada era impossível para a meia dúzia de Hércules. Era rival dos anarquistas que, apesar de enfraquecidos, continuavam a editar *A Plebe*. Ele evitava se posicionar em público contra os antigos companheiros, os quais seguia considerando amigos. Em particular, juntava-se aos que os chamavam de anarcoides, a ser dialeticamente superados pelos comunistas.

O cotidiano de Arrigo mudou depois que o partido teve de voltar à clandestinidade e fechar *A Nação* devido à nova lei repressiva, aprovada pelo Congresso. Outras associações e órgãos da imprensa operária, como *A Plebe*, foram atingidos. Seria a gota d'água a transbordar o copo de Mário, que voltou à Itália. Ele recebera uma carta do amigo Gígi, convocando-o para a luta antifascista. Jurou retornar ao Brasil. Desta feita, temeu não viver o bastante para cumprir sua promessa.

Quarteto juvenil

Arrigo teve tempo de tentar recrutar os amigos do quarteto para o partido antes que a tímida abertura das oligarquias chegasse ao fim. Fora recebido por eles calorosamente ao voltar a São Paulo. Entretanto, descompassadas, as cordas já não tocavam com mesmos ritmo e afinação.

Se os três mosqueteiros viraram quatro, não é de estranhar que o quarteto de dona Imma tenha se convertido em quinteto com a chegada de Irineu. Ele continuou ligado ao grupo durante a estada carioca de Arrigo. Seguia católico, terminava os estudos preparatórios para cursar filosofia na Faculdade de São Bento, vinculada à Igreja, embora a família o pressionasse a fazer direito na tradicional faculdade do largo de São Francisco. Ele acabou cedendo, afinal podia estudar na cadeira de filosofia ali instalada e contentar os pais ao mesmo tempo. Não tinha afinidades existenciais evidentes com o grupo, mas gostava de fazer parte dele. Desconfiava-se que a principal razão era a presença marcante de Diana, àquela altura uma bela moça e sua melhor amiga. Mas ela não dava chance a Irineu, que discretamente tentava influenciá-la para o caminho de São Francisco, assim como aos demais amigos.

Entre as sementes que plantava, Irineu só sentia alguma folhagem germinar em Benedito, mas ele se mudara com a família para o extremo da Zona Sul, para lá de Santo Amaro, onde teria arranjado trabalho. Com o tempo, foi perdendo contato com o grupo, para lamento de Lino, que desenvolvera intimidade com ele quando trabalharam juntos na loja de seus pais. Como Arrigo estava no Rio de Janeiro e Dito morava no bairro distante, Lino às vezes se sentia segurando vela para as conversas de Irineu com Diana, o que levava a encontros cada vez mais esparsos do quarteto de cinco que virava um trio. O retorno de Arrigo reavivou a chama por um momento.

O jovem militante cumpria a sério as tarefas atribuídas por Astrojildo. Apesar das dificuldades, ajudou a organizar em São Paulo o Bloco Operário, a seguir denominado Bloco Operário e Camponês, revelando a intenção nunca realizada de atingir a maioria do povo, que trabalhava no campo, agregando aqueles que os camaradas chamavam de pequeno-burgueses revolucionários. Ele se orgulhava de estar nesse bloco que serviria para fazer propaganda, denúncia e agitação política, além de participar do processo eleitoral.

Arrigo nem conversou sobre o partido com Irineu, sem ilusão de convencer um católico arraigado. Dito estava longe, logo o foco foram Lino e Diana. Após a revolta tenentista, ela se adaptou ao trabalho de enfermeira; se não pegou propriamente gosto pela atividade, ao menos era melhor que a antiga profissão de operária. Arrigo a conhecia bem e jogou a isca: poderia aprender a atirar com um militante que era militar e desviava munição para dar treinos esporádicos aos companheiros. Empolgada com a União Soviética e com as aulas prometidas, ela aceitou integrar o partido.

Quanto a Lino, Arrigo descobriu que já se integrara à oposição de esquerda dentro dos partidos comunistas em todo o mundo, inspirada nas posições defendidas por Trótski na União Soviética e na Terceira Internacional.

Vestido manchado

Arrigo decidira aturar o pai, que, por sua vez, não desistia de levar o filho ao que considerava um bom caminho. Sem o avisar, doutor Ludovico convidou Carmen para jantar na casa deles. Mudara de opinião sobre a moça, tão diligente no trabalho a seu lado no fórum. Projetava nela a imagem idealizada que construiu da falecida esposa, Maria Immacolata. Imigrantes do amor, sangue branco do exterior para fortalecer a raça de seus herdeiros.

Dona Maria deixou a carne assada passar do ponto naquela noite, pediu mil desculpas, não era para acontecer. Perturbada, derramou um copo de Châteauneuf-du-Pape no vestido da espanhola, mais elegante e perfumada que nunca. Bem sabia que a sirigaita andava por aí com certos almofadinhas, levava doutor Ludovico no bico, agora vinha com as garras afiadas para o lado do menino. Por fora bela viola, por dentro pão bolorento. Mas era melhor ficar quieta e pedir desculpas pelo estrago, não ia se meter em coisa de branco.

Arrigo ficou surpreso ao rever Carmen em casa, a convite do pai. Chegou a supor que havia algo entre os dois, mas concluiu pela negativa depois do jantar, pois o velho os deixou sozinhos com outra garrafa de vinho sobre a mesa. Conversou educadamente com a jovem, perturbada pela indiferença polida do ex-namorado. Tomaram toda a garrafa, ele mais que ela, empenhada em estimular as lembranças das saudosas festas durante a revolução dos tenentes. A seguir pediu para ser acompanhada até sua casa na Liberdade, tinha certo receio dos imigrantes japoneses que tomaram conta do bairro.

Doutor Ludovico emprestou o Ford Bigode ao filho, já animado com o néctar dos papas, mas sóbrio o suficiente para dirigir e não perder a cabeça. No caminho, Carmen sugeriu uma parada no parque Trianon para olhar a lua cheia, tão clara no céu, e tomar a terceira garrafa que ela pegara sorrateiramente na adega, estoque refeito após o assalto revolucionário. Ligeira, ela não fora vista, exceto por dona Maria, boa negra que saberia guardar segredo, ainda mais depois de ter manchado seu vestido. Disse que cometeu o ato impensado em memória dos tempos da revolução e que não esquecia as noites maravilhosas de liberdade nos jardins da casa do namorado.

Bem, Arrigo estava longe de ser de ferro. Ali mesmo, dentro do carro estacionado perto do jardim a ornar a avenida Paulista, sucumbiu de novo aos encantos da espanhola. Com ar de triunfo, a caminho de casa, ela foi falando sem parar dentro do Ford, o último modelo da série clássica que tanto encantava doutor Ludovico. Homem bom, distinto, culto, honesto, conforme ela sabia agora, trabalhando com ele. Arrigo devia procurar entender o pai. Não imaginava como ele sofrera, e ela muito mais nesses dois anos sem o namorado. Ficou desesperada ao saber que foi preso, corroída de remorso pelas palavras impensadas na despedida.

Quando chegaram ao destino, Arrigo não sabia se estava mais atordoado pelo efeito do vinho ou de tanta conversa fiada. Deixou claro que suas ideias não mudaram uma vírgula e ainda se tornara adepto do amor livre, não pensava em compromisso. Também tocada pela bebida, sem chão após cair das nuvens das próprias ilusões, vendo que sua trama ardilosamente construída não rendera mais que um lampejo de prazer dentro do Ford, Carmen tomou fôlego. Então, proferiu a série bilíngue de xingamentos bem mais ácidos que aqueles que Arrigo ouvira antes de sua linda boca, já sem batom. Na esquina, ainda escutava os impropérios da espanhola, furiosa sobre a calçada em seu vestido novo, todo manchado.

Amigo dissidente

Lino veio com a conversa da crescente burocratização da União Soviética sob Stálin, com excessiva centralização do Estado. Os operários estariam perdendo poder para os burocratas. Arrigo discordou, criticar a suposta burocracia era negar o próprio partido, e sem ele os trabalhadores perderiam o rumo.

Segundo Lino, a mentalidade burocrática invadira a Internacional, mais interessada em garantir as fronteiras soviéticas que em expandir a revolução, sem a qual o socialismo não se realizaria, restrito aos limites de um único país; além do mais, a economia russa era rural e pouco desenvolvida. Ora, respondia Arrigo, a onda revolucionária arrefecera na Europa após as derrotas na Alemanha, na Hungria e em outras partes, era preciso reconhecer. Seria voluntarismo seguir na ofensiva, melhor garantir o socialismo na União Soviética, país de dimensões continentais que, fortalecido internamente, industrializando-se, poderia conduzir as transformações mundiais.

As diretrizes partidárias no Brasil também eram foco de divergência; Lino contestava a ideia das etapas da revolução, que estaria em sua fase democrático-burguesa, segundo a interpretação predominante no partido. Para Lino, a tarefa era organizar desde logo a ditadura do proletariado, recorrendo a uma frente única com o campesinato e os tenentes radicais, representantes da pequena burguesia revolucionária.

Os debates não tinham fim. Para não abalar a amizade, acordaram que ambos queriam a revolução, as divergências seriam acertadas no caminho. O mais importante seria engajar-se em atividades concretas, como a campanha de Everardo Dias à vereança nas eleições municipais paulistanas, candidato pelo Bloco Operário e Camponês.

Apesar de estar de novo na ilegalidade, o partido pela primeira vez apostava na representação institucional, tentando não se iludir com ela. Arrigo, Lino e todos os camaradas sabiam das notórias fraudes no sufrágio, do voto de cabresto nos currais eleitorais do coronelismo, da proibição de voto a analfabetos, mulheres e estrangeiros, o que praticamente excluía os pobres do processo eleitoral. Sem contar a repressão e os demais entraves que tornavam as eleições pouco representativas; pouquíssima gente estava apta a votar. Mesmo assim, os comunistas participaram do processo.

Arrigo, Lino e Diana colocaram as mãos na massa. Junto com os camaradas, percorreram portas de fábrica distribuindo panfletos, fazendo discursos e outras atividades, sem muito retorno. Ganharam raros militantes e votos insuficientes para eleger Everardo. A derrota em São Paulo foi compensada pela eleição de dois vereadores no Rio de Janeiro: Brandão e Minervino. Diante das adversidades, era sinal de que a revolução estava próxima.

Ventos gelados e o encontro com o bruxo

Arrigo foi testemunha da mudança de cenário, especialmente após o VI Congresso da Terceira Internacional, cujos ventos começaram a soprar mais fortes no Brasil depois das eleições, afetando a vida partidária por alguns anos. Um dirigente saiu do Rio de Janeiro para dizer a Arrigo e seus companheiros que a diretiva de Moscou era clara: deviam privilegiar a militância de operários, desconfiar de estudantes, artistas e intelectuais pequeno-burgueses que aderiam ao partido e poderiam tirá-lo do caminho revolucionário. A política era recusar frentes com socialistas, sociais-democratas e outros. Os pequeno-burgueses que quisessem ficar no partido da revolução deveriam assumir um modo de vida proletário.

Arrigo e todos os comunistas brasileiros precisaram se enquadrar, a começar por severa autocrítica. A política de aliança com os tenentes e a criação do Bloco Operário e Camponês tenderiam a esvaziar a organização e colocá-la a reboque da pequena burguesia, conforme o jargão que Arrigo ouvia dos dirigentes. De início, Astrojildo e outros adaptaram-se às novas diretivas, afastando do partido intelectuais, estudantes e militares prestistas. Contudo, sendo eles mesmos originários da pequena burguesia, perderam espaço.

Lino, que já nem ia tanto às reuniões, foi dos primeiros a ser expulso, junto com sua turma, que passou a ser considerada inimiga dos comunistas, em especial depois que Trótski teve de deixar a União Soviética. Lino – então estudante da Escola Politécnica – foi acusado de ser arrogante e de abusar do brilhantismo, um típico intelectual individualista, pequeno-burguês, trotskista, contrarrevolucionário.

Arrigo sobreviveu mais tempo, mesmo incomodado com a situação, pois era crítico explícito do trotskismo. A história operária de dona Imma servia de escudo, assim como a proteção de Astrojildo e Everardo, que, entretanto, estavam em maus lençóis. Quem permaneceu no partido foi Diana, autenticamente operária de pai e mãe, menos interessada nos debates teóricos, poupada do confronto nacional, pois fora enviada para trabalhar em Moscou, onde sua condição de estrangeira com pouco domínio da língua a deixava afastada das polêmicas fratricidas; ela recebia apenas a versão oficial do governo soviético.

Conforme Arrigo ouvia nas reuniões partidárias, a crise com a quebra da Bolsa nos Estados Unidos comprovava um agravamento das contradições do capitalismo, fadado à ruína. Segundo os comunistas, haveria plenas condições para a radicalização das massas, inclusive nos países da América do Sul, cujas economias seriam dependentes, com resquícios feudais expressivos no campo, a exemplo das chamadas sociedades coloniais e semicoloniais. Por isso, como ensinavam os superiores de Arrigo, ainda não haveria condições objetivas para realizar de imediato a revolução socialista no Brasil. Ela deveria ser nacional e democrática, sob hegemonia operária, isto é, do Partido Comunista.

Nesse clima, os comunistas assistiram praticamente inertes à chamada Revolução de 1930, Arrigo entre eles. Isso foi no fim do ano; antes houve um encontro surpreendente em São Paulo.

Em meio ao debate interno que corroía o partido em plena vigência da linha obreirista, Arrigo marcou conversa com Astrojildo numa de suas idas a São Paulo, pois queria entender melhor a situação e prestar solidariedade, devido às críticas que vinha sofrendo. O líder estivera em Moscou e acabara de voltar de Buenos Aires, onde participou do encontro do secretariado sul-americano da Terceira Internacional. Arrigo convidou Lino, com esperança de que os argumentos do secretário o demovessem de posições esquerdistas. Uma última tentativa para livrá-lo da peste trotskista. O secretário não podia nem queria ser visto, muito menos com dois estudantes, mas aceitou o pedido em nome da amizade de Arrigo – ou talvez porque ele mesmo estivesse desorientado, pretendendo ouvir as bases.

Os camaradas já estavam sentados a uma mesa discreta num café na rua XV de Novembro, quando doutor Ludovico apareceu. Arrigo tremeu ao notar que o pai vinha na direção deles, olho de lince para detectar local tão escondido. Pronto, ele descobrira suas relações com o partido e vinha dar um flagrante. Antes que pudesse balbuciar qualquer desculpa, ouviu o pai cumprimentar brevemente os presentes e dirigir a palavra a Astrojildo, que reconhecera pelos olhos claros. Cravou nele sua mirada inquiridora, disse lembrar-se bem da ocasião em que estiveram juntos.

Os três interlocutores gelaram, certos de terem sido descobertos. Para alívio inesperado dos dois jovens, doutor Ludovico logo esclareceu qual foi a oportunidade inesquecível. Vira de passagem o amigo do filho cerca de vinte anos antes, sem ser apresentado. Foi em visita ao grande Machado de Assis no leito de morte.

O líder fluminense enrubesceu de repente, como Arrigo nunca vira; ficou tão perturbado que não conseguiu dar resposta antes de Ludovico emendar que fora se despedir do mestre com seu pai, em viagem ao Rio de Janeiro. Na sala trastejada com simplicidade na casa do Cosme Velho, em meio a tantos escritores famosos, viu um rapaz de sua idade. Ele se dirigiu ao leito do gênio, beijou sua mão e partiu sem falar com ninguém. O ato foi interpretado pelos presentes como simbólico da continuidade do escritor pelas novas gerações. No dia seguinte, Euclides da Cunha escreveu uma crônica, muito difundida, referindo-se ao visitante anônimo. Ludovico não esqueceu, pois ele mesmo tivera vontade, mas não coragem, de pedir a benção ao mestre. Confidenciou ainda guardar o escrito de Euclides, recordação inspiradora, era como se dissesse respeito a si mesmo.

Arrigo e Lino perceberam na hora que a história era verdadeira e que poderia perturbar a vida do secretário se fosse revelada aos companheiros obreiristas de partido, loucos para expulsá-lo como intelectual pequeno-burguês. Astrojildo, entretanto, se desculpou, devia ser engano. Ludovico insistiu para que não fosse modesto, jamais se esquecia de um rosto, e desandou a falar sobre o mestre.

Percebendo ser boa desculpa para o pai não desconfiar do real motivo do encontro no café, Arrigo disse a ele que fora com Lino conversar com doutor Lima, professor machadiano muito popular entre os jovens, em visita a São Paulo. O secretário entrou no jogo, seguiu-se animada discussão sobre os méritos do fundador e primeiro presidente da Academia Brasileira de Letras. Um conservador, falou Ludovico de boca cheia, desses escritores que não aparecem mais. De fato, o maior de todos, bradou o secretário, ponderando que seria conservador só na aparência, que em verdade era crítico, por exemplo, do escravismo. Lino entrou na conversa para contestar: pouco importava a posição política pessoal do escritor, mais relevante era o que dizia sua obra, reveladora da conformação da sociedade brasileira de seu tempo.

Arrigo ia comentar que Machado de Assis era um grande zombeteiro, mas resolveu calar, pois logo viu que a conversa iria longe, com intermináveis interrogações sobre o céu e a noite, sem chegar a um consenso acerca do enigma machadiano. Nem seria prudente continuar aquele jogo de dama com o destino, melhor deixar o bruxo dissolver-se no ar e sair pela janela. Tratou de dizer ao pai que o professor tinha outra entrevista. Doutor Ludovico olhou o relógio, precisava voltar ao fórum. Despediu-se e fez o doutor Lima prometer que o procuraria para falar de Machado em sua próxima visita a São Paulo, dirigindo a Arrigo um olhar de satisfação que ele nunca vira, de quem acreditava que, por fim, o filho andava em boa companhia.

O juiz mal partira, Astrojildo tornou a negar o encontro com o bruxo do Cosme Velho, era engano. Desviou o assunto para o nome que Arrigo inventara de improviso, estava de parabéns pela iniciativa que os tirara de apuro, mas que nome esquisito, doutor Lima!

Lino e Arrigo se entreolharam, sem contestar o chefe, que evidentemente faltava com a verdade. A sós, riram ao imaginar o gesto de devoção, cuja veracidade Astrojildo só viria a reconhecer muito mais tarde, quando o caso passou a ser motivo de orgulho dentro do partido, não de vergonha.

Ao perdedor, as bananas

Arrigo recordou o episódio da visita a Machado de Assis muitos anos depois, quando foi usado na campanha de libertação do ex-secretário, preso após o golpe de 1964. O veterano Astrojildo já não era um comunista poderoso, apenas um homem que amava o escritor, a exemplo de tantos então no governo – militares, empresários e juízes, além de intelectuais que davam ar de respeitabilidade cultural ao regime militar. Assim como o episódio fora usado por Arrigo para se livrar da punição do pai, serviu também para ajudar os advogados a tirarem o comunista da cadeia.

Arrigo imaginava Machado sorrindo de tudo isso, sem se dar ao trabalho de ajeitar o pincenê no escurinho do túmulo. Tornara-se o ponto de consenso entre o próprio Arrigo, seu pai, Astrojildo, Lino e até golpistas militares. Virou objeto de amor de rivais, como Flora, disputada por Pedro e Paulo. Esaú e Jacó numa única pessoa, que não era ela mesma.

Diga-se, a bem da verdade, que Arrigo e Lino nunca espalharam notícia do caso – não só por solidariedade ao secretário, mas também porque eles mesmos eram machadianos e tinham a cabeça a prêmio. Arrigo ainda no partido, Lino já expulso. O castigo chegaria para todos. Eles estariam fora da agremiação antes que começasse o que os paulistas gostam de chamar de Revolução de 1932.

Astrojildo, quarentão, enfrentou alguns problemas com a polícia, mas foi logo liberado. Teve o bom senso de casar-se com a jovem Inês, filha mais velha de Everardo, que, precavido, não a apresentara a Arrigo. O casal retirou-se para o seio dos negócios familiares de produção e distribuição de bananas em Rio Bonito, interior do Rio de Janeiro, onde o antigo secretário teve muito tempo para estudar a obra de Machado de Assis e outros temas literários. A democratização após o Estado Novo marcaria seu retorno ao partido como fundador histórico que nunca mais influiria nos rumos da organização.

Aventura na adega

A onda obreirista atingiu Arrigo, acusado de desvio pequeno-burguês em várias reuniões partidárias. Pior, sendo o pai juiz e herdeiro de fazenda, o filho seria um oligarca. Sem contar a amizade com trotskistas. Desprovido da retaguarda de Astrojildo e Everardo, virou alvo fácil. Ainda no tempo deles, viera a exigência de que se vestisse de modo simples e se comportasse como operário. De início, aceitou, meio a contragosto, e nas reuniões até falava do jeito que aprendera na infância, morando com dona Imma.

Certo dia foi convidado para conversar com um novo dirigente enviado pela direção nacional a fim de reorganizar o partido em São Paulo. Ele cobrou o aumento das contribuições de Arrigo, baixas para um burguês filhinho de papai. O rapaz explicou que era herdeiro, nem tinha conta bancária própria, vivia com pouco. Não adiantou, que arranjasse jeito de obter dinheiro com o pai.

Arrigo viu arrogância, mas também certa razão no discurso. Vivia em conflito interno com os confortos da casa paterna. Tratou de bolar um plano para levantar fundos, mas não suspeita. Doutor Ludovico guardava coisas valiosas no banco, teria pouco o que desviar em casa, exceto… Foi então que se lembrou da bebedeira durante o levante tenentista. A adega era o xodó do pai colecionador, mas a revolução exigia sacrifícios. Vendidas no mercado paralelo, aquelas garrafas preciosas poderiam render.

Uma vez por mês, doutor Ludovico ia à fazenda. Era o momento ideal para o ataque. Só precisava neutralizar dona Maria e fazer com que parecesse um assalto. Assim, propôs a ação ao chefe. Dois companheiros deviam aparecer mascarados num domingo, no horário em que a empregada estivesse na missa. Ele também sairia, diria ao pai que não trancara o portão pensando que dona Maria estava em casa. Programou almoço com familiares, conseguindo álibi consistente. Os camaradas entrariam com o carro para encher o bagageiro com as garrafas, não sem antes arrombar a porta da adega para o velho e os investigadores não desconfiarem. Ele cuidaria que a polícia só fosse chamada no dia seguinte, após a volta do pai.

O chefe ponderou que daria menos trabalho Arrigo entregar a chave da adega; os companheiros fariam quebradeira para despistar os investigadores. O drama é que nem Deus sabia onde doutor Ludovico guardava a chave. Assim, o chefe acatou a sugestão.

Era um domingo chuvoso, o carro entrou na casa com dois homens mascarados. O portão estava aberto, conforme o combinado. Não foi difícil localizar a adega e nem precisaram quebrar a porta, um deles era especialista em abrir fechaduras. O filhinho que se virasse para explicar a desapropriação ao papai. O que fugiu do roteiro foi a presença de dona Maria, que, gripada como nunca, desistira de ir à missa, ainda mais com chuva. Arrigo não contava com isso, pois ela se orgulhava de jamais faltar com a obrigação aos domingos e nos dias santos de guarda.

Dona Maria caminhava pelo jardim e ouviu o barulho na adega, sem perceber o que se passava. Ao entrar, deu com dois homens brindando à revolução, comodamente sentados, sem máscara, ao lado de três garrafas vazias. Assustado, um deles buscou o revólver, que não estava na cintura, esquecera no carro. Ao outro, desconcertado, só ocorreu dizer que eram amigos de Arrigo, a quem esperavam. Ela sabia quando o patrãozinho ia chegar?

A boa velha olhou desconfiada, como sempre. Desde a revolta tenentista o rapaz não assaltava a adega do pai, como foi que esses marmanjos entraram lá sem a chave? Ao mesmo tempo, pareciam conhecê-lo de fato. Aí tinha coisa, mas ela não ia se meter.

Quando Arrigo retornou, os camaradas já haviam partido, sem levar o material. Ao sair, ainda rasparam o carro no muro da frente. Dona Maria nada disse, mas ele conhecia seu olhar de reprovação. Tratou de fechar a porta e misturar as garrafas, que passavam de trezentas, o pai não daria falta de três ou quatro. Ledo engano: doutor Ludovico dominava cada centímetro daquele território, logo notou o que faltava e deu uma bronca no filho. Caso quisesse, podia pedir uma garrafa para tomar com alguma namorada em ocasiões especiais.

Mais furioso ficaria o chefe, que humilhou Arrigo numa reunião do partido, acusando-o de todo tipo de desvio típico de sua classe. Ele ouviu calado, a seguir rebateu sem muito empenho. Ao fim, ficou sem saber se fora expulso ou se saíra por livre e espontânea vontade. Anos depois, reencontrou-se com o personagem no exílio, onde soube se tratar de herdeiro de ilustre e decadente família oligárquica nordestina, cujo membro mais novo aderiu à causa do proletariado.

A Aurora de *Fräulein*

Faço uma pausa para o café, Arrigo tem na cozinha um minicoador, exato para uma xícara. O estoque de pó dá para alguns dias. Sem perder o hábito, dou uns gritos e bato na porta e na janela, sabendo que dificilmente alguém ouvirá. Não posso desistir, procuro manter a calma, cedo ou tarde alguém aparece. Coloco o café perto das narinas do inerte, quem sabe acorda com o cheiro de sua bebida favorita. Observo o camarada, incrível que há pouco ainda continuasse vivo e lúcido, beirando os 110 anos de idade.

É possível montar mais de dois times de futebol no purgatório apenas com a turma diversificada de esquerdistas que, apesar de tudo, atravessou o século XX quase inteiro, alguns avançando pelo XXI. Todos falecidos com mais de noventa anos, em geral bem de saúde até pouco antes de morrer. Mas passar dos cem é demais. Ainda por cima, Arrigo namorava, e dá para desconfiar que o pacto relatado pelo doutor Ludovico tenha de fato ocorrido. Entretanto, há pelo menos um caso parecido de longevidade: o de sua parceira Aurora, algumas primaveras mais nova, guardiã de seu arquivo, muito bem viva e sem suspeita de acordo com o Canhoto.

Aurora é filha única de uma alemã que trabalhara como educadora de jovens, tutora particular. *Fräulein* Elenda esporadicamente aceitava a incumbência de iniciar adolescentes na sexualidade sadia, evitando que caíssem nas mãos de qualquer uma em casas de libertinagem. A prática não era incomum nas famílias de proa à época. Iniciado o garoto, simulava-se o flagrante, e tudo acabava. Tinha suas compensações, mas também riscos para a preceptora. O perigo de engravidar não era o menor deles. Sabia evitar e costumava dar certo.

Nem sempre a prevenção humana é capaz de conter a vontade divina, igualmente submetida aos acasos do destino. A família que dizia se orgulhar de ser católica ofereceu a discrição e a perícia de um médico conhecido. Não seria o primeiro aborto de Elenda; em outras circunstâncias, aceitaria. Mas a idade já estava chegando, pensou em legar ao futuro alguém que talvez redimisse sua miséria. A oferta aumentou, traduzindo-se em dinheiro extra. A pressão foi recusada, bem como os contos de réis, nem mesmo para as despesas do parto.

A professora encontrou transitividade para seu amor. Aurora é um nome cheio de esperança, belo, mas difícil de articular para alemães. *Fräulein* Elenda falava perfeitamente português, sabia pronunciar o nome da filha. Era um modo de se distinguir dos patrícios; ria ao ouvi-los dizer Aurrôrra. Proficiência idiomática é para pouca gente.

Educou a filha com a mesma competência dedicada aos alunos do colégio Dante Alighieri, onde conseguiu emprego como professora primária e bolsa de estudo para a menina, até descobrirem seu passado por intermédio do pai de uma estudante. Ele fora seu aluno no tempo das aulas particulares. Passaram depois pelo Humboldt, e lá o diretor ignorou fofocas e admitiu Elenda no cargo de professora de alemão. Maledicentes sussurravam pelas costas que ela prestava seus favores ao diretor em troca do emprego, mas nunca conseguiram provar.

Cuidados e expectativas redobradas com Aurora. Inteligente, aprendeu bem a língua materna, além de italiano, inglês, francês e espanhol, um pouco de russo, esbaldando-se na língua portuguesa. Após o curso normal no Caetano de Campos, foi das primeiras mulheres a ingressar na Faculdade de Direito do largo de São Francisco. Lá conheceu o homem que tornou o verbo amar transitivo direto para ela. Em alemão, um caso de uso do acusativo.

O amor de Aurora

Para Aurora, assim como para a língua francesa que tanto estudou, erro, sofrimento e limite são palavras femininas, na contramão do português. Amou Arrigo como ninguém. Padeceu com as traições – se é que podem ser chamadas assim, uma vez que ele jamais prometeu fidelidade. Tampouco ela o exigiu. Bem que tentou se vingar, amá-lo pelo avesso nos braços de outro, ou outra. Não conseguia, mas o fingimento era um consolo. Certa vez, Aurora armou uma história e demonstrou ao namorado seus dotes ocultos de atriz, enaltecendo o novo romance, como preenchia o vazio deixado por Arrigo, os prazeres inéditos proporcionados, só para dizer ao fim que estava despedaçada por enganá-lo. Imaginou cada detalhe e foi fiel ao roteiro, derramando-se em lágrimas. Terminada a cena, recebeu um abraço e as palavras inesperadas: "Você vai me abandonar? Ele tem doença contagiosa? Então não é grave. Nada vai abalar nosso relacionamento, se depender de mim. Não há o que perdoar".

Aurora ficou desconcertada; por orgulho, nunca admitiu ter mentido. Leu tudo de Simone de Beauvoir e seu relacionamento com Sartre. Admirava, mas não alcançava ser assim, não era para ela. Em compensação, deixava Arrigo pensar que era sua Simone.

Numa de suas últimas viagens à Europa, Aurora tomou um barco de passeio pelos canais de Amsterdã. Além da beleza do local, sentiu-se tocada pela frase da guia: mais da metade da cidade é composta de famílias de uma só pessoa. Modo inusitado de falar. Família de uma só pessoa. Pensou na vida confortável no amplo apartamento da avenida São Luís, no sítio em Vinhedo. Não era sozinha, tinha sua gata, os empregados e, claro, o amor de Arrigo, em outro lar de um só. A definição servia para ela: família de uma só pessoa.

1932

Foi nesse ano da graça de nosso Senhor que Aurora e Arrigo se conheceram. Ela acabara de entrar na faculdade. Foi recepcionada com cortesia pelos veteranos, entre os quais estava o futuro namorado. Rito de passagem para um *status* estudantil elevado, o trote era violento, com maus-tratos, humilhação e caçoada aos ingressantes. Como rara mulher entre marmanjos, ainda mais com sua beleza exótica de donzela fina, Aurora foi poupada. Teve a seus pés ao menos meia dúzia de herdeiros das melhores famílias paulistanas. O acaso fez Arrigo cruzar o seu caminho.

Entre a carona à casa de Carmen e o levante constitucionalista, a vida amorosa de Arrigo não foi muito longe. O mesmo não se pode dizer do âmbito sexual. Tornou-se freguês de certas casas de bom gosto, ou nem tanto, nas quais gastava boa fração da mesada e do parco salário no *Diário Nacional*, jornal do Partido Democrático e local de trabalho sob comando de Everardo, ambos já expulsos do Partido Comunista, embora ainda se considerassem leninistas. Não tinha especial simpatia pela linha editorial do periódico, mas era um emprego.

Com meninas de várias nacionalidades, aprendia línguas. Italianas havia em profusão, dialetos que faziam lembrar a tenra infância nas ruas da Zona Leste e na casa de tio Mário e dona Imma. O namoro com Carmen não deixara apenas boas lembranças, mas já se sabe que tinha uma queda pelas espanholas, sem contar as lusitanas. Polacas, russas, alemãs em menor medida, com essas falava português. Não tinha preconceito com as brasileiras.

Francesas não eram tantas, embora as casas colocassem nomes ligados a Paris para cativar fregueses. Certa Colette viera de fato de lá. Arrigo aprimorou com ela os ensinamentos de madame Eneide. De vez em quando, viajavam juntos ao Rio de Janeiro, onde passeavam com suas três Marias. Em pouco tempo, já falava melhor a língua de madame Pompadour que o doutor Vital Beltrão.

Popular, poliglota, bonito, simpático, se triunfasse o comunismo no Brasil e ele escapasse dos expurgos, poderia se candidatar a embaixador – era o que ele dizia, rindo, para as mulheres. Não deixaria de seguir a carreira diplomática a seu modo.

Essa fase de delírio foi interrompida por dois motivos. Primeiro, uma doença de que se curou, mas permaneceram sequelas descobertas anos depois: não poderia ter filhos. Nunca teve certeza se essa incapacidade se deveu à moléstia ou às pancadas que levara na cadeia. Não importava, era algo pouco grave para o filho de doutor Ludovico, exceto pela impossibilidade de transmitir o gene machadiano. O outro motivo era mais nobre e encantador: Aurora.

Se Arrigo amou alguém, foi Aurora. Quando a conheceu, as visitas às andorinhas lhe pareceram fúteis, os casos no Rio de Janeiro, mero aprendizado, e o namoro com Carmen, coisa de criança.

Arrigo fracassara em sua primeira tentativa de entrar na faculdade de direito. O fato teve um lado positivo: provava que não havia sido protegido por ser filho de doutor Ludovico. Chegou a pensar o contrário, que era perseguido pela fama de comunista, péssima entre os juristas. Mas, no fundo, sabia não ser o caso. Fora reprovado na temida prova de latim, talvez misturando a língua original com o português, o francês, o espanhol e o italiano, essas derivações incultas que andara praticando fora de casa, em aprendizado prático que tomava muito de seu tempo de estudo. Na tentativa seguinte, passou com louvor. Estava no terceiro ano, um pouco mais velho que o restante da turma, quando Aurora entrou na faculdade. Foi um deslumbramento.

A moça tinha corpo de bailarina, esbelta sem ser desprovida de carne. Sofisticada sem ser petulante, cadência inigualável ao caminhar. A delicadeza em pessoa, voz suave e sensual, um leve sotaque não se sabe de onde, tantas línguas falava. Harmonia de rosto, cabelos fartos e escuros, pele morena que ressaltava os olhos verdes. E muito inteligente. Paixão à primeira vista, sua Jenny Marx.

Fräulein Elenda logo percebeu que a inversa era verdadeira, notando o encanto que Arrigo exerceu sobre a filha. Levantou informações e aconselhava a jovem a tomar cuidado com ele, afligindo-se, ao mesmo tempo resignada, pois já lera e vivera o bastante para reconhecer um caso de afinidade eletiva. Pouco podia fazer contra esse movimento de atração mútua que a separaria da filha. Química de corpo e alma entre homem e mulher, caso perdido para a mãe a temer pelo futuro de Aurora e dos sonhos depositados nela.

No jardim do palacete

Aurora era inexperiente, mas já devorara uma infinidade de romances e tanta poesia que Arrigo se sentia aprendiz de letras diante dela. Com tamanha leitura acumulada, estava ansiosa para viver um grande amor. Tivera pretendentes, mas nenhum lhe agradava, tipos ora melosos, ora arrogantes, broncos metidos a grã--finos ou grã-finos que eram broncos. Não tinha pai nem irmão para levantá-la de uma queda ao chão, como a Teresinha de Jesus da canção do folclore. Teria de se erguer sozinha, não entregaria a mão ao primeiro que passasse nem ao segundo ou ao terceiro. Afligia-se com o futuro, não queria repetir a sina solitária da mãe nem se submeter à autoridade de um marido, muito menos cair na vida errática das andorinhas. Lia e estudava para não pensar nisso, mas poemas e romances não falavam de outra coisa.

No intervalo das aulas, ela e Arrigo conversavam sob as arcadas do pátio da faculdade. A prosa continuava em cafés na rua XV de novembro, caminhadas pela praça da Sé, passeios ao parque Trianon, várias sessões de cinema. Arrigo contou do quarteto, que logo Aurora quis conhecer. Como Diana e Dito estavam longe, Arrigo a apresentou a Lino e Irineu, com suas respectivas namoradas, Mira e Mariana. Mas gostavam mesmo de estar a dois.

Elenda, que nunca se casou e continuava conhecida como *Fräulein*, supervisionava e aconselhava e pensou em proibir os encontros, mas concluiu não ser a melhor tática. Arrigo não escondia de Aurora suas ideias revolucionárias – nem na política, nem na vida pessoal. O comunismo realizaria as pessoas em todas as suas potencialidades, inclusive amorosas. Tampouco dissimulava seu passado. Se não revelava tudo, respondia ao que ela perguntava, inclusive sobre as mulheres.

Sua sinceridade perturbava a namorada, ao mesmo tempo intimidada e atraída pelo jovem que parecia personagem de romance. Os primeiros beijos vieram com naturalidade. Sexo era mais complicado para ela, também porque Arrigo – ao contrário da maioria dos companheiros, em geral moralistas – era adepto do amor livre, jurando que isso não afetava seu sentimento por ela. As pessoas deveriam ser livres para amar e ser amadas, como eles agora se amavam. Era contra o casamento burguês. Não podia negar a novidade de tratar com uma virgem, o que o excitava, mas ele nada forçava nem prometia. Dizia que ficar a seu lado era opção de liberdade pessoal e igualdade social.

Não tivesse ela mesma suas simpatias pela terra dos sovietes e pelas aventuras amorosas dos romances, não houvesse Arrigo se tornado um homem tão encantador, não fosse corajosa, feminista *avant la lettre*, Aurora logo teria se afastado. Os frutos amadurecem a seu tempo.

Doutor Ludovico retirou-se para a fazenda durante os embates constitucionalistas; tinha amigos e parentes dos dois lados, não queria magoá-los nem perder a imparcialidade exigida pelo cargo de juiz. Conforme previa, o filho recusou o convite para acompanhá-lo. Por via das dúvidas, tratou de trancar bem a adega, apesar de Arrigo ter prometido que não haveria assalto como o da revolta tenentista. Pelo sim, pelo não, achou de bom tom disponibilizar ao herdeiro uma dúzia de garrafas variadas.

O namoro do filho não era reprovado pelo pai, embora este ficasse pouco satisfeito com a história familiar de Aurora. Pelo menos era moça séria e estudiosa, seria uma bela advogada que daria continuidade a seu sangue, fortalecido pela mistura ariana. Ele não contava que os distúrbios durariam de julho a outubro em São Paulo, obrigando-o a permanecer na fazenda mais do que gostaria. Observou de longe a tentativa frustrada de derrubar o governo Vargas, acusado de autoritário e que tardava em cumprir sua promessa de convocar uma assembleia constituinte, além de humilhar os paulistas com a presença de interventores indesejados e outras afrontas. Os locais esperavam a adesão de outros estados, que não veio – ao contrário, ajudaram o governo central a sufocar a revolta.

Arrigo considerava a sublevação uma tentativa de voltar à república oligárquica, recuperando o poder de que São Paulo desfrutara por tanto tempo e perdera com o movimento de 1930. Entretanto, como trabalhava no *Diário Nacional* e estudava na São Francisco, ele não poderia se manter indiferente aos acontecimentos, em solidariedade pessoal. Aurora, talvez por ser caloura, ficou mais animada com a mobilização. Ambos se identificaram com os versos que se tornaram um marco nas Arcadas: "Quando se sente bater no peito heroica pancada, deixa-se a folha dobrada, enquanto se vai morrer".

De fato, perderam sete colegas na luta, embora não tivessem relação tão próxima com eles. A faculdade tornara-se um autêntico quartel dos revoltosos, com três batalhões de combatentes, além de sediar certa logística, fornecendo suprimentos, uniformes e armas. Nenhum dos dois se envolveu diretamente na agitação, ao contrário de Diana, que retornou da Rússia em meio aos embates. Encontrou o partido desorganizado e sem definição clara sobre o que fazer, então se alistou como voluntária nas trincheiras paulistas, junto de mulheres pioneiras no campo de batalha. Poderia aperfeiçoar as técnicas que aprendera nos raros treinos de tiro nos tempos das lições com o camarada militar, retomados durante a estada na Rússia. Destacou-se nos combates da região de Campinas.

Aurora e o namorado acompanharam o movimento sobretudo pelo rádio – doutor Ludovico havia comprado um aparelho, novidade tecnológica. Sua casa converteu-se em ninho de amor para o filho, como na revolta anterior. Mas desta vez Arrigo não deu festas nem arrombou a adega. Apenas convidou Aurora para estar mais vezes lá. Dona Maria conhecia o rapaz e torceu o nariz, mas logo viu que não se tratava de outra Carmen entrando pelos portões. Simpatizou com a nova namorada e preparou ótimos quitutes; a futura sinhá estava muito magra a seus olhos.

Mais que a comida, o clima de sublevação e aventura deu forças e ânimo à moça, que já namorava fazia uns cinco meses. A primeira vez não foi tão boa, apesar da delicadeza de Arrigo sob o céu estrelado no jardim da casa, num começo de noite excepcionalmente agradável para agosto. A continuidade dos intermináveis combates lhes deu tempo e outras oportunidades, bem aproveitadas. Ao fim da guerra, radiante de prazer, orgulhosa diante do espelho, Aurora disse a si mesma que se tornara mulher.

Nuvens cinzentas

Menos de um ano depois do fim da guerra paulista, os punidos em geral já haviam sido perdoados; afinal, era um conflito das elites, pensava Arrigo. O governo federal promoveu a pacificação e eleições para a Assembleia Nacional Constituinte. Aurora engajou-se na luta pelo voto feminino, enfim vitoriosa. A Constituinte ratificou o direito, mas ela e os companheiros logo se decepcionaram com os desdobramentos dos eventos políticos, que impediriam qualquer pessoa de votar por muitos anos, sob a batuta do presidente Vargas.

Seja como for, tiveram um bom tempo de felicidade pessoal antes da prisão de Arrigo e seu exílio, o primeiro de vários. Ele encontrara emprego no jornal *O Estado de S. Paulo* enquanto terminava a faculdade de direito. Encaminhava a carreira de jornalista, para desgosto do pai, que o queria juiz, seguindo seu exemplo.

Elenda também estava inconformada com o namoro sem rumo da filha, além de decepcionada com sua falta de aptidão para o mundo das leis. Pouco depois de formada em direito, Aurora passaria a estudar letras na USP, recém-criada como espécie de vingança intelectual contra a derrota dos constitucionalistas. Ela pôde aprender muito com os professores estrangeiros que lá chegaram, até se tornar docente ela mesma. Nunca foi comunista, mas era simpatizante das causas populares. Não suportava quando ouvia alguém falar em intimismo à sombra do poder, como se a literatura tivesse de ser sempre engajada. Mas admitia que era difícil escapar das questões políticas naquele mundo conturbado.

Arrigo constatava que o cenário era sombrio em toda parte e sentia necessidade crescente de combatê-lo. No Brasil, o fascismo penetrara na colônia italiana, até no meio operário. O nazismo fazia adeptos não apenas entre alemães. A extrema direita nacional revelava-se organizada e poderosa, criou o movimento integralista, com suas camisas verdes e o símbolo do sigma. Sem falar no governo, com vertentes fortes para seguir a trilha da Itália e da Alemanha.

Diante do quadro, Arrigo, Aurora e seus companheiros juntaram-se às forças que organizaram uma frente única antifascista, incluindo anarquistas, sindicalistas, trotskistas e também comunistas, que começavam a se dar conta dos limites da linha política que expulsara Arrigo e tantos militantes. O primeiro teste da frente logo chegaria.

Batalha da praça da Sé

Arrigo e seus companheiros resolveram reagir ao saber que os integralistas marcaram para o dia 7 de outubro de 1934 certa marcha triunfal sobre a praça da Sé, em São Paulo, manifestação de poder inspirada nos fascistas italianos e alemães. Compareceriam armados para celebrar dois anos do movimento e mostrar força política. Então, a frente antifascista resolveu convocar um ato na mesma hora e local, armando-se também. Arrigo e todos os que participaram daquele ato gostam de contar aos jovens sobre a mobilização para conter o avanço dos integralistas, que vinham atacando militantes de esquerda em diversos estados.

Arrigo estava empolgado, finalmente seus amigos lutavam todos do mesmo lado, distribuídos na praça conforme o previsto, sem direção centralizada. Estavam dispostos a enfrentar e dispersar os galinhas-verdes, com aqueles uniformes a imitar os camisas-negras da Itália fascista. Centenas de militares e guardas civis bem armados vigiavam a praça. Os cavalos intimidavam os passantes. Havia fuzis e até metralhadoras. De repente começaram as provocações e trocas de hostilidades de lado a lado, com tiros esparsos. Os integralistas agruparam-se nas escadarias da catedral, ainda em construção.

Num canto da praça estavam Lino e seus companheiros trotskistas, próximos dos anarquistas, entre os quais era fácil localizar ao longe a figura magra de seu Edgard, antigo chefe de Arrigo na redação de *A Plebe*. Quem conhecia Dito logo viu sua cabeça inconfundível em meio à turma sindicalista. Os socialistas tomaram posição ali perto, liderados pelo ex-tenente Cabanas, e os comunistas ocupavam lugar de destaque na praça. Entre eles Diana, de quem Aurora e Arrigo estavam próximos quando começou a saraivada de tiros. Pânico geral.

Um dos guardas civis começara a engatilhar a metralhadora para atirar nos antifascistas. Diana se jogou sobre ele a fim de evitar a tragédia, os disparos atingiram três guardas. Um quarto foi com o cassetete em direção a ela, distraída ao tentar tomar a arma para si. Ia atingi-la pelas costas quando caiu, ao levar na cabeça uma pedra arremessada por Arrigo. A amiga saiu correndo sem perceber a ação, mas ele se sentiu quite com a estilingada providencial que lhe salvara a vida no cemitério do Araçá. Ficou mais um pouco na praça em meio à batalha, deu uns tiros e logo tratou de buscar abrigo com Aurora na rua Senador Feijó, na livraria Elo, cujo dono fazia parte do movimento.

O tiroteio vinha de ambos os lados, mas era um terceiro que gastava mais munição. As forças da ordem centravam fogo nos antifascistas, mas havia também – entre os soldados da Força Pública – aliados do ex-tenente Cabanas que atiravam nos integralistas. Arrigo vira Lino acudir seu líder Pedrosa, que tinha ido em socorro de um comunista atingido e acabou baleado. Entre disparos e correria, Fúlvio e outros tentavam fazer discursos para agrupar forças. O conflito acirrava-se na praça, especialmente entre as ruas Barão de Paranapiacaba e Benjamin Constant, perto do prédio que hoje abriga os arquivos de Astrojildo e de Pedrosa, pertencentes à Unesp. Arrigo sempre se lembra dos eventos desse dia quando é convidado para um debate por lá.

A batalha deixou muitos feridos e alguns mortos. Fala-se em ao menos sete, incluindo Décio, jovem estudante comunista que era conhecido de Arrigo e morreu com um tiro na nuca. Também pereceram três integralistas, além de dois agentes policiais e um guarda civil. Depois de horas de combate, os integralistas se dispersaram, muitos jogaram as camisas verdes para não serem reconhecidos. O saldo da luta foi celebrado com uma garrafa de champanhe por Arrigo e Aurora, que logo aderiram ao projeto de criar a Aliança Nacional Libertadora, juntando o sentimento antifascista à oposição ao governo Vargas.

Irineu reconvertido

Arrigo estava feliz ao lado de Aurora e esperançoso com a reorganização antifascista das esquerdas. Mas deu pela falta de um amigo na praça da Sé. Irineu vinha se ausentando ultimamente, parecia mudado depois de terminar o namoro com Mariana, teve uma recaída mística. Ficara encantado ao conhecer doutor Alceu em visita ao Rio de Janeiro, virou seu discípulo e foi morar lá.

Arrigo não conseguia acreditar ao saber, já no exílio, que o amigo fora convocado pelo bispo carioca e aceitou ajudar na tarefa de organizar a Ação Católica, fundada com a missão de criar apóstolos de Cristo entre os leigos, inclusive operários, em resposta ao ateísmo dos comunistas. Irineu integrou-se ao Centro Dom Vital e publicou artigos em *A Ordem*. Por pouco não estivera na praça da Sé do lado inimigo, uma vez que o namoro dos católicos conservadores com o integralismo era firme. Até personagens como o padre Hélder, amigo cearense de Irineu, foram seduzidos pelo nacionalismo de direita. Todos unidos pelo lema: "Deus, pátria e família".

Atribuiu-se o desastre a decepções amorosas. Irineu era idealista e romântico, escravo dos amores impossíveis. Primeiro Diana, agora Mariana. Arrigo a apresentara ao amigo com a melhor das intenções. Ela era colega dele e de Aurora na faculdade de direito, onde ajudou a fundar uma academia de letras. Criativa, sonhadora e liberada, sem ser de esquerda. Arrigo imaginava que poderia se entender com Irineu. Acertou, em parte. Ele rapidamente se apaixonou por ela, que embarcou na canoa, a princípio. Mas o idealismo dos dois era inverso, ele pretendia se casar e constituir família, ela queria namorar e seguir carreira jurídica e literária. Não daria certo. Ela insinuava, Irineu recusou. Sexo só depois do casamento. Não por falta de vontade, mas por respeito às normas do Senhor.

Alma forte contra a tentação do corpo fraco. Ou a alma vence a tentação, ou é vencida por ela. Na impossibilidade de acordo pelo matrimônio, restou a separação. Ou seja, Mariana estava mais para Arrigo que para Irineu. Não que tenha havido algo errado entre os dois. Não gostariam de magoar Irineu, muito menos Aurora. Ambos primavam pelo respeito aos parceiros e também pela discrição. Almas fortes, sem contradição com os cinco sentidos.

Quem é vivo aparece

Arrigo foi convidado pelo amigo Caio para integrar a Aliança Nacional Libertadora, a qual ele presidia em São Paulo. Era um primo distante, gente dos Silva Prado, pouco mais velho que ele e com quem viria a trabalhar na revista *Brasiliense* anos depois. Tinha saído da faculdade mais ou menos na mesma época em que Arrigo entrou, assim como antes no Colégio São Luís; tiveram trajetórias escolares parecidas, exceto pelo tempo da Escola Moderna e pelos períodos que o filho de doutor Ludovico perdeu em desventuras.

No partido, a ordem se inverteu: Caio foi admitido após a saída de Arrigo. Trocava-se um intelectual aristocrata por outro, com a vantagem de que o novo era puro-sangue, mais consistente intelectualmente e com autonomia sobre a própria fortuna. Tornou-se porto seguro para financiamento em caso de necessidade, sem abusar em demasia. As hostilidades em relação a sua origem social e seu pensamento fora da ortodoxia nunca foram fortes o bastante para gerar ruptura.

Caio explicava que o projeto da Aliança Nacional Libertadora era de frente nacional antifascista, de oposição ao governo, propondo um programa popular. Lançada no Rio de Janeiro, a Aliança cresceu rapidamente. Como Arrigo gosta de recordar, foi uma das raras vezes em que as esquerdas brasileiras juntaram quase todas as suas forças num só movimento, organizado nos principais estados.

Lino e Mira davam apoio crítico, Aurora participava ao lado de Diana, e até Benedito retomou contato com a turma, embora com pouco tempo para participar das reuniões. Ele conseguira completar o ensino fundamental em meio ao trabalho, depois passou na seleção do curso normal no Instituto Caetano de Campos. Era quase um milagre, mesmo para um jovem inteligente do povo, pois o Estado oferecia à maioria no máximo as primeiras letras e uns poucos anos de escola primária. Já era um feito terminar o grupo escolar, quanto mais chegar ao prestigioso Gymnásio do Estado de São Paulo, o único público em seu tempo, cujas vagas eram disputadas em concurso, em geral ocupadas pelos filhos bem preparados das elites. Entrar no Caetano de Campos, então, foi um prêmio para ele, que, porém, teve de abandonar o curso antes de o concluir; não seria professor, tampouco realizaria o sonho de fazer faculdade de medicina.

Tudo ficou mais inalcançável após a morte da mãe: teria de ajudar em dobro os irmãos e as tias. A cabeça avantajada de Dito podia servir para outras coisas além de pensar, por exemplo cortar bolas levantadas na área, conforme gostava de dizer em arroubos de autoironia que ajudavam a aliviar a frustração, ao mesmo tempo que a revelavam. Aprimorou o talento futebolístico, cultivara o corpo antes mirrado e acabou beque do Corinthians. Os treinos e os jogos deixavam pouco espaço para a atividade política, mas era bom rever os velhos companheiros, outro mundo.

Novas esperanças

Arrigo empenhou-se como nunca na construção da Aliança Nacional Libertadora, que ia de vento em popa. Incomodava o governo, que já em julho encontrou pretexto para suspender suas atividades, com base na recém-aprovada Lei de Segurança Nacional. Presidente de honra da entidade, Prestes redigira um manifesto considerado radical, lido em comício da organização. Foi o bastante para o governo. Pouca gente sabia que já aderira ao Partido Comunista, uma das organizações que compunham a frente e preparava a insurreição revolucionária, desconhecida de quase todos, inclusive de Caio e da maioria dos dirigentes civis da Aliança.

A clandestinidade não desanimou Arrigo e seus companheiros, mas dificultava a mobilização de massas. Houve eleições municipais em setembro, clima político acirrado. Os quartéis continuavam agitados com a presença de nacionalistas e comunistas que apoiavam a Aliança e conspiravam contra o governo.

Arrigo estava em reunião com Caio e outros camaradas quando souberam do levante popular iniciado num quartel no distante Rio Grande do Norte. Foi surpreendente também para a direção do partido, até mesmo em Natal, mas os comunistas logo aderiram – e tiveram papel decisivo. Era fim de novembro, outra sublevação ocorreu no dia seguinte no Recife e em Olinda, agora comandada desde o princípio pelos militares comunistas locais, sem contato com a direção nacional. Parecia que a revolução seguiria como rastilho de pólvora.

Mais tarde, Arrigo saberia dos detalhes, o partido no Rio de Janeiro aproveitou a ocasião dos levantes nos quartéis nordestinos para deslanchar a insurreição que vinha sendo planejada, inclusive com a ajuda de militantes estrangeiros da Terceira Internacional. Houve luta no quartel da praia Vermelha, na vila militar e na escola de aviação, no Campo dos Afonsos, sem lograr se expandir para outras unidades militares.

Contava-se com adesão popular espontânea, a irradiar-se por todo o país, o que não ocorreu. O partido não conseguiu mobilizar sequer sua própria organização nos meios de trabalhadores, que se revelou frágil. Os militantes da Aliança Nacional Libertadora nem foram convocados. Caio, Arrigo, Diana, a turma toda da Aliança em São Paulo acompanhava pela imprensa os desdobramentos. Nos bastidores, os boatos espalhavam-se sem garantia de fundamento. Logo se soube do fracasso dos revoltosos e seus mais de cem mortos, que impuseram pouco além de vinte baixas às forças da ordem. Os vencedores celebram até hoje a vitória contra a chamada Intentona Comunista de 1935.

No plano pessoal, Aurora e Arrigo seguiam em pleno entendimento, em meio ao que lhes parecia ser uma revolução, sentimento inigualável de lutar juntos para mudar o mundo e livrá-lo da opressão fascista. Ele não desistira das ideias do amor livre, que eram mais teoria que prática, até onde se sabe. Já pensavam em morar juntos quando os acontecimentos políticos influenciaram seus caminhos outra vez. O clima foi quebrado com a derrota causada pela precipitação nos quartéis. O receio de ser novamente preso e torturado passou a assombrar Arrigo, que cogitou fugir para o exterior, mas não teve muito tempo para refletir sobre isso em liberdade.

Nos cárceres de Vargas

Arrigo e seus companheiros logo descobriram que a repressão atingiu não só os insurretos nos quartéis, mas toda a esquerda e os movimentos de trabalhadores. Foi decretado estado de sítio, milhares de pessoas foram presas. Os suspeitos de envolvimento direto no levante sofreram choques elétricos, espancamentos com cano de borracha, queimaduras de maçarico ou com cigarros e charutos. Torturadores tinham certa fixação com as unhas, nas quais enfiavam alfinetes ou estiletes com lascas de madeira – os menos hábeis logo as arrancavam de uma vez. Sem contar os estupros, não raro na frente dos parceiros, entre outras violências.

Aurora e Diana escaparam, mas Arrigo, Lino e Caio não. Os três tiveram relativa sorte por estar em São Paulo, fora do centro dos acontecimentos. Foram parar no presídio improvisado na fábrica de juta na vila Maria Zélia, transformada em cadeia para centenas de suspeitos, muitos deles intelectuais. Lá organizaram palestras e cursos, origem do apelido Universidade Popular Maria Zélia. Ficava perto da antiga casa de dona Imma. Ao ver para onde fora levado, Arrigo recordou as partidas de futebol e as brigas com os moleques da vila.

A vida no presídio era dura, os detentos em geral não sabiam de que exatamente eram acusados. A comida era ruim, e as instalações, precárias, com vazamentos e infiltrações de água, celas lotadas e sem conforto. Porém, os constrangimentos não se comparavam com os que Arrigo já experimentara no Rio de Janeiro no tempo de Bernardes, o que de certa maneira o deixava aliviado. Havia a possibilidade de fazer exercícios físicos, tomar banho de sol, receber visitas, comidas e outras encomendas. A correspondência era liberada, mas sofria censura, assim como livros e jornais que chegavam. Não era difícil burlar a vigilância e conseguir acesso à imprensa e à literatura revolucionárias. Mais complicado era encontrar ambiente para ler, devido ao barulho e ao movimento no pavilhão de dois andares a que se resumia o cárcere. Os presos ficavam amontoados no piso de cima em oito celas coletivas, perto do refeitório. A administração alojava-se em baixo. Na lateral havia um pátio aberto para banhos de sol, com banheiros e tanques de lavar roupa. Muita gente em pouco espaço, que logo se organizou em coletivo. Surgiu até um jornal na cadeia, onde circulavam livros e periódicos, esboço de pequena biblioteca.

Doutor Ludovico não intercedeu pelo filho, de novo metido em confusão, pois era bem crescido para assumir seus atos, estava prestes a terminar a faculdade. Nunca foi visitá-lo. A mando dele, ou sem que soubesse, dona Maria ia ver seu menino e preparava quitutes que Arrigo dividia com os parceiros mais próximos.

Aurora também era visita frequente, uma das pessoas que se arriscavam como pombo-correio, levando e trazendo todo tipo de encomenda para o namorado e outros presos. Liberdades eram dadas e tiradas conforme as oscilações da conjuntura política mais geral e dos humores da direção do presídio em seu embate interno com os prisioneiros.

No clima do coletivo, Arrigo foi novamente recrutado para o Partido Comunista. Caio e outros companheiros garantiram que os erros obreiristas e esquerdistas faziam parte do passado. Agora a linha era de apoio às frentes populares de combate ao avanço do fascismo. A orientação da Internacional Comunista era clara no sentido de ampliar as alianças políticas.

Arrigo tentou convencer Lino, que deu de ombros, por ver nas propostas do partido o triunfo da corrente stalinista no Congresso da Terceira Internacional. Ela já havia levado o movimento ao desastre com sua política que considerava a social-democracia inimigo equivalente ao fascismo, gerando a divisão nas esquerdas alemãs que possibilitou a chegada dos nazistas ao poder. Agora voltava atrás, dizia Lino, não para promover uma frente única de forças a manter sua especificidade de classe, mas uma política de frente popular que diluiria os interesses revolucionários do proletariado e perseguiria as forças mais à esquerda, como trotskistas e anarquistas.

Divergências insanáveis. Lino e Arrigo continuavam a evitar discussões políticas para manter a amizade. A empreitada comum foi atuar no Teatro Popular Maria Zélia, iniciativa dos detentos para elevar o moral e animar o ambiente. O diretor do presídio ficou incomodado especialmente com o sucesso da peça criada por Paulo Emílio, primo distante de Arrigo por parte de pai. Doutor Ludovico tinha laços de sangue próximos ou distantes com metade das oligarquias paulistas e de fora, viveiro de algumas ovelhas negras presas no Maria Zélia. A peça contava as desventuras de Carlos, estudante comunista da Aliança Nacional Libertadora.

Como punição, o autor e alguns atores, entre eles Arrigo e Lino, foram transferidos para novo presídio. Já não estavam no Maria Zélia quando sucedeu a tragédia: quatro presos acabaram mortos a tiros e outros foram seviciados após tentativa frustrada de escapar.

Fuga do Paraíso

Presídio do Paraíso, assim era ironicamente conhecido o outro local para onde os presos políticos eram enviados em São Paulo. O nome era o mesmo do bairro onde ficava, num casarão que servia de cadeia improvisada, com onze celas, bem menor que o Maria Zélia. Caio e Lino preferiam estar ali, pois havia mais espaço e privacidade, possibilitando concentrar-se nas leituras; Arrigo sentia falta da mobilização da outra cadeia.

Presos havia meses, sem ter clareza da acusação, revoltados com as arbitrariedades do estado de sítio, Arrigo e alguns prisioneiros resolveram cavar um túnel com ferramentas improvisadas a partir de um quarto da enfermaria. Eles contaram com auxílio de fora da cadeia. Aurora ajudou a fazer levantamentos na vizinhança para descobrir o melhor local aonde desembocar a escavação. Notou uma casa que costumava ficar vazia em fins de semana e feriados na rua Vergueiro. A perfuração do buraco de cerca de dez metros de profundidade foi programada para terminar ali.

Por mais de duas semanas, os presos se revezaram na construção do túnel, pelo qual dava para passar uma pessoa de cada vez, arrastando-se. Havia entre eles um operário eletricista e um engenheiro, então responsáveis pela obra. Providenciaram luzes para facilitar o trabalho. A escavação passava por baixo das fundações da casa e de seu pátio, onde frequentemente ocorriam exercícios de marcha para os guardas. Quando eles batiam os coturnos no asfalto sobre o local escavado, havia quedas de terra, gerando risco de desabamento e aflição no preso que estava em seu turno de trabalho, com medo de não ter tempo de escapar de eventual soterramento.

Certa noite, Arrigo acordou assustado. O pesadelo de ficar soterrado no túnel tornou-se recorrente, com variações. Ora andava por entre altas paredes de pedra na beira da praia, que se estreitavam em certo ponto, impedindo-o de ir adiante, embora visse por uma fresta o céu e as águas. Tentava colocar a cabeça para fora, mas não passava, como um cachorro que busca escapar pelas grades estreitas de um portão. Outras vezes sonhava estar apertado em espaço escuro, impelido para a frente, sem possibilidade de recuar. Asfixiado, podia ver a luz da saída ao fundo, sem ser capaz de chegar até ela. Sensação de desespero do bebê que não consegue deixar o útero. Ao ouvir o relato, Lino não ficou surpreso, pois outros companheiros presos contavam pesadelos parecidos.

A fuga estava prevista para o Carnaval, quando supostamente a casa vizinha estaria vazia. As escavações atrasaram um pouco, só foram concluídas na quarta-feira de cinzas daquele fatídico ano 1937. Caio não pôde acompanhar os fugitivos, pois nas vésperas teve um problema no estômago e precisou ser internado no Hospital Militar. Escaparam Arrigo, Paulo, Lino e mais de uma dezena de presos de várias correntes políticas. Ao saírem do túnel, abandonaram os uniformes de presidiário no quintal da casa e pularam o muro, cada qual seguindo para um lado. Paulo caiu sobre um galinheiro, as aves fizeram barulho, mas ninguém ouviu e ele tomou seu rumo.

Alguns investigadores colocaram a culpa na empregada da casa, que teria se esbaldado na última noite de Carnaval e não ouvira o barulho dos prisioneiros. Ao notar os uniformes perto do buraco no quintal, ela chamou a polícia, mas era tarde. Pensando bem, o responsável foi o próprio Carnaval, festa do demônio a transtornar as consciências. A empregada era amiga de dona Maria e segredou a ela que os presos se arriscaram, deviam ter saído antes, quando de fato estava brincando o Carnaval. Como atrasaram, ela viu tudo por uma fresta da janela de seu quartinho no quintal. Não disse nada na hora, pois não queria confusão para seu lado. Esperou um pouco e, então, deu o alarme, assim a polícia não poderia acusá-la de cumplicidade nem os fugitivos a considerariam delatora. Eles, os brancos, que se entendessem.

De imediato, todos os fugitivos conseguiram se livrar. Alguns foram presos depois, inclusive Paulo, que acabou sendo liberado em seguida, não se sabe ao certo se por ação de seu advogado ou de algum conhecido da família, o que lhe permitiu embarcar para a Europa, destino também de Lino.

Arrigo precisou ficar, tinha uma missão do partido no Rio de Janeiro. Ao deixar a cadeia, fora encontrar Aurora, que o aguardava nas imediações do Paraíso. Esconderam-se na casa de Mariana, que não era politizada, portanto não se via suspeita. A amiga reservou o quarto de hóspedes para eles, seria passagem breve, quase sem risco. Seus pais estavam viajando e só voltariam na semana após o Carnaval.

Arrigo nada disse sobre a missão, somente que ia ao Rio de Janeiro a fim de embarcar para a Europa, em viagem clandestina financiada pelo partido. Não era mentira, mas poupou a namorada da informação secreta que poderia deixá--la angustiada e sob risco, em caso de prisão. Aurora havia comprado o bilhete de trem para ele, com identidade falsa, a partida marcada para o dia seguinte. Entendia a circunstância, era urgente tirá-lo do país, depois dariam um jeito de se encontrar no exterior. Mataram a saudade e dormiram o sono dos revolucionários naquela noite, sem imaginar que seria a última que passariam juntos em muitos anos.

De volta à Cidade Maravilhosa

Arrigo estivera algumas vezes no Rio de Janeiro após a temporada carioca na tenra juventude. Sempre visitava as amigas na casa de madame, horas de prazer e recordação dos tempos passados. Mas, com Aurora em sua vida, as andorinhas ficaram apenas na memória.

Voltava agora ao casarão, mais de uma década depois da primeira visita, já sem o brilho de antes, mas no limite da decência. Eneide retornara a seu país, Violeta sumira no mundo, Concetta arrumou casamento com um senhor poderoso no ministério de Getúlio. Julieta era a única das antigas amigas no local, mas não mais chamada pelo apelido carinhoso dado por Arrigo. Conhecida como Camille, a lisboeta tornara-se a administradora. Ela recebeu o rapaz muito bem, ofereceu o quartinho do porão, que estava deteriorado, mas continuava lá. O visitante aceitou a oferta, intuindo ser mais seguro que o esconderijo oferecido pelo partido.

No dia seguinte, Arrigo foi à Lapa, ao endereço indicado pelos companheiros. Era portador de carta secreta. Missão importante. O receptor daria as instruções do que fazer, bem como as coordenadas do navio que deveria pegar para sair do país. Por segurança, sondou ao redor ao dobrar a esquina, antes de chegar à casa buscada. Havia tipos estranhos trabalhando na rua e um casal no carro estacionado no canto. Desconfiado, seguiu em frente e parou na mercearia da rua transversal. Uma senhora comentava com o dono sobre a insegurança na cidade, ainda no dia anterior a polícia passara na outra rua e levara uns bandidos.

Sem pensar duas vezes, Arrigo deu meia-volta e retornou à casa de Camille. Estava novamente perdido no Rio de Janeiro, sem saber a quem entregar a carta. Lembrou-se do professor Oiticica; iria procurá-lo no dia seguinte no colégio Pedro II. Esperava que o amigo anarquista não estivesse preso, a polícia costumava colocar todos os opositores no mesmo balaio. Apesar da disputa dentro das esquerdas, o professor talvez pudesse ajudar, em nome da amizade na cadeia.

Apaziguado com o plano, passou no andar de cima para tomar uma taça de vinho do Porto e relaxar um pouco. Ficou meia hora; o ambiente não era o mesmo de outros tempos, mas ainda atraía fregueses, novos e antigos. Um deles lhe pareceu familiar, notou seu olhar de relance, logo desviado. Esvaziou a taça, deu boa-noite a Camille e foi dormir.

Acordou no dia seguinte com gritos e um revólver apontado para sua cabeça. Trocou de roupa e, aos murros, foi posto num carro, levado para interrogatório.

O delegado ficou exultante ao colocar as mãos na carta que Arrigo transportava. Acabara de desbaratar um plano para tirar da cadeia Prestes, o temido e mítico líder da coluna e da revolta comunista. Quis saber mais do preso, que apanhou muito para dizer o que de fato não sabia. Como a casa da Lapa fora ocupada pela polícia e o companheiro que lhe pedira para entregar a carta já partira para o exterior, o jovem paulista não sentiu culpa por revelar esses dados sob tortura, mas doutor Flores não se satisfez.

"Arrigo, pede arrego! Abre o bico, filho da puta!" A fim de poupar os leitores dos detalhes do suplício, direi apenas que teria morrido de tanto apanhar, não tivesse o delegado recebido ordens superiores para não o matar. Devia ser transferido à Colônia Correcional, o cárcere mais temido pelos prisioneiros, situado na costa fluminense, na Ilha Grande.

Quem hoje faz turismo pela ilha mal percebe que aquele paraíso um dia abrigou presídio de alta segurança, cujas ruínas ficam escondidas na praia de Dois Rios, próxima do povoado camuflado na exuberância da vegetação tropical. Montanhas compõem o horizonte, dois límpidos rios cortam amplo manguezal, um em cada extremo do cenário, desaguando na areia branca da praia em forma de ferradura. Algumas ilhotas enfeitam o azul do mar. Em momentos menos conturbados, era permitida a visita de famílias, com a possibilidade de ficar uns dias na praia após chegar ao porto da vila do Abraão e atravessar a ilha para ir até lá.

Presidiários que eventualmente tivessem acesso ao mar para banhos de sol visitavam o céu e voltavam ao inferno a poucos metros de distância. No cárcere, os presos políticos conviviam com toda a sorte de bandido, em condições precárias e degradantes, a ponto de levar à morte aqueles com saúde mais abalada. Estropiado pelas torturas na capital, o risco era grande para Arrigo, que não dava mostras de se restabelecer.

Seu destino podia estar traçado, mas uma visita inesperada mudaria sua sorte. Numa tarde de sol e calor abafado, recebeu o advogado que veio oferecer seus préstimos. Arrigo a princípio recusou, ao notar tratar-se de odiado assessor de Bernardes, mas outros presos do partido disseram que ele mudara, que agora os ajudava nas lides processuais, apesar de ser o conservador de sempre. Arrigo cedeu e nomeou seu advogado o doutor Vital Beltrão, a quem não teve ânimo de perguntar como chegara a ele e por que o procurava.

O bedelho de doutor Rodolfo e o dever de doutor Vital

Rindo de orelha a orelha, mais careca e barrigudo que nos velhos tempos, doutor Rodolfo conversava num círculo de cavalheiros à porta da igreja, na saída da missa na Glória. Em voz baixa e cheia de prazer, como quem conta um segredo, não resistia à tentação de relatar o feito de uma noite daquela semana. Em visita à casa de Camille, teve a impressão de reconhecer certo cliente antigo. Olhou bem e se lembrou: era o menino protegido de madame, agora homem-feito, bem-apessoado. Deu uma piscadela para doutor Vital, que estava a seu lado, e o tapinha costumeiro em sua barriga ao mencionar madame, cujo nome não recordava.

Prosseguiu a história, sob olhares de curiosidade. Desconfiara do jeito do rapaz e perguntou a Camille a respeito. Ficou intrigado pelo modo como ela mudou de assunto. Sem ser notado, seguiu Arrigo, que se dirigia ao quartinho do porão, o mesmo onde Rodolfo flagrara o anarquista italiano com sua Rosalina. Pé ante pé, foi até lá. Não contou ao pessoal da roda sobre a decepção ao ver que o jovem apagou a luz e dormiu, sem receber visita feminina. Desejava secretamente testemunhar outra cena como a que o casal anarquista lhe proporcionara.

O caso era suspeito. Doutor Rodolfo falou sobre ele ao amigo Flores ao se encontrarem, por acaso, na manhã seguinte. O delegado, então, lembrou-se do presente inesperado que recebera do bacharel tempos antes, quando imaginara estar fazendo um favor ao prender Mário. Não custava passar no casarão; seu instinto de policial pescador dizia que podia pegar outro peixe graúdo. Foi assim que ele prendeu o perigoso comunista, dizia doutor Rodolfo, vangloriando-se do feito, para admiração de quase todos os ouvintes.

Terminado o relato, quando o grupo se desfez, doutor Vital ligou os fatos e concluiu que o rapaz em apuros era o mesmo por quem Eneide intercedera cerca de dez anos antes. Tivera tempo para tomar conhecimento do que realmente se passou nas prisões do governo Bernardes, que assessorara tão de perto. Algo bem pior que as denúncias das cartas que haviam chegado a suas mãos. Se fosse protestante, estaria condenado para sempre. Graças a Deus, não era. Podia se arrepender, desde que fosse sincero não só em intenção, mas também em gestos e atos. Por isso passou a defender os direitos humanos dos prisioneiros que, afinal, eram gente, filhos do Senhor. Oferecia seus préstimos como advogado até para notórios comunistas.

Um dever de consciência o impeliu a ajudar Arrigo, que nunca decifrou os motivos do advogado. Ele seguia usando ternos pretos, fiel ao voto de seriedade, não se sabe se mais arrependido pelo *affaire* com Eneide ou pelas prisões de que fora cúmplice. À revelia de seus admiradores, ele sabia que era homem comum e, bom católico, penitenciava-se diariamente pelos pecados cometidos.

Tudo outra vez

Doutor Vital conseguiu transferir Arrigo do presídio da Ilha Grande. A partir de então, o jovem fez um périplo por outras prisões cariocas em que já estivera. Ficou um tempo na Casa de Detenção, onde recuperou a saúde e conviveu com muitos presos políticos acusados de pertencer à Aliança ou ao partido, alguns dos quais seus conhecidos. Um coletivo organizava o cotidiano dos prisioneiros. O maior incômodo era o ataque de percevejos, combatidos com afinco, sem êxito. Nas celas e no espaço nomeado praça Vermelha, realizavam-se de cursos educativos a rodas de samba, de jogos de xadrez a sessões espíritas. Os detentos improvisavam um noticiário noturno, lido alto à moda das transmissões radiofônicas. Era a Rádio Libertadora a divulgar notícias, inclusive internacionais, como a situação na guerra civil espanhola. Lembrava os dias no presídio Maria Zélia.

Mal se acostumara com o coletivo, Arrigo foi transferido para a Casa de Correção, outra velha conhecida e de onde sairia rapidamente. Com o fim do estado de guerra, o novo ministro da Justiça cedeu a pressões e liberou centenas de presos políticos sem processo formado, Arrigo entre eles. Doutor Vital aconselhou o cliente a deixar o país quanto antes, antevendo a implantação de uma ditadura aberta, que de fato viria em novembro, após o fechamento do Congresso e o início do Estado Novo.

Com o distanciamento formal de costume, doutor Vital encontrou meio de mostrar seu sentimento ao oferecer um livro de poemas, recentemente publicado, para Arrigo ler no navio. Pouco tempo depois, saindo do beco em que se convertera a baía da Guanabara, vendo a paisagem da Glória distanciar-se em terra, o marinheiro triste foi em busca da estrela da manhã na linha do horizonte.

Nem precisou de ajuda do partido, a essa altura esfacelado. Doutor Ludovico pagou a passagem até o porto francês de Le Havre. Bom pai, despachou o filho para a segurança do exílio, às vésperas de assumir sua cadeira no Supremo Tribunal Federal.

Arca de Noé

Os primeiros dias na embarcação foram difíceis, como previsível depois do que Arrigo passou na cadeia. Tinha pesadelos recorrentes com as sovas que levou, pancadas e chutes de todo lado, porradas de cassetete de grupos de soldados, depois se via na câmara escura onde lhe colocaram estiletes sob as unhas. Seria insuportável sofrer de novo situações como as que enfrentara recentemente e nas bastilhas de Bernardes. Por isso chegou a pensar em abandonar a militância. Mas seria intimidar-se diante dos canalhas, reconhecer-lhes a vitória. O ódio contra os opressores era mais forte, não desistiria da desforra. Matutava sobre isso o tempo todo, até encontrar um ponto de equilíbrio entre continuar o combate e evitar o terror da tortura. Decidiu que, em ocasião de cerco, lutaria até morrer, sem se entregar – no limite, tiraria a própria vida.

Para quem o conhece, também era de esperar que em breve encontrasse motivos para virar a página. Foram três os principais: o encontro com o ex-tenente Apolônio, que num fim de tarde o demoveu de se atirar ao mar, a longa carta que escrevia para Aurora e a felicidade com um trio de garotas. Inspirado pelo perfume característico que detectava nas jovens, por certo poema e um cartaz de propaganda, Arrigo referia-se a elas nas conversas com Apolônio como as três mulheres do sabonete Araxá. O odor do produto serviu de desculpa para abordar as três primas, que não se desgrudavam. Flertava com elas nas caminhadas matinais pelo barco e certo dia aproveitou a oportunidade ao topar com as moças num corredor estreito. Deu passagem e comentou como era bom o perfume do sabonete Araxá. A mais alta dirigiu a ele os olhos azuis e discretamente observou que o senhor tinha bom olfato.

Arrigo aproveitou a deixa para continuar a conversa, referindo-se ao sotaque da jovem. Teria vindo do Sul? Ela respondeu que acertara de novo: viajavam num grupo de alemães e descendentes que iam ao país de origem. Os pais e os tios não puderam viajar, ocupados com negócios, mas mandaram as três para visitarem familiares. Dois primos já estavam na Alemanha, trabalhando, e as encontrariam em Hamburgo. Depois viajariam para a casa de parentes e, quem sabe, realizariam o sonho de passar um fim de semana em Berlim.

A terceira classe do navio estava repleta de famílias catarinenses que mal disfarçavam o orgulho de visitar a terra natal ou de conhecer a nação dos pais e avós. A economia fora recuperada sob as ordens do *Führer*, e a Alemanha já se convertera na principal parceria comercial do Brasil, que deveria seguir o exemplo.

A moça mais nova devia ter seus vinte e cinco anos, a mais velha e espevitada devia andar pelos trinta, idades tidas na época como um pouco altas para mulheres solteiras, mas que regulavam com a de Arrigo. Nada disseram, mesmo assim ele cogitou a hipótese de que tivessem embarcado no intuito de arrumar marido na Alemanha, e não seria mal cumprirem a tarefa já a caminho. Nenhuma das três entendia de política, mas admiravam o governo alemão. Melhor mudar de assunto.

Apolônio e o paraense com quem dividia a cabine também estavam interessados nas moças. As cabines eram duplas ou triplas. As três compartilhavam uma delas, Arrigo dera a sorte de estar sozinho, o colega de quarto perdera o barco. Viria a saber que era um russo de quem a polícia desconfiou, retendo-o no país. O mais atirado com as garotas era o nortista, tipo atlético e conversador, informante, como se revelou depois. Fora ele o responsável pela prisão do russo. O tipo não incomodou Arrigo e Apolônio; ao contrário, manteve a camaradagem para ver se obtinha confidências. Descobriu que o ex-tenente ia lutar na Espanha e que Arrigo ainda estava perdido, sem clareza do que fazer.

Apesar de ingênua, a simpatia das moças pelo nazismo logo afastou o interesse de Apolônio. Já o paraense era tão inconveniente que elas passaram a evitá-lo. Coube a Arrigo fazer companhia para as três, a cada dia mais atraentes e que nada tinham de nazistas. Heidi era a mais nova, cabelos e olhos castanhos, pele clara. Pouca estatura, peitos pequenos e quadris largos, compensava a beleza discreta com a máxima simpatia, jeito de camponesa carinhosa e desconfiada dos descaminhos da vida, aos quais se abria. Apelo ao tato da pele de pêssego e à audição da voz suave. Anita era a mais bonita, olhos azuis em contraste com os cabelos negros, corpo na medida da perfeição para quem gosta de mulheres magras. Distante, ar inatingível, estimulava a visão acima de qualquer outro sentido. Karin era a menos jovem, impetuosa loira de olhos verdes, estatura mediana, atraía o olfato e o paladar. Cinco sentidos em três mulheres, cada qual com seu encanto.

Arrigo afeiçoou-se de todas elas, que o tratavam com tal admiração e deferência que se sentiu amado e desejado pelas três, a ponto de não conseguir escolher uma para namorar. Preferiu flertar com todas ao mesmo tempo. Estava mais necessitado de acolhimento que de sexo. Optar por uma seria decepcionar e magoar as outras duas, algo que lhe causaria mais dor que o prazer de eleger a filha do rei. Anita levantava os olhos claros, Karin sorria como o primeiro arco-íris, Heidi falava com a voz de quem transmite mensagens dos anjos. Com jeito de crianças crescidas, simples, ensinaram a ele que sua alma não devia anoitecer diante do sol tão claro lá fora.

Uma escolha naquelas circunstâncias significaria sentir-se sórdido, a mais baixa das criaturas. Passava horas lendo poemas de Bandeira para elas: "Quero ser feliz, nas ondas do mar, quero esquecer tudo, quero descansar". A convite das três mulheres do sabonete Araxá, comemoraram a noite derradeira no navio com uma, duas, três garrafas de champanhe na cabine delas, ardências contidas e liberadas no desejo insatisfeito de Deus.

Utopias restauradas

Pouco mais novo que Arrigo, Apolônio viajava em missão do partido, que enviava alguns ex-militares para lutar contra o exército sublevado de Franco na Espanha. A guerra civil dividia o mundo; a Itália fascista e a Alemanha nazista davam toda a retaguarda aos insubordinados contra o governo eleito da República espanhola. Os revoltosos eram militares apoiados pelas oligarquias e pela maior parte da Igreja católica, como Apolônio costumava dizer, aqueles que dominaram o país autoritariamente por séculos, enriquecendo à custa da miséria da ampla maioria do povo.

O entusiasmo e a capacidade de convencimento do jovem comunista, insistente sem ser impositivo em sua amizade sincera e cativante, pouco a pouco reanimavam Arrigo. Sem contar o flerte com as catarinenses e a carta interminável a Aurora, que servia também para organizar as ideias. Hábito nunca abandonado nas diversas ocasiões em que a fortuna colocou um oceano entre os dois. Li essa e outras cartas arquivadas na coleção que Aurora guardara no baú de dona Imma até o incidente em Vinhedo.

Apolônio reforçou a importância de continuarem no partido, o que seria fundamental para combater o nazifascismo. Eventuais erros e debilidades seriam vencidos inexoravelmente. As conversas com ele versavam sobre outras coisas além de política e mulheres. Lembraram-se de muitas histórias de navios, fugas espetaculares, como a de tio Mário no Recife e do anarquista italiano Oreste Ristori, que teria quebrado as pernas ao fugir de uma embarcação que o expulsaria da Argentina, deixando-o manco em várias peripécias pela América do Sul, inclusive em São Paulo. Arrigo conheceu na infância seu Oreste, sempre com chapéu-coco e cachimbo na boca, amigo de tio Mário. Não imaginava que o veria outra vez, de passagem, nas andanças revolucionárias pela Espanha.

Ao fim da viagem, Arrigo e Apolônio seguiram rumos distintos, mas viriam a se reencontrar muitas vezes depois, algumas na Espanha que os acolheu. O jovem paulistano estava convencido: também lutaria contra o franquismo na terra de dom Quixote, em nome de um mundo novo.

Lino e Mira

Ao contrário de Arrigo, Lino nunca foi mulherengo. Voltado aos estudos, à política e ao mundo da cultura, não era de trocar de namorada nem de recorrer às andorinhas. Teve a sorte de encontrar, desde novo, uma parceira que lhe bastava, mesmo sem nutrir a ilusão de existirem almas gêmeas.

Mira também vinha de família judaica, pais poloneses. Ela nasceu logo que chegaram ao Brasil, antes das grandes greves. Conheceu Lino quando ele estudava engenharia na Escola Politécnica e ela se preparava para ingressar na faculdade de letras. O casal ia muito ao cinema, apreciava a vida cultural. Dona Esther levara Lino a uma das sessões da Semana de Arte Moderna no Theatro Municipal, quando ele ainda era adolescente. Viram Ronald de Carvalho declamar o poema "Os sapos", de Manuel Bandeira, ironia ao parnasianismo. Ela achou estranho, o filho igualmente, mas estava inoculado em suas veias o veneno das vanguardas artísticas, que contaminaria Mira.

Moravam próximos, no Bom Retiro, então bairro judaico de São Paulo, que ainda hoje guarda marcas desse tempo, e por isso Arrigo às vezes vai até lá matar a saudade do amigo. Não é a mesma coisa – coreanos, bolivianos e africanos foram ocupando crescentemente o lugar dos judeus, que se espalharam pela cidade, muitos por Higienópolis, bairro nobre, para onde Mira se mudaria anos depois, já casada com Aaron.

Lino embarcou em direção à Europa logo após a fuga do Paraíso. Antes passara com Mira uma última semana, da qual ela jamais se esqueceria. Ele prometeu voltar, esperava viver para cumprir a palavra.

Guerra civil

A mescla de princípios democráticos, anarquistas e comunistas na ebulição espanhola fazia lembrar os ideais que os amigos do quarteto aprenderam na Escola Moderna da avenida Celso Garcia, inspirada nos ensinamentos de Ferrer, cuja memória era cultuada em particular na Catalunha. Lino foi quem incorporou melhor as lições e o primeiro a alistar-se para lutar na Espanha, onde a reação militar contra o governo eleito ajudou a deslanchar o processo revolucionário entre os defensores da República.

Ao chegar, Lino percebeu o que já sabia antes de partir: discordâncias geravam conflito entre as diversas forças que compunham a frente popular ou a apoiavam. Republicanos, nacionalistas bascos e catalães, socialistas, comunistas, anarquistas, trotskistas e outros divergiam até as vias de fato sobre como organizar a sociedade, se deveriam prevalecer os conselhos populares ou a centralização administrativa, a propriedade privada ou a coletiva. Também discordavam sobre a constituição da luta em milícias ou num exército regular, sem contar o dilema dos revolucionários entre vencer primeiro a guerra ou começar a revolução socialista no mesmo processo.

Os conservadores haviam ficado amedrontados com os rumos da República e apoiaram a sublevação franquista. Arrigo não gosta de lembrar que, naqueles mesmos anos de guerra civil, ocorriam os célebres processos de Moscou, consolidando as posições stalinistas que eram inaceitáveis para Lino e outros trotskistas, sem falar nos anarquistas, hegemônicos na poderosa Confederação Nacional do Trabalho. Eles foram os principais agentes da revolta popular armada, desencadeada após o início do golpe franquista, contra o qual organizaram milícias paralelas ao poder estatal republicano. Nem tudo na trama complexa ficava evidente aos olhos de Arrigo e outros que arriscaram a vida em nome da revolução.

Eles viam os falangistas liderados pelo general Franco avançarem com armamentos de última geração fornecidos pela Alemanha – muita munição, tanques, aviões, navios, além de instrutores militares e combatentes de elite. Sem contar as numerosas tropas italianas e as forças em volume ainda maior que vieram da parte de Marrocos sob colonização espanhola. Do lado oposto, o antifascismo mobilizava pessoas no mundo todo pelos ideais da República, defendida apaixonadamente por artistas e intelectuais. Arrigo e seus companheiros julgavam que o futuro da humanidade se decidiria ali.

Num primeiro momento, voluntários participavam da luta conforme suas simpatias em relação a cada corrente específica que compunha ou apoiava a frente popular. Assim, velhos conhecidos de Arrigo desde logo se alistaram nas milícias revolucionárias. Seu Oreste e tio Mário, com quem Arrigo perdera contato, foram ajudar os companheiros anarquistas. Levando carta de apresentação de Mário Pedrosa dirigida a Andrés Nin, Lino inscreveu-se em Barcelona para combater junto ao Partido Operário de Unificação Marxista, conhecido como Poum, de relativa inspiração trotskista.

Logo veio uma segunda fase, em que o governo republicano tentou regrar a participação dos estrangeiros em busca de adesão mais eficaz e profissional do ponto de vista militar. Assim se constituíram as Brigadas Internacionais, iniciativa sobretudo dos comunistas. Os brasileiros, algumas dezenas, dispersaram-se em diversas tropas do exército republicano e das brigadas. Arrigo serviria na XII, no batalhão Garibaldi.

Monsieur e *madame* Derville

Simpático e sociável, ainda no navio Apolônio logo se enturmou com os marinheiros, alguns dos quais ficaram amigos também de Arrigo. Como o mundo é pequeno e eles eram frequentadores de bordéis, não demorou para descobrir o que se passara com madame Eneide. Ela já não usava o nome em homenagem ao antigo namorado. Dirigira uma casa em Marselha antes de se casar com certo viúvo rico e excêntrico, com quem foi morar em Paris. Agora era a respeitável *madame* Derville.

O bisavô do marido tinha sido um advogado conceituado, de quem herdou o nome e a paixão pelas causas justas, o que deve ter despertado o coração de madame, eternamente nostálgica de Eneas. O casal atuava no Centro de Solidariedade à Espanha, que funcionava na Maison des Syndicats, avenida Mathurin Moreau, norte operário de Paris. Foi lá que Arrigo a reencontrou; depois foram dar uma volta e colocar a conversa em dia no Parc des Buttes-Chaumont, nas imediações. O tempo fizera seu trabalho, mas ainda era uma bela mulher.

Com surpresa e alegria, ela recebeu o jovem amigo e contou que sua vida mudara, não esperava àquela altura encontrar um companheiro como Derville nem se dedicar a causa tão nobre como a solidariedade à República espanhola. No mesmo dia ela o apresentou ao marido, sujeito simpático e bonachão, com quem Arrigo logo se entendeu. Foi morar no apartamento deles, perto da Ópera, até receber os documentos para ingressar na Espanha, os quais o casal ajudara a providenciar. Demorou um pouco, então passava horas a flanar pelas ruas de Paris, às vezes com *monsieur* ou *madame*, quando podiam lhe dar o prazer da companhia e a oportunidade de praticar o idioma de Rousseau.

Catalunha, Luna

Arrigo viajou para a Espanha pelos Pirineus, rota comum a muitos voluntários: Perpignan, Portbou, Figueras, por fim Barcelona. Enquanto esteve na capital da Catalunha, conversou com bastante gente e foi se inteirando da situação política conturbada. Raramente via brasileiros, então teve agradável surpresa quando encontrou alguém da terra natal – melhor ainda, uma patrícia. A exemplo de tantas mulheres, estava engajada no serviço de retaguarda. Foi apresentada como Luna, talvez nome de guerra, por segurança, já que secretamente era militante do Partido Comunista Espanhol, como ele viria a descobrir; além disso, estrangeiros costumavam ter uma identidade local. Bastaram algumas frases para o simpático sotaque baiano aparecer entre o castelhano que ela falava com desenvoltura, assim como o catalão, desconhecido para ele.

Logo ficaram amigos. Luna era bonita, olhos de jabuticaba, pele morena. Uns dez anos mais velha que Arrigo, embora não parecesse. Balzaquiana, como se dizia. Um homem nunca se esquece de qualquer cidade apresentada por uma mulher daquela, muito menos em se tratando da Barcelona em guerra. Luna tinha vocação para professora. Reproduzindo a versão que aprendera com os camaradas, ensinou um bocado sobre a história da Espanha e sobre a guerra civil. Perdiam-se nas esquinas da cidade, no labirinto do bairro gótico. Manhãs, tardes, noites memoráveis. Não se assanhe o leitor imaginando uma conquista de Arrigo. Luna sabia que romances entre gerações diferentes não costumam acabar bem. Mas quem controla o imponderável?

Já era íntima de Arrigo quando contou a história que a perturbava havia alguns meses, após as batalhas fratricidas nas ruas de Barcelona no começo de maio do trágico ano 1937. Luna disse que os anarquistas insistiam em manter a posse do prédio da central telefônica, localizado no coração da cidade, contra as ordens do poder republicano na Catalunha, dedicado a ordenar o caos em que se convertera a metrópole. A disciplina seria indispensável para combater o golpe franquista, que avançava com seu exército regular sobre milícias corajosas, mas inexperientes, fadadas à derrota em combate. Reorganizar o exército seria essencial à vitória, unir-se em torno do poder central republicano e concentrar-se em vencer a guerra, sem dar margem a arroubos revolucionários românticos que quebrariam a unidade da frente popular, conforme as palavras firmes da mulher.

Nem o governo catalão nem os comunistas convenceram os anarquistas e seus aliados do Poum a entregar o prédio e as armas. Ao contrário, segundo Luna, os amotinados tiveram a insensatez de chamar o povo às armas contra o governo, erguendo barricadas e iniciando batalhas de rua. Triste, ela jamais imaginaria tanto sangue derramado em luta entre as próprias forças antifascistas. Nem que um episódio a tocaria pessoalmente, mais que qualquer outro.

Mai più

Luna estava no Hospital Geral da Catalunha, antigo Sant Pau, onde era enfermeira, quando recebeu um militante ferido. Não sabia de que banda era, nem importava. Ao despi-lo, notou o estado de seu ventre e logo o escondeu com o lençol. Não teria salvação. Olhou apiedada para o homem quase inconsciente, cuja face lhe pareceu familiar. Ao perceber que era observada, tentou não demonstrar a gravidade do caso. Virou-se para atender outro paciente e escutou a suas costas uma voz com sotaque italiano perguntar, em português: "Doroteia, não se lembra das aulas no Recife, de história do Brasil?".

Ao ouvir seu nome verdadeiro pronunciado pela voz inconfundível, ela se voltou para ele, surpresa. Não havia sido professora de outro italiano. Perdeu o chão, desconcertada por rever inesperadamente um grande amor irrealizado na juventude. E naquelas circunstâncias. Olhando bem, estava lá o rosto belo e sereno, disfarçado sob as rugas, o suor, a barba por fazer e o tapa olho que não era do tempo no Recife. Uma lágrima turvava a mirada azul do ferido. Ela não se conteve e abraçou Mário, aos prantos.

Ele contou um pouco de sua luta na Espanha, como participou de comitês populares na coletivização de terras e empresas, além da resistência armada contra o avanço das tropas reacionárias, integrando a coluna Durruti. Seus companheiros anarquistas não entregariam as armas para um governo em que não confiavam, pois eram a garantia da continuidade da revolução, indispensável para vencer a guerra civil.

Doroteia, conhecida como Luna na Espanha, não concordava com ele, mas não quis discutir com aquele homem nos últimos suspiros. Já meio delirante, ele expressou o incômodo com a própria participação no fuzilamento de um padre e dois seminaristas, logo depois do levante do exército de Franco. Eles foram julgados sumariamente pelo povo sublevado de uma aldeia próxima, que os identificou como cúmplices dos franquistas e dos latifundiários em busca de restauração. Era fato, mas os executar a nada levaria, tentou argumentar. Foi voto vencido.

Murmurando consigo mesmo, como se buscasse justificativa, Mário disse que eram atos espontâneos de resistência dos explorados, em resposta à violência dos exploradores. Portanto, legítimos. A enfermeira não era confessora, nem ele estava arrependido, mas a conversa ajudou a aliviar a angústia de quem matava e morria na luta revolucionária. Mais trágico era perecer no embate fratricida entre os republicanos, os dois devem ter pensado, sem dizer, cada qual de um lado na guerra civil dentro da guerra civil.

Doroteia mudou de assunto. Ainda tiveram tempo de relembrar a turma de Cristiano, as aulas sobre as revoltas populares brasileiras, o caso trágico de Saninha, apaixonada por um jovem oficial. Tantas coisas ditas com outras palavras, ou sem elas, códigos subentendidos. Conversaram entre soluços de riso e choro, prazer compartilhado da memória que por fim se esvaiu em silêncio.

Espantado com as coincidências do destino e comovido por saber inesperadamente qual foi o fim do velho tio, tampouco Arrigo conteve as lágrimas. Desconsolo. Nunca mais dona Imma, nunca mais Brás, nunca mais tipografias, nunca mais sotaque italiano, nunca mais navios, nunca mais prisões, nunca mais torturas, nunca mais o olhar azul, nunca mais tio Mário. Nunca mais, *mai più*.

Ao menos morreu, assim como nascera, com amparo de mulher querida. Encontrou em seu abraço final um momento de eternidade. Palavras de Arrigo a Luna, consolando a si mesmo, ainda surpreso e impactado com a revelação. Luna também estava tocada, nunca imaginara o parentesco dele com Mário. Arrigo contou, então, mais coisas da vida do revolucionário, como era amado por dona Imma e os companheiros de São Paulo. Românticos anarquistas, perdendo-se pelo voluntarismo. Maldito fascismo que levava a essas lutas entre os nossos. Palavras não bastavam para exprimir a complexidade dos sentimentos.

Soldado da República

Quando Arrigo chegou à Espanha, a sorte da República estava selada: a guerra praticamente se decidira do ponto de vista militar em favor dos franquistas, mas os combatentes mantinham as esperanças, apesar da discórdia em suas tropas.

Ainda abalado pela morte de tio Mário, Arrigo deixou Barcelona e foi para Valência, que, após o início do cerco de Madri, se tornara a nova capital do país. Encontrou Diana de passagem. Ela seguia para o *front*, valendo-se do aprendizado de tiro em Moscou e da experiência na guerra paulista. Era das poucas mulheres na linha de frente. Enfrentou muitas batalhas, com bravura que lhe valeu medalha. Ficou triste ao saber do falecimento, mas se acostumara com as perdas e as dissidências. Não se metia nos detalhes da política, tendia a ver as coisas do prisma das lealdades e do caráter pessoal, havia revolucionários sinceros e também canalhas em todas as posições de esquerda.

Arrigo foi encaminhado a Albacete, sede das Brigadas Internacionais, onde deveria fazer treinamento militar até partir para a frente de batalha. A cidade ficou conhecida pela forte presença de comunistas de todas as partes, incluindo agentes soviéticos que davam retaguarda à mobilização e cuidavam para as diretrizes de Moscou serem cumpridas à risca.

O comissário político a quem Arrigo ficou subordinado era Pepe, espanhol arrogante e autoritário com os subordinados, cordato com os superiores. Não deixava de lembrar doutor Rodolfo, fisicamente e nos trejeitos: barrigudo, calvície indisfarçada pelo penteado, bigode vasto, sorriso de satisfação consigo mesmo estampado no rosto quando estava com pessoas a quem desejava agradar, fingindo intimidade com tapinhas na barriga. Só não era cheiroso feito o sósia carioca, ao contrário. Diana avisou para não confiar nele, mas era o chefe, Arrigo tinha pouco a fazer.

Soube-se depois que o camarada Pepe era agente da polícia secreta da União Soviética. Vivia preocupado com possíveis espiões nas fileiras comunistas, desconfiava da infiltração de franquistas, é claro, mas também de trotskistas, anarquistas e todo tipo de dissidente da linha oficial, de que era cioso cumpridor e exigia a mesma conduta dos subordinados. Era obcecado por segurança, no limite da paranoia. Entre os brasileiros, comentava-se anos depois que ele teria sido responsável pelo misterioso assassinato de Besouchet, o primeiro ex-tenente a chegar à Espanha. Motivo: acusado de aderir ao Poum.

Na guerra, Arrigo lutou em várias frentes, deslocando-se por muitas regiões em defesa do território republicano, cada vez menor diante do avanço inimigo, apesar da resistência. Esteve em batalhas memoráveis, mas que preferiria esquecer, inclusive na mais longa e cruel, a do rio Ebro, durante a qual foi ferido no braço esquerdo. Fez e perdeu amigos. Não tinha desafetos, mas detestava a presença do camarada Pepe.

Suas desventuras na terra de dom Quixote dariam um livro inteiro, que ainda hei de escrever, aguardem. Mas, para publicar livros e ganhar a vida, é preciso sair do apartamento do velho Arrigo, que permanece inerte em sua cadeira. Bato na janela, dou socos na porta e uns gritos, tudo de novo, inútil. Alguém há de dar pela minha falta ou vir procurar o dono da casa no decorrer da semana.

Retirada: um tiro no tempo

Arrigo voltou a Barcelona quando o governo resolveu abrir mão dos voluntários estrangeiros, como parte de um esforço diplomático desesperado e inútil para atrair apoio governamental francês e inglês. Lá reencontrou Luna, que seguia trabalhando no hospital, além de Apolônio e Diana, entre outros brasileiros em retirada. Mais surpreendente: também viu em Barcelona o velho amigo Lino.

Ele continuava na luta, clandestino. Perdera contato com líderes do Poum, na maioria presos. Não comentou sobre isso e outros pormenores com os antigos companheiros, a quem procurou secretamente. Queria convidá-los a permanecer na resistência, apesar da proibição oficial, em milícias populares suprapartidárias.

Arrigo e Diana festejaram o reencontro e propuseram repassar a proposta ao comando. Irônico como sempre, Lino perguntou até quando teriam ilusões com seus chefes stalinistas. Os velhos amigos tinham a resposta na ponta da língua. Excessos fazem parte da revolução; por exemplo, Trótski esmagou a revolta dos marinheiros de Kronstadt. Pior, depois dividiu o movimento revolucionário. Seria difícil chegar a um acordo, mas se despediram emocionados.

Não era apenas Lino; outros convidados a sair do país desobedeceram e se reengajaram na luta, até mesmo no exército, para defender Barcelona. Vários brasileiros atenderam ao convite para integrar uma das unidades da XV Brigada. Apolônio, Diana e Arrigo estavam entre eles e combateram com bravura, enquanto as circunstâncias permitiram, em ações de retardamento do avanço inimigo. Os brasileiros ajudaram na retirada para a fronteira francesa, organizando a retaguarda e os comboios de refugiados, às dezenas de milhares.

Durante a fuga, um grupo avançado de franquistas atacou parte do comboio e foi repelido à bala. Surgiram boatos de que o revide havia sido obra de anarquistas que conservavam armas ilegalmente. Eles estariam causando escaramuças dentro da caravana. Certa manhã, Pepe convocou Arrigo e Diana a uma missão: participar de patrulha para investigar o caso no fim da tarde.

Na hora combinada, o chefe apareceu e seguiram os três; mais quatro soldados vinham atrás, camuflados. No caminho, o espanhol disse ter informação de que o líder dos desobedientes era um brasileiro infiltrado e que os dois o conheciam. Ordenou que o acompanhassem até o trecho suspeito do comboio para identificá--lo. Tratava-se de Abel Guinsburg, judeu. Arrigo e Diana se entreolharam assustados ao ouvir o nome completo de Lino. Não podia ser. Estavam em desacordo político com ele, mas não era o caso de lhe fazer mal. Como conheciam a fama do camarada Pepe, temeram pelo amigo e por eles mesmos.

Demorou quase uma hora para chegarem ao local indicado por Pepe, e os quatro soldados os seguiam a alguns metros, de modo a não ter a presença notada. Arrigo sentiu vertigem ao avistar Lino. Fez que não o reconheceu e continuou caminhando; o mesmo deve ter ocorrido com Diana. Já o tinham deixado para trás quando escutaram: "Ei, Arrigo!". Foi o bastante para os soldados colocarem as mãos sobre Lino. Naquele instante, passavam por um trecho estreito entre árvores. Ouviram-se tiros. Tocaia falangista. Duas ou três pessoas foram baleadas e caíram por terra. Pânico generalizado.

Lino desgarrou-se dos soldados, sacou o revólver e juntou-se a Diana, Arrigo e Pepe para defender o comboio do ataque dos franquistas, camuflados atrás das árvores. Em segundos, os quatro soldados que prenderam Lino estavam mortos no chão, enquanto os demais refugiados escapavam para longe, abrindo-se uma clareira no comboio.

Arrigo e Pepe correram para trás de uma árvore, Diana escondia-se dos tiros em outra. Lino estava à frente, antes de um barranco, fora do alcance das balas inimigas, de costas para os amigos. Foi quando o chefe disse: "Vamos acabar com esse traidor!". E deu-lhe um tiro, errando o alvo. Vendo a imobilidade de Arrigo, repetiu aos gritos: "Atire!". Mas o combatente seguiu sem ação. Pepe voltou a arma engatilhada para a cabeça dele: "É uma ordem!".

Em fração de segundos, ouviu-se o grito de Diana, que percebera a situação: "Corre, Lino, corre!". Arrigo viu o melhor amigo escapar, enquanto os franquistas jogavam uma granada. Em meio à fumaça que mal permitia ver o alvo, Pepe insistiu: "Atire nele!". Sob a mira da arma do chefe, Arrigo disparou. Ouviu a reprimenda enfurecida: "Não para o alto, atire para matar!". Mentalmente, Arrigo repetia como nos velhos tempos: "Corre, Lino, corre! Foge!". Enquanto isso, disparava a esmo até as balas acabarem em meio à bruma. Os franquistas não economizavam munição, contidos apenas pelo fogo de Diana.

De repente, os tiros pararam. Quando a fumaça se dissipava, viram Lino caído. Pepe baixou a arma e, com o sorriso cabotino de sempre, deu um tapinha na barriga do subordinado: "*Muy bien!*". Fora de si, Arrigo correu em direção ao amigo sob nova chuva de balas. Segurou seu corpo, tentou colocá-lo de pé. Sentiu o sangue dele a escorrer, talvez misturado com o seu, pois também fora atingido.

Já no chão, envolto na poça vermelha, Arrigo percebeu vagamente o recuo dos franquistas atirando para o alto, cantando vitória. Diana foi a única do grupo a sair ilesa da tocaia, cujo fim não teve outra testemunha, a não ser Arrigo. Antes de perder os sentidos, ele ainda viu a amiga estourar, com um tiro certeiro, os miolos de Pepe.

Carmella e Marcella

Quando acordou, Arrigo estava na casa de duas irmãs italianas que trabalhavam como voluntárias. Viviam nos arredores de Figueras, aonde o ferido havia sido levado, inconsciente. Assustou-se ao abrir os olhos. Nem feias nem bonitas, senhoras de meia-idade, religiosas com jeito bondoso e enigmático. Tratavam suas feridas e seu corpo com um cuidado nunca antes visto – e tinha visto muita coisa.

Ele perdeu a conta do tempo que ficou inconsciente ou imprestável na cama. Soube depois que estivera entre a vida e a morte. Foi salvo pelo cuidado das irmãs enfermeiras, tão parecidas que talvez fossem gêmeas. No processo de recuperação, as melhores horas eram em companhia de uma das duas no quarto do fundo, onde estava escondido.

A princípio, Arrigo mal conseguia abrir a boca. Pensamentos desconexos o perturbavam, ouvia vozes, as circunstâncias em que se feriu torturavam sua mente. Lino não saía de sua cabeça. Seria melhor ter morrido em seu lugar? Talvez nem as irmãs quisessem prosa, podia ser perigoso em situação de guerra, na clandestinidade.

O hóspede só percebeu que estava melhorando ao ficar excitado enquanto uma das madres limpava seu corpo após a troca de curativo. Vendo-o envergonhado, ela apenas sorriu e, sem interromper o trabalho, disse com bondade: "*Lascia stare, non fa niente*".

Os cuidados também se revelavam na comida, havia racionamento, mas o rapaz precisava se recuperar. O filho de dona Imma sabia, por experiência própria, que as italianas se viram com pouco na cozinha. As irmãs preparavam o que de melhor seus recursos podiam obter, talvez tomando algo emprestado da despensa da igreja. O ferido melhorava a olhos vistos.

Certa noite, Carmella entrou em silêncio no quarto, logo depois que ele apagara a luz. Arrigo ajeitou-se para exibir as feridas, mas ela não iluminou o recinto. Quando ele fez menção de dizer algo, entreviu na penumbra o vulto tocar os próprios lábios com o indicador, a pedir silêncio. Discretamente, deitou-se a seu lado. Surpreso, sem se sentir forçado, pousou a mão no ombro dela com espontaneidade e quis dizer algo. Desta vez sentiu o dedo sobre sua boca, não era ocasião de conversa. Momento de retribuir, não seria sacrifício. O corpo falava por ela. Usando a mesma língua, o rapaz tampouco proferiu palavra, prazer em dar prazer. Também ficou mudo na noite seguinte, ao receber a visita de Marcella, a irmã. Mistérios do desejo.

Antes, durante e depois da recuperação do paciente, elas rezavam diante da cópia em miniatura de uma escultura de Bernini conhecida como *O êxtase de Santa Teresa*, em que ela aparece desfalecida, com a boca entreaberta diante do anjo e sua flecha dourada. A inspiração estava na autobiografia da santa, leitura de cabeceira das duas. Teresa revelava o prazer divino sentido ao ter o coração e as vísceras penetrados pela lança do anjo que a deixou em fogo, doçura de uma dor excessiva que a fez gemer e da qual não queria se livrar. Convergência do físico com o espiritual, o céu na terra pela flecha abençoada. Arrigo, anjo que a providência divina colocara no quintal das irmãs para terem a graça de viver o êxtase de santa Teresa de Ávila.

Elas se revezavam dia e noite no tratamento do paciente e de si mesmas. Deixavam os corpos se entenderem; eles não precisam de palavras para chegar ao gozo divino. Pouca coisa verbalizada. Arrigo sequer tinha certeza de que elas se chamavam Carmella e Marcella, embora tenham se apresentado assim. Ele percebia o carinho pelo tratamento e pela qualidade da comida, mas elas não se sentavam com ele para compartilhá-la. Jamais esclareceram por que o ajudavam, como fora parar ali ou quando partiria. Tampouco ele ousava perguntar. Um ateu nas mãos de Deus.

Certa noite, esperava a visita de uma das duas, mas vieram ambas, vestidas com hábitos que ele nunca vira, exceto em vaga lembrança da chegada quase inconsciente. Traziam espaguete com molho de tomate e manjericão, com um delicioso queijo local ralado por cima, um bom vinho, daqueles a que só os padres tinham acesso. Jantaram juntos. Celebração quase muda, entrecortada por interjeições de prazer gastronômico, a traduzir a felicidade da convivência.

Ao fim da ceia, disseram a Arrigo que fora uma festa de despedida. Amigos iriam acompanhá-lo até a fronteira com a França ainda naquela noite. Era perigoso, as tropas franquistas já estavam de posse da Catalunha. A roupa recebida tocou o hábito das irmãs na hora de partir. Toda emoção contida num abraço casto e no toque fugaz das mãos. Lágrimas furtivas diante das pessoas que o aguardavam. Nunca mais viu aquelas que ficaram em sua memória como Carmella e Marcella, mulheres que salvaram sua vida.

A iniludível e seu trabalho

Arrigo aprendeu que mortes afetam as pessoas, algumas mais que outras. As circunstâncias de aparecimento da iniludível e a relação da alma sobrevivente com a que partiu são tudo. Resta trabalhar o luto, que às vezes não se completa e atormenta quem sofreu a perda, como ensinam os psicólogos. Se é assim em oportunidades normais, que dizer de guerras e revoluções, quando as mortes passam a fazer parte do cotidiano com frequência maior? Não só morrer, também matar.

Apesar da tendência à banalização, algumas perdas seguem doendo muito. Com ou sem guerra, cada um carrega o peso de certa morte em especial. Arrigo perdeu bastante gente, mas o único luto que nunca completou foi o de Lino, de quem sempre fala, mesmo que sua morte não seja assunto de seu agrado. Ele repete a quem tem a indiscrição de perguntar que todos naquela tocaia foram vítimas do franquismo. Até mesmo Pepe, homenageado como herói pelos chefes. Foi o ocorrido, ninguém contestou. Malditos fascistas.

Arrigo diz a si mesmo que não foi seu tiro que vitimou o amigo. Diana estava lá e garantiu a ele. Mas como poderia ter certeza, em meio àquela fumaça? Se resistisse à ordem e não atirasse, talvez Lino não saísse do esconderijo e ficasse a salvo ou tivesse fugido. Bobagem, não tinha escapatória; se não fosse morto pelos inimigos, seria executado por Pepe. Mas, para o menino que fugira correndo da Força Pública naquela noite no cemitério do Araçá, nada seria impossível. Inútil conjecturar, só avivaria o sentimento de culpa.

Indesejada das gentes

Luna continuou trabalhando no Hospital Geral da Catalunha, que em breve voltaria a ser chamado São Paulo. Sua identidade comunista era desconhecida; para todos os efeitos, era apenas uma enfermeira dedicada. Então, aceitou de bom grado a tarefa partidária de permanecer em Barcelona. Secretamente se despedira dos amigos que seguiam para a França. Deu a Diana o endereço de duas irmãs italianas que haviam trabalhado no hospital. Eram freiras, mas de confiança, poderiam ajudar em caso de urgência médica no caminho.

Carmella e Marcella haviam ficado assustadas quando, em reação ao início do golpe franquista, dirigentes anarquistas da cidade conseguiram mudar o nome do hospital e eliminar seus símbolos religiosos, o que incluía a proibição do uso de hábitos. No calor da hora, fuzilaram alguns religiosos franquistas que trabalhavam no local. A igreja do hospital, já sem uso eclesiástico, serviu de prisão para inimigos da República que estavam doentes e feridos.

As irmãs ficaram chocadas com os acontecimentos, mas seguiram enfermeiras no hospital. Tornaram-se amigas de Luna, juntas testemunharam a guerra, em particular a destruição dos bombardeios sobre Barcelona, que levavam civis feridos, de todas as idades, a ser encaminhados ao hospital. Embora contrárias a métodos violentos, aos poucos entenderam o ódio de muitos trabalhadores a Franco e à Igreja católica, que o apoiava, cuja opressão secular gerou na Espanha uma resposta popular anticlerical semelhante à ocorrida após a Revolução Francesa. Nos dois países, alguns templos foram atacados e até incendiados. Isso elas não podiam aceitar, mas perdoavam.

Em seu trabalho cotidiano de atender feridos durante o conflito, ficou evidente a política franquista de extermínio indiscriminado da população civil catalã, acusada de dar suporte à República laica. Mesmo assim, as freiras não esperavam que a repressão fosse tão brutal após o fim da guerra – fez parecerem moderadas as ações mais extremas dos republicanos. Atingiu até setores da Igreja acusados de cumplicidade com a República, especialmente no País Basco.

Elas próprias foram presas e obrigadas a voltar à Itália após a depuração promovida no hospital, onde já não trabalhavam desde que se mudaram para Figueras. Médicos, enfermeiros e pessoal administrativo tiveram de prestar contas de suas atividades durante a guerra civil. Os que não conseguiam provar inocência sofriam sanções, das quais a mais modesta era o desligamento do hospital. Clima de medo e pressão sobre todos. Delações foram incentivadas, como a que incriminou as irmãs.

A identidade verdadeira de Luna foi descoberta, e ela voltou a ser chamada de Doroteia. Uma assistente de enfermagem ouvira quando Mário chamou a amiga pelo nome de batismo. Jovem e amedrontada, querendo se livrar de suspeita e fazer-se útil aos novos donos do poder, acusara a colega. Luna ficou inicialmente presa no espaço da antiga igreja que agora servia para prender inimigos de Franco, onde também estavam Marcella e Carmella.

Doroteia quase não dormia nem comia na cadeia, angustiada com a situação e temerosa de seu destino. Apanhou para confessar que era comunista, disse pouca coisa útil à repressão, concentrou as informações sobre companheiros que sabia já terem fugido. Dizem que foi violentada, mas não falava a respeito.

Guardas espalharam o boato de que seria executada pelo garrote vil. A ideia passou a afligir a prisioneira, imaginando seu pescoço apertado lentamente pelo instrumento, nuca perfurada, morte sofrida. Nas poucas horas de sono, acordava com o pesadelo do estrangulamento. A ideia tornou-se obsessão. Desesperada, numa noite fria tentou se enforcar. Foi salva por Marcella, que a consolou, ensinando uma prece para Nossa Senhora da Boa Morte.

Luna era ateia, mas acreditou que a santa a ouviu quando dois guardas vieram buscá-la no dia seguinte. Um deles deixou escapar que seria fuzilada, pensando assustá-la. Ficou espantado ao vê-la tranquila, sem saber que àquela altura ela achava melhor a morte rápida por uma saraivada de balas. Foi levada com outra presa a um corredor mal iluminado, que desembocava em muro crivado de estilhaços e manchado de vermelho, bem como o chão. Um dos guardas era o mesmo que a interrogara com certo parceiro, sem testemunha. Olhava para ela com ódio e sadismo durante a caminhada. Lenta, pois a outra vítima teve de ser arrastada e atrasava o cortejo, recusando-se a ir ao encontro da indesejada das gentes daquela forma. Apanhou para calar a boca e prosseguir. O chefe da guarda escarrava no chão de vez em quando. Piedoso, não cuspiu nas prisioneiras.

Encostaram as mulheres no muro, mãos amarradas para trás. Perguntaram se queriam ter os olhos vendados. Doroteia não quis e aparentou manter a calma. A outra gritava, então enfiaram um pano em sua boca, não sem antes lhe dar um soco que jogou por terra dois dentes, envoltos em um jato de sangue que sujou o uniforme do agressor. Possesso, ele deu murros na mulher, até a colocar no muro.

O chefe gritou que deveriam agradecer por morrer assim, que mereciam o garrote vil. Deu trinta segundos para fazerem as preces. Sons e imagens passaram sobrepostos pela cabeça de Doroteia, as freiras rezando na cela, a voz da mãe numa canção de ninar, Mário desfalecido em seus braços, tanta gente que ajudou a partir, mas também a nascer, partos na angústia da guerra. Nada disso a impediu de olhar de frente os verdugos que engatilhavam os fuzis.

Preparar, apontar, fogo!

Depois que as armas dispararam, subiu uma fumaça. Imediatamente se ouviram gargalhadas. Os tiros de festim assustaram as prisioneiras. Em vez de sangue, as sobras da pouca água e do quase nada de alimento que havia no corpo de Doroteia escorreram por suas pernas. Humilhada, voltou à cela, não sem ouvir de um guarda que não acabariam assim com a vida de mulher tão bela.

O episódio, em vez de destruir de vez a prisioneira, deu-lhe força inesperada, que as irmãs atribuíram a um milagre. Segundo Marcella, foi obra de Nossa Senhora da Boa Morte. Carmella discordava, havia orado muito para santa Rita dos Impossíveis. Só ela para deter o que parece inexorável. Graças a santa Rita de Cássia, Arrigo escapara com vida naquelas semanas em Figueras. É verdade que durante a recuperação do paciente elas rezaram também a santa Teresa, conforme já se sabe, mas essa reza foi mais para elas mesmas que para ele.

Como sinal de resistência, Doroteia, a partir de então, jamais deixou de se apresentar com o nome de guerra que quiseram proibir: Luna. O nome de batismo era passado dos tempos do Brasil, de Mário e das aulas dadas no Recife sobre as revoltas populares nacionais. Luna matou Doroteia com as balas invisíveis do pelotão de fuzilamento irrealizado.

No mês seguinte, Marcella e Carmella foram enviadas de volta à Itália. Luna ficou um pouco mais na prisão do hospital em que trabalhara. Um médico e duas colegas que conheciam bem a arquitetura do local deram um jeito de tirá-la de lá antes de fugirem juntos para a fronteira com a França. Luna escapava da velha iniludível, que talvez tenha se exasperado com tanta maldade e resolvido adiar o encontro com a brasileira. Não faltaria ocasião, estavam à beira de longa guerra mundial.

Fronteira

Enquanto aguardava permissão para ser admitido na França, Arrigo foi encaminhado ao campo de Argelès-sur-Mer, onde encontrou Diana, Apolônio e outros brasileiros. Foi recepcionado como amigo e herói, sentiu-se confortado. O campo frio e inóspito já tinha melhorado perto do que fora antes, graças à organização dos companheiros e de outros líderes. Na chegada, haviam recebido somente cobertores e a diretiva de cavar buracos fundos na areia para se protegerem do vento frio à beira-mar.

Arames farpados e guardas impediam a saída. Em vez da esperada hospitalidade de um governo de frente popular, foram recebidos em verdadeiro campo de concentração. Além do frio, as instalações e a higiene eram precárias, a comida era ruim e escassa. Para levantar o moral, Diana, Apolônio, Arrigo e outros organizaram uma rádio que fazia emissões com base apenas na garganta dos locutores, como nos tempos do Maria Zélia em São Paulo e da Detenção no Rio de Janeiro. Havia espaço para notícias, humor e canções populares. Mesmo assim, era difícil controlar o desânimo.

Arrigo pegou pneumonia. Talvez não resistisse, caso os prisioneiros não tivessem sido transferidos naqueles dias para o campo de Gurs, nos Pirineus Atlânticos, onde havia condições um pouco melhores, com barracas e atendimento de saúde. O governo cedera aos protestos das organizações populares francesas para a mudança.

Em convalescença, Arrigo conversava numa tarde com Diana quando Luna e duas companheiras apareceram, para surpresa geral. Ela contou da repressão franquista sobre milhares de pessoas, pior ainda do que já se esperava. Não escondeu seus infortúnios pessoais. Tão ou mais endurecida que Arrigo, Luna deu início com ele a uma dupla que faria lembrar o célebre casal de bandidos da época da Grande Depressão. Bonnie e Clyde politizados, como os chamaria mais tarde carinhosamente um camarada dos Estados Unidos que lutou na resistência francesa.

Em cartas intermináveis, Arrigo contava a Aurora sobre o cotidiano no campo. Ela nem sempre as recebia, quer pelas dificuldades logísticas, quer pela censura do Estado Novo. Ele sabia disso e não dizia nas cartas coisas que pudessem comprometer a segurança nem mencionava detalhes que magoariam a correspondente, que as lia com avidez e sofrimento. O escriba falava de seus sonhos recorrentes com locais fechados, agora tingidos em cenas de sangue, mãos sujas por mais que as lavasse. Ao acordar, via-se preso no campo, como a dar continuidade aos pesadelos.

As cartas testemunharam o mal-estar gerado entre os detidos pela notícia inesperada do pacto germano-soviético, bem como pela invasão da Polônia e o início da Segunda Guerra Mundial. A situação em Gurs deteriorou-se rapidamente, o acesso à imprensa, a livros, ao correio, aos serviços médicos, tudo piorou. Presos eram enviados para trabalhar na construção de trincheiras nas frentes. Diante do quadro, alguns resolveram fugir, entre eles Diana e Apolônio. Os dois escaparam cortando o arame farpado, enquanto um grupo simulava fuga em massa noutro ponto, atraindo a atenção dos guardas senegaleses que vigiavam o campo.

Arrigo preferiu ficar. Já estavam adiantados seus entendimentos com *monsieur* Derville, que negociava com as autoridades para tirá-lo do local. O ambiente mudava com o início da guerra. O campo passou a abrigar também alemães e presos comuns, dando aos que vieram da Espanha a sensação de serem de fato prisioneiros, não exilados. Logo depois, no governo colaboracionista de Vichy, viria a transformação em campo de concentração para judeus não franceses e outros inimigos do governo. Então, nem Arrigo nem Luna estavam mais lá. Pouco antes da invasão da França pela Alemanha, finalmente conseguiram sair e foram trabalhar na pequena e fronteiriça Portbou, num escritório montado por Derville para socorrer viajantes perseguidos.

Luna e Arrigo trabalhavam em segredo tanto para auxiliar espanhóis a entrarem na França como para europeus atingirem a Espanha, em particular judeus perseguidos pelos nazistas, que dali pretendiam fugir para outro país. Aproveitavam a neutralidade oficial do regime franquista à testa de um país debilitado que não suportaria nova guerra, apesar das afinidades nazifascistas. Missão perigosa, mas que ajudou a salvar vidas enquanto não foram descobertos.

A última leva que puderam proteger saiu da França no fim de setembro de 1940. O grupo de judeus fora impedido pela polícia espanhola de entrar em seu território e teve de voltar ao solo francês. Arrigo ligou a Derville; Luna ativou seus contatos secretos do outro lado da fronteira. Os esforços conjuntos foram bem-sucedidos, e o grupo entrou na Espanha no dia seguinte, para depois fugir da Europa conflagrada, muitos para os Estados Unidos.

Dois acontecimentos turvaram o êxito da operação. Primeiro, um dos fugitivos apareceu morto misteriosamente no hotel para onde o grupo foi dirigido após a recusa da entrada. Ao que tudo indica, suicidou-se por não aguentar a ideia de ser capturado por cúmplices franceses dos nazistas, que o entregariam à Gestapo. Derville disse a Arrigo que se tratava de intelectual judeu alemão importante, seu amigo, que estava morando em Paris e decidiu fugir diante da perseguição a judeus e marxistas.

A morte atraiu a atenção da polícia, que acabou descobrindo as atividades secretas de Arrigo e Luna. Ambos foram alertados por um companheiro cujo irmão trabalhava na delegacia da pequena cidade. Fugiram de carro em direção a Marselha, onde eram esperados por madame e seu marido, que haviam se mudado para lá após a tomada de Paris pelos alemães. A partir de então, Arrigo assumiu o codinome Marcel. Luna ficou com o que já tinha escolhido desde que sepultara Doroteia.

Pesadelo

Cerca de um mês antes do suicídio que o forçou a deixar Portbou, Arrigo teve um pesadelo que o perturbou por vários dias. Às vezes se repetia. Caminhava sozinho em cidade desconhecida, por uma rua deserta que terminava num beco sem saída, embalado por um vento quente. Entrou na única casa com as portas abertas. Bateu, sem resposta. Foi entrando até o escritório, no fundo do corredor, onde certo senhor grisalho trabalhava em sua escrivaninha, de costas para ele. Arrigo olhou a parede crivada de marcas de bala, ao lado de fotos de família judia e de revolucionários russos posando para a posteridade. Imagens amareladas pelo tempo. Chegou perto de uma das fotos, parecia alguém conhecido, época de dona Imma. Ao tentar se concentrar na imagem, um homem saltou sobre ele armado com picareta de metal, ferramenta de alpinista. Defendeu-se, atracaram-se, depois o homem fugiu, deixando-o com a picareta na mão.

Arrigo olhou ao redor e viu o senhor grisalho ainda de costas, agora com o crânio partido, balbuciando por socorro, uma poça de sangue em volta. Pessoas entraram na sala, acusando-o de assassino. Um menino acudiu o velho, amparando-o nos braços, permitindo ver o rosto da vítima. Era Lino, que se voltou ao amigo e repetiu: "Assassino!". Em desespero, Arrigo gritou que era inocente, a picareta não era dele. Ao baixar os olhos, viu as próprias mãos encharcadas de sangue. Tentou fugir, gritando, mas muitos braços não o deixavam sair do lugar, até que acordou ao lado de Luna, dormindo tranquila.

Viver perigosamente

Marcel e Luna passaram a viver ainda mais perigosamente; querendo vingar os companheiros caídos na Espanha, agora a luta não era apenas política, mas de compromisso moral com os caídos. Depois que a Alemanha invadiu a União Soviética, o Partido Comunista Francês organizou e incentivou atividades ousadas que os nazistas e seus aliados do regime de Vichy chamavam de atos terroristas. O par brasileiro equilibrava-se no limite entre a vida e a morte, assumindo papel central nas missões mais audaciosas na região de Marselha, como sabotagem de linhas de comunicação telefônica, estações de energia, estradas de ferro e de rodagem, além de assaltos e explosões em quartéis.

O casal se envolveu em ações para tomar armas de militares nazistas, o que em geral significava tirar-lhes a vida. Também havia atentados contra altos funcionários do governo de Vichy e incursões armadas em cadeias para libertar prisioneiros, entre outras atividades de guerrilha. Arrigo gostava de ser Marcel, fazer de conta que não era ele mesmo para superar o trauma com as circunstâncias da morte de Lino, jogando-se na luta com o risco iminente de perder a própria vida, como se assim pudesse redimir a perda do amigo.

O governo associado aos nazistas respondia com repressão brutal. Se pegos, os resistentes estavam condenados às piores torturas e provavelmente à morte, mas Luna e Arrigo não se intimidaram. Fizeram o pacto de nunca se entregar, de lutar até morrer em caso de cerco inescapável. Se fosse preciso, um daria no outro ou no próprio coração o tiro de misericórdia.

Nos últimos tempos da guerra, os nazistas adotaram a política de fuzilar dez ou mais locais para cada alemão morto, o que foi feito muitas vezes. Nem assim tiveram sucesso em deter as ações armadas, que não eram unanimidade entre os resistentes. Arrigo às vezes se questionava sobre as ações, mas Luna logo contra-argumentava que eram imprescindíveis. Em outras ocasiões, era ela quem colocava dúvidas, Arrigo tratava de dissipá-las.

As ações faziam parte da luta que os franceses chamavam de maquis, promovida pela associação entre os comunistas, em maioria, e as forças nacionalistas comandadas do exílio londrino pelo general De Gaulle. Experiências guerrilheiras que, bem mais velho, Arrigo viria a reviver em parte no Brasil, reproduzindo técnicas como a de realizar ações armadas rápidas e concentradas, depois a dispersão descentralizada por vários caminhos, evitando o combate frontal. A exemplo de seus correlatos na França de Vichy, a grande imprensa brasileira faria coro com a ditadura ao chamar os inimigos armados de terroristas.

Arrigo, terrorista até o fim da guerra, após a liberação se tornou herói nacional francês. Condecorado pelo presidente De Gaulle com a Legião de Honra por bravura, juntamente com Apolônio, Luna e outros membros do corpo armado de comunistas estrangeiros que lutaram na terra de Robespierre, os *Francs-tireurs et partisans – main-dœuvre immigrée*, conhecido pela sigla FTP-MOI.

No Brasil da ditadura militar, como antes na pátria do marechal Pétain, o nome e a foto de Arrigo apareceriam em vários cartazes como terrorista procurado. Com o fim do regime, se não teve o mesmo reconhecimento oficial recebido na França, ao menos foi celebrado por parte importante da sociedade, e ninguém mais tinha coragem de acusá-lo em público de ser terrorista. Aos poucos passou a ser novamente tachado assim, quando os ventos voltaram a soprar fortes à direita, avançando pelo novo século.

Caleidoscópio no bufê do apartamento de Arrigo. Vale a pena fazer uma pausa para manuseá-lo, enquanto espero pelo socorro que nunca vem. Cores e ângulos mutantes, basta o giro suave na confluência entre o polegar e o indicador.

No banheiro de mil cores árabes

O suor se acumulava em meu corpo, minha roupa. Ambiente abafado, tensão de permanecer preso ao revisar os originais no computador, desgaste de ir às janelas e à porta de tempos em tempos dar uns murros e pedir ajuda para sair do apartamento. Incomodado com meu próprio cheiro, chacoalhei o dono da casa de novo e pedi licença para um banho. Não teria resposta, mas era exigência de boa educação. Entrei de novo no banheiro, com tempo para observar os pequenos azulejos coloridos, como um mosaico árabe, mas sem simetria, espalhados aleatoriamente pela parede. Sem janela, o ideal seria pôr azulejos brancos, que não deviam estar na moda quando construíram o prédio. O jogo caótico de cores colabora para a escuridão do ambiente, ainda mais com a luz tênue da lâmpada no alto, a outra sobre o espelho está queimada. No canto, um aquecedor a gás se impõe majestoso, com uma caixa de fósforos no banquinho ao lado. Velho e enorme, o objeto causa medo; tentei acendê-lo uma vez, houve uma pequena explosão, mas o fogo não pegou. Desisti de tentar novamente e encarei o banho frio.

A banheira, sim, é branca, o que lhe dá destaque no recinto, cuja luminosidade precária disfarça as manchas, mesmo assim visíveis no caminho barrento da água em direção ao ralo. Pensei em enchê-la, mas logo desisti ao me lembrar da água fria e perceber que a torneira solta apenas um fio líquido sobre a superfície suja. Seria melhor a ducha, enroscada num suporte pouco abaixo da altura da cabeça. Pensei no esforço do velho Arrigo para entrar naquela banheira um tanto alta e no contorcionismo para se ajeitar sob a ducha. Agora entendia melhor por que já não cultivava o hábito brasileiro do banho diário. A água de início veio amarelada, trazendo a ferrugem e a terra acumuladas nos canos antigos. Escorria irregularmente e com pouco volume, saindo com dificuldade da ducha com muitos furos entupidos, vazando pelo encaixe, de modo a molhar mais o entorno que a pessoa. Tratei de me lavar rapidamente.

Caí ao sair da banheira, tombo feio. Já no chão, senti um cheiro de gás, dei-me conta de que tinha esquecido o aquecedor ligado depois que o fogo não acendeu. Não sei se caí por tropeçar ou estar tonto devido ao fluido; fato era que estava no chão, sem condições de me erguer. Vieram-me à memória casos de acidente e de suicídio com vazamento, além da associação com o extermínio nas câmaras de gás dos campos de concentração. Precisava alcançar o aquecedor, mas não tinha forças. Com os olhos turvados e a mente entorpecida, ouvi passos e vi um vulto desligar o aparelho e partir.

Demorei um tempo para me recobrar, não sei se foram minutos ou horas. Levantei-me e imediatamente corri cambaleante até a sala, sem perceber que ainda estava pelado; supus que Arrigo houvesse despertado para me ajudar, mas ele permanecia inerte na cadeira. Teria sonhado, delirado? Olhei para o quadro, doutor Ludovico estava lá, as mãos cheias de verrugas. O salvador teria sido ele? Maluquice. Ouvi uma porta bater, corri para a entrada do apartamento, mas o trinco continuava emperrado. Outro ruído veio do quarto, para onde me dirigi. Olhei sob a cama, atrás da porta, da cortina, nada.

Restava o armário. Ainda não o tinha aberto, pois seria invadir demais a intimidade de Arrigo. Voltei ao banheiro para me vestir, constatei que minha roupa, além de malcheirosa, estava molhada. Teria de pegar emprestadas algumas peças no armário. Ao abri-lo, não imaginei que encontraria também o inesperado.

Lino ausente

Que teria sido da vida de Lino? Arrigo, sem querer, sempre conjectura o futuro inexistente do amigo, cuja lembrança o atormenta até nos detalhes, um filme que viram juntos, uma comida de que ele gostava, um cheiro, uma sombra, uma canção, o cálice de vinho derramado no chão em que vê o sangue da morte nebulosa na fuga da Espanha. Na época das festas juninas e no ano-novo, Arrigo procura se isolar à noite, mas é quase impossível fugir do ruído de fogos de artifício que não o deixam dormir, como se estivesse de novo no tiroteio que levou o companheiro, sob brumas que nunca se dissipam. Imagina Lino na Europa durante a guerra, lutando na resistência francesa, e depois de volta para casa, onde Mira o aguardava; seu Michael e dona Esther plenos de felicidade. Continuaria sendo *gauche* na vida, retomando os contatos com Pedrosa, ficaria amigo de Sacchetta, participaria da revista *Clima*, tornando-se crítico literário e professor. Mais tarde, o golpe militar o expulsaria da universidade e ele se exilaria na França com a família. Voltando ao Brasil, anistiado, seria um dos fundadores do Partido dos Trabalhadores, no qual militaria até morrer, na mesma época que Prestes, logo após a primeira derrota de Lula nas eleições presidenciais.

Arrigo arquitetava alternativas para a vida inteira do amigo: Lino reconciliou-se com o partido, a seguir rompeu a fim de integrar uma organização guerrilheira. Preso e torturado, ficou detido algum tempo, foi um dos libertados após o sequestro do embaixador suíço e exilou-se na Suécia. De volta ao Brasil, pertenceu à equipe do plano Cruzado. Depois do insucesso, trabalhou na Unicamp até se aposentar e virar sócio de uma universidade privada, criada pelos colegas. Bem velho, tomaria vinho com Arrigo.

Outra: Lino se manteve fiel aos ideais trotskistas, foi crítico da esquerda armada, mas acabou preso por um ano. Saiu da cadeia e viajou para a França, onde militaria na Quarta Internacional, seguindo a liderança de Mandel. Deixou Mira e se casou com uma companheira argentina. Os dois se envolveram com o Exército Revolucionário do Povo, aliado da Quarta. Mudaram-se para Buenos Aires para lutar contra a ditadura e fazer a revolução. Acabaram mortos.

Variantes para uma vida que Lino não teve, porque morreu assassinado na Espanha.

Alemães e francesas

Arrigo não se cansava de mirar o hotel Splendide, aos pés das escadarias da estação Saint Charles, em Marselha, usado pelas autoridades alemãs para reuniões e também para estadas de descanso e lazer. Às vezes as duas coisas andavam juntas, como no banquete de uma comissão ítalo-alemã.

Luna ponderava que soldados e oficiais nazistas eram seres humanos, claro, só podiam se encantar com a Provence. Precisavam de mulheres, sem as quais o local não seria tão atraente. Alguns encontravam namoradas. Os uniformes elegantes a simbolizar o poder, a beleza de homens altos e fortes, o mistério de língua, cultura e país desconhecidos, o acesso a bens e lugares exclusivos, tudo isso causava medo, mas também proporcionava charme aos invasores, tentação para as francesas.

Além do mais, vistos na intimidade e sem preconceito, os alemães tinham virtudes e defeitos como outros homens quaisquer, inclusive os franceses. Poderiam ser bons partidos, parecia que dominariam a Europa por longo tempo. Arrigo sabia que a resistência era menos generalizada do que hoje se imagina, muita gente estava bem acomodada com as instituições de Vichy e dos nazistas, um lugar para cada coisa e cada coisa em seu lugar. Como na Espanha de Franco, em Portugal de Salazar, no Brasil de Vargas. Ordem.

Namoradas, entretanto, não eram para todos. A maioria da tropa frequentava bordéis. Havia um famoso em Marselha, na pequena rua Lemaitre. Exclusivo para as forças armadas alemãs. Lá trabalhava uma amiga de Arrigo da época na casa de madame Eneide, Rio de Janeiro. Uma de suas três Marias, a sevilhana Maria Dolores, apelidada por ele de Violeta. Ela manteve o pseudônimo, traduzido para o francês, Violette. Também estava lá Colette, andorinha parisiense com quem praticara em São Paulo a língua de Laclos antes de contrair aquela doença e encontrar Aurora. As estrangeiras se conheceram nos velhos tempos, por intermédio dele, em viagem à Cidade Maravilhosa.

Arrigo não sabia que vieram a ficar juntas, muito menos que se mudaram para a França. Foi madame Derville quem contou, já traçando um plano do qual ele fazia parte. Ela intermediou o encontro do brasileiro com as amigas num bar escondido do Velho Porto, famoso bairro que abrigava os malandros de Marselha. O local remetia a lembranças da antiga praça Onze dos passeios com suas três Marias e onde Colette conheceu Violeta.

Saudosas, as duas abraçaram o amigo com ternura, conversaram durante uma tarde, prazer de compartilhar memórias. Talvez Arrigo não as reconhecesse caso as visse na rua. Mas não se pode dizer que os anos fizeram seu trabalho de modo demasiadamente desfavorável a elas. De qualquer modo, já estavam um pouco velhas para a profissão, ao menos nas casas prestigiosas. Sobreviviam como empregadas em serviços diversos no bordel que atendia aos homens da *Wehrmacht*. Como se mantinham atraentes apesar da idade e dos quilos adquiridos, e alguns preferem as mais experientes ou rechonchudas, faziam um extra de vez em quando. Mas sem gosto, nojo crescente de machos, em especial alemães. Não queriam morrer antes de matar a vontade de esganar um homem.

Violette perdera parentes no bombardeio da aviação alemã que destruiu a pequena Guernica. Não era republicana nem franquista, tampouco se importava com política, mas não perdoava o conluio entre espanhóis, italianos e alemães que destruíra a cidade basca para onde parte de sua família se mudara. Desde os tempos de Brasil, ela mandava ajuda aos parentes sempre que podia. Eles desconheciam sua profissão, ou fingiam desconhecer. Para ela, em concordância com sua língua, na contracorrente do português, sangue, suor e pesadelo são palavras femininas.

As amigas contaram sobre o cotidiano no lupanar. Não havia apenas francesas trabalhando lá. Quem mandava naquela Babel eram os alemães, associados à administração local. Havia uma sala de espera onde muitos militares se concentravam à noite, antes de subir para os quartos. Foi esse o detalhe que Arrigo reteve. Sondou as duas sobre uma possível ação contra os nazistas. Elas ponderaram que bastaria um pouco de ousadia, mas que elas não tinham. Ao mesmo tempo, estavam pouco se lixando para os *boches* e os colaboracionistas caso outros tomassem a iniciativa.

Arrigo perguntou, ainda, se conheciam alguém no hotel Splendide. Colette disse que alguns fregueses moravam lá. Violette atendeu a um capitão no local, tipo nervoso, apreciador de mulheres mais velhas, segundo a colega que a recrutou para a visita. Nada deu certo naquela noite, ele a expulsou sem pagar depois de lhe desferir uns pontapés por não conseguir ereção. Acusara a parceira de ser feia, gorda e estrangeira. À merda os *boches*!

"Ao inferno!", brindou Arrigo, em voz baixa.

Bonnie e Clyde

Arrigo-Marcel ao lado de Doroteia-Luna. Bonnie e Clyde a cruzar as estradas do sul da França em ações arriscadas. Não era só guerra; havia o azul do céu da

Provence, sedento das tetas espetadas das montanhas. Com Luna, Arrigo sentia-se o próprio céu pintado em versos modernistas.

A dupla circulava de carro na topografia única da costa mediterrânea, a fim de fazer levantamento para atividades de guerrilha. Tinham predileção por Cassis, perto de Marselha, sua base. Velocidade na estrada, sol, azul-marinho, porto colorido, ar puro, brisa, montanhas das calanques em verde e pedra que terminam abruptamente em abismo no mar. Tudo gerava um clima de liberdade, em confronto com o cinza da ocupação nazista e seus aliados de Vichy. Paraíso e inferno no mesmo espaço.

O contraste fazia lembrar o Rio de Janeiro sob Vargas, onde a repressão destoava não só da natureza exuberante, mas também da liberdade que alguns opositores se permitiam nas alcovas. Aquela de Prestes e Olga antes de serem presos, quando se escondiam após o levante malogrado. Em Marselha, Luna e Marcel ainda podiam se exibir à luz do sol, além de se amar entre quatro paredes; viviam com intensidade cada minuto, talvez o último.

A primeira de suas ações ousadas ocorreu no hotel Splendide na noite de 3 de janeiro de 1943. Luna colhera informações, descobrindo com facilidade a hora e o local exato do banquete marcado para certa comissão ítalo-alemã. Não seria difícil atingir a sala de jantar com granadas arremessadas da rua. O recinto ficava no térreo, com amplas janelas voltadas para a calçada. Por volta das oito da noite, Arrigo e dois companheiros do FTP-MOI jogaram os explosivos na sala e fugiram correndo até um carro que os aguardava. Saldo: mais de vinte mortos e feridos, na maioria estrangeiros, mas alguns franceses, como no atentado seguinte.

A segunda ação foi quase simultânea: uma bomba de alta potência explodiu na sala de espera do bordel onde trabalhavam Violette e Colette, vitimando dezenas de fregueses alemães. Luna deixara o artefato lá durante a tarde, fingindo-se de faxineira. Havia sido admitida poucos dias antes, com identidade falsa.

O êxito das ações animou os resistentes e enfureceu os nazistas; consta que o próprio Hitler ficou possesso. Foi decretado estado de sítio em Marselha, com toque de recolher e troca do chefe de polícia francês. Em retaliação, colocaram em prática medidas que já vinham sendo estudadas. Aproveitaram o pretexto da ação para destruir parte do Velho Porto, identificado como antro de bandidos e subversivos.

Arrigo e Luna já não estavam no bairro popular quando começaram as medidas higienistas após uma incursão policial conjunta de franceses e alemães. Milhares de pessoas foram presas em janeiro, muitas delas enviadas a campos de concentração. Mais de mil e quinhentos estrangeiros acabaram deportados, cerca de metade judeus, havia também alemães desertores. Todo um setor do bairro foi esvaziado para posterior demolição.

No Rio de Janeiro, pouco tempo antes, havia começado a destruição de centenas de imóveis na região da praça Onze, que ficou bem reduzida, para dar lugar à avenida Presidente Vargas. Arrigo nunca mais veria a velha praça do samba e de seus passeios com as andorinhas.

Anjo vingador

Depois de fugir do campo de Gurs, Diana foi recrutada para ajudar na formação de franco-atiradores na União Soviética. Seu treinamento anterior na terra de Lênin, os feitos durante a guerra civil espanhola, a disciplina e a dedicação faziam dela pessoa indicada. O falecido camarada Pepe a elogiara em seus relatórios.

Diana estava em Moscou quando houve a invasão alemã. O avanço foi rápido, era preciso reagir por todos os meios, inclusive com o recrutamento de milhares de mulheres, entre as quais uma elite de atiradoras. Os brasileiros que estiveram com Diana na Espanha contribuíram para difundir o boato de que ela foi responsável pela ideia de formar franco-atiradoras no Exército Vermelho. Pouco provável, pois as decisões vinham de cima para baixo. Fato é que ajudou a treinar moças para a função e que ela mesma participou da linha de combate, acabando com a vida de muitos militares alemães. Ficou incumbida de um grupo que atuou em diversas frentes.

As mulheres saíam atirando bem. Difícil era conter os nervos na hora de alvejar os primeiros inimigos, por mais detestados que fossem. As miras telescópicas das armas permitiam ver os rostos de perto, não raro de jovens bonitos, que em outras circunstâncias poderiam ser seus namorados. No início, algumas choravam após acertar os tiros. Quando uma delas foi baleada e morreu, Diana usou o exemplo para dizer às camaradas que não havia alternativa: era matar ou morrer. Também as aconselhava a pensar em homens abomináveis no instante de puxar o gatilho ou naqueles que trucidaram parentes e amigos ao invadir a União Soviética. Quase todas tinham motivo pessoal para malquerer os invasores.

Em pouco tempo, matavam sem sentir culpa. Faziam a contagem de seus mortos. Cada dez baixas impostas ao inimigo davam direito a uma medalha. A Ordem da Estrela Vermelha era o prêmio para quem atingia vinte, e aquela que chegasse a matar ou ferir setenta e cinco fazia jus ao título de Heroína da

União Soviética. Diana seguramente teria conquistado o prêmio, não fosse a má vontade de um superior. Os chefes eram responsáveis pelo cálculo das baixas entre os inimigos.

Não era fácil para uma mulher combater ao lado de tantos homens, que bebiam muito. O assédio era inevitável. Algumas logo arrumavam um oficial como namorado para espantar os demais. Mas não bastava. Diana dava dicas de autodefesa: areia nos olhos, chutes no saco e outras técnicas. Nem ela estava a salvo. Certo capitão tentou se aproximar. Repelido, fez promessas de medalhas e vantagens. Próximo passo, ameaças. Ela sabia que era arriscado reclamar de um superior, a chance de sucesso seria mínima, e o insucesso provável levaria a punições. Por fim, o capitão contentou-se com o castigo de não a indicar aos prêmios a que teria direito. Não podia prescindir de sua eficiência em combate. Quando mirava num inimigo, Diana imaginava a cara desse oficial, ou de Pepe, ou daquele contramestre do Cotonifício Crespi.

Era conhecido o temor que os alemães tinham de franco-atiradores, homens ou mulheres. A imagem de lobo solitário também gerava apelo popular em casa e no mundo todo. Sendo loba, mais ainda. Por isso a propaganda soviética usou com eficiência atiradores para difundir uma espécie de stakhanovismo guerreiro. A alta produtividade do operário modelo associada ao alto rendimento do soldado soviético. Uma atiradora do grupo foi selecionada para a propaganda e jamais se reintegrou. Matara alguns homens em combate, mas não era a mais eficiente. Diana nunca soube se fizera favores a algum oficial que a recomendou, talvez tenha sido escolhida apenas por ser bonita e comunicativa, ideal para a publicidade. Seus números foram inflados. Nenhuma das companheiras se sentiu diminuída, pois todas sabiam que fazia parte da guerra.

O trabalho por vezes implicava ficar imóvel durante bastante tempo, esperando aparecer o alvo ao longe. Só uma vez Diana vacilou antes de disparar. Ela já aguardava a oportunidade fazia horas, o objetivo era um franco-atirador inimigo. De repente, o rosto ficou nítido na mira telescópica de sua espingarda. Mas o soldado era muito parecido com Lino, então ela hesitou e perdeu a fração de segundo para dar o tiro. Uma bala veio de volta e feriu levemente sua têmpora. Foi salva pelo recuo da arma, que a fez se mover alguns centímetros no exato momento que levaria o balaço na cabeça. Dária, a seu lado, levou um susto.

As atiradoras em geral atuavam em dupla. As frequentes perdas de parceiras tornavam a guerra mais difícil para quem sobrevivia. Por fortuna, Dária esteve com Diana a maior parte do tempo. Dupla celebrada entre as combatentes pela eficiência e pela solidariedade cotidiana. Os superiores reconheciam, além disso, sua disciplina e sua discrição. Nunca ousaram separá-las.

O frio das noites paulistanas na infância era irrisório diante do clima que Diana enfrentou nos campos de batalha soviéticos. Ainda mais com aquelas roupas improvisadas de soldado, pouco adaptáveis ao corpo de mulher, sem contar as cobertas insuficientes. Para se aquecer nas noites gélidas, ajudava dormir abraçada a outro corpo, calor compartilhado. Diana gostava de sentir a respiração quente de Dária, junto com o nariz frio, a chegar lentamente à temperatura de seu corpo. Era tão reconfortante que o hábito se mantinha no verão, peles coladas pelo suor. Na primavera, com as flores que Dária colhia nas horas livres, colos de perfume. Outonos inesquecíveis, som quebradiço de corpos afundando em um mar de folhas secas.

Diana sempre recusou a imagem atribuída a ela de anjo vingador dos fracos e oprimidos. Sabia que a canalhice não é exclusiva dos ricos. Um anjo vingador não perceberia essas sutilezas. Indignava-se com todas as injustiças, combatidas com os meios de que dispunha. Para ela, a maior fonte das iniquidades estava na exploração capitalista, que nunca hesitou em atacar.

A imagem de vingadora apagava a complexidade de seus sentimentos. Dona Imma percebeu isso antes de todos, Dária mais que ninguém. Era compreendida também pelos amigos do quarteto. Especialmente Irineu, com quem adorava conversar. Sabia que ele a amava e gostava disso, embora não pudesse corresponder na medida desejada.

Diana recordava as conversas com Irineu sobre o gênero das palavras, que ele dominava muito melhor que ela, em vários idiomas. Sensatez, beleza, sabedoria, sensibilidade e intuição são termos femininos em português, espanhol, italiano e francês. Unidade latina em reconhecimento às virtudes da mulher? Não só, pertencem ao gênero feminino também na língua de Goethe, na qual a palavra lágrima não está associada às mulheres.

Um alemão nunca entenderia como leite e sol podem ser masculinos em tantas línguas nem como se ousa pensar a Lua no feminino. Espanhóis concordariam em parte, leite só pode ser identificado com a mulher, de onde provém, assim como sangue, substantivo masculino em outros idiomas. Segundo castelhanos e italianos, os alemães têm razão: dor é termo masculino, por estranho que possa parecer.

Diana concordava num ponto com a língua de Marx e dos inimigos nazistas: sangue, sofrimento e remédio devem ser nomes neutros. Mais sábios seriam os ingleses, que em geral usam o neutro para os substantivos, sem distinção entre masculino e feminino. Em russo é mais complicado, já que não existe artigo, o gênero é determinado pela terminação da palavra. Como no francês, rio é feminino no idioma de Dostoiévski. Levada em suas águas, Diana nunca estava segura de usar o gênero certo, motivo para horas de conversação e aprendizado com Dária. Mistérios do gênero humano, um só.

Talvez Diana não tivesse sobrevivido sem a presença, o acolhimento e o amor da jovem Dária. Passou com ela os piores e os melhores momentos da vida. As duas só se separaram perto do fim da guerra – não por intervenção dos oficiais superiores, mas pelas mãos de um atirador nazista. Ele acertou em cheio a bela face da russa, antes de ter o próprio crânio estraçalhado pelo tiro de Diana. À revelia, ela encarnou novamente o papel de anjo vingador.

Paz

Com o avanço das forças resistentes na França, as ações armadas de Arrigo e camaradas passaram a ser acompanhadas de greves, por vezes insurrecionais. Envolveram-se também em combates convencionais, até o triunfo com a ajuda de tropas estrangeiras. Militarmente, na França e na Itália, o poder armado estava com os comunistas, que, porém, abriram mão de governar, para desapontamento de Arrigo, que entregou suas armas junto com os demais combatentes disciplinados, obedecendo às diretrizes internacionais da Conferência de Ialta.

Aurora mandava notícias do Brasil, que entrara no fim da guerra ao lado dos aliados. Getúlio Vargas acabou caindo após um golpe militar, mas em seguida se elegeu senador por dois estados sem fazer campanha, abrigado em sua fazenda em São Borja, onde passou a morar. O Partido Comunista voltara à legalidade e teve seu momento de maior prestígio: elegeu vários deputados e o senador Prestes para a Assembleia Constituinte. Sua plataforma política era bastante moderada, de união nacional, dando continuidade à aliança estabelecida contra o nazifascismo.

Os exilados que ainda estavam no exterior em geral voltaram. Depois de receber a Legião de Honra, Arrigo e Luna esperaram certo tempo até definir a data da viagem. Mas ele embarcaria só. Poucos dias antes de o navio zarpar, após uma festa de despedida com amigos franceses, espanhóis e brasileiros que também se preparavam para o retorno, Luna teve um enfarte fulminante.

Futuro não realizado. Muitos viriam a atribuir a morte ao fato de Luna ter se tornado fumante inveterada, com pouca atenção para a própria saúde. Arrigo nunca se convenceu disso, naquela época não havia a preocupação de hoje com cuidados cotidianos de saúde, e fumar não parecia ser um problema – o hábito de Luna era regra, não exceção. Difícil conformar-se com sua morte. Uma revolucionária partir desse jeito, depois de passar por tantos perigos. Reabriu-se antiga cicatriz: a perda de dona Imma para a gripe espanhola. Quem domina os desígnios da iniludível?

Na viagem de volta, Arrigo não encontrou primas alemãs nem irmãs italianas para ser consolado. Não fosse a presença de outros exilados de regresso, que buscavam dar alento, talvez tivesse sucumbido à melancolia e se atirado ao oceano. O que não se alcança no caminho às vezes se acha na chegada. Sempre uma mulher salvadora na vida dele.

À sua espera estava Aurora, porto mais seguro que o de Santos, onde foi esperá-lo. Assustou-se com o desânimo incomum do amado, que, entretanto, parecia não ter envelhecido. Arrigo ficou emocionado ao revê-la. Sua Jenny Marx mantinha o charme intacto, o mesmo corpo de bailarina, olhos resplandecentes e marejados a mirar e acolher o namorado. Ele procurou magoá-la o menos possível, sabia ser gentil, revelando sem entrar em detalhes nem os esconder se perguntado. Expunha seu estado de espírito, implorando ajuda sem dizer, atração irresistível da beleza aliada ao desamparo e à sinceridade.

Aurora detestava sucumbir a seus encantos, mas reconhecia serem mais fortes que ela. Prazer na dor de estar ao lado da paixão que a fazia gemer em silêncio, da qual não queria se livrar, como santa Teresa em êxtase, cultuada até por aquela ateia que amava seus escritos.

Ela sabia que seu sentimento era correspondido, ao modo do namorado. Pouco de sua presença já compensava as longas ausências. Horas com ele valiam mais que seus anos desacompanhada e muito mais que o tédio na companhia de outros. Era preciso ter sabedoria para prolongá-las quanto pudesse. Foi receber Arrigo no porto com a esperança de que aceitasse se hospedar no apartamento dela na volta a São Paulo. Ele aceitou de bom grado, não só porque o pai não apareceu. Exultante, ela fingiu uma quase indiferença.

Caixa de Pandora

Fazia calor, e considerei permanecer pelado depois do banho, da queda e do susto com o gás, esperando secar minhas vestes, que lavara à mão. Mas o que pensaria o velho se acordasse de repente? Ou alguma visita que, cedo ou tarde, apareceria e me veria nu diante do computador? Desapontado, constatei que as roupas no armário de Arrigo não eram exatamente as que eu gostaria de vestir, nos cabides não havia nada que me interessasse.

O armário é antigo, de jacarandá maciço. Sobre sua porta há uma cavidade oval na madeira, onde antes devia ter um espelho. Combina com a mesa de cabeceira, devem ser partes de um mesmo conjunto, talvez herdado do casarão da Paulista. A gaveta aberta da mesinha deixa à mostra os remédios de Arrigo, poucos, para pressão alta e colesterol, além de analgésicos. A cama é básica, *queen size* sem cabeceira, destoa dos demais móveis. Na primeira noite, notei que o colchão tem uma cavidade no lugar de Arrigo, atestando que em geral repousa só. Escolhi dormir do outro lado, cujas molas desalinhadas tampouco proporcionam conforto. Escorregando no buraco, constatei que meu corpo se encaixava perfeitamente ali. Desconcertado, voltei para o alto da cama. Essa lembrança me assaltou enquanto buscava roupas para vestir.

Na primeira gaveta do armário encontrei meias e cueca. Na segunda, escolhi uma bermuda. A terceira estava cheia de camisetas desbotadas; ao tatear o fundo em busca de uma que me agradasse, encontrei um objeto. Escolhi a única camiseta branca e peguei o objeto. Hesitei em abri-lo, mas não resisti à curiosidade ao notar que era um álbum de retratos. Por que Arrigo não o guardara com outros documentos na casa de campo de Aurora? Devia ter significado especial. Eram poucas fotos, em branco e preto, amareladas pelo tempo.

A curiosidade foi grande, a ponto de esquecer o que pretendia fazer assim que estivesse vestido: voltar à porta e às janelas para o ritual desesperado de fazer barulho e pedir ajuda. As fotografias não tinham datas nem nomes anotados. Como vira outras identificadas no sítio de Aurora, não foi difícil intuir quem eram alguns dos retratados. Estavam ali, em diversas situações de tempo e lugar: Diana, Dito, Irineu, Astrojildo, Apolônio, Aurora e a mãe dela e também certas namoradas, claro. Numa imagem bem antiga e desbotada, vê-se um grupo de mulheres com o Pão de Açúcar ao fundo, talvez as andorinhas de madame. Arrigo aparece em várias fotos, fazendo pose. Em algumas, lembra um astro de Hollywood. Não reconheci todos os personagens, mas fiquei com a impressão de ter visto pessoalmente um deles. Matutei um pouco e, arrepiado, concluí que era parecido com o vulto que me salvou no banheiro.

Rebento

Lino já estava na Espanha quando Mira descobriu que esperava um bebê; a semana da despedida os levara a relaxar os cuidados. Lindos e inolvidáveis dias após a fuga da prisão do Paraíso, ao fim dos quais ela teve o pressentimento de que nunca mais veria o namorado. Demorou para avisar sobre a gravidez, por correio. Sabia que Lino não tinha como voltar logo, e seria inviável segui-lo. Não desejava gerar angústia com a notícia. Restou trocarem cartas, espaçadas pela situação na Espanha. Nem sempre alcançavam o destino. Felizmente, teve apoio das duas famílias. Samuel nasceu no dia 10 de novembro de 1937, junto com a ditadura do Estado Novo.

A notícia da morte de Lino tardou a chegar a Mira, que tanto a temia. Mas o abalo veio acompanhado de certo alívio. Uma vez a tragédia consumada, dissipou-se a incerteza e desfizeram-se as esperanças. Mas havia tempo para outras. Antes seria preciso concluir o luto, agravado pela circunstância política do país, com a consolidação do regime varguista.

Dona Esther e seu Michael perderam o único filho. Não fosse o nascimento de Samuel, talvez não resistissem. O neto era fonte de vida, ainda mais por ser a cara do pai, com os olhos verdes da mãe. Foram levando a vida enquanto o menino crescia e o governo Vargas caminhava do apogeu à decadência.

Arrigo conheceu Samuel na festa de seu décimo aniversário. Soube de sua existência apenas quando retornou ao Brasil. Adiara ao máximo o sofrimento de rever a família do amigo perdido na Espanha, mas não podia recusar o convite para a festa. Aurora acompanhou o namorado; ela mantinha amizade com toda a família, embora se vissem pouco. O filho de dona Imma não conteve as lágrimas diante de Mira e dos pais de Lino, em quem deu abraço forte e sincero, mas não teve coragem de encará-los nem de contar as circunstâncias da morte do amigo. O detalhe não passou batido por Mira.

O humor e o ambiente mudaram após o encontro com Samuel, reencarnação de Lino aos olhos de Arrigo, que por sua vez era um mito para o garoto. Herói da resistência na Espanha e na França, ajudou muitos judeus a fugir quando trabalhou em Portbou; era como se o pai desconhecido tivesse voltado. Para insatisfação de Mira, passaram a se encontrar com alguma frequência, iam ao cinema ou ver jogos do Palmeiras, que ainda se chamava Palestra Itália quando Arrigo saíra do país.

Na mesma festa, Arrigo conheceu Aaron e Sima, marido e filha de Mira. Ela se casara quatro anos após a perda de Lino. Aaron era um homem alto e calado, aparentava ser boa pessoa. Havia progredido com os negócios da tecelagem. Apesar de burguês, tinha simpatia pelo antifascismo – perdera parentes em Auschwitz. Sima era uma criança linda e mimada, xodó da família. Foi a única vez em que Arrigo pegou a menina no colo. Mira teve um pressentimento e evitou a aproximação dele com Sima e Aaron, mas não conseguiu quebrar o encanto que logo se estabeleceu entre Arrigo e seu menino, que já era grande e tinha vontades.

Os comunistas ainda gozavam de grande prestígio em setores da colônia judaica por terem integrado as forças aliadas contra o nazismo e porque havia uma tradição vermelha forte no Bom Retiro, originária sobretudo da Europa oriental, de que faziam parte os pais de Mira. Esses judeus fundaram a Casa do Povo após o fim da Segunda Guerra Mundial e, em seguida, se engajaram no movimento pela Paz Mundial, organizado pelos comunistas, mas sem se restringir a eles. Reproduções das pombinhas da paz de Picasso, desenhadas especialmente para o movimento, ornavam a casa dos avós de Samuel e muitas outras no tempo em que o partido já fora posto de novo na ilegalidade.

Mira quase não tinha mais contato com os amigos esquerdistas do antigo namorado. Soube que Pedrosa dera apoio crítico à candidatura presidencial do brigadeiro Eduardo Gomes, assim como muitos intelectuais socialistas que foram próximos de Lino. Queriam evitar a vitória do general Dutra, que acabou acontecendo, com suporte de Getúlio Vargas. Não admitiam um triunfo indireto do ditador que acabara de ser deposto.

Antes das eleições e do golpe militar que derrubou Vargas, os comunistas tinham passado por cima de velhas divergências com ele para apoiar sua permanência no governo até as eleições para a Assembleia Constituinte. Parecia a melhor solução diante da conjuntura, posição contrária à de outros grupos progressistas.

Mira já não acreditava nessas querelas, a esquerda sempre se matando para saber que setor das classes dominantes apoiar, qual era o melhor candidato da ordem com quem fazer aliança. Nunca mudou esse ponto de vista. Teve um susto e votou no partido quando, depois do golpe que derrubou Getúlio, concorreu às eleições presidenciais com candidato próprio, Iedo Fiuza, que não era militante.

Para surpresa de Arrigo e de muita gente, Fiuza obteve quase 10% dos votos. Considerando também os parlamentares eleitos para a Assembleia Constituinte e, após as eleições seguintes, a presença do partido com a maior bancada nas câmaras de cidades importantes como Rio de Janeiro, Recife e Santos, a situação deixou os setores conservadores amedrontados. Ficaram à espera apenas de um pretexto para colocar o partido na ilegalidade, algo que seria favorecido pelos ventos da Guerra Fria. À revelia de Arrigo, corria em suas veias o sangue metido no negócio.

Arrigo soube ainda no exterior que o partido aproveitou o contexto favorável com o fim da guerra, a soltura de Prestes e o ânimo de seus integrantes para multiplicar os militantes de centenas a milhares de inscritos. Continuava com sua política moderada de união nacional, pregando ordem e tranquilidade, por uma aliança de classes para retomar o desenvolvimento nacional. Se preciso, com os trabalhadores apertando os cintos, sem greves.

Na política miúda, não demorou para Arrigo perceber que a luta pelo poder dentro do partido corria solta, de modo explícito ou velado. O grupo dirigente recebeu bem, mas colocou em postos secundários, os procedentes do exílio. Não interessavam militantes que pudessem fazer sombra aos dirigentes, como os que chegaram com a aura de heróis da resistência na Espanha e na França. Apolônio e Arrigo foram designados para atuar na União da Juventude Comunista, secundária na estrutura interna de poder.

Discretamente, Arrigo fez seu protesto chegar à direção. O que o incomodava não era o lugar modesto, pois não pretendia ser dirigente; o desconforto estava em ser designado para o órgão de juventude já com quase quarenta anos. Negociou e conseguiu atuar na imprensa partidária, que era múltipla e vibrante, em paralelo com o emprego de jornalista em *O Estado de S. Paulo*, obtido com a ajuda de um antigo colega de faculdade e do *Diário Nacional*, tempos idos do levante constitucionalista.

Almoço no casarão e coroamento de carreira

Doutor Ludovico recebeu Arrigo e Aurora para um almoço de domingo, preparado por dona Maria. Ela estava bem velha, mas ainda cozinhava bem e caprichou para receber o patrãozinho que ajudara a vir ao mundo.

Logo que o casal chegou, doutor Ludovico perguntou a Aurora por sua mãe. Soube que *Fräulein* Elenda falecera no tempo da guerra, cerca de dois anos antes. Morreu inconformada com o país sob comando nazista, embora não fosse politizada. Também carregou o desgosto de ver a filha tão presa à presença distante do namorado no exílio, ansiando pelas longas cartas que recebia irregularmente. Não realizou a carreira jurídica que planejara para ela. Ao menos a jovem ia ganhando a vida como professora de português nas escolas de elite. E já dava aulas de literatura na USP, onde anos depois defenderia uma tese de doutorado sobre a poesia de Carlos Drummond de Andrade.

Ao ver Carmen no portão, Arrigo tomou um susto. Outra vez o pai vinha com a surpresa de convidar a ex-namorada espanhola. E ela aceitava. Não bastara a noite em que chegou em casa com o vestido manchado? Devia ter algo em mente. Logo entendeu quando surgiu atrás dela um sujeito alto e engomado, de terno bem cortado e gravata-borboleta. O pai já falara nele, orgulhoso. Era Eugênio, o noivo de Carmen. Parente distante, filho de uma prima de segundo grau de doutor Ludovico. Não se lembrava do primo, tipo que fala com voz empostada e toma café levantando o dedo mindinho.

À entrada do casal, Arrigo reconheceu o sinal de reprovação no rosto de dona Maria, sempre contida. Devia estar dizendo com seus botões que não ia se meter em negócio de branco. Ela sabia que coisa boa não era. Desta vez não queimaria a comida nem derrubaria vinho na moça. Não queria estragar a festa da volta do menino, agora na boa companhia de sinhá Aurora. Já estava velha, não era hora de preocupação com essas confusões.

Doutor Ludovico evitou o tema comunismo para não estragar o almoço. Nunca foi de fazer média, pelo menos com o filho, mas achou de bom tom criticar Getúlio, a ditadura não servia para o país. Arrigo tampouco era de permanecer calado, mas ganhara experiência e conteve a provocação de perguntar ao pai como pôde servir tanto tempo no Supremo Tribunal sem entrar em conflito com o ditador. O velho apoiara o brigadeiro na eleição presidencial, mas agora se compunha com Dutra.

Era preciso pacificar a nação para a retomada do progresso. Isso mesmo, concordaram Eugênio e Carmen. Arrigo ouviu a frase, que poderia ter saído da boca do supervisor de uma célula do partido. Lembrou-se do escritor favorito do pai, mas evitou comentar. Olhou para Aurora, cujos olhos pareciam fazer a mesma pergunta que estava em sua cabeça: "Mudaria o Natal ou mudei eu?".

Enquanto comia o quindim que dona Maria fizera especialmente para Arrigo, doutor Ludovico contou que decidira se aposentar. Já havia dado sua contribuição ao país. Cansara de permanecer tanto tempo fora de São Paulo, tinha saudade da casa na avenida Paulista, da comida de dona Maria e de tudo na cidade. Era hora de se dedicar à fazenda e aos negócios. Essas coisas complicadas de ações, investimentos no banco, davam muito trabalho. Por sorte, encontrara Carmen para cuidar de suas coisas enquanto estava na capital federal. Não era fácil achar gente de confiança. Propôs um brinde à ajudante, que continuava trabalhando também no fórum.

Carmen agradeceu, disse que devia tudo ao doutor, carreira encaminhada quando a nomeou uma simples escrevente. Sob seus cuidados, foi subindo até chegar a chefe de repartição. Acima de tudo, era uma honra ter a confiança do ministro do Supremo Tribunal para tocar seus negócios enquanto se dedicava a questões jurídicas fundamentais ao Brasil. Aposentar-se representaria desperdício para a nação, um homem com sua cultura e ainda jovem. Havia poucos patriotas como ele.

Arrigo conhecia bem Carmen e desconfiou da conversa fiada. Aurora teve a mesma impressão, como na certa dona Maria, que só balançava o queixo, de pé ao lado da mesa, segurando a bandeja para servir o café. Eugênio assentia enquanto a noiva falava. Doutor Ludovico demonstrava satisfação, ficava nas nuvens ao ouvir os elogios da moça.

Quando as visitas já tinham partido, Arrigo sugeriu delicadamente ao pai ter cautela com os negócios nas mãos de Carmen. O velho ficou exasperado, reafirmou que ela se revelara de toda confiança, era mais que uma filha, cuidando de seus interesses enquanto o herdeiro flauteava pelo mundo bancando o herói. Ela fizera muito bem em desistir dele para ficar com Eugênio, este, sim, merecedor dos sobrenomes que valorizava acima de tudo. Eugênio Velho do Prado Bueno de Camargo Telles e Silva.

Arrigo não conseguiu esconder sua raiva, mas nada disse, exceto que era um Liberati com muito orgulho da mãe e de tio Mário. Ouvir o nome do italiano deixou doutor Ludovico fora de si. Antes de expulsar o filho de casa, o moço já tomara a iniciativa de partir, sem se despedir, pegando Aurora pela mão, enquanto dona Maria se benzia no canto da sala.

Arrigo Liberati, assim ele assinava suas matérias nos jornais em que podia se identificar. Ficou conhecido por esse nome, com o qual se apresenta publicamente até hoje. O pai odiava a situação, mas assentia: era melhor não ver o próprio sobrenome em textos porventura comprometedores.

Tudo parecia apaziguado, mas um detalhe ocorreu a Arrigo. Deu meia-volta e entrou na sala, só para dizer o que, sabia, deixaria o pai com a pulga atrás da orelha: esquecera o olhar oblíquo e dissimulado de Capitu?

Doutor Ludovico pensou nos ensinamentos sobre as mulheres dos livros de Machado de Assis e resolveu mesmo se aposentar. Só esperava uma oportunidade para encerrar a carreira com decisão importante. E ela apareceu logo.

Junto com as atividades no Supremo Tribunal Federal, o jurista ocupava um posto no Tribunal Superior Eleitoral, onde corria uma ação para cassar o registro do Partido Comunista do Brasil, alegando que contrariava o regime democrático e era dirigido do exterior. A fundamentação era frouxa, a Terceira Internacional já havia terminado e os comunistas se consideravam patriotas, os verdadeiros defensores do Brasil, além de apoiarem a união nacional em torno do governo. Nem se preocuparam com o processo.

A votação no Tribunal estava empatada, dois a dois. Caberia a doutor Ludovico dar o voto de minerva. Assinou de mão cheia, com gosto, o voto que tirou a legalidade do partido por quase quarenta anos. Fechava assim sua brilhante carreira.

De volta a São Paulo, mandou pintar o quadro que hoje está na sala de Arrigo. Já se sabe que talvez tenha morrido de desgosto pelo entrevero com o pintor que reproduziu as verrugas em suas mãos. O mais provável é que a decepção tivesse outro motivo, ligado ao destino da fazenda que herdara.

Cigana

Instalado no velho casarão, que continuava arrumado graças a dona Maria, doutor Ludovico engasgou com um gole de vinho espanhol ao verificar os papéis de seus investimentos. Olhou durante horas. Notava falcatruas inacreditáveis. Antes de consultar um contador para os detalhes, ligou ao fórum atrás de Carmen, devia ser engano, ela poderia esclarecer. Disseram na repartição que estava de férias. Telefonou para a casa dela, sem resposta. Esteve lá pessoalmente. Nada. Bateu à porta vizinha, a dona informou que ela não deixara recado, mas viu quando pegou um táxi, levando malas.

Então, Ludovico procurou o primo, que devia saber de algo. Nada de primo. Investigou com outros parentes, pediu discrição, não queria sujar nomes de família, muito menos passar por trouxa, enganado sob as próprias barbas. Soube que Eugênio estava falido fazia tempo, teria ido para a Europa com uma namorada, não se sabia com que dinheiro. O doutor já imaginava ouvir o coro dos despeitados: "O ministro foi trapaceado de novo, que idiota, quaquaraquaquá".

Contratou o contador, em segredo, e descobriu estar arruinado. Andara assinando papéis sem ler, confiança cega na espanhola. Bem que avisara, não era para acreditar em alguém com aquele nome de cigana. Enganou até o primo distante. O diabo do menino foi trazer essa bisca para dentro de casa e levaria o pai à bancarrota. Agora ia sobrar para ele mesmo, o comunista ficaria sem herança.

O magistrado foi obrigado a vender a fazenda e desfazer-se dos papéis que restaram para pagar dívidas e empréstimos. Graças a sua habilidade e seu talento, conseguiu manter a casa após todos os acertos. Que vergonha o filho pródigo o fizera passar diante dos credores. Felizmente, o ministro fazia jus a uma bela aposentadoria.

Partidas

Dona Maria já estava acamada quando tudo se passou. Ainda teve tempo para pensar que previra a desgraça que Carmen traria; só aqueles brancos tolos não viram, eles que se entendessem, ela mesma tinha passado da hora de partir.

Era da época dos escravizados, e seus pais trabalhavam na fazenda que a espanhola pôs a perder. O pai labutava na roça, a mãe, na cozinha. Foi ela quem ensinou Maria a preparar quitutes e fazer o serviço de casa. A eficiência e o jeito discreto logo atraíram a atenção de sinhá. A bebê nascera em 1872, depois da Lei do Ventre Livre. Sinhô disse que não, seria 1870, mas sua esposa era boa de conta. Brigou com ele e garantiu a liberdade da menina, bem antes da Lei Áurea. Ela se lembrava da notícia da abolição da escravatura, a mãe com medo de ficar sem ter para onde ir, o pai orgulhoso de ser livre. Já era sexagenário, podia ser considerado liberto pela lei de 1885, sinhá tinha certeza, mas sinhô daquela vez não dera o braço a torcer, achava que era mais novo, tanto que ainda trabalhava bem a terra. O escravizado esperaria três anos para nova lei declará-lo livre, junto com os outros.

Na prática, pouca coisa mudou de imediato no cotidiano da fazenda, mas logo o pai de Maria resolveu tentar a vida na cidade de Campinas, depois no Rio de Janeiro, levando o filho junto. Tinha saudade do tempo da fuga, sensação de liberdade, apesar de viver se escondendo. Maria nunca soube o que aconteceu quando foi capturado, antes de seu nascimento; ele só gostava de contar como era bom ser dono do próprio nariz. Teve pouca notícia deles depois que partiram, ouviu dizer que o irmão virou marinheiro e o pai morreu como pedreiro.

A mãe ficou com ela na fazenda, achavam mais seguro, tinham a proteção de sinhá. O menino Ludovico já estava ficando grande, era como um filho para Maria. A seguir vieram os italianos trabalhar na lavoura, os antigos foram partindo aos poucos. Assim chegara a família de Imma, moça boa, bonita como ela só – não era de admirar que tenha virado a cabeça do rapaz.

Dona Maria nunca esqueceu o dia em que sinhá a enviou a São Paulo para ajudar no parto de Arrigo. Bonito, grande, não queria sair, quase morreu enforcado pelo cordão do umbigo. O menino já grandinho, Maria voltou à fazenda. Não encontrou mais sua mãe, descobriu que morrera dormindo. Agora assumiria a cozinha da sede.

Sinhá não era a mesma, ficara doente, por isso dona Maria perdoou não ter sido avisada da morte da mãe a tempo de comparecer ao enterro. Sinhá partiu pouco depois, no mesmo dia de sinhô, que morreu de repente – dizem que teve um enfarte, mas ela o viu na corda dependurada na varanda. Então, doutor Ludovico a chamou para cuidar dele em São Paulo, sua mulher já tinha fugido com outro levando a criança. Em compensação, ele comprou o palacete, tinha até um quarto para ela no quintal. A vida melhorou quando o menino voltou para casa após o falecimento de dona Imma. Aquele peste, encantador. Gostavam de conversar.

Arrigo teve a chance de dar adeus a dona Maria, dessas pessoas que não precisam pedir licença a São Pedro para entrar no céu. Ao contrário do pai dele, falecido poucos dias depois, desgostoso com a nova traição, possuído pelo sentimento de ser ludibriado, um Bentinho sem força para sobreviver. E ainda por cima aquele quadro com as verrugas. Fez o filho prometer que o conservaria, reparado.

O casarão da Paulista e uns trocados couberam ao herdeiro, que logo vendeu o imóvel. Mais tarde um prédio alto subiria no local. Com o dinheiro, ele comprou o pequeno apartamento no edifício Esplendor, no centro da cidade – este mesmo da porta emperrada, onde escrevo a história dele e seus companheiros –, pagou o dízimo ao partido e aplicou o restante para imprevistos prováveis em sua vida atribulada.

Foi a deixa para sair do lar de Aurora. Continuaram morando perto, sempre estariam juntos, prometeu a ela que nada mudaria entre os dois. Aurora não acreditou, mas julgou mais sábio fingir que sim. No fundo, também estava um tanto saudosa de ter mais tempo para si mesma.

Foto misteriosa

Para conter os nervos e matar o tédio da permanência forçada no apartamento, folheei algumas vezes o álbum encontrado. Há uma única foto do rapaz parecido com o vulto que me salvou. Quem seria? Essa pergunta ficou na cabeça, observei melhor o retrato, fixei o olhar também no jovem Arrigo ao lado do companheiro misterioso. Veio uma sensação desconfortável, não resisti a pegar a lupa no fundo do armário para ver os detalhes que confirmaram a impressão: Arrigo se parecia comigo quando moço.

Ele surge de cenho franzido na imagem em preto e branco, posando com o amigo de ar brincalhão, cada qual com um rifle a tiracolo, sob o sol a castigar a paisagem árida ao fundo. Só podia ser na Espanha. Pensei em Apolônio, mas logo descartei a hipótese, pois o retrato não combina com sua figura reproduzida em imagens na imprensa, na internet e em duas fotografias do álbum. Numa delas está sorridente ao lado do filho de dona Imma no convés do navio que os levou para a Europa. Na outra, somam-se duas mulheres – não foi difícil concluir que uma delas era Luna, abraçada a Arrigo, e a outra devia ser Diana, com semblante sério e revólver na cintura.

Companheiros na guerra da Espanha, o dono do apartamento teve muitos, assim permanecia a incógnita sobre a identidade do jovem. Ele deve ser querido, pois a foto abre o álbum, embora amassada e mais gasta que as outras, indicando que fora manuseada muitas vezes. Então me dei conta de nunca ter visto um retrato do melhor amigo, morto em circunstâncias que nunca apaziguaram a consciência de Arrigo. Claro, era Lino.

Vira e mexe, entre a nostalgia e a culpa, Arrigo conjectura sobre possíveis destinos do amigo. Com a derrota na Espanha, Lino teria voltado ao Brasil para resistir à ditadura do Estado Novo como podia, sem grandes aventuras, pois precisava amparar Mira e o pequeno Samuel, além dos pais, trabalhando no negócio da família. Depois da guerra venderam suas propriedades e foram ajudar a construir o estado de Israel, onde se estabeleceram num kibutz, realizando o sonho de trabalho coletivo. Lino organizava corridas e atividades esportivas para a comunidade. Lá formou família grande com Mira e morreu em meio aos seus após a queda do muro de Berlim, um pouco decepcionado com os rumos de Israel, do Brasil e do resto do mundo.

Ou, em vez de morar num kibutz, foram todos à capital. Lino tornou-se professor de literatura – ou de economia, possibilidade aberta, pois era bom nas duas coisas. Mais tarde virou ministro da Cultura ou da Economia em Israel, não importa. Divorciou-se de Mira e encontrou Sara, amor de sua vida, com quem viveu até a morte tranquila, em pleno século XXI.

Outra alternativa: Lino ficou saturado de Israel e da vida no kibutz, decidiu fazer carreira acadêmica na França. Lá escreveu vários livros e se tornou autor conhecido. Saudoso, após se aposentar, voltou a São Paulo para morrer na terra onde nasceu.

Possibilidades não realizadas, inútil fazer suposições, pois Lino está morto sem sepultura na Catalunha.

Clandestino com o camarada Ivan e a gata

Os anos iniciais da nova ilegalidade do partido foram difíceis para Arrigo. Voltava o obreirismo, que ele conhecia bem. Sentindo-se perseguidos, muitos intelectuais deixaram de militar. A imposição da clandestinidade, associada ao contexto internacional da Guerra Fria, levaram o partido a mudar: da proposta de união nacional em torno do governo para a de derrubá-lo. Dutra exerceria um mandato de traição nacional, subserviente ao imperialismo, segundo a nova diretriz. Durante o governo do marechal, como Arrigo sempre lembra, companheiros foram assassinados em número ainda maior que em toda a ditadura de Getúlio. A virada implicou também a diretiva de criar um sindicalismo autônomo, paralelo ao oficial, entre outras medidas.

Na vida prática, houve uma correria dos militantes para se adaptar à nova fase. Dirigentes passaram a viver escondidos nos chamados aparelhos, trocando frequentemente de endereço, assumindo identidades falsas. Arrigo foi aconselhado a deixar o emprego no jornal e mudar de casa, ainda que mal tivesse comprado o apartamento. No partido, era tênue a fronteira entre um conselho e uma ordem, e ele acatou.

Não convinha voltar a viver na casa da namorada, lugar mais óbvio onde o procurar. Precisava de um local insuspeito. Então se lembrou de Mariana, que o acolhera com Aurora no quarto do quintal dos pais assim que ele fugiu do presídio do Paraíso. Havia encontrado a amiga por acaso, após retornar do exílio. Continuava bonita. Vivia sozinha num apartamento amplo, de dois quartos, na alameda Santos.

Arrigo morou com Mariana durante um mês. Resolveu sair quando ela começou a namorar certo advogado que não era muito confiável, portanto podia ser inseguro permanecer ali. Além disso, dava mostras de ser ciumento. Em se tratando de Arrigo e Mariana, ninguém poderia jurar que o ciúme não tivesse fundamento. Foi nessa ocasião que Aurora quase perdeu a cabeça e mostrou os dotes de atriz, dizendo ter um amante. Por falta de melhor alternativa de endereço, Arrigo voltou a morar com ela.

Nessa época, tornara-se um revolucionário profissional, recebia salário do partido, trabalhou em jornais e revistas como *Voz Operária* e *Fundamentos*. Ganhava pouco, sem direitos trabalhistas, com frequentes atrasos no pagamento, que não sabia se decorriam de falta de dinheiro ou de represália política, talvez as duas coisas. Arrigo não reclamava, a revolução exigia sacrifícios. Em contrapartida, conseguia difundir seus escritos e contava com proteção e solidariedade dos camaradas, essenciais em caso de perseguição, aprisionamento ou exílio.

Tudo vale a pena para o verdadeiro comunista. Homem de ferro disposto a atravessar mares de lágrimas a nado contra a corrente, mesmo sob risco de enferrujar ou afundar com o próprio peso.

Um dirigente que precisou se mudar às pressas pediu abrigo no apartamento de Aurora. Recebeu o segundo quarto, desalojando Nina. A gata da anfitriã ficou injuriada. Na primeira vez que o novo ocupante do cômodo esqueceu a porta aberta, entrou sorrateiramente em seu antigo quarto para demarcar território: fez xixi no tapete, na cortina e na mala do visitante. O local ficou com cheiro tão forte que o convidado teve de se transferir para o sofá da sala. Não fora por Aurora, a gata teria virado churrasquinho.

O dirigente era forte e autoritário, sotaque nordestino, do tipo que anda com a camisa aberta para mostrar que traz no peito a macheza dos cabelos que faltam no alto da cabeça. Seu nome verdadeiro era desconhecido dos anfitriões, que o chamavam de Ivan. Falava bem, devia ser mais um filho da oligarquia decadente a despir a antiga pele para assumir a nova, proletária. Seu traço característico era o bigode à moda Stálin, ídolo de todos no partido. Dizia ter estado algumas vezes com o guia genial de todos os povos, que teria revisado em pessoa a linha partidária no Brasil.

Ivan limpava as unhas em público com seu canivete e torcia o nariz para intelectuais, mas não deixava de ser simpático quando queria. Gostava de conversar e fez amizade com os anfitriões. Herdara alguma erudição, passava horas discutindo literatura nordestina, especialmente com Aurora. Ela contestava seus pontos de vista sobre o realismo socialista, que ele defendia com ardor; era amigo e fã de Jorge Amado, companheiro exilado após perder o mandato de deputado federal. Um engenheiro das almas, na expressão do camarada Stálin. A professora via mérito no autor baiano por outros motivos. De Bandeira não convinha falar, pois havia sido inimigo do partido nas querelas da Associação Brasileira de Escritores, mas veladamente Arrigo ainda gostava de sua poesia. Autônoma, Aurora não precisava disfarçar o apreço.

Naquela época, os comunistas estavam animados com a recente vitória na China. Reiterava a certeza de que a revolução mundial era questão de tempo. A vida de Arrigo foi afetada por seu impacto.

Da China de Mao às margens do Paranapanema

O hóspede estava desconfortável, por certo um dirigente de seu quilate merecia algo melhor que a sala do apartamento de Aurora, para onde Nina o expulsara. Logo arrumou outro aparelho para se esconder, mantendo boa relação com os antigos anfitriões. Pouco depois de sua partida, veio o convite do camarada Ivan para Arrigo passar uma temporada na China. Aurora quis acompanhá-lo, o namorado topou. Como sabia não haver verba para dois, estava disposta a pagar sua parte. Ivan recusou de imediato, ela não pertencia ao partido e era trabalho, não se tratava de férias.

Arrigo preferia ir acompanhado, mas aceitou viajar sozinho, encantado com a possibilidade de fazerem a revolução brasileira a partir do campo, baseada no exemplo chinês. Restaram poucos registros de sua passagem pela terra de Mao. Ele de início não compreendeu bem o que fora fazer lá; era mandado de um lado para outro, recebido por dirigentes de quarto escalão, junto com visitantes de países ocidentais, ação de propaganda e diplomacia do novo regime. Sentia-se de férias. Ele as aproveitou bem, conheceu a grande muralha e várias cidades, encantou-se com Xangai. Mas havia um problema. Começou a ficar desgastado por não conseguir namorada. Expôs a dificuldade para o camarada chinês que o ciceroneava todo o tempo; este prometeu encontrar a solução.

No dia seguinte, logo de manhã, recebeu telefonema: uma enfermeira pedia para subir a seu apartamento. Ela entrou, educadamente. Não era muito bonita, mas ele ficou excitado com a aventura. E tinha boas memórias de enfermeiras na Espanha. Quando ele atendeu ao pedido para tirar a camisa, a profissional sacou uma seringa. Ele estranhou, mas deu o braço, onde recebeu a injeção para aplacar o desejo. Passado um instante, ele compreendera o mal-entendido, mas teve vergonha de dizer e acabou tomando nas veias o remédio que o deixou calmo durante quase todo o resto da viagem. Quase, pois a estada foi longa, durou uns três meses. Por sorte, uma camarada inglesa também estava em visita solitária, e os dois aproveitaram juntos o fim da missão; Arrigo e Alice viajaram no mesmo navio de volta para a Europa.

Escondido no baú guardado no sítio de Aurora, há um escrito de Arrigo em folha dobrada de papel azul, meio desbotado. Desconfio que se referia a Alice: dois, entre tantos olhos, me vêm às vezes à mente. Mansamente. Perdida claridade. O céu e os lábios da ruiva no convés do navio. O sal na boca. O sol. O vermelho ao vento. As nuvens, a língua, a água, os peitos, o silêncio de boca. O vento, o vento.

Como a viagem foi de navio na ida e na volta, e Arrigo fez uma extensão não prevista a Cambridge, ficou quase seis meses fora do país. A verba do partido era escassa e acabou logo, então teve de gastar parte do arrecadado com a venda do casarão.

Aurora, saudosa, foi buscá-lo em Santos. Contou que, mal ele partira, foi procurada pelo camarada Ivan, que a convidou para almoçar. Por estar na clandestinidade, ele compareceu ao encontro com um disfarce, de óculos e echarpe. Ao vê-lo, Aurora riu e disse que aquele bigode era inconfundível, teria de raspá-lo se não quisesse ser reconhecido. Depois conversaram animadamente sobre *Vidas secas*, obra de Graciliano Ramos que agradava a ambos. Ivan sabia que a literatura do camarada era um ponto de interseção no gosto dos dois. Após o almoço, ele quis ir ao cinema. Ela recusou o convite, mas não teve como evitar o jantar na semana seguinte, na segunda-feira, dia mais seguro para um clandestino.

Satisfeita, Aurora prosseguia o relato. Mudo, Arrigo escutava. No dia do jantar, ela quase não reconheceu Ivan. Ele raspara o bigode; sentia-se nu, mas faria de tudo para agradá-la. Se os camaradas perguntassem, diria que foi para despistar a polícia. A conversa foi ficando apimentada sem parecer que o condimento estava sendo usado, ele achava que sabia cortejar uma mulher. Toques discretos na mão, pedido para experimentar o vinho de sua taça, um trago compartilhado no cigarro. Ao supor que ela dava trela, tocou disfarçadamente sua perna sob a mesa. Aurora esquivou-se, mas não disse isso a Arrigo, atento. Ela queria que o namorado imaginasse o pior. Tivera inegável prazer em ver o chefão seduzido, dando corda para nada conceder ao fim, outro pormenor que não explicitou ao amado.

Lentamente, Aurora narrava o episódio. Reproduzia em detalhe a conversa com Ivan sobre a cachorra Baleia. Ao ouvir falar do bicho, segundo ela, Ivan mudou o foco para o sertão, mas Aurora insistiu no mundo animal e lembrou o que ele não queria: Nina, a linda gata que ousara marcar território e expulsar o intruso de seu quarto.

Arrigo caiu na gargalhada nesse ponto do relato. Sua risada soou meio nervosa para a namorada, que, então, prosseguiu. Com evidente ponta de prazer, olhava Arrigo para ver se detectava sinal de ciúme. Ficou contente ao perceber certo desconforto. Segundo ele, gerado por surpresa, pois começava a entender os propósitos do dirigente.

Aurora só contou o fim da história porque teve consequências imprevistas. Ivan pediu para voltar a usar seu apartamento como aparelho. Diante da recusa, ameaçou represálias contra Arrigo. Sem sucesso. Não tinha domínio sobre ela, indiferente aos pequenos poderes dentro de um partido ao qual não pertencia. Estava para nascer o homem que a dominaria, falou ao namorado, com olhar desafiador.

"É mesmo", ele respondeu, sem demonstrar abalo. Por dentro, viu-se no lugar do pai ao ser trapaceado pela artimanha de Carmen. Arrigo caíra como um pato na conversa do camarada Ivan, que o mandara para a China na intenção de comer sua mulher.

A primeira experiência de Arrigo com os ecos da Revolução Chinesa entrou para o folclore dos comunistas. A segunda também, mas no interior de uma situação bem mais séria politicamente: a revolta de Porecatu, no norte do Paraná, às margens do rio Paranapanema. Armados, os posseiros defenderam suas terras, rechaçando o ataque de fazendeiros e grileiros, que contrataram capangas para tomar as propriedades. A polícia atuou contra os agricultores.

O partido mandou vários militantes para ajudar a organizar o movimento de centenas de famílias, incentivando as ocupações e a resistência armada. Conforme a linha política em vigor, poderia ser o embrião de lutas maiores – o exemplo da China era recente. Arrigo estava entre os enviados. Para auxiliar os posseiros a combater jagunços e policiais, ensinou táticas de luta armada aprendidas na Espanha e na França.

Conversando com Galego, outro membro do partido que fora para as margens do Paranapanema, Arrigo descobriu que ele conhecera tio Mário em Pernambuco, muitos anos antes, quando ainda era menino. Vendia jornais nos trens e lia as notícias para agricultores analfabetos. Em Porecatu – e, pouco mais tarde, em Trombas e Formoso, estado de Goiás –, Galego teve atuação decisiva na luta pela terra.

O mesmo se passou com Vitória e Fabiano, jovens líderes locais que aderiram ao partido. Ela acabara de fugir de casa para ficar com o amado. O pai era sitiante pobre, porém conservador, aferrado a seu pedacinho de terra, dono de parcos bens, incluindo uma garrucha e dois revólveres antigos. Fizera de tudo para ela não se casar com o subversivo, um pé de chinelo com uma das mãos na frente e a outra atrás, como ele dizia. Ameaçou deserdá-la, matar o noivo. De nada adiantou. Nem a cigana que leu a sorte do casal previu o que lhes aconteceria.

A experiência em Porecatu marcou Arrigo. Não se esqueceu, por exemplo, do episódio que se somou a outros revividos em seus pesadelos recorrentes. Certo dia, uma árvore grande caiu sobre um camponês, que não morreu na hora, mas ficou com a parte de baixo do corpo esmagada sob o tronco. Os esforços para tirá-lo dali foram vãos, estavam longe de tudo para receber ajuda a tempo de salvá-lo, e os de fora eram inimigos. Restou aos amigos oferecer conforto, em volta da árvore caída, à espera da indesejada das gentes. O homem permaneceu lúcido e agonizou por mais de um dia, tratado pela mulher e pelos companheiros.

Apesar do cerco, da repressão policial e de serem fustigados pelos latifundiários, os trabalhadores conseguiram o assentamento de parte das famílias, após muito sangue derramado. As autoridades temeram que os desdobramentos fugissem do controle e logo fizeram algumas concessões. Arrigo não estava presente ao fim do conflito, tinha voltado a São Paulo devido ao envolvimento com uma bela camponesa, cujo marido não ficou nada contente com o caso e o pôs para correr. Essa foi a parte que entrou para o folclore das esquerdas.

Galego também saíra de lá, levando Lindaura, sua futura mulher. Estaria a seu lado em todas as lutas a partir de então, da greve dos trezentos mil em São Paulo até os dias de guerrilha em combate à ditadura militar.

Brinde no castelo

Quando os dirigentes do partido tiveram certeza de que Arrigo não estava interessado em disputar o poder internamente, passaram a lhe conceder mais espaço. Por ser simpático e falar vários idiomas, ao contrário de muitos dirigentes, era chamado para assessorá-los em eventos internacionais.

Também contou a amizade com o baiano Mariga, apelido de Carlos Marighella, dirigente máximo dos comunistas em São Paulo no período, da mesma geração de Arrigo, dois ou três anos mais novo que o paulista. Ambos eram filhos de amores ítalo-brasileiros, mas a parte nacional de Mariga vinha da mãe, negra. Além da política, os dois adoravam conversar sobre samba, ópera, futebol e mulheres.

As atividades do partido estavam muito voltadas ao contexto internacional da Guerra Fria, Arrigo e seus companheiros engajaram-se na campanha pela paz mundial, coletando assinaturas para o Apelo de Estocolmo contra o uso de armas atômicas. Tinham de se desdobrar para cumprir as metas elevadas de adesão. Samuel, filho de Lino, mal entrara na adolescência e já era um dos campeões na coleta, a partir do quartel-general na Casa do Povo. Ganhou o terceiro lugar no concurso de assinaturas para o Apelo de Estocolmo do jornal *Voz Operária* e recebeu como prêmio uma coleção autografada das obras completas de Graciliano Ramos, que seu filho Abel guarda até hoje. Esteve perto do segundo lugar. Lamentou na época, mas poucos anos depois viu que teve sorte: o prêmio perdido era a tradução em português de todas as obras de Stálin. Samuel também se empenhou no movimento contra o envio de soldados brasileiros à guerra da Coreia.

A primeira missão de Arrigo no exterior, por infeliz coincidência, era chefiada pelo camarada Ivan, que fingiu não recordar os episódios em que envolvera o comandado, tratando-o com distância e cortesia, recebendo o troco na mesma moeda. Fizeram um giro diplomático pelo Leste Europeu, passaram pela Polônia, pela Alemanha Oriental, pela Romênia e por outros países, em plena temporada de caça às bruxas após a ruptura da Iugoslávia de Tito com a liderança de Stálin. Périplo tão extenso não era comum, dadas as dificuldades de visto e vigilância da polícia política de cada país comunista, mas nada era impossível para uma missão comandada pelo camarada Ivan, àquela altura um dos três dirigentes máximos do partido e muito prestigiado no Cominform.

Estiveram também na Hungria, em ressaca do processo Rajk, que levara à execução do dirigente e de dezenas de militantes em acerto de contas entre a cúpula do regime. Em Budapeste, numa conversa de bar, em voz baixa, Arrigo ouviu que companheiros respeitados até então haviam sido torturados pela polícia política. Sentiu o clima pesado, lembrou-se da atuação do camarada Pepe durante a guerra civil na Espanha.

Ainda visitaram Praga, sob aparente normalidade, enquanto transcorria o processo Slansky, acusado de conspiração trotskista-titoísta-sionista junto com outros dirigentes, onze dos quais seriam executados. Arrigo percebia algo grave ocorrendo em surdina, que escapava a sua compreensão. Mas persistia a fé em

Stálin e na União Soviética, que estariam acima das divergências e até dos erros de sangue cometidos no caminho para construir o futuro.

O mal-estar era contrabalançado pelas recepções oficiais calorosas, incluindo uma breve estada dos brasileiros no castelo dos escritores em Dobris, perto de Praga, reprodução do palácio de Versalhes em miniatura. Ali se encontraram com outros latino-americanos, entre os quais Jorge Amado, que vivia seu exílio no castelo ao lado da mulher, Zélia, e do casal de filhos pequenos. Quem ciceroneava os convidados era Eva, jovem jornalista de Bratislava, loira de rosto redondo e pele quase transparente, deslumbrada como debutante no palácio em estilo rococó.

Por coincidência, havia ainda uma pequena delegação soviética, liderada por Ilya Ehrenburg, que se aproximou de Arrigo ao saber de sua experiência na Espanha e na França, onde também viveu e lutou. Conversaram sobre aventuras e desventuras nos dois países durante caminhadas pelo parque inglês e pelo jardim francês.

Certa noite, escapando de Ivan e do resto da delegação brasileira, bem como da soviética, Ilya convidou Jorge e Arrigo para tomar o vinho francês que trouxera. O Romanée-Conti vinha da adega que Goebbels pilhara na França durante a Segunda Guerra Mundial, por sua vez expropriada pelos soviéticos. As garrafas haviam entrado no mercado moscovita misturadas com outras, pelo mesmo preço baixo dos produtos locais. Detentor da informação privilegiada, o escritor comprou enorme estoque e servia aos amigos que o visitavam em Moscou, como os poetas Neruda e Guillén. Em ocasiões especiais, levava uma garrafa para celebrações fora do país.

Seria um prazer beber do espólio da adega nazista, em particular para Arrigo, que lutara na guerra e perdera tantos companheiros. Para desapontamento geral, estava azedo, como descobriram logo após o brinde pela paz mundial e amizade entre os povos. Não faltaria ocasião para usufruir da adega, que Ilya lhe franqueou num jantar em Moscou anos depois, ambos animados com o degelo promovido por Khruschov.

Arrigo teria oportunidade de se hospedar novamente no castelo de Dobris décadas depois, quando o local passou a servir como hotel. Após o fim do socialismo, a propriedade voltaria para a família aristocrática que o possuíra. O velho de guerra visitou o pequeno museu criado no local, onde encontrou um dos quartos montado como era no castelo dos escritores. Certa placa esclarecia que no tempo do socialismo o acesso se restringira aos intelectuais do sistema, cujo fim possibilitou que fosse aberto a todos para visitação e hospedagem, pagas, é claro. Arrigo fica imaginando que nem tudo está perdido, o palácio de Versalhes ainda não voltou a ser propriedade da família real na França. Pelo menos enquanto os Bourbon e os Orleans não chegarem a um acordo sobre que ramo tem direito ao espólio.

Naquela noite, Arrigo teve um de seus pesadelos: caminhava, entre coqueiros e muros altos, por uma estrada que terminava numa passagem estreita que a princípio ele não conseguiu ultrapassar. Espremeu-se e passou. Do outro lado, encontrou rua deserta, cidade desconhecida. Havia uma única casa com as portas abertas. Enquanto se dirigia para lá, uma árvore caiu sobre ele, que ficou preso, sem mexer a parte de baixo do corpo. Em uniforme de enfermeira, Luna, Carmella e Marcella apareceram para cuidar dele. Lino também surgiu, trazendo uma garrafa de vinho. Brindaram à revolução. Depois o amigo lhe disse: "Saúde, Caim!".

Ao servir a segunda taça, o conviva já não era Lino, mas o camarada Pepe. Ele contou que pegara a garrafa na adega do doutor Ludovico, exibindo sorriso prepotente enquanto derramava o vinho, transbordando a taça para formar uma poça. O líquido vermelho respingava sobre o traje branco das enfermeiras e ameaçava afogar Arrigo, que não conseguia se erguer, preso pela árvore. Acordou nesse ponto, buscando a presença de Luna a seu lado na cama. Não era ela quem estava ali, tampouco Aurora. Estendeu o braço e encontrou o calor de um corpo. Não quis interromper o sono de Eva, a jornalista repousava tranquila em sua nudez.

Grande família

Certa vez Irineu contou a Arrigo que, numa crise de fé, pensara em deixar a Igreja católica. Foi demovido por um padre, que lhe disse que podia sair, mas não adiantaria, pois a Igreja morava dentro dele. Arrigo lembrou-se desse episódio várias vezes em suas divergências com o partido, ainda mais no auge do stalinismo.

Era como uma família de que não podia se livrar, impossível fugir de doutor Ludovico, dona Imma, tio Mário, de tanta experiência interiorizada. Do mesmo jeito, pertencia à grande família comunista, em suas lutas, grandezas e misérias que constituíam um projeto coletivo, utopia compartilhada, comunidade de valores em torno de igualdade social e liberdade, sem exploração de classe. Laços tecidos pela vida, quase impossíveis de romper. Só se podia acertar o modo de convivência com a organização e os companheiros. Para isso havia margem de negociação, dependendo do contexto.

No limite – como Lino fizera e Arrigo ainda não estava maduro para fazer –, a saída seria integrar outra organização, protestante, dissidente da mesma família, amores e ódios de sangue. Pedaços dilacerados de seu próprio ser. Para Arrigo, era impossível desistir do partido naquele momento sem rasgar a própria identidade, socialmente constituída. Seria perder o chão.

Arrigo foi convocado a participar de um projeto educativo do partido em âmbito nacional, como estudante e professor. A atividade era animadora, lembrava as histórias de Luna e suas aulas no Recife no tempo da turma de Cristiano, quando tio Mário foi seu aluno. Agora a matéria ensinada era diferente, centrada no marxismo soviético. Eram os chamados cursos Stálin. A intenção era formar quadros mais coesos e preparados.

Galego e Lindaura, companheiros e amigos de Arrigo na luta em Porecatu, faziam parte do pessoal que organizava a logística para transportar, fornecer hospedagem e alimento para dezenas de militantes. Devido à ilegalidade do partido, a prática era clandestina, por isso realizada em diferentes locais, secretos. Por segurança, em geral os alunos eram levados de olhos vendados a destino desconhecido, onde eram ministradas as aulas e permaneciam até um mês.

As atividades eram intensas nos três períodos do dia, divididas em aulas expositivas, tempo para estudo individual e horário para debate. Parecia a rotina de aprendizagem dos jesuítas, que Arrigo conhecia bem, e das jornadas ainda hoje usuais no movimento dos sem-terra, na Escola Nacional Florestan Fernandes, onde às vezes dá palestras.

Arrigo reencontrou dona Vitória e seu Fabiano como alunos num dos cursos Stálin de formação, ministrado numa casa ampla em bairro da periferia de São Paulo. Eles eram responsáveis por um trabalho político com os posseiros que conseguiram a propriedade da terra após a revolta de Porecatu. Estavam entre as centenas de pessoas que passaram pelo curso básico, em seguida realizaram estudos superiores de três meses para dirigentes no Rio de Janeiro. Havia uma linha completa de educação que culminava com o envio à Escola de Quadros em Moscou, para onde o camarada Ivan pretendia mandar Arrigo. Escaldado pela missão na China, sem recusar explicitamente a convocação, ele foi adiando a viagem até que as circunstâncias se incumbissem de inviabilizá-la.

Certa vez, por insistência do namorado, Aurora cedeu o sítio em Vinhedo para realização do curso. Comprara a propriedade com suas economias de professora, somadas à pequena herança da mãe. Aproveitou para participar das sessões. Por azar, naquela edição o principal professor era o velho conhecido Ivan, justamente quem dava as aulas mais fracas – monótonas, centradas nos manuais de marxismo-leninismo soviéticos e em textos da revista do partido chamada *Problemas*. Chegaram a ler trechos do *Manifesto Comunista*, interpretado de modo a concluir que o comunismo seria a etapa superior das várias que se sucederam no desenvolvimento das forças produtivas, decorrência inevitável das leis da história.

Não foi apenas a qualidade das aulas que levou Aurora a se indispor a ceder o sítio novamente. O camarada Ivan aproveitava a ausência de Arrigo para cortejar a dona do local quando não havia ninguém por perto. Ela o achava ridículo e autoritário. Já estava acostumada e até se divertia com a perturbação que provocava no dirigente. Riu na cara dele ao receber a tarefa de se juntar a outras mulheres para cozinhar e fazer limpeza. Não sendo militante, tampouco se intimidava com sua empáfia; além disso, contava com Fred. Se na vez anterior o xixi da gata Nina expulsara Ivan do quarto para a sala, agora era a vez do cachorro Fred, que vigiava a casa e rosnava para o camarada.

Ivan colocava-se como guardião da moralidade, sempre atento para que ninguém pulasse a cerca imposta pela rígida divisão de quartos entre homens e mulheres. O limite devia ser respeitado até para os casais. Felizmente, o sítio não era tão pequeno, tinha árvores e locais escondidos, mas poucos ousaram usar o espaço alternativo. Eram tão moralistas quanto o dirigente. Faz parte das anedotas dos comunistas que o camarada Ivan usava uma régua para medir a distância entre os casais durante a dança quando foi supervisor dos brasileiros enviados à Escola de Quadros em Moscou.

Era conhecido também por um motivo nobre: todos admiravam sua resistência à tortura nos cárceres da ditadura Vargas, bravura que se repetiria mais tarde ao ser preso pelos militares. Certa vez segredou a Aurora que a valentia tinha um motivo prosaico. Seu pai, um senhor de engenho falido e conservador, o chamou para uma conversa quando soube que se tornara comunista. Disse a Ivan que se preparasse para apanhar, pois a polícia era impiedosa com os vermelhos, e para resistir à tortura, pois filho dele não seria delator em nenhuma hipótese. Se fraquejasse, ao voltar para casa apanharia mais que na cadeia.

Era época das festas juninas. Com a cumplicidade da noite de luar, houve comemoração animada de encerramento do curso. Acenderam uma fogueira, com direito a pipoca, pé de moleque, milho-verde assado e pamonha especialmente preparada por Lindaura, tudo regado a quentão. O mestre principal talvez tenha se excedido no consumo da bebida. Andou se aproximando de Aurora e avançou o sinal longe do olhar dos demais. Mas logo foi obrigado a se aprumar, pois Fred não parou de latir.

O camarada Ivan resolveu se vingar do animal. Daria um belo susto nele com uma bombinha ao pé da fogueira. Sabia que cães detestam estouros. Então se aproveitou do cochilo de Fred no quentinho para detonar o explosivo perto de seu ouvido. Só não esperava que o cachorro passasse da conta e se voltasse contra ele, obrigado-o a correr. Perseguido, tomou uma mordida nos fundilhos que rasgou sua calça na frente de todos. Nem a disciplina férrea dos militantes conteve a explosão de gargalhadas. Irritado, o chefe retirou-se a seus aposentos e não deu mais as caras. Naquele curso, ninguém ganhou a medalha oferecida aos melhores alunos.

Pantera

Arrigo não foi o único dos professores que se viu obrigado a analisar algumas obras de Marx com o propósito de repassar o conteúdo aos alunos. Estudou em especial *O 18 de brumário* para dar curso de formação política numa célula de periferia na Zona Leste da São Paulo, mesma região de sua tenra infância, agora em paragem distante. A parte mais difícil era explicar a conjuntura francesa de meados do século XIX, que conduziu um bufão ao poder.

Raros estudantes compreenderam bem o fenômeno do bonapartismo, entre eles os mais destacados foram Samuel e Domingos, cujo nome homenageava o craque negro da seleção brasileira na Copa do Mundo da Itália, Domingos da Guia, o divino mestre. O bom desempenho nas aulas era esperado do filho de Lino; Samuel já era adolescente e acompanhava Arrigo em algumas atividades. O outro aluno destacado era o jovem negro, alto e bonito, muito forte, lutador de boxe. Por tudo isso, ganhou o apelido Mingo Pantera.

Quem levou Mingo ao partido foi seu Waldemar, antigo militante vindo de Mococa, interior de São Paulo. Pertencia à família Zumbano, de vários pugilistas, inclusive o sobrinho Éder, amigo de Pantera. Na época, seu Waldemar treinava atletas da periferia de São Paulo, em geral garotos pobres. Ele gostava de dizer que o boxe é bailado, mistura de arte com esporte. O uso da violência seria detalhe, o nocaute, um acidente. O importante era o rigor da preparação e os ensinamentos da modalidade para a vida. Logo, não deixava de ter afinidade com a política.

Outros membros da família Zumbano também eram comunistas, gente que saiu do interior para lutar pela vida na capital, disposta a dar a cara a bater e esmurrar os adversários com força e elegância nos ringues e nas batalhas políticas, assim como Mingo Pantera. Seu Waldemar ficou impressionado com ele, pela habilidade e pela inteligência. Como treinador da equipe brasileira de boxe, convocaria o rapaz para disputar as Olimpíadas de Roma.

Peso meio-pesado, Pantera tinha força, estilo e agilidade, poderia vislumbrar futuro no esporte profissional, estava invicto como amador. Seu desempenho nos jogos seria decisivo para isso. Éder, já campeão mundial dos pesos-galo, indicou Pantera para um empresário norte-americano observar durante a competição. A mão quebrada no treino às vésperas da estreia frustraria as expectativas.

O lutador voltou ao Brasil e acabou desistindo da carreira, pois apareceu outra oportunidade. Ele prosseguira a aprendizagem a partir do incentivo de Arrigo naquele curso Stálin, que abriu portas inesperadas. Os camaradas conseguiram uma bolsa para ele estudar engenharia na Tchecoslováquia depois dos jogos. Só retornaria ao país natal após o golpe de Estado, com dois diplomas na bagagem – um oficial, de engenheiro mecânico, obtido com louvor; o outro informal, resultante de treinamento militar. Provavelmente usaria mais o primeiro diploma caso a democracia tivesse prosseguido seu curso. O segundo teve utilidade nas circunstâncias de combate à ditadura.

Destino alterado pelo acaso da mão quebrada e pela reviravolta política nacional, Mingo Pantera inscreveu seu nome não na calçada da fama dos esportistas profissionais nem na história da engenharia brasileira, mas nos anais das legendas revolucionárias derrotadas.

Virada

De volta a São Paulo e aos braços de Aurora após a viagem pelo mundo do socialismo, não demorou para Arrigo entrar na campanha "O petróleo é nosso", que culminou na criação da Petrobras. Era o início da caminhada conjunta e conflituosa com os nacionalistas de esquerda. Logo depois do suicídio de Getúlio Vargas, os comunistas foram hostilizados pelos trabalhistas, pois vinham fazendo oposição a seu governo. No entanto, logo compreenderam que era preciso atuar com os adeptos do líder nacionalista, em nome das lutas comuns anti-imperialistas e por direitos sociais.

Arrigo reencontraria Diana e Dito em meio ao rápido processo de modernização do país, cada vez mais urbano e industrializado. Eles se envolveram nos embates por reformas sociais, que contavam não só com comunistas e trabalhistas, mas também com uma nova alternativa cristã, na qual Irineu estava engajado. Todos orgulhosos da cidade de São Paulo, que celebrou o quarto centenário com o lema emblemático: a cidade que mais cresce no mundo. Eles já não moravam nos antigos bairros de imigrantes europeus, que agora se abriam para migrantes nordestinos, cada vez mais numerosos, entre eles o velho Galego. Haviam sido os sujeitos da greve que inesperadamente parara a indústria de São Paulo por quase um mês em 1953, com forte participação dos comunistas. A atividade deu ânimo para Arrigo seguir no partido, sempre incentivado pelo contagiante Mariga.

Amigo de Arrigo desde os tempos da Aliança Nacional Libertadora e dos cárceres getulistas em São Paulo, Caio convidou o primo distante para colaborar com a revista que fundara, a *Brasiliense*, em que atuavam intelectuais e também estudantes como Samuel, beneficiado pela expansão de escolas públicas. Após terminar os estudos no colégio Roosevelt, ele ingressou na USP para cursar ciências econômicas.

Estavam chegando as eleições presidenciais. Arrigo se envolveu até a alma, junto com os demais comunistas, no apoio à candidatura do futuro presidente Juscelino Kubitschek. Não tiveram força para recuperar a legalidade, mas a perseguição diminuiu muito. A atuação aberta do partido passou a ser tolerada, o que perduraria até o golpe militar. Isso permitiu aos dirigentes sair da clandestinidade e facilitou para Arrigo conseguir emprego fora da imprensa comunista. Trabalharia na sucursal paulista do jornal carioca *Última Hora*, entre outros órgãos.

Arrigo participou do acirrado debate gerado pelas denúncias dos crimes de Stálin, feitas por Khruschov no XX Congresso do Partido Comunista da União Soviética. O relatório do novo líder foi um terremoto para os comunistas; até dirigentes experimentados partilhavam das ilusões sobre aquele que haviam considerado o guia genial dos povos. Sobravam cumplicidades para todos os lados, o que tornava a autocrítica mais difícil. Vários militantes e dirigentes se afastaram apesar do trauma de romper com a grande família.

Por sua vez, Arrigo viu a oportunidade de reformular o partido: não jogaria fora a experiência de tantos anos de luta. Escreveu textos na imprensa comunista e organizou debates com os leitores. Foi um dos responsáveis pela virada na diretriz política, delineada na declaração de março de 1958, que auxiliou a redigir. Ele continuava considerando que a revolução brasileira estaria na etapa democrático-burguesa. Não seria ainda socialista, mas anti-imperialista e antifeudal, nacional e democrática. Aurora escutava o namorado, a quem perguntou o que, afinal, havia de novo nesse discurso. Ele respondeu que era a possibilidade da revolução pacífica, pelo voto, conquistando a legalidade partidária e ampliando as liberdades democráticas, em aliança ampla com outras forças progressistas, inclusive a burguesia brasileira. Percebendo a empolgação de Arrigo ao dizer tudo isso, até Aurora esqueceu seu ceticismo por uns momentos.

Amor possível

Por essa época, Irineu retomou contato com Arrigo. O amigo católico permanecia ligado ao grupo do doutor Alceu no Rio de Janeiro, agora adepto de um cristianismo renovado. Voltara a São Paulo para dar aula de filosofia na Universidade Católica, a famosa PUC, recém-inaugurada. Irineu admirava o padre Lebret, dominicano que fora seu mestre num curso de dois meses sobre economia humana na Escola de Sociologia e Política de São Paulo. O padre não era marxista, mas se mostrava tão indignado contra o capitalismo como o revolucionário alemão. Talvez os velhos tempos das conversas com os amigos do quarteto tenham contribuído para a nova mudança na visão de mundo de Irineu. A conjuntura do país no processo de democratização após o fim do Estado Novo ajudava, mas o decisivo provavelmente foi seu encontro com Teresa.

Eles se conheceram no Rio de Janeiro, em pleno Estado Novo. Irineu integrava a Ação Católica, em busca de aprofundar sua fé e sua espiritualidade, e reafirmava os valores de inspiração medieval da Igreja: a tarefa do homem na Terra seria espelhar a ordem divina ideal, tanto em sua alma como na sociedade. Valorizava a harmonia social, acatando as instituições existentes, da família ao Estado. Os problemas estariam nas falhas das pessoas, pecadoras. Uma ordem justa, espelhada na vontade de Deus, dependeria das consciências individuais, cada vez mais decadentes no mundo, resistentes ou alheias à mensagem católica. Seria preciso conquistar as pessoas para a ordem divina, a ser restaurada na Terra por intermédio dos agentes da Igreja.

Com essas ideias missionárias de recrutar e salvar almas, Irineu aproximou-se de Teresa, quase dez anos mais jovem que ele e igualmente católica. Ela partilhava da mesma formação, mas não aceitava a passividade diante da ordem estabelecida; era crítica do Estado Novo. Concordava com Irineu sobre a Providência a governar a história, mas talvez Deus quisesse que as pessoas fossem as executoras de sua vontade. Ela conhecia bem o idioma francês e lia no original autores católicos que se tornavam influentes: Maritain, Chardin, Mounier e outros que também impactariam o futuro namorado.

Irineu encantou-se com a jovem, que lhe parecia cada vez mais bela conforme deixava transparecer discernimento e ponderação, exibindo uma personalidade madura. Não tinha o destemor inatingível de Diana nem a ousadia transgressora de Mariana, suas paixões frustradas. Amor possível. As afinidades foram se revelando na convivência, namoraram por dois anos, noivaram por mais dois, até se casarem nos termos da Igreja.

Represas contidas, as vazões foram caudalosas após o casamento. Lucas nasceu no fim do governo Vargas, e Mateus, ainda antes da eleição de Dutra. Conforme os meninos cresciam, os pais acompanhavam a evolução do pensamento de um setor da Igreja preocupado com a pessoa humana e as injustiças numa sociedade plena de pobreza e desigualdades.

Goteira

Tum, tum, tum, um barulho interrompeu minhas divagações e me deu esperança. Não suportava mais permanecer no apartamento de Arrigo, mas logo percebi que o ruído não veio da porta, talvez fosse alguém caminhando no andar de cima. Peguei uma vassoura para bater no teto e estabelecer comunicação, sem sucesso. Enquanto insistia, ouvi de novo as batidas: agora era nítido que vinham do quarto, para onde me dirigi imediatamente. Lá estavam a cama e a mesinha de cabeceira combinando com o armário, tudo em silêncio e no devido lugar. Apurei a audição, soava apenas o leve zumbido que acompanha meu ouvido esquerdo desde a manifestação em que tomei porrada da polícia. Permaneci no local alguns instantes, mas as batidas não se repetiram.

Ao sair do quarto, escorreguei num líquido esparramado, era sangue. Assustado, examinei meu corpo para ver se havia sido ferido sem perceber. Estava incólume, o sangue tinha outra procedência. A poça no assoalho aumentava com um gotejar lento, vindo do teto. Peguei a vassoura para bater e chamar a atenção de quem estava lá. Desesperado, soquei em vão também a porta, as janelas, com tanta força que o vidro se rompeu e fez um corte na mão esquerda, de onde esguichou a seiva vermelha. Embrulhei o punho numa toalha, depois o limpei com álcool e fiz um curativo com mercúrio cromo, gaze e esparadrapo.

Mais sossegado depois de parar o sangramento, estatelei-me no sofá, ao lado de Arrigo inerte em sua cadeira. Risadas me despertaram, pareciam vir do quarto. Que brincadeira era aquela? Fui até lá, mas o ruído cessara. Olhei para o teto, para o chão, a goteira e a poça de sangue haviam sumido. Só ouvi uma gargalhada zombeteira, abafada dentro do armário, para o qual dirigi o olhar e vi meu próprio rosto refletido no espelho que apareceu na cavidade oval da porta, preenchendo o espaço até então vazio, a recompor a harmonia da peça como outrora.

Das negativas de Lino

Arrigo nunca perdeu o hábito de divagar sobre qual teria sido o destino do melhor amigo. Não se tratava de escolha, os pensamentos afloravam sem mais, entre a saudade e o desconforto, mescla de culpa e inconformismo. Lino voltou para a família no Brasil, e o reencontro depois da Segunda Guerra Mundial foi uma festa. Mas nada era como antes: não se adaptou mais a trabalhar nos negócios do pai, não nascera para ser comerciante; a vida com Mira já não funcionava, não veio ao mundo para constituir família, cuidar de filhos. Largou tudo e foi viver nos Estados Unidos, onde se dedicou ao estudo das artes.

Lino retornaria como crítico consagrado nos anos dourados para ser professor da Universidade do Brasil, no Rio de Janeiro. Trouxe Susan, com quem vivia uma relação aberta, mas a companheira não se acostumou com o país, onde ele permaneceu, encantado com o florescimento cultural e político cortado pelo golpe militar.

Lino seria militante de primeira hora na luta contra a ditadura, embora sem vínculo partidário. Colaboraria assiduamente com a *Revista Civilização Brasileira*, até ser aposentado à força após a edição do Ato Institucional n. 5, o famigerado AI-5. Perseguido, teria de deixar o país rumo aos Estados Unidos, a convite da Universidade da Califórnia, em Berkeley. Após a anistia, já setentão, voltaria ao Brasil com Pete, seu companheiro. Descobrira-se gay.

Arrigo ficaria atônito com a descoberta de Lino – e sem graça, pois fora seu melhor amigo na infância e na juventude, então poderia parecer que houve mais que amizade entre os dois. Sempre achara estranho o fato de Lino ter namorado pouco, ser fiel a Mira. Disse isso a Aurora, que retrucou considerar normal, estranho era ter necessidade de tanta namorada. Arrigo mudou de assunto, melhor não fazer elucubrações.

Ventos novos

Depois da Segunda Guerra Mundial, Diana teve uma crise nervosa e acabou internada numa clínica em Leningrado. Ela não gostava de falar nisso, mas a experiência seria decisiva para seu processo de afastamento do comunismo soviético. Voltou a São Paulo e permaneceu no partido mais por dependência existencial que por convicção política.

Revolucionária profissional, trabalhava com a segurança dos companheiros; ajudou a esconder líderes como Prestes e a organizar os cursos Stálin. Devido a sua função, aparecia pouco e raramente viu Arrigo nesse período. As denúncias de Khruschov contribuíram para o desencantamento, mas ela ficou esperançosa com possíveis mudanças. Até aceitou o convite para um curso de formação de quadros de alto nível na União Soviética. Mal chegou, houve a invasão da Hungria.

Na volta, não fosse o poder de convencimento de Arrigo e do camarada Mariga, teria deixado o partido. Eles garantiram haver uma nova mentalidade para superar o stalinismo rumo à revolução nacional e democrática. Mas o que a empolgou mesmo foi o surgimento das Ligas Camponesas na região Nordeste, em busca da reforma agrária. Diana só teve contato mais próximo com as ligas ao ser transferida para o Recife. O partido reconhecia o atraso na incorporação de camponeses a sua luta, precisava ficar atento aos movimentos populares que escapavam de seu controle e participar deles. Por isso deslocou para lá também Lindaura e seu marido, o velho Galego. Originário da região, ele festejou a mudança.

Os três estiveram em Belo Horizonte, com centenas de delegados, para participar do Congresso Nacional de Lavradores e Trabalhadores Agrícolas. Arrigo atuou como observador. Então se confrontaram duas posições no movimento: uma ligada ao partido, que apostava em sindicalizar os trabalhadores rurais, além da negociação com o governo a fim de ampliar direitos sociais e trabalhistas para a gente do campo; a outra era a das Ligas Camponesas, para as quais urgia uma reforma agrária profunda, ficando implícita a possível transição à sociedade socialista. Isso se evidenciou na famosa frase do líder Julião: a reforma agrária será feita na lei ou na marra, com flores ou com sangue.

Comunistas como Arrigo apostavam na lei, com a distribuição gradual de terras. O pessoal das ligas inclinava-se a conseguir a reforma pela força, se preciso. Embora acompanhando com disciplina a posição do partido, Galego, Lindaura e Diana estavam convencidos da outra proposta, assim como a maioria dos demais grupos presentes ao Congresso, em especial os católicos de esquerda e os lavradores ligados ao trabalhismo da corrente do governador gaúcho Leonel Brizola. Ao fim, redigiu-se um documento com pontos de reforma dificilmente aceitáveis para os latifundiários. Arrigo e seus companheiros se lembraram da profecia de Antônio Conselheiro: o sertão vai virar mar.

Depois do Congresso, Diana, Lindaura e Galego foram se aproximando da posição das ligas, sem alarde e sem deixar o partido. Na prática, montava-se uma frente de esquerda que elegeria Miguel Arraes governador de Pernambuco, com apoio de trabalhistas, comunistas e das ligas. Sua proposta reformista envolvia regulamentar o pagamento de salário mínimo aos trabalhadores rurais, bem como apoiar a organização de sindicatos e ligas camponesas.

Os três companheiros participaram do Movimento de Cultura Popular, o MCP, criado quando Arraes ainda era prefeito do Recife, onde mais da metade dos habitantes não sabia ler nem escrever. Um de seus objetivos era alfabetizar e educar adultos, com aulas noturnas, usando recursos como programas de rádio especialmente elaborados para fins pedagógicos, transmitidos pelas emissoras Continental e Clube de Pernambuco. A base era uma cartilha preparada por especialistas em educação.

Arrigo também foi para lá, ajudava na emissão de programas de rádio. Morar no Recife era um velho sonho, devido às histórias que tio Mário contava sobre a cidade. Arrigo tinha Galego a seu lado, memória viva das lutas passadas, empolgado com a possibilidade de levar letras à gente simples. Ele, que ainda menino vendia jornais nos trens e gastava a garganta na tarefa de ler as notícias de *A Tribuna* para gente iletrada.

Como Arrigo gosta de lembrar em palestras e depoimentos, os oligarcas acusavam o projeto de ser partidário e populista, em busca de votos para Arraes, além do perigo vermelho a assustar empresários que inicialmente haviam apoiado a ideia. Como votar não era permitido aos analfabetos, que eram muitos e pobres, os poderosos temiam tanto a proposta de lhes conceder direito ao voto quanto a de criar programas de alfabetização em massa.

O movimento cultural espalhou-se por todo o estado de Pernambuco após a eleição de Arraes como governador. Milhares de alunos empolgavam-se, além de centenas de professores e organizadores, mobilizados por entidades estudantis, religiosas e partidárias. Galego e Lindaura trabalhavam na sede do movimento, no Sítio da Trindade, onde eram realizadas atividades teatrais, musicais, de dança, artes plásticas, artesanato e outras envolvendo a cultura, valorizando expressões populares. Antes de uma exibição de bumba meu boi, Galego apresentou Arrigo ao companheiro que organizara a antiga empreitada que salvou tio Mário no navio depois da grande greve.

Já à beira dos setenta anos, Cristiano era redator e tradutor na Superintendência de Desenvolvimento do Nordeste, mais conhecida como Sudene. Arrigo não se cansava de ouvir as lembranças de Cristiano nem de discutir com ele os rumos da revolução brasileira. A roda de conversa ganhou mais um participante com a chegada de Samuel. Formado em economia, passou em concurso e foi admitido na Sudene, encantado com o projeto do economista Celso Furtado, orgulhoso de fazer parte do esforço de desenvolvimento nacional e de diminuição do desequilíbrio econômico entre as regiões do país.

Para o filho de Lino e muita gente, não havia como deixar de se empolgar num ambiente daquele, a favorecer a união de forças transformadoras acima de especificidades partidárias, em torno do MCP, da Sudene, das ligas. O Recife fazia por merecer a denominação de Moscou brasileira. Não se sabe se o qualificativo foi dado como pecha pela direita, temerosa dos comunistas, ou como obra deles mesmos, orgulhosos com a comparação. Sabe-se apenas que viver na Moscouzinha foi marcante para um jovem como Samuel, um cinquentão como Arrigo e um veterano do porte de Cristiano.

Rua Alice

De vez quando, Arrigo era chamado para reuniões do partido no escritório do tradicional bairro carioca de Laranjeiras, na mesma rua de famoso bordel, situado já na ladeira ao pé do morro, avançando em forma de serpente com árvores dos dois lados da calçada. Ao caminhar pela redondeza, um belo dia ele ouviu certa senhora chamar seu nome. Não a reconheceu de imediato. Era Julieta, da casa de madame Eneide. Já não tinha idade nem beleza para seguir no negócio das três Marias. Estava acompanhada de Marilyn, que acabara de chegar do Paraná. Formado o trio, ainda dava tempo de beber um chope antes da reunião, da qual participariam também os amigos de longa data Astrojildo e Apolônio. Tal e qual Arrigo, ocupavam no partido posição hierárquica bem aquém de seu prestígio de velhos de guerra.

Julieta, conhecida como Camille no período em que administrou o bordel que fora de madame, voltou a usar seu nome de batismo, Maria Augusta, quando se tornou cabeleireira, maquiadora e manicure das meninas na Casa Rosa da rua

Alice. Ela não tivera mais notícia segura de Violeta depois que foi para a Europa; ouviu dizer que havia morrido, assim como madame. Contou que Concetta teve destino trágico. Largou o marido que trabalhara com Getúlio durante o Estado Novo, pois uns anos de casada foram suficientes para concluir que não tinha paciência para vida de dona de casa. Apaixonado e enciumado, ele a mataria com um tiro no coração antes de endereçar uma bala ao próprio peito. Foi um escândalo, ela se surpreendeu por Arrigo não ter lido no jornal. Ele explicou que certamente estava fora do Rio de Janeiro, talvez estivesse no exterior.

Velha e doente, a senhora demonstrou alegria por rever o amigo e recordar histórias em comum, falando de tal modo para dentro de si que comoveu Arrigo. Ele procurou expressar reciprocidade, disfarçando a pena que sentia. Estava abalado pela passagem do tempo desencarnada daquela forma em Augusta, mais que magra, transparente.

A imagem era contrabalançada pela presença jovial de Marilyn, a quem Arrigo procurava dirigir os olhos, sem com isso encontrar escapatória para seus devaneios. Antevia na pele da moça, rosada e lisa, as rugas e o amarelo que desbotavam a figura carcomida de Julieta. Desconcertado, sentiu-se um velho gavião com apetite pela pombinha, acompanhada da jereba. O futuro da jovem provavelmente seria semelhante ao dela ou ao das falecidas Concetta e Violeta. A espanhola ao menos ajudou a mandar para o inferno a alma de alguns nazistas no bordel de Marselha. Mas que fazer? Ele imaginara na juventude que a revolução redimiria a todos e libertaria as andorinhas. Depois testemunhou que elas continuavam a alçar voo no mundo socialista.

De qualquer modo, a revolução brasileira estava em curso e daria mais condições, às moças que não quisessem, de não serem forçadas a esse tipo de vida. Tinha seu lado de encanto, era forçoso reconhecer. Tanto que ele não era forte o suficiente para não se deixar seduzir pelas jovens do ramo.

Augusta aconselhava a novata Marilyn, cujo nome de batismo era Yara. Não deveria se deslumbrar com sua mina de ouro no meio das pernas. Precisava ter sabedoria para extrair o mineral enquanto durasse e aplicá-lo de modo a viver bem quando se esgotasse. Ninguém sabia ao certo a longevidade do filão precioso, e minas estavam sujeitas a desmoronamentos súbitos. Não podia deixar o próprio sentimento interferir no negócio, por exemplo, caindo nas garras de gigolôs.

Arrigo ouvia e pensava que a portuguesa dava uma lição prática do espírito do capitalismo. Ação racional visando a objetivos planejados, sem se envolver com afetos, valores ou tradições. Usar os meios adequados para obter os fins desejados. Ponderar custos e benefícios antes de agir, ajuste de oferta e procura.

Era difícil aplicar as lições a uma proprietária apenas do próprio corpo, Augusta bem o sabia. Especialmente para a moça sensível que Marilyn era, em profissão que mexe com afetos e emoções difíceis de conter. Como os dela, também os de Arrigo.

Marilyn podia ter vinte anos, se tanto, já com alguma experiência, mas ainda estava assustada com os atrativos do Rio de Janeiro, coração aberto a novos contatos que não se reduziam a dinheiro. De tanto olhar para a moça, Arrigo notou seus encantos. Tinha uma fisionomia única. O jeito de andar e o corpo esbelto certamente encontrariam mercado nas passarelas do século XXI.

Augusta seguia falando, animada. Por isso o velho amigo sentiu-se pouco à vontade para interromper a conversa, além de motivado pela presença de Marilyn e pelo chope gelado que compensavam o calor e a tristeza de ver o estado da portuguesa. Ao menos ela ainda exibia o charme do sotaque chiado carioca com uma ponta lisboeta quase perdida. Mas ele precisava se retirar, estava atrasado para a reunião do partido. Desculpou-se, disse que vinha do Recife a cada mês ou dois para os encontros no escritório ali na rua Alice e que teriam oportunidade de continuar o papo.

No mês seguinte, Arrigo ficou acanhado de bater à porta da Casa Rosa, a caminho do escritório vermelho. Desistiu. Passou em frente outras vezes, aquele chope em companhia da velha e da jovem andorinha foi se perdendo na memória. Até que certa tarde encontrou Marilyn com uma colega, por acaso no mesmo bar onde haviam estado. Perguntou por Augusta. A jovem lamentou dizer que estava dormindo, profundamente. Virou estrela. Desde então, ao olhar o céu noturno, Arrigo sempre procura suas três Marias da casa de madame.

Revolução brasileira

Encarnando os sonhos de Arrigo e seus companheiros, a cena política era invadida por atores inesperados. Trabalhadores urbanos e rurais mobilizavam-se. Crescia o poder dos sindicatos, militares subalternos organizavam-se por seus direitos políticos, e estudantes e intelectuais também participavam das lutas pelas reformas de base em todo o país, a começar pela agrária. Somando-se aos comunistas e aos trabalhistas, a esquerda cristã tornou-se predominante no meio estudantil, sem contar grupos menores de inspiração diversificada.

O Rio de Janeiro já não era a capital, mas conservava o caráter de centro político e cultural do país – daí as constantes visitas de Arrigo para encontros do partido. Lá moravam Lucas e Mateus, filhos de Irineu e Teresa; o mais velho era dirigente da União Nacional dos Estudantes, ou UNE. Na diretoria da entidade, representava a Juventude Universitária Católica, uma das bases de nova organização política, denominada Ação Popular, na qual o mais novo também militava. Eles haviam se formado no colégio Santa Cruz, em São Paulo, cidade onde seus pais continuaram a viver. Lucas ingressou na faculdade de medicina, e Mateus preparava-se para o vestibular de ciências sociais, enquanto atuava na União Brasileira de Estudantes Secundaristas, a Ubes. Ser universitário ainda era raro naquele tempo, mas o número de alunos aumentava rapidamente.

Sima também integrava a diretoria da UNE. A meia-irmã de Samuel cursava psicologia e entrou na cota da Política Operária, pequeno grupo influenciado pelas propostas de Leon Trótski, Rosa Luxemburgo e Heinrich Brandler. Ela se desentendia com o irmão por interpretar a realidade brasileira como plenamente capitalista e exigir de imediato a revolução socialista, não nacional e democrática conforme propunham os comunistas, já então divididos. Os antigos dirigentes marginalizados pela crise do stalinismo criaram novo partido, para o qual foi o camarada Ivan, fã de Aurora e inimigo de seus animais de estimação. Ficou conhecido como PCdoB, próximo da China, enquanto o tradicional PCB, partido de Arrigo, mantinha-se fiel aos soviéticos.

Arrigo esteve diversas vezes na sede da UNE na praia do Flamengo, um dos pontos de encontro entre os movimentos que compunham a cena política durante o governo João Goulart. Ele nunca participou de tantos eventos artísticos como naquele tempo em que a agitação política era embalada ao som da bossa nova engajada, em sintonia com peças teatrais de grupos como o Arena e o Oficina, de São Paulo. No Rio de Janeiro, Sima chegou a namorar Leon Hirszman e se integrou à turma do cinema novo, a propagar com seus filmes uma cultura da fome, disposta a destruir a ordem estabelecida, como ela dizia em intermináveis conversas e debates com os colegas. Segundo Sima, seria preciso levar ao público a consciência de sua própria miséria, mas sem esquecer das inovações na linguagem artística, razão pela qual alguns a tachavam de vanguardista que as massas não podiam compreender. Os debates eram muitos, parecia estar em curso a revolução brasileira, ainda que não estivesse claro o que era nem para onde iria.

A atmosfera de mudança que animava alguns, a outros amedrontava. As forças conservadoras não tardariam a organizar a reação. Pesada.

Marilíndia

Marilyn só podia ser um apelido em homenagem à famosa atriz que estava no auge da carreira em Hollywood quando a paranaense entrou na nova profissão. Entretanto, em quase nada se pareciam. Marilyn usava o nome mesmo assim – pensava atrair clientes e, mais importante, refletia seu ideal de beleza. Ao ganhar intimidade, Arrigo passou a chamá-la de Marilíndia; afinal, o formato do rosto evidenciava a ascendência indígena, contrastada com os olhos verdes herdados do pai alemão e os cabelos pintados de loiro. Ela não apreciava o apelido, mas logo viu que o amigo inesperado considerava uma virtude ser índia. Não um problema, como em sua região, cheia de estrangeiros e irrigada pelo sangue de nativos esquecidos.

Cambé fica no norte do Paraná, entre Londrina e Rolândia, cidades criadas durante o primeiro governo Vargas. Na infância, Yara ouvia gozações com o nome da cidade natal, aviltada no caminho da pequena Londres para a terra de Roland, o cavaleiro de Carlos Magno. Ela respondia: Rolândia era o lugar das rolas, e Londrina não passava de latrina dos ingleses. Afinal, eles eram os donos da Companhia de Terras Norte do Paraná, que detinha vastas áreas do estado, onde avançara a construção da estrada de ferro. Terra vermelha, boa para a agricultura, lucro também com a revenda de lotes para colonos. Desbravadores pioneiros, azar das florestas, dos animais, dos indígenas.

Yara contou a Arrigo que a cidade foi fundada por imigrantes alemães que a chamaram Nova Dantzig. Durante o Estado Novo, com a entrada do Brasil na Segunda Guerra Mundial contra a Alemanha, o nome teve de mudar. Além de tudo, a denominação antiga não dava sorte, pois a cidade germânica passou a ser da Polônia, famosa como Gdansk. Na onda nacionalista, encontraram o termo Cambé, não se sabe se de origem caingangue ou tupi, para designar a região de caça farta, onde havia uma grande floresta habitada por povos indígenas, livres e integrados à natureza que era de todos, propriedade de ninguém.

Entre os colonos compradores de terras na região, estavam os alemães que fundaram Nova Dantzig e Rolândia. Alguns deles fugidos do nazismo, inclusive judeus. Outros germânicos que já viviam no Brasil e migraram em busca de melhorar a vida. Após a Segunda Guerra Mundial, veio uma leva de novos refugiados, vários nazistas. Foi nesse meio-tempo que surgiu *Herr* Müller, pai de Yara, futura Marilyn. Ela nunca soube de qual dos troncos imigrantes ele vinha, só tinha certeza de que não era dos judeus, pois vivia praguejando contra eles, a quem culpava pela própria pobreza e pelas desgraças do mundo. Ficou cego ao tocar fogo na mata de sua pequena propriedade, em queimada para posterior aragem, no mesmo acidente que levou a vida de dona Araci, mãe da menina.

Para sua cidade vieram também portugueses, espanhóis, italianos, libaneses, japoneses, eslovacos e outros estrangeiros e descendentes, além de paulistas e nordestinos. Plantavam café e algodão depois de extrair e comercializar a madeira da antiga floresta, agora dividida em pequenas e médias propriedades, como o sítio modesto de *Herr* Müller.

Marilíndia mostrou a Arrigo uma foto do pai com seus filhos e sobrinhos homens, todos loiros e descalços, pés sujos de terra, posando em camisas de uniforme que traziam no braço o símbolo com o sigma dos integralistas. A câmera retratou em branco e preto a turma de verde fazendo o gesto de anauê, denominação brasileira da continência fascista. Anauê, nome indígena que segundo eles significaria, em tupi, você é meu irmão. Era o tempo do Partido de Representação Popular, herdeiro e renovador da Ação Integralista Brasileira. A homenagem aos índios constituintes da nacionalidade era apenas simbólica. Por ironia, *Herr* Müller jamais reconheceu a paternidade da filha, fruto de caso com uma mulher originária da região, sangue indígena.

O pai ostentava a esposa oficial, germânica como ele, com quem teve cinco filhos homens. Nunca abandonou a amante, que o ajudava no trabalho com a terra. Todos sabiam disso na cidade, até dona Bertha, que foi obrigada a receber Yara em casa depois que a mãe da garota morreu no incêndio da mata. Bertha descontou a humilhação na menina, fazendo-a de empregada. Ela limpava a casa, lavava roupa, arrumava a cozinha, cuidava do pai cego e de três irmãos menores, que a tratavam bem, afeto recíproco. Os dois maiores a ignoravam, o mais velho chegou a tomar liberdades com as quais ela não consentiu. Assim que ficou grande o suficiente, fugiu para morar em Londrina e virou Marilyn. De lá foi levada por um agente viajante à Casa Rosa da rua Alice.

Pelas mãos de Arrigo, ela passou a frequentar o escritório vermelho na mesma rua. Ele ficou sabendo que a jovem não tivera a oportunidade de aprender a ler, então lhe contou da experiência de alfabetização no Recife, agora trazida para o Rio de Janeiro. Havia um curso ali vizinho, no espaço dos comunistas.

O camarada burguês e um velho amigo

Claude Danton, talvez descendente da família do revolucionário francês, estabeleceu-se em São Paulo. Amigo de Arrigo, que o conheceu quando eram militantes da resistência durante a Segunda Guerra Mundial, o gaulês montou empresa de sucesso no período do governo Juscelino, fabricando componentes elétricos para montadora de automóvel recém-instalada, a Volkswagen. Como no caso de outros estrangeiros que se mudam para o Brasil apesar de terem boas oportunidades na terra natal, o motivo principal da vinda foi um rabo de saia. Por coincidência, uma antiga colega de faculdade de Arrigo e Aurora.

Mariana fora fazer um estágio de trabalho na França, onde conheceu Danton, ou simplesmente Claude, como o chamava. Já mais madura e com carreira consolidada na advocacia empresarial, a ex-namorada de Irineu resolveu se fixar com um parceiro. Tão apaixonado, embarcou com ela. A aventura se consolidou como relação duradoura, reforçada pelo êxito dos negócios dele. No início viveram no apartamento da paulistana, maior e mais chique que a moradia onde abrigara Arrigo quando o partido caiu na ilegalidade, depois se mudaram para uma casa ampla no Pacaembu, bairro exclusivo de casas finas, sem comércio nem prédios de apartamento.

Durante o governo Goulart, Arrigo convenceu Danton a naturalizar-se brasileiro. Sua empresa podia ser considerada nacional. Empregava quase duzentos trabalhadores, fabricava também material para iluminação de cinema, por isso ficou amigo de bastante gente na área. Encarnava o burguês aliado da revolução nacional e democrática no imaginário de Arrigo e muitos comunistas.

Arrigo estava em São Paulo para visitar Aurora quando houve um comício em favor do presidencialismo. Localizou ao longe a cabeça única de Dito entre a multidão. Esperou para conversar com ele ao fim do evento, no mesmo local da batalha contra os integralistas de que ambos participaram, a velha praça da Sé. Não se viam desde a época da Aliança Nacional Libertadora, fazia mais de um quarto de século. Em meio a abraços emocionados, um contou ao outro as novidades.

Em cinco minutos, Dito resumiu a parte de sua vida que Arrigo não conhecia: virara zagueiro do Corinthians. Lembra-se dos jogos na rua com as bolas de meia? Tanto trabalho para pegar as meias desfiadas da mulherada no tempo de dona Imma, tão boa. Dito chegou a ser tricampeão paulista, no fim como reserva, que os anos iam passando. Não lembra, Rigo, seu palestrino?

Dito prestara concurso para cargo público, fora aprovado entre os primeiros, as cabeçadas de futebolista não abalaram a inteligência. Saudoso Getúlio, que expandiu os concursos, tinha lá seus defeitos, reprimia os comunistas, mas abriu portas para o povo, sem preconceito. Fez um segundo mandato nacionalista e democrático. Era o que Dito pensava. Salário pequeno, mas uma colocação, trabalho honesto. Agora estava com Jango, herdeiro do velho trabalhista que sacrificou a própria vida pelo povo.

Dito não era comunista, mas gostava de Prestes. Ainda morava na Zona Sul, na periferia, onde foi possível construir uma boa casa própria que abrigava irmãs e sobrinhos. Melhor que viver apertado no centro. Tinha suas namoradas, mas nenhuma o tirou da solteirice e da obrigação de ajudar a extensa família. Prometeram se rever em breve, sem imaginar que levariam mais de quinze anos para cumprir a promessa.

Paixões no Recife

O sentimento de vivenciar uma revolução envolve amores e paixões, coletivos e pessoais, especialmente se coincidir com a juventude. Além das ideias socialistas, Samuel herdou de Lino e dos antepassados o gosto pelas tradições judaicas. Sabia da importância histórica do Recife para a comunidade, afinal os primeiros judeus chegaram na época da ocupação holandesa, motivo adicional para se encantar com a cidade. Em especial após conhecer Judith.

Muitos judeus partiram quando os portugueses retomaram o Recife e passaram a persegui-los, mas descendentes devem ter permanecido como cristãos-novos, tradições esfumaçadas na miscigenação da nacionalidade brasileira. Outras famílias judaicas chegariam à cidade apenas no começo do século XX, russas na maioria, na mesma onda que levou a São Paulo alguns ancestrais de Samuel. Eram, em geral, pobres a trabalhar no comércio, vendendo mercadorias à prestação. Estabeleceram-se no bairro da Boa Vista, onde construíram uma sinagoga, um clube e uma escola. Parecido com o que fizeram os judeus paulistanos do Bom Retiro.

Samuel estava preparado para encontrar alguém na Moscouzinha, também conhecida como Veneza brasileira, devido a suas pontes sobre canais, córregos e rios que cortam a cidade, ambiente apropriado para um romance. Ele confidenciou a Arrigo que conheceu Judith num Carnaval em Olinda, dançando em meio ao casario colonial. Alguns anos mais nova que ele, terminava a faculdade de pedagogia. Seus pais e seus avós eram pequenos comerciantes, origem semelhante à de Samuel, exceto por não serem socialistas nem comunistas. Mas Judith tinha fortes afinidades com as esquerdas devido a sua experiência como professora no projeto de alfabetização de adultos.

Judith era discípula de Paulo Freire, que havia integrado o Movimento de Cultura Popular, mas criticava o uso da cartilha, que considerava um recurso domesticador dos alunos, por mais bem-intencionados que fossem seus autores. Ao contrário, como Judith esclarecia empolgada ao namorado, Paulo Freire criou um método a propor autonomia para a pessoa a ser alfabetizada. Ela lhe contou que conheceu o mestre no serviço de extensão cultural da universidade, onde Freire passou a trabalhar quando saiu do MCP. A jovem ajudou na experiência pioneira do sistema em Angicos, no interior do Rio Grande do Norte, demonstrando a eficiência da participação ativa do estudante na aprendizagem.

O sucesso levou o ministro Paulo de Tarso, ligado à Democracia Cristã, a convidar Freire para o Plano Nacional de Alfabetização, disseminando seu método em todo o país, com ajuda de milhares de estudantes. Em tom apaixonado, Judith dizia a Samuel que não se tratava apenas de ensinar a ler e escrever, mas de possibilitar ao aluno compreender sua realidade. Palavras-chave e imagens referentes ao cotidiano eram exibidas no processo de aprendizagem, que envolvia discussão, ensinando a ler e a pensar por conta própria, como também Arrigo poria em prática nos cursos que ministrou.

A empolgação da amada com a experiência de participar de uma revolução educacional contagiou Samuel. À noite, dedicavam-se aos alunos, com enorme prazer de ensinar e aprender com eles. Depois das aulas, nos lugares mais surpreendentes onde desse, entregavam-se ao desejo de seus corpos como só os jovens são capazes.

Pela manhã tinham muito sono, mas nada que impedisse o dia de trabalho. Depois, as aulas. A seguir, a melhor parte, até a exaustão. O ciclo recomeçava no outro dia. Anteciparam em alguns anos uma das frases dos estudantes revoltosos de Paris nas barricadas do desejo: quanto mais faço amor, mais tenho vontade de fazer a revolução; quanto mais faço a revolução, mais tenho vontade de fazer amor.

Afeto e vontade transbordantes não tardaram a se materializar num rebento, que ganhou o nome do avô paterno. Assim como o pai, Abel veio ao mundo na data que marcou o início de uma ditadura.

Em chamas

No dia 31 de março de 1964, Lucas, Mateus e Sima estavam no Rio de Janeiro e compareceram ao lançamento da peça inédita do amigo Vianinha, *Os Azeredo mais os Benevides*, sobre a questão da propriedade da terra e a importância da reforma agrária. Só não esperavam que um golpe de Estado começasse naquela noite, inviabilizando a encenação. A peça seria uma atividade do Centro Popular de Cultura, conhecido como CPC, cuja sede era no prédio da UNE.

Os amigos estavam lá, solidários na tarefa de levar ao povo uma arte que conscientizasse sobre a necessidade da revolução brasileira, quando o prédio foi cercado por carros e pessoas que saíam às ruas em apoio ao golpe. Cerca de duas centenas de estudantes, artistas e intelectuais ocupavam o local. Muitos resolveram permanecer no espaço, em vigília, esperando desdobramentos e o possível início da resistência. Para isso começaram a produzir coquetéis molotov, que não usariam. No meio da madrugada, o prédio foi metralhado, mas logo os tiros cessaram.

A maioria deixou a sede pela manhã. Mais tarde, Sima, Lucas, Mateus e uns poucos remanescentes fugiram, na iminência da invasão pelos golpistas. Uma turba colocou fogo no local depois de arrebentar a sede, incluindo o teatro que acabara de ser construído. Tudo ardeu em chamas. Na Cinelândia, houve um ato improvisado pela legalidade democrática. Esboçou-se passeata a favor de Jango na avenida Rio Branco, alvo de tiros das janelas do Clube Militar. As forças da ordem logo se impuseram nas ruas da antiga capital, sem encontrar a resistência que esperavam.

Também foi incendiada a sede do Movimento de Cultura Popular no Recife. Galego e Lindaura assustaram-se ao ver dois tanques de guerra entrarem no Sítio da Trindade. Os invasores queimaram obras de arte, livros e documentos. O casal chorava, impotente, ao ver as labaredas enquanto eram levados presos.

No Rio de Janeiro da rua Alice, Marilyn, já alfabetizada, estava se deseducando para virar gente. Pretendia voltar a ser Yara, deixava os cabelos crescerem na cor natural e tinha as malas prontas para ir ao Recife, onde Arrigo, Samuel e Judith encontraram um emprego para ela no programa de educação popular. Com a repressão após o golpe, teve de desfazer o movimento e voltar a ser a garota da Casa Rosa. A vermelha foi fechada pela polícia.

Na distante Porecatu, às margens do Paranapanema, perto da terra de Marilíndia, dona Vitória e seu Fabiano foram tocaiados por pistoleiros numa estrada, ao voltar do trabalho. Entre tiros, os capangas dos fazendeiros gritavam contra comunistas e anunciavam que agora eles veriam o que era bom. Davam vivas aos militares e descarregavam as armas. Por sorte, estavam bêbados, pontaria meio torta. Vitória conseguiu fugir, protegida pelo marido, que não escapou da última bala, certeira. Ferida de raspão na têmpora, sem chance de acudir Fabiano, ela correu para casa. Desesperou-se ao ver que tinham tocado fogo em seu lar. Chamou pelos cinco filhos, todos pequenos, entre dois e oito anos de idade: Luís

Carlos, José, Olga, Vladimir e o pequeno Frederico. Em meio à fumaça e às labaredas, ficou aliviada ao vê-los a salvo, escondidos no galinheiro, chorando de medo.

Sem tempo para prantear o marido, teria de fugir e não podia levar todos. Deixou três deles com uma comadre vizinha, dizendo que voltaria em breve para buscá-los. A amiga foi receptiva. O pai de Vitória, sitiante anticomunista que fora contra seu casamento, a contragosto ficou com o neto mais velho. Disse, porém, que o genro tivera o fim merecido por se meter em coisa que não devia. Vitória levou o caçula com ela, era o mais desprotegido e parecido com Fabiano. Partiu só com a roupa do corpo e o pequeno no colo. Caminharam pela poeira da estrada como se estivessem na imagem do fim de um filme de Carlitos, que ela viu na única vez em que foi ao cinema quando menina. Mas a cena não era feliz. Olhava ao longe a fumaça que saía de sua casa.

Espelho

O calor prosseguia no apartamento abafado, e pensei em tomar outro banho, mas a ideia se dissipou quando me lembrei do tombo no banheiro de mil cores árabes. Temia estar enlouquecendo, ainda mais depois que a goteira de sangue surgira para logo sumir no quarto. Talvez tenha sido um sonho inspirado no corte que fiz no punho ao esmurrar a janela. Mas não havia explicação para o reaparecimento do espelho na porta do armário de onde saem risadas trocistas, moradia do álbum de retratos.

O espelho, oxidado pelo tempo, exibe orgulhoso suas manchas como se estivesse na galeria do Palácio de Versalhes, refletido em outros que o reproduzem infinitamente. Temi ter desencadeado forças desconhecidas ao abrir o armário sem permissão. Bobagem, mas, ao ouvir novos barulhos saindo de lá, pelo sim, pelo não, envolvi o pescoço numa réstea de alho encontrada na cozinha. Ao me ver no espelho, dei-me conta do ridículo, mas só me livrei da réstea ao ouvir a risada zombeteira e uma voz perguntando como um materialista e realista pode acreditar em coisas assim.

Foi a gota d'água a transbordar o copo da paciência. Mesmo agradecido por ter sido salvo pelo espírito malandrino, que evitou minha morte ao desligar o gás no banheiro, enchi-me de coragem e dei um basta naquilo. Com o cabo da mesma vassoura que usara para bater no teto e chamar a atenção do vizinho de cima, lacrei a porta do armário. Depois fechei o quarto e prometi a mim mesmo que não retornaria lá.

Com Arsênio

Na véspera do golpe, encerrado o expediente na Sudene, Arrigo, Samuel e Cristiano saíram para beber chope e trocar ideias, acompanhados por Arsênio, rapaz de uns trinta anos que fora admitido recentemente. Excedendo-se na bebida, o novato começou a falar alto em defesa do governo Jango, talvez para agradar aos chefes. Olhares tortos eram endereçados a ele, vindos de outros fregueses, em especial um tipo magro e narigudo, o que fez Arrigo pedir que moderasse a voz, havia reacionários por todos os lados.

Após o golpe, os antigos governistas trataram de se esconder, não podiam voltar para casa, pois certamente seriam presos. Arrigo buscou abrigo no apartamento de Arsênio, que, além de novo no serviço, era pouco politizado, um técnico não passível de suspeição, exceto pela conversa de bar na véspera.

O anfitrião tratou de trabalhar assim que a repartição reabriu com novo comando. Na volta do expediente, disse a Arrigo que tudo estava normal, exceto pela ausência dos colegas presos ou foragidos e pelas caras novas. Quem assumiu a direção da Sudene foi um general.

No dia seguinte, no fim da tarde, alguém tocou a campainha. Arrigo foi atender, pensando que Arsênio podia ter esquecido a chave. Ao abrir, deu de cara com a polícia. Algemado, deixou o edifício para um pequeno périplo pelas cadeias do Recife. Não foi torturado, mas teve notícia de companheiros que apanharam. Um deles sofreu queimaduras com vela, certo oficial se comprazia em dizer que queria ver seu cu pegando fogo, literalmente. Gregório Bezerra foi amarrado e puxado pelas ruas, como os feitores faziam com escravizados rebeldes.

Arrigo acabou levado para a ilha de Fernando de Noronha, onde também estava o governador do estado, deposto. Outra ilha em sua carreira de presidiário – mais distante, mas menos cruel que as demais. Mariga já lhe contara do tempo que passara preso lá durante a ditadura do Estado Novo. Tristeza de celas em paraíso tropical.

Quando voltou ao trabalho, Arsênio foi convocado para a sala do chefe designado pela nova administração. O homem quis saber da lealdade do funcionário, se estava com ele ou com os esquerdistas que se foram. A conversa da autoridade foi firme, sob aparência amistosa. Arsênio garantiu ser apenas um técnico a serviço do Brasil, sem interesse em política. Ficou cismado com a expressão enigmática do chefe que se despediu dizendo que esperava demonstrações de fidelidade para quem quisesse fazer carreira lá.

Arsênio foi para casa com isso na cabeça. Pensava nos riscos que corria em manter um comunista escondido em sua residência. Se descobrissem, na certa perderia o emprego, teria a carreira arruinada, além da provável prisão. Tentou esconder suas inquietações ao conversar à noite com o hóspede. Arrigo falava na resistência, mas o anfitrião logo cortou, dizendo que era hora de dormir.

Na manhã seguinte, Arsênio apresentou-se no escritório do diretor. Disse estar incomodado com um fato grave, que não relatara antes por temor dos comunistas. Eles o haviam obrigado a hospedar um colega vermelho, que agora se encontrava conspirando em seu apartamento e ele não sabia como proceder. O chefe foi compreensivo, falou que os comunistas eram insidiosos, que não se preocupasse, deixando tudo em suas mãos. E despachou Arsênio de volta para sua sala. Lá ele encontrou na mesa ao lado um sujeito magro e narigudo. O parceiro o cumprimentou de um modo que pareceu suspeito. Apresentou-se como doutor Quaresma, novo funcionário. Logo Arsênio se lembrou de onde o conhecia: o tipo que o olhou torto no bar no momento em que elogiava o governo Jango em conversa com Arrigo, Cristiano e Samuel na véspera do golpe.

Naquela noite, Arsênio não conseguiu pegar no sono. Não por ter visto, ao retornar para casa, a polícia saindo do prédio com Arrigo algemado. A preocupação era outra: estava nas mãos do doutor Quaresma. Se contasse o que ouvira na conversa de bar, estaria frito. Nos dias seguintes, foi um suplício bajular o colega, temendo sua ação. O narigudo percebeu o embaraço e passou a tratá-lo como subordinado.

A situação ficaria insustentável após mais de um mês, Arsênio já não a suportava. Então apareceu a tábua de salvação: a campanha do ouro. Foi o chefe quem lhe falou a respeito, ainda antes do lançamento oficial, enquanto tomavam café no corredor. Convinha estar bem com as autoridades. Valia para o velho governo, continuava valendo para o novo. A doação de ouro seria sinal inequívoco de apoio aos defensores da pátria.

Ouro para o bem do Brasil

Arrigo estava preso quando certa foto chamou sua atenção numa página da revista *O Cruzeiro*, em meio a reportagens dedicadas a saudar a vitória contra o comunismo. Uma bela senhora ocupava o centro da imagem, ladeada por várias pessoas, entre as quais algumas conhecidas, como doutor Rodolfo e seu amigo delegado Flores. Deviam estar aposentados, a julgar pela idade que aparentavam na foto em que resplandecia a figura exuberante de Carmen, a mulher que roubou o primeiro beijo de Arrigo e a fazenda de seu pai. Reparando bem, viu no fundo uma cabecinha que pareceu ser a de Arsênio.

Os Diários Associados haviam lançado a campanha "Ouro para o bem do Brasil" a fim de obter recursos para ajudar no pagamento da dívida externa. Muitos doaram suas alianças de casamento no clima de cruzada cívica que tomou conta das classes médias, e até padres passaram a coletar ajuda entre os fiéis. Para Arsênio e outros que temiam ser perseguidos, era uma oportunidade de mostrar lealdade ao novo governo. Também era uma boa chance para os que desejassem ocupar empregos públicos perdidos pelos de fato castigados.

Arsênio empolgou-se com a campanha e tornou-se um dos organizadores em Pernambuco, responsável pela coleta no interior do estado. Sabia que em cidades menores os funcionários ficam ainda mais expostos a arbitrariedades dos chefes, seria política de boa vizinhança doar as alianças de casamento. Ajudaria a garantir os empregos e evitar maiores problemas com a polícia política. Inquéritos policiais militares estavam correndo soltos, e não convinha ser processado, muito menos perder o emprego ou acabar preso. Também sabia que alguns falastrões temiam até pelo que disseram em conversas antes da gloriosa revolução de 1964, ou simplesmente Gloriosa, ou ainda Redentora, como era chamada.

Tudo isso permitiu o relativo sucesso da coleta: Arsênio ficou bem com os chefes e foi promovido na Sudene. Doutor Quaresma, cuja esposa se recusou a abrir mão da aliança, foi vítima de denúncia anônima: além de negar a doação, teria falado em favor de Jango num bar. Seu contrato não foi renovado após os meses de experiência.

Assim se juntaram ouro e outros recursos para o bem do Brasil; entretanto, não saldaram sequer parte da dívida. Uma velha conhecida de Arrigo estava à frente da administração do negócio.

Aproveitando incentivos ficais a empresas brasileiras, Carmen estava em contato avançado com o governo Goulart num projeto de exportação de produtos para a China. Na data do golpe, uma missão chinesa estava no Brasil, e seus integrantes acabaram presos e torturados, acusados de conspiração; amargaram bom tempo de cadeia até serem expulsos do país. Antes, Carmen negociara com eles e com o governo para viabilizar seu projeto. Ficou desesperada devido aos eventos de

1º de abril. Embora fosse o dia da mentira, sabia que o sucedido era verdade. Melhor encontrar jeito de se entender com a revolução de 31 de março.

Pouco antes, conhecera Chatô, dono dos Diários Associados. Arrigo não tinha certeza do que havia acontecido entre eles, mas ouvira falar nos hábitos do famoso anticomunista e conhecia como ninguém a primeira namorada, formuladora da brilhante ideia do ouro para o bem do Brasil. Concluiu que ela não teve dificuldade de encontrar sócio para o plano.

A empresária pensou nos mínimos detalhes. Decidiu marcar a data de lançamento da campanha para 13 de maio, dia de Nossa Senhora de Fátima e aniversário de 76 anos da assinatura do documento que libertou os escravizados. A campanha do ouro seria uma segunda Lei Áurea, e Carmen, a herdeira simbólica da princesa Isabel. Se esta procedia de rica família portuguesa, o talento e o mérito da filha de espanhóis pobres atestariam o progresso nacional. Tudo abençoado pela Virgem santa da terra de Salazar.

Os doadores poderiam contribuir com a Legião da Democracia doando cheques, dinheiro em espécie ou alianças e objetos de ouro, tudo depositado em cofres lacrados, cujas chaves seriam entregues oportunamente às autoridades. Receberiam em troca alianças simbólicas, de latão. A empresa de Carmen já encomendara a produção dos anéis, não se sabe com que verba. Seriam vendidos aos promotores da campanha a preço de custo. Traziam inscritos os dizeres: "Dei ouro para o bem do Brasil".

Alguns padres, religiosos e fiéis que ajudaram na coleta ficaram desconfortáveis com o verbo "dar" nos anéis. Coisa de Carmen. O termo "doar" seria mais preciso e moral. Era tarde para intervir, pois a remessa estava pronta. Em torno de 2 milhões de alianças de latão estiveram perto de se esgotar no estado de São Paulo, o mais mobilizado, onde a campanha se encerrou no dia 9 de julho, outra data simbólica, 32 anos da revolução constitucionalista de 1932 e da campanha do ouro para o bem de São Paulo, agora copiada. Os adeptos da Gloriosa festejavam, 32 + 32 = 64.

Carmen lembrou-se com saudade de seu antigo protetor. Se estivesse vivo, doutor Ludovico seria dos primeiros a aderir à campanha do ouro, dando alguma soma em dinheiro, uma vez que a aliança de dona Imma era sagrada. Ele morreu segurando a relíquia que foi herdada pelo filho e depositada no baú do sítio de Aurora.

Ao fim da campanha, 41 cofres estavam cheios com o arrecadado em São Paulo. Foram transportados em cerimônia pública de festejos até o porto de Santos, onde o material precioso embarcou no simbólico cruzador Tamandaré, que antes pertencera à esquadra dos Estados Unidos. Trazia sorte, pois escapou ileso do ataque japonês a Pearl Harbor. Já pertencente ao Brasil, o cruzador abrigara o presidente interino Carlos Luz e o futuro governador Lacerda, em fuga após o golpe preventivo do general Lott para garantir a posse de Juscelino, o presidente eleito, com Jango vice.

A embarcação agora dava a volta por cima. Singrava os mares cheia de ouro, mais de 1.200 quilos. Foi escoltada por outras, incluindo um submarino, além de helicópteros que jogavam pétalas de rosa. O barco tinha a honra de receber Carmen, ainda bela, ao menos nas fotos. Estava ao lado de autoridades como o presidente do Senado Federal. Todos oraram durante a missa rezada a bordo, a caminho da Casa da Moeda no Rio de Janeiro, paradeiro final da missão.

Arrigo acompanhou toda a história por matérias de jornais e revistas. A primeira delas, com a foto da ex-namorada e dos doutores, teve destino inglório. Na ausência de papel apropriado na cadeia e apertado por necessidades fisiológicas, Arrigo usou a folha para fim que não coadunava com a nobreza da campanha.

Versões para o sucedido com o montante arrecadado surgiram entre familiares com os quais Arrigo conversava de vez em quando e talvez tragam uma contribuição à historiografia sobre o golpe militar e a ditadura que o sucedeu. Em geral reproduziam a versão de Eugênio, antigo namorado de Carmen. O casal sumira depois de doutor Ludovico se dar conta do rombo em suas finanças que o obrigou a vender a fazenda. Segundo o primo distante, os noivos estiveram na Europa, onde ela esbanjava em cassinos tudo o que ele herdara dos pais. A seguir o abandonou para ficar com um visconde italiano bem velho, de quem herdou alguns bens, cuja venda permitiu abrir pequena empresa de comércio internacional.

Carmen acabou voltando ao Brasil e intermediava contratos do governo desde os tempos de Jânio Quadros. Estava para fazer o negócio da China quando ocorreu o movimento cívico-militar e foi preciso se entender com o novo regime. Então a trambiqueira mais uma vez se aproveitou da boa-fé dos incautos para dar seu golpe e ficar com parte do ouro arrecadado, transformado em barras após derretido. Tudo conforme relato confidencial de Eugênio.

Havia rumores de que Carmen fora detida ao tentar sair do país, obrigada a deixar na alfândega o peso extra da bagagem. Outros diziam que, esperta, prevendo possibilidade de confisco, dera um jeito de mandar parte da riqueza para o exterior nas malas de comparsa ainda mais ladino, que teria sumido com o vil metal. Não havia certeza do sucedido, mas nenhuma versão convenceu Arrigo, que não tardaria a descobrir o paradeiro de sua primeira namorada.

Eco

O cabo da vassoura seguia lacrando a porta do armário no quarto de Arrigo, as manifestações estranhas no apartamento haviam cessado por umas horas. Para dizer a verdade, fiel à promessa feita a mim mesmo, não passara mais lá para conferir, procurando me concentrar na edição do texto, descansando na sala quando necessário. Com a mão esquerda machucada, temendo ferir a outra, passei a bater na porta e na janela com menos força e mais cuidado no ritual periódico de pedir ajuda. Meus gritos, sim, ficaram mais altos, soltos no ar pelo buraco que o murro deixara no vidro. Tudo inútil, ninguém vem me tirar do apartamento. Difícil controlar a angústia sem cair em desespero.

O incidente misterioso no quarto já me saíra do pensamento quando, tão logo soquei a janela e dei uns gritos, ouvi batidas e berros abafados, como eco de meus barulhos. Saíam de dentro do próprio apartamento. Tornei a dar um grito e uma pancada, o eco repercutiu. Repeti os gestos mais vezes, apurando os ouvidos. Ficou nítido que a reverberação vinha do quarto. Destranquei a porta do recinto e constatei que a vassoura seguia encaixada nos puxadores do armário, de onde o eco procedia.

A sensação de alívio veio junto com o medo da força presa lá dentro, mas prevaleceu o mal-estar subitamente provocado pelo eco: tomei consciência de que trancara aquele espírito malandrino da mesma forma que eu mesmo estava preso no apartamento de Arrigo. Hesitei uns momentos, o desconforto foi crescendo a ponto de me encher de coragem para arrancar o lacre de vassoura e abrir de supetão o armário. Tudo estava no devido lugar, exceto o álbum de retratos que eu esquecera em primeiro plano. Tratei de guardá-lo de novo no fundo da terceira gaveta, na mesma posição de onde o tirara.

Desde então, os ruídos cessaram e me permiti voltar ao quarto várias vezes; até sinto falta da companhia deles, enquanto aguardo, cada vez mais preocupado, alguém para me tirar da prisão no apartamento de Arrigo.

Ressaca

Arrigo pedira a Aurora para entrar em contato com doutor Vital Beltrão, que em agosto finalmente conseguiu um *habeas corpus* para tirá-lo da cadeia de Fernando de Noronha. De passagem pelo Rio de Janeiro no fim do ano, fez uma visita de agradecimento ao advogado, que apoiara o golpe e agora esperava o restabelecimento da legalidade democrática. O velho, indignado com os rumos militaristas do governo, defendia presos políticos como fizera durante o Estado Novo. Continuava carola, rato de missa. Alguns íntimos, indiscretos, diziam que dera para se fechar toda noite no quarto escuro, a fim de meditar por uma hora. Teria até comprado mortalha e caixão no intuito de repousar durante a meditação, preparando-se para morrer – o que, a bem da verdade, ainda demoraria muito para acontecer. Permanecia fiel a sua predileção pela poesia de Manuel Bandeira, outro apoiador discreto do golpe, logo decepcionado.

Arrigo nunca teve coragem de perguntar se doutor Vital recebeu as cartas de denúncia enviadas pelos prisioneiros políticos quando estavam nos cárceres do governo Bernardes, que o advogado assessorava, mas a posterior prontidão para ajudar os presos redimia seus antigos pecados, a tal ponto que quase ninguém falava mais nisso. Entretanto, ele mesmo não se esquecia de cumprir suas penitências, sempre vestido de negro e sem sorrir.

Doutor Vital Beltrão e outros advogados tiveram muito trabalho após o golpe, que realizou prisões em massa, cassou direitos políticos, interveio em sindicatos, abriu inquéritos policiais militares para apurar atividades subversivas, expulsou milhares de servidores públicos e membros das Forças Armadas críticos da intervenção. Poucos imaginavam que o regime duraria mais de duas décadas.

Ianques

Embora longe de ser americanófilo, Arrigo não se sentia à vontade com as simplificações na crítica ao imperialismo ianque durante a Guerra Fria. O americano John Reed foi o primeiro autor que ele leu, ainda menino, sobre os feitos da Revolução Russa. O filho de dona Imma adora jazz e cresceu vendo, aos domingos, no cinema, filmes mudos de faroeste, gângster, comédia pastelão e outros. Depois leu Mark Twain, Jack London e Ernest Hemingway. Mais importante, lutou lado a lado com norte-americanos no combate ao franquismo na Espanha. Era amigo de Jimmy, autor do apelido de Bonnie e Clyde para a dupla que Arrigo formou com Luna na resistência francesa durante a Segunda Guerra Mundial.

Nada disso impedia Arrigo de acompanhar a revolta contra a intervenção na Guerra da Coreia, a invasão da Guatemala, o advento do macarthismo que obrigou até Charles Chaplin a deixar os Estados Unidos, o ataque à baía dos Porcos em Cuba e o cerco econômico à ilha revolucionária, paralelo à barbárie na Guerra do Vietnã – sem contar a atuação do embaixador Lincoln Gordon e do governo dos Estados Unidos no golpe brasileiro, que envolveu uma operação militar secreta chamada Brother Sam. Buscava apoiar os militares em caso de resistência armada, conforme se tornaria público mais tarde. Pelas mãos do diplomata, chegara ao Brasil o homem conhecido como Thomas Kildare.

A televisão, em branco e preto, tornava-se o principal veículo de comunicação. Um dos seriados exibidos com muito sucesso intitulava-se *Dr. Kildare*, sobrenome do jovem médico que trabalhava num grande hospital. Mostrava os dramas cotidianos de vida e morte nas metrópoles, gerando identificação com o público do país que naquela década passou a ter mais gente vivendo nas cidades que no campo, em processo de urbanização acelerado. Não se sabe se o americano agitado que servia na embaixada do Rio de Janeiro tinha de fato o sobrenome Kildare ou se o assumiu para criar receptividade com os brasileiros devido à popularidade do seriado.

"Tom Kildare, muito prazer." Foi assim, estendendo a mão, que o homem se apresentou a Arrigo, recém-saído da prisão. O "R" retroflexo fez o filho de doutor Ludovico se lembrar das temporadas na fazenda do pai. O gringo aprendera português, falava com sotaque próximo ao de um piracicabano, e imaginava entrar no clima carioca ao vestir-se em feriados e fins de semana com roupa colorida, bermuda e meia três quartos. Estava trajado assim, tomando caipirinha num bar ao lado de Marilyn – Marilíndia para Arrigo – na ocasião em que ela o apresentou ao amigo paulista.

Como se soube mais tarde, o encontro aparentemente casual foi planejado pelo estrangeiro, freguês da Casa Rosa. Ele fora informado da amizade de Arrigo com a andorinha e supôs que iria procurá-la quando visitasse o Rio de Janeiro depois de sair da prisão, então grudou na moça e pagou suas horas até conseguir o encontro. Sabia que alguns comunistas se aproximavam de Cuba para organizar a guerrilha no Brasil. O faro apontava Arrigo como suspeito.

A recíproca era verdadeira. O brasileiro logo percebeu que o amigo americano de Marilíndia era espião. Kildare não esperava enganar Arrigo. Seu negócio com ele era outro: queria propor que trabalhasse para o serviço secreto de seu país. A famosa CIA pagaria bem e lhe garantiria proteção. Precisava de um homem para informar sobre os brasileiros que fariam treinamento guerrilheiro em Cuba. Arrigo seria ideal, pois não levantaria suspeita entre seus companheiros. Também por isso, o americano deveria esperar uma negativa, a qual, de fato, veio.

A cartada seguinte de mister Kildare foi colocada na mesa: ameaçou veladamente a segurança de Marilyn e Aurora, caso Arrigo se recusasse a colaborar. Planejou os movimentos, só não contava que a convivência com jovem tão exótica e encantadora gerasse uma paixão fora de controle.

Novos caminhos

Ao sair da prisão, Arrigo retomou as atividades de jornalista em São Paulo. Sua atuação com o pessoal da *Folha da Tarde* ficou conhecida, gente engajada que cobriu com simpatia as manifestações de rua de 1968, em geral lideradas por estudantes.

Na volta de Fernando de Noronha, ele encontrou a esquerda desorganizada pela repressão e dividida em debates sobre a inesperada falta de resistência ao golpe militar. No partido, uma ala entendia que o erro tinha sido a radicalização, sem avaliar bem a correlação de forças desfavorável a mudanças profundas imediatas. Outra ala pensava o contrário: os dirigentes teriam se iludido com a burguesia brasileira, que se revelava incapaz de conduzir a revolução nacional e democrática. Para uns, seria preciso insistir nas alianças moderadas e na luta por mudança pacífica. Para outros, o caminho institucional estava bloqueado, caberia organizar a luta armada. Arrigo acompanhou a segunda posição, predominante em São Paulo, com adeptos relevantes em todo o país, mas minoritária entre os dirigentes. Constituíram-se dissidências, sobretudo estudantis, em vários estados.

Mariga e Apolônio eram líderes dissidentes e acabaram expulsos do partido. Não foram capazes, contudo, de criar um grupo unificado, apesar dos esforços de Arrigo, amigo dos dois. Divergiam em especial sobre o tipo de organização necessária ao processo revolucionário. Apolônio, Mário Alves, Gorender e outros pretendiam a fundação imediata de um novo partido marxista-leninista, revolucionário. Mariga, Toledo e seus adeptos apostavam na flexibilidade organizacional, inspirados no exemplo da guerrilha cubana, deixando a construção partidária para depois.

Arrigo avaliava que seria preciso construir a unidade na luta, algo difícil, pois as organizações de esquerda se multiplicavam. Os nacionalistas radicais tomavam seu rumo, que desembocou num ensaio de guerrilha na serra de Caparaó, logo desbaratado pelas forças repressivas. Parte da esquerda católica aproximava-se do marxismo. Grupos armados fora do eixo comunista tradicional começaram a surgir.

Os companheiros mais próximos de Arrigo em São Paulo concluíram que o melhor modo de ajudar seria constituir sua própria organização, pronta para agir com outras, no objetivo comum de derrubar a ditadura de armas na mão. A unidade necessária seria decorrente do processo político. Nunca chegaram a dar nome ao grupo, que participaria de ações armadas por conta própria ou em associação com outros.

A turma de Arrigo era composta pelos antigos discípulos Diana, Pantera e Samuel, além de Danton, alguns estudantes e os ex-soldados Pedro Mineiro e Toninho Gaúcho. Ambos estavam entre os milhares de membros afastados das fileiras militares por não se solidarizarem por completo com o governo instaurado após o golpe. Os adeptos de Arrigo inspiravam-se no exemplo cubano de organizar homens armados e preparados para iniciar a revolução no campo, estabelecendo-se em montanhas de difícil acesso para os repressores. Esperavam que a população aderisse no decorrer da luta. Indicados por Mariga, alguns companheiros do grupo de Arrigo e ele próprio iriam mais tarde para Cuba realizar treinamento guerrilheiro.

Allons enfants

Os negócios de Claude Danton não foram afetados pelo golpe, mas ele ficou incomodado ao ver Arrigo e outros amigos presos ou perseguidos. Nunca foi comunista, lutara na resistência francesa em nome de sua nação de origem contra a ocupação nazista. Agora tomava os militares golpistas como invasores internos de seu país adotivo. Desde logo se dispôs a combatê-los por todos os meios, se preciso aliado aos comunistas, como no tempo da Segunda Guerra Mundial. Especialmente quando soube de um segredo por intermédio de outros empresários com quem convivia e que apoiaram o golpe. Ele era exceção entre os donos do capital, com os quais preferia não falar de política.

O segredo envolvia um compatriota, o general Ameresses, responsável por torturar inimigos dos ocupantes franceses na guerra de independência da Argélia, findada fazia pouco tempo. Havia rumores de que militares brasileiros aprendiam com ele, em aulas nos Estados Unidos, técnicas de contrainsurgência e de extrair confissões. Danton viria a se convencer no futuro da veracidade dos boatos, quando o general ocupou o posto de adido militar francês em Brasília.

Além de anticomunista, Ameresses era apreciador de cavalos, em afinidade com um brasileiro amigo, general responsável pelo sistema de informações. A relação entre eles azedou quando foi presa certa dama acusada de ser espiã de país comunista. A estrangeira tivera um caso com o francês, que intercedeu por ela, sem sucesso. A suspeita não suportou o interrogatório e morreu num hospital em decorrência dos maus-tratos.

Danton e Arrigo detestavam os dois generais, mas tinham uma afinidade com eles: eram loucos por mulheres. A amizade se viu estremecida quando Arrigo soube que, durante o período em que esteve preso, Danton arrastou asas para o lado de Aurora. Foi ela mesma quem contou, deixando no ar se aceitara a cantada.

Arrigo ficou chateado sobretudo porque o avanço sobre Aurora ocorreu num momento em que ele estava fora de combate, jogo desleal, mas acabou perdoando o amigo ao saber das circunstâncias atenuantes. Antes do golpe, a vida do franco-brasileiro estava no auge. Feliz com Mariana, bem-sucedido na empresa, enfronhado no meio cultural paulistano por onde entrou pela porta das amizades com cineastas que eram fregueses de seus equipamentos de iluminação. Chegou a emprestar sua casa no Pacaembu para filmagens. Fez até uma ponta em *São Paulo S.A.*

Claude Danton não era supersticioso, mas o golpe militar pareceu ter gerado maré de azar em sua vida. Com tantos amigos presos e perseguidos, alguns procuraram abrigo em sua casa, grande e insuspeita. Em geral, ficavam poucos dias e depois tomavam seu rumo. Um deles permaneceu mais tempo: Juan, cineasta argentino ligado ao Partido Comunista, que ficaria conhecido como assistente de direção em *A hora e a vez de Augusto Matraga*. Dizia-se amigo de infância de Che Guevara e adepto da Revolução Cubana. Teria sido ele a sugerir o uso dos versos populares na música composta para o filme: "O terreiro lá de casa não se varre com vassoura, varre com ponta de sabre e bala de metralhadora". A letra vinha a calhar num tempo de guerra e sem sol, quando os revolucionários estavam escondidos. O único terreiro que Juan podia varrer era o quintal da casa no Pacaembu. Lá havia um jardim onde Danton cultivava rosas, uma delas tão fascinante que o argentino não resistiu à tentação de colhê-la.

Mariana já se casara fazia cerca de dez anos, quase esquecida do passado em que uma força a compelia a trocar sempre de namorado. Até conhecer Juan. Incontroláveis, amaram-se no jardim e em toda parte enquanto Danton estava no trabalho, sem dar bola para os mexericos dos empregados. Ela quase se esqueceu da vida profissional, faltando com frequência ao trabalho no escritório de advocacia de que era sócia.

A notícia do namoro abalou Danton, que viu em Aurora seu muro das lamentações. Daí a confundir os sentimentos, um passo. Ninguém poderia assegurar que nada houve de mais entre os dois. O certo é que ela o ajudou a colocar a cabeça acima do coração e o coração acima do estômago, conforme o provérbio que gosta de repetir. No desquite, Mariana ficou com o imóvel no Pacaembu. Danton manteve o controle da empresa e mudou-se para a mansão no bairro do Morumbi que serviria de quartel-general insuspeito para o grupo armado dos amigos de Arrigo.

Corpo na baía de Guanabara

Arrigo já tinha deixado a redação da *Folha da Tarde* quando foi surpreendido por uma notícia do jornal: cadáver de prostituta achado na baía da Guanabara. Olhou a foto e reconheceu Marilyn, Marilíndia, ou simplesmente Yara de Cambé. Atônito, mobilizou amigos para investigar o sucedido. A descoberta teria rendido matérias mais detalhadas, tivesse sido feita antes do domínio completo da censura sobre a imprensa.

A primeira coisa que veio à mente foi a ameaça velada de Kildare à segurança da moça e de Aurora, caso Arrigo não aceitasse colaborar com a CIA. Ele desconsiderara, não era jogador inexperiente para cair no blefe. Mas agora ficava em dúvida. Estranhara a falta de contato de Marilíndia, a quem não encontrou mais. Soubera apenas que já não trabalhava na Casa Rosa.

A hipótese de assassinato político para chantagear Arrigo foi descartada de vez quando ele soube que um amigo de Danton fizera menção à festa de casamento de *mister* Kildare, à qual comparecera no Rio de Janeiro. Surpreendeu-se com a notícia: a noiva era Yara. Ela mesma, casada com celebração ruidosa.

O coração do americano não era de papel: ele se apaixonara pela jovem, a quem prometeu uma vida em Utah depois de terminada sua missão no Brasil. Poderiam ter muitos filhos e ser felizes para sempre. A moça achava o gringo meio estranho, mas percebeu honestidade em seus propósitos e a possibilidade de mudar de destino. Chorou de alegria ao saber que teria uma festa de casamento, convidou até os irmãos mais novos de quem cuidara em Cambé; o pai já tinha morrido. Ela ficava imaginando a cara de *Frau* Bertha ao vê-la esposa de um americano, rico e bonito, casada de papel passado.

Kildare era um homem metódico e idealista, de formação protestante. Acreditava no que fazia na vida privada e profissional, também política. Patriota, considerava uma honra trabalhar para a CIA. Era um favor ao mundo livrá-lo da tirania dos comunistas, por qualquer meio. Especializou-se na América Latina, em particular no Brasil. Dedicava-se ao trabalho de corpo e alma.

O casal foi morar num apartamento amplo em Copacabana, de frente para o mar. Surpresa que Kildare reservara para a noiva depois da festa, antes da lua de mel em Miami. Ainda de véu e grinalda, Yara abriu a janela para sentir a brisa, mas ele logo a fechou, o vento traria poeira e tiraria as coisas do lugar, começando pelos porta-retratos com fotografias de familiares que ornamentavam a sala. Era filho único de pais separados, já falecidos.

Ao entrar no quarto, a jovem encontrou um guarda-roupa pronto, com peças finas e discretas, que ela nunca imaginara vestir. Não era bem seu estilo, mas as usaria para não decepcionar o marido. Foi logo jogando as roupas sobre a cama para melhor admirá-las, mas ele rapidamente as tomou nas mãos. Ela precisava aprender a viver em ordem. O homem recolocou tudo no armário, cada peça separada da outra por dois centímetros, todas dispostas com harmonia, como tudo na casa: os móveis, os talheres, os pratos, as roupas de cama, mesa e banho. Ambiente chique e limpo, muito limpo.

Kildare lavava as mãos sem cessar – hábito que Yara já conhecia. A princípio, no tempo de namoro, ficou incomodada. Depois se acostumou até com a mania de escovar os dentes depois de beijá-la. Ao menos eram beijos ardentes, transmitiam paixão, apesar de duros e dos mordiscos que não raro machucavam a boca. Estranhou que Tom não queria saber de sexo antes do casamento. Ele disse que eram valores religiosos, que ela precisava compartilhar.

Yara desconfiou que Tom era virgem, mas não quis perguntar. Antes de namorarem, ele pagava pelas horas rodadas em sua companhia, chegando no máximo a alguns beijos. Não se pode afirmar que ela teve grande prazer na noite de núpcias em Miami, mas fingiu. Ele pagara uma operação para Yara reconstituir o hímen, feita por um médico brasileiro que mais tarde ficaria internacionalmente famoso como cirurgião plástico. Ela notou o contentamento de Tom ao se ver molhado de sangue, do qual foi se livrar num banho prolongado.

Logo se dissipou o encanto que Tom Kildare exercia sobre Yara, acuada sob sua autoridade. Ela não se reconhecia no espelho com aquelas roupas. Sentia-se presa no próprio ninho, o marido não gostava que saísse sozinha, irritava-se quando tirava qualquer coisa do lugar. Exigia que conservasse os mínimos detalhes na ordem estabelecida por ele. Segundo Kildare, tudo era ordem. Repetia sempre a frase de um professor: a desordem é a ordem que não queremos. Os colegas de trabalho interpretavam a frase de Kildare como lição: o caos semeado pelos comunistas era no fundo a busca da ordem despótica a ser combatida, totalitária. Uma ordem de cada lado na guerra do mundo livre contra a opressão.

Certa noite quente no apartamento de Copacabana, Yara se assustou quando Kildare gritou com ela por ter deixado aberto o tubo da pasta de dentes. Já tinha avisado para tampá-lo sempre. E ainda precisava apertar de baixo para cima, de modo que a pasta se distribuísse com simetria pelo recipiente. Depois da bronca, Tom lavou as mãos pela enésima vez e possuiu a mulher com violência, algo cada vez mais frequente nas relações, seguidas de banhos que ele exigia também dela. Pela manhã, Tom pedia desculpas, divagava sobre o futuro deles com os filhos nos Estados Unidos e mandava entregar lindos ramalhetes.

O americano ficava possesso quando a esposa ousava reclamar de alguma coisa. Dizia lhe prover vida de rainha, com empregada doméstica, uma paraguaia mais índia que a patroa. Seu nome era Ana, uns dez anos mais velha que Yara, de quem se tornou amiga e confidente. Ela ajudava a manter as coisas na ordem estabelecida às vistas do dono da casa, mas se esbaldava com Yara na ausência do marido, em especial durante viagens a trabalho por outros estados brasileiros e países sul-americanos.

Ana aprendera a servir em casas de família ainda em Assunção, onde morava no bairro mais antigo da cidade, parte baixa de La Chacarita, uma grande favela. No Rio de Janeiro, passou pelo lar de diversas famílias; foi abusada sexualmente pelos patrões. Aceitou trabalhar para Kildare e Yara porque não haveria meninos a importuná-la.

No começo, Yara dera para descontar na paraguaia todas as humilhações que sofrera na vida. Mandava e desmandava na índia. Mas logo percebeu que era melhor tê-la como aliada para suportar a vida com Kildare. A sós, Yara e Ana tagarelavam, viam televisão, comiam pipoca, sujavam os pés na areia da praia em frente, abriam as janelas do apartamento para a entrada do sol e da brisa do mar, desmanchavam a cama, davam-se prazeres que nenhum homem poderia oferecer. Para tudo voltar ao lugar pouco antes do retorno do marido.

Ayerrr, olvidarrr. O sotaque paraguaio do espanhol de Ana lembrava o "R" caipira da terra natal de Yara. Em parte, assemelhava-se também ao sotaque do marido, com os retroflexos enrolados na língua. A amizade das moças ajudava a manter o casamento, que se tornou insustentável quando Kildare passou a trabalhar mais em casa. Não era só a mulher, ele culpava a empregada pela bagunça que escapava à percepção das duas. Certa noite, após briga a três, causada por mancha vermelha em toalha branca, ele despediu Ana. Teria até a manhã seguinte para partir. Ao despertar no outro dia, Kildare não encontrou Yara na cama nem no apartamento. Ela jamais voltaria e não levou nada.

O marido abandonado moveu céus e terra até localizar Yara, que passara a viver com Ana nos fundos de uma casinha na Gamboa. Ele jurou arrependimento, prometeu regenerar-se, propôs largar o emprego e irem para os Estados Unidos. Fez várias investidas, todas vãs. A mulher escolhera outro caminho. Para o homem foi uma insuportável negação da ordem que arquitetara em busca da felicidade da esposa, da família que iriam construir.

Não demorou para Ana ser deportada. Nem assim Yara voltou aos braços de *mister* Kildare; disse até que iria ao Paraguai atrás da companheira. Pouco tempo depois, a polícia localizou o corpo de Yara boiando na baía de Guanabara. Nenhum jornal fez menção ao marido. Marilyn, Marilíndia, Yara, a senhora mãe d'água reencontrou os antepassados da mitologia tupi-guarani. Dizem que seu espírito continua a viver encantado e encantador nas águas do mar, encarnado numa sereia para seduzir e afogar homens como Thomas Kildare nas noites de lua cheia.

Patron e o operário misterioso

Danton não queria ser apenas mecenas – era pouco para quem se envolvera em ações guerrilheiras contra os nazistas que ocupavam a França. Usando seus conhecimentos de engenharia elétrica, que mais tarde serviriam para estabelecer sua empresa no Brasil, em seu país ajudara a sabotar e destruir transformadores em indústrias, cortar linhas elétricas, além de distribuir a imprensa clandestina, provocar incêndios, explodir bombas e treinar militarmente participantes que viviam na legalidade. Ficou célebre no meio da resistência em Lyon, atuando ainda em Marselha, onde conheceu Arrigo.

Após o golpe, a primeira ajuda foi dar lugar em sua empresa a Samuel e Pantera. Não o fez só por solidariedade a dois companheiros que estavam desempregados, mas também porque eram excelentes profissionais. Expulso da Sudene, o filho de Lino emprestou seu talento de economista para o sucesso do negócio do franco-brasileiro. Mingo Pantera aplicou na fábrica os ensinamentos adquiridos no curso em Praga. Em seguida Danton empregaria dois militantes que haviam sido soldados, Toninho Gaúcho e Pedro Mineiro.

Samuel voltara ao Bom Retiro, onde criava Abel ao lado de Judith. Mingo casou-se com Elza ao retornar do exterior, pois ela engravidou inesperadamente de gêmeos, constituindo uma família feliz no Bosque da Saúde. Tudo normal, não fosse a ditadura em curso.

Arrigo sempre aconselhava os membros de seu grupo a ter emprego e vida legal, assim poderiam camuflar melhor a resistência clandestina, além de evitar os altos custos de manter revolucionários profissionais. A situação mudaria mais tarde, quando a necessidade da vida totalmente secreta se impôs a vários membros do grupo, cuja sobrevivência passou a depender de recursos obtidos sobretudo em ações de expropriação – ou assaltos, para usar a linguagem corriqueira.

A casa de Danton de início serviu a reuniões clandestinas que aconteciam no porão, onde depois foi instalada uma impressora para os comunicados do *Boletim Revolucionário*. Com o passar do tempo e o aumento das atividades de guerrilha, a garagem ampla passou a ser útil para esconder e trocar a chapa de veículos a serem utilizados em ação. A casa tornou-se ainda abrigo para foragidos, até mesmo de outras organizações. Mariga esteve lá, assim como o famoso capitão Lamarca. Por sua vez, a fábrica de Danton tornou-se lugar de produção camuflada fora do horário de expediente. Foi o que descobriu Severino da Silva, jovem operário recém-contratado em meio ao turbilhão das manifestações de rua de 1968 de que participaram alguns empregados na fábrica.

O novato era inteligente e ativo, o que favoreceu sua admissão. Mostrou documento que o identificava como nascido em Juiz de Fora. Pleiteava um posto no chão da fábrica. Após a contratação, percebendo sua desenvoltura, o responsável pelo setor ofereceu um posto de chefia com aumento salarial. Estranhou a recusa e disse isso a Danton, que passou a observar Severino. Figura distinta, queria parecer mais humilde do que de fato era.

O jovem procurava se aproximar dos demais operários falando de relações trabalhistas. Logo descobriu que muitos eram sindicalizados, incentivados pelo patrão, para sua surpresa. Mas poucos gostavam de política. Quase não encontrou eco para a proposta de constituir uma comissão de fábrica. Os colegas cuidavam da vida pessoal e estavam em geral contentes com os salários e as condições que encontravam na empresa, que dava estabilidade e pagava acima da média do mercado.

Severino estanhou a situação insólita, bem diferente da fábrica de cerâmica onde trabalhara antes e das demais que conhecia. Em todo caso, conseguiu juntar pequeno coletivo; eles se reuniam às sextas-feiras num boteco depois do expediente, sobretudo para buscar espaço no sindicato, cuja diretoria era considerada pelega. Entre eles estavam Pedro Mineiro e Toninho Gaúcho, que por segurança não revelavam atuação anterior como militares de baixa patente punidos após o golpe, muito menos a militância no grupo de Arrigo. Aproveitavam para beber uns tragos de cachaça, em quantidade que Severino não era capaz de acompanhar.

De sua parte, Danton logo viu que aquele operário não era comum. Desconfiou se tratar de policial infiltrado. Alertou Pedro e Toninho para ficarem de olho no rapaz. Assim descobriram que ele tinha encontros regulares com pessoas de fora do bairro. Aumentou a suspeita de que fosse um agente provocador, até que a desconfiança se transformou em certeza.

Severino percebeu que os dois companheiros tinham mistérios. Não raro permaneciam na fábrica após o trabalho, disfarçadamente, e jamais falavam a respeito. Quando perguntados, Pedro e Toninho entreolharam-se de um modo que deu ao interlocutor a certeza de estarem escondendo algo. Embaraçados, responderam que ficavam além do horário para fazer um serviço extra pedido pelo patrão. Severino logo mudou de assunto, fingindo acreditar neles. Não imaginava ter colocado um tijolo a mais na construção da suspeita sobre sua pessoa.

Numa quarta-feira, passando das oito da noite, a fábrica já estava fechada quando Severino viu os dois companheiros entrarem pela porta nos fundos, evitando ser notados. Picado de curiosidade, foi para lá discretamente. Encontrou a porta trancada. Resolveu pular o muro no ponto mais baixo. Pela janela, viu os dois conversarem com um negro alto e forte antes de entrarem numa sala onde não podiam ser vistos. Severino circundou o edifício até encontrar porta sem tranca. Caminhou pé ante pé em direção à sala em que Pedro e Toninho entraram com o negro. Estava fechada. Dirigiu-se ao segundo piso, pois a disposição dos equipamentos poderia dar visão do que se passava. De lá testemunhou o que nunca poderia supor: os três manuseavam materiais que não identificou a princípio. Apurou os ouvidos e escutou a palavra que fez as pernas amolecerem: explosivos.

O jovem segurou a respiração e bateu em retirada. Na pressa causada pelo susto, tropeçou num balde. O barulho chamou a atenção dos operários. Toninho sacou o revólver que levava na cintura. Viu ao longe um vulto e pensou em atirar, no que foi contido pelo chefe. Mingo Pantera pediu para manter a calma, podia ser um gato, o vento, no máximo um ladrão. Tinham de verificar. Cada um dos três se dirigiu a uma das portas de saída. Mas era tarde, Severino já escapara – não sem antes ser reconhecido ao longe por Pedro, enquanto pulava o mesmo trecho do muro por onde entrara. Era certo, o policial infiltrado vira o que não devia.

Pantera imediatamente convocou por telefone Arrigo, Danton e Samuel para se juntarem ao grupo e decidir que atitude tomar. Marcaram a reunião na casa de Danton, pois a fábrica se tornara local inseguro. Não sabiam bem o que Severino tinha visto e, por precaução, esconderam o material dos explosivos no carro de Pantera. Feito o carregamento, trataram de partir com a devida discrição.

A poucas quadras da fábrica, ouviram sirenes. Pedro segurou a metralhadora disfarçada sob um cobertor no banco de trás. Toninho colocou a mão no revólver oculto, enquanto Pantera dirigia, impávido. Carros de polícia passaram em alta velocidade. Por sorte, não repararam neles. Isso aumentou a impressão de urgência policial, pois frequentemente os guardas param carros com motoristas negros.

Imaginaram que a repressão já estava a par do sucedido e se encaminhava para a fábrica de Danton, restando saber até que ponto o esquema se comprometera, pois não havia provas além do que o espião testemunhara. O sentimento de apreensão misturava-se com o alívio por terem escapado. Ainda sentiam a adrenalina nas veias quando encontraram os demais companheiros. A organização corria perigo.

Ao saber dos carros de polícia, Danton ligou para a sede de sua empresa. O segurança de plantão nada notara fora do normal, a não ser a presença autorizada dos três funcionários, para quem abrira a porta. Toninho propôs que formassem um comando para justiçar o policial infiltrado antes que desse com a língua nos dentes. Pedro apoiou a ideia após debate em que Samuel e Danton foram contra a execução, dizendo que o estrago estava feito: caso Severino fosse espião e tivesse mesmo descoberto o segredo, já teria comunicado aos superiores. Talvez não soubesse grande coisa, seria um erro precipitar-se. Pantera ficou indeciso, precisavam de mais elementos e provas.

Arrigo pediu para ver a ficha funcional do rapaz, que o eficiente Pantera se lembrara de trazer. Todos se espantaram com sua reação ao consultar o documento. Com cuidado, mirou bem a foto de Severino, franziu a testa e caiu numa sonora gargalhada.

Comunhão com o povo

Fazia tempo que Arrigo não via Irineu. Certa tarde recebeu um telefonema dele na redação do jornal. Voz apreensiva. Marcaram almoço para o dia seguinte. O amigo apareceu acompanhado de Teresa. O casal estava preocupado com o rumo dos filhos e resolveu trocar ideias a respeito com Arrigo, quem sabe pudesse ajudar. Os moços haviam saído de casa, raramente davam notícia, em especial

Lucas, que largara a residência médica para se dedicar à militância. Enfronhado no movimento estudantil, Mateus quase não frequentava aulas. O ano 1968 exigia nervos de aço.

Arrigo lembrava-se bem dos rapazes, vira Mateus de longe havia pouco, quando foi convidado a participar de um debate durante a ocupação da faculdade da rua Maria Antônia. Não se encontrava com Lucas desde o Rio de Janeiro, ainda antes do golpe. Irineu e Teresa deram-lhe notícia dos filhos com base no que puderam apurar com amigos cristãos de esquerda. Os pais sabiam que os dois permaneceram na Ação Popular após o golpe, tentando reorganizar o movimento estudantil. O grupo radicalizou posições, aproximando-se cada vez mais do marxismo, e tinha forte presença entre os universitários, disputando espaço com outras organizações que reconstruíram o movimento estudantil e ganharam as ruas. O abandono de referências cristãs afastara Irineu e Teresa, que no começo simpatizavam com a Ação Popular e incentivaram a militância dos filhos.

Arrigo ouviu do casal parte da história, que só veio a conhecer melhor mais tarde. Tinham se formado duas correntes na Ação Popular. A primeira, majoritária, propunha para o Brasil uma revolução inspirada no modelo chinês. Alguns militantes haviam sido enviados à terra de Mao, onde se encantaram com a revolução cultural proletária. A segunda resistia à maoização e era considerada foquista por seus adversários, adepta do exemplo cubano. O casal sabia que os filhos estavam divididos. Mateus ficou com a minoria, enquanto Lucas seguiu o pensamento de Mao Tsé-Tung.

Loucura completa para os pais, com quem Arrigo concordava em parte, mas estava empenhado em juntar forças revolucionárias. Ele sabia, mas não podia dizer, que o companheiro Mariga cultivava contatos no meio católico para ajudar na guerrilha a ser lançada, especialmente com frades dominicanos que haviam pertencido à Ação Popular, mas se desligaram quando o cristianismo foi abandonado. O agrupamento de Marighella teve a sabedoria de não exigir deles a ruptura com a religião, algo que seria problemático para a corrente hegemônica na Ação Popular, que atuava para dissuadir os militantes religiosos, ainda muitos, forçoso admitir.

Como Lucas explicaria a Arrigo quando estiveram presos, também era uma imposição da realidade o reconhecimento de que, embora a organização tivesse bases entre trabalhadores urbanos e rurais, a maioria de seus integrantes vinha de meios intelectualizados. Buscando se livrar da origem de classe média para se inserir entre operários e camponeses, a Ação Popular efetivou o plano de integrar seus quadros à produção no chamado processo de proletarização. Segundo Lucas, a maioria dos membros do grupo de raiz cristã foi enviada às fábricas e ao campo para realizar trabalho produtivo, muitas vezes fora de sua região de procedência. Imaginava-se, dessa forma, construir nova consciência revolucionária, capaz de organizar o conjunto dos trabalhadores para a revolução. Isso só seria possível pela identificação profunda e pessoal do militante profissionalizado com o povo.

A ideia de vivência compartilhada com os pobres da terra não era estranha para Irineu e Teresa, que simpatizavam com a corrente católica dos padres operários, atuantes na França após a Segunda Guerra Mundial. Eles encarnavam valores como audácia e renúncia, dedicação e solidariedade, numa comunhão popular que envolvia a capacidade de sofrer em comum com os despossuídos, fazendo sacrifícios pelo futuro. Os pais achavam, entretanto, que Lucas poderia ajudar muito mais os pobres no trabalho de médico, sem abandonar a formação profissional nem se tornar operário.

Arrigo procurava tranquilizá-los. Reiterou o que já sabiam: o país vivia um momento difícil, o combate à ditadura estava em andamento, era preciso fazer parte dele. Os rapazes talvez seguissem rumos equivocados, que seriam corrigidos com o tempo. Citou a posição do doutor Alceu contra o terrorismo cultural imposto pelo regime. Suas palavras deixaram os amigos ainda mais nervosos ao perceberem que Arrigo também estava envolvido politicamente para além do que poderiam suportar, embora estivessem de pleno acordo com as avaliações do doutor Alceu, como sempre.

Para Lucas, a decisão de abandonar a medicina não foi fácil. Quando conversou com os dirigentes, seguindo o argumento dos pais de que seria mais útil à revolução como médico, ouviu que estava impregnado de desvio pequeno-burguês. Talvez pudesse colaborar no futuro com a saúde pública; agora era preciso profissionalizar-se e aprender a viver como operário. Foi difícil, exigiu ruptura com as raízes, inclusive familiares.

Lucas às vezes burlava normas de segurança e mandava notícias aos pais. Contudo, a renúncia maior foi amorosa. Rompeu com Raquel, por quem era apaixonado, pois ela não quis casamento, muito menos arrumar trabalho e casa na periferia de São Paulo. Preferiu seguir caminho como enfermeira. Ele julgava que a mulher havia renunciado ao mesmo tempo ao relacionamento e à revolução.

Raquel – que era católica apenas por influência cultural familiar – o amava, mas não via sentido naquela opção que lhe parecia uma proposta religiosa de purificar a alma, sob a capa de adesão ao maoísmo. A última conversa deles foi dura. Lucas mencionou os três preceitos de Ho Chi Minh: viver junto, comer junto e trabalhar junto. Era essa identificação pessoal e profunda com o povo que ele buscava, profissionalizado como operário. Ela respondeu que a Ação Popular distorcia os ensinamentos do líder vietnamita ao propor viver em comum, sofrer em comum e lutar em comum conforme a mística católica de comunhão. Lucas ficou irritado, retrucando que ela usava a retórica para distorcer o sentido dos preceitos revolucionários. Comer junto nada teria a ver com a celebração do prazer, grave desvio pequeno-burguês dos solitários individualistas, não dos solidários comunistas. Falou que deveria se chamar Madalena, não Raquel.

Essa frase tirou a moça do sério; ela disse que não viraria Madalena arrependida, como ele queria. Gostava de ter prazer em tudo na vida, não ia se despersonalizar, renegando suas raízes, tornar-se uma operária de meia pataca. Ficou com tanta raiva que, já rompida com a Ação Popular, assumiu o codinome Madalena. Mais tarde Lucas soube que ela aderiu ao pequeno Partido Revolucionário dos Trabalhadores junto com Mateus.

O filho mais velho de Irineu nunca renegou a experiência da proletarização, com a qual diz ter amadurecido, mas estava entre os que apoiaram seu fim, cerca de três anos depois. Continuou a pensar que a integração na produção poderia ser válida, mas apenas de alguns quadros voluntários preparados para organizar os trabalhadores, não como algo obrigatório a todos os militantes. As consequências alteraram o rumo de sua vida. Atrasou a carreira, perdeu a noiva, afastou-se da família, entre outras coisas que atingiram sua alma. Especialmente saber que Mateus conquistou Raquel no tempo em que ela se identificou como Madalena.

Lucas aceitou a provação e foi trabalhar numa fábrica de cerâmica em Diadema, para onde se mudou. Alugava quarto em pensão simples, cuja dona o tratava muito bem. Claro, mantinha os pagamentos em dia. A migrante alagoana mudara-se para São Paulo atrás do marido, que partira antes. Como não teve mais notícia dele, declarava-se viúva. Isso fazia mais de vinte anos, dizia a mulher ao rapaz, sem maliciar que as contas não batiam: sua filha não tinha dezoito.

A moça era bem bonita e sorria para Lucas com o rabo dos olhos pretos. Mas ele só pensava em Raquel. Talvez se incomodasse com os cabelos alisados da garota, que não emendava frase sem cometer erro de português ou palavrão. Mas havia encanto em seu ar ao mesmo tempo inocente e brejeiro, a menina da porra nem se dava conta do que dizia. Lucas penitenciava-se pelo puta preconceito com a fala dela. Natalina, que nome fodido a mãe foi inventar só porque a filha da puta nasceu na mesma data que Cristo. Merda, que a chamasse Cristina! Não machucaria tanto os ouvidos de Lucas. Ele ficou mesmo impressionado com o detalhe que, de início, não notara na filha da dona da pensão: era gostosa pra caralho, mas levemente manca de uma perna, que arrastava com discrição. Fodeu de vez.

Lucas sentiu-se vexado pela própria origem e pelos preconceitos, culpado por não corresponder ao sentimento que atribuía à moça e pelo instinto animal que ela despertava nele, desejo e repulsa. Sujeira. Todas as culpas do mundo. Na noite em que reparou na deficiência da jovem, ao deitar-se exausto pelo longo dia de labuta, notou no teto sujo do quarto acanhado uma enorme borboleta preta, que se absteve de caçar. Sob a luz tênue do ambiente, já entorpecido pelo sono, desamparado e esquecendo por um momento ser marxista-leninista-maoísta, rezou o pai-nosso, pedindo para não cair em tentação. Sonhou que era uma borboleta negra que, embora feia e frágil, podia voar.

De vez em quando Lucas tinha reuniões com outros militantes da Ação Popular. Representantes da direção iam a Diadema supervisionar seu trabalho político, passando notícias e orientações. O ganho principal não foi diretamente político. Lucas ensinou dois colegas a ler, usando a experiência pedagógica anterior ao golpe. Mas teve dificuldade em conquistar os alunos para questões de organização e protesto. Imperava o medo de perder o emprego e de sofrer perseguição da polícia.

Como precisava de tempo livre para circular pela fábrica a fim de fazer contato com os outros operários e tentar mobilizá-los politicamente, inventou um método mais rápido de fazer xícaras, atingindo sua meta antes dos demais. O chefe logo percebeu o incremento técnico, deu-lhe parabéns e o promoveu. Depois aproveitou o método em toda a linha de produção.

Decepcionado com o escasso ganho político da experiência, Lucas pediu aos dirigentes da Ação Popular para sair do emprego. Encontrou vaga numa fábrica de componentes elétricos na periferia paulistana, com cerca de duzentos empregados, cujo funcionamento lhe pareceria invulgar. Não demorou para fazer amizade com dois tipos meio estranhos, um gaúcho e outro mineiro, com quem se reunia num boteco. Descobriu um segredo inesperado que o deixou sem chão. Os companheiros conheciam Lucas pelo nome apresentado ao assinar contrato na fábrica de Claude Danton: Severino da Silva, em homenagem aos poéticos Severinos.

Tempo sem sol

Ao saber da história de Severino, suposto policial que em verdade era o companheiro Lucas da Ação Popular, a turma de Arrigo ficou aliviada. Danton foi quem mais achou graça. Pantera repreendeu Toninho pela precipitação no julgamento. Decidiram que Pedro e Toninho, por segurança, contariam apenas parte da história a Severino, omitindo a participação dos demais, exceto Pantera, que fora visto com eles. Explicariam que preparavam bombas secretamente para a guerrilha a ser lançada no campo, quem sabe poderiam ser usadas antes em ações armadas urbanas. Fingiriam não saber a verdadeira identidade do companheiro nem que era militante de outra organização. Antes tentariam ganhá-lo para o próprio grupo. Não seria grave se não aceitasse. Mas não tiveram tempo de aprofundar os laços.

Nessa época, Arrigo e seus companheiros precisaram ter coragem adicional, pois a conjuntura política se agravou com a edição do AI-5, que dava poderes quase ilimitados ao presidente da República. O Congresso ficou fechado por cerca de um ano, parlamentares foram cassados, oposicionistas detidos, consolidou-se censura rígida a meios de comunicação, artes e espetáculos. Por algum tempo, não seria tolerada qualquer contestação ao governo, sequer a do único partido legal oposicionista, o moderado Movimento Democrático Brasileiro, MDB, devidamente expurgado dos parlamentares mais combativos. Associado aos empresários, o governo agia em nome da segurança nacional, considerada indispensável para o crescimento econômico que viria a ser conhecido como "milagre brasileiro".

Severino foi preso na vaga repressiva após o AI-5 numa batida policial de rotina. Acabou retido na delegacia, pois certo investigador o reconheceu numa bela foto em pleno arremesso de uma pedra, que poderia ilustrar capa de revista sobre as manifestações de rua no ano vermelho, não tivesse sido tirada pela polícia. Ele havia participado dos protestos no dia do trabalhador na praça da Sé, em maio. A polícia fotografou os participantes que, atirando pedras e ovos, expulsaram o governador da comemoração oficial no palanque dos sindicalistas considerados pelegos.

Pedro Mineiro viu de longe o companheiro ser levado numa viatura. Foi logo avisar a turma. Ele, Toninho e Pantera corriam risco, pois suas atividades eram conhecidas pelo preso. Sabiam da dificuldade de resistir à tortura sem confessar. Imediatamente, os três deixaram a fábrica e caíram na clandestinidade. Arrigo tomaria o mesmo rumo logo depois, pois perdera o emprego na *Folha da Tarde*, que mandou embora os jornalistas de esquerda. Assumiu a direção do periódico certo delegado que também era profissional de imprensa. Ele viria a fazer do vespertino um veículo informal de comunicação para a polícia.

O acirramento da repressão reforçou os argumentos do grupo de Arrigo e mais dois ou três já envolvidos em ações armadas. Várias outras organizações foram na mesma direção, por considerar que só a luta armada derrubaria a ditadura. Eram combatidas pelo governo como terroristas.

Danton almoçava em casa com Arrigo, que acabara de voltar de Cuba, quando recebeu telefonema de um empresário conhecido. Queria chamá-lo para uma reunião, sem dizer do que se tratava. Pelo tom grave de voz na ligação do notório anticomunista, o franco-brasileiro temeu que estivesse desconfiado de seu apoio secreto à resistência.

Numa segunda-feira após o expediente, em amplo escritório na Zona Sul paulistana, oficiais de alta patente reuniram-se com empresários de diversos setores, nacionais e multinacionais, até mesmo da grande imprensa. Também estavam presentes autoridades do governo, incluindo ministros. Queriam passar o chapéu entre os empreendedores para recolher fundos extraordinários em apoio ao aparelho repressivo paralelo ao oficial. Danton notou a figura de *mister* Kildare, homem falante que conhecera em recepção no consulado dos Estados Unidos em São Paulo.

Um ministro parabenizou Danton pelo sucesso empresarial e cobrou apoio, insinuando que uma negativa poderia ter repercussão em seu negócio, que, ao contrário, prosperaria ainda mais se contribuísse com a caixinha. Mestre na arte da enrolação, Danton falou em dificuldades da empresa, mas fez acenos positivos sem desembolsar nada no ato. Tom Kildare, transferido para São Paulo após o incidente que tirou a vida de Yara, também trocou ideias com ele. Quando os dois se encontraram de novo, a conversa não foi amena: Danton estava dependurado num pau de arara.

O cofre

"Brava gente brasileira, longe vá, temor servil, ou ficar a pátria livre, ou morrer pelo Brasil." Arrigo aprendeu o refrão do hino da Independência no colégio São Luís, letra do poeta Evaristo da Veiga para música composta por dom Pedro I.

Transição transada pelas oligarquias, da colônia ao Império, como Arrigo costuma dizer. Ironicamente, a letra ganhou novo sentido com as lutas de libertação nacional disseminadas no Terceiro Mundo. O refrão do hino era afinado com o lema difundido por Fidel Castro após a Revolução Cubana: "Pátria ou morte, venceremos!".

A voz da cantora lírica chegava com chiados e oscilações de volume, mas clara ao entoar o hino nas transmissões diárias da rádio Havana para o Brasil, ouvidas por Arrigo no aparelho instalado na sala onde escrevo estas linhas. O encanto com a Revolução Cubana não contagiou apenas a turma de Arrigo e dissidentes comunistas. Envolveu até Lucas, Mateus e mais gente da juventude cristã, entre simpatizantes no mundo todo, em especial na América Latina. Admiravam, no pequeno país, a ousadia ao defender sua identidade nacional e popular nas barbas dos Estados Unidos, fora dos moldes dos tradicionais partidos comunistas. O exemplo revelaria a possibilidade de derrotar o imperialismo para construir um mundo novo.

O grupo de Arrigo, já se sabe, estava entre os que se voltaram ao modelo cubano de organização guerrilheira após o golpe. Consideravam que flores não venceriam canhões, era preciso partir para o enfrentamento, como na luta contra a ditadura de Batista em Cuba. Ilusões armadas substituiriam ilusões institucionais, conforme Arrigo viria a dizer em suas palestras no século XXI.

Aurora compartilhou a simpatia pela Revolução Cubana no calor da hora com sua inspiradora Beauvoir e Sartre, que estiveram na ilha caribenha e logo depois foram ao Brasil para uma longa estada a fim de divulgar a revolução. Ela atuou como tradutora em palestras e ficou amiga do casal. Apesar disso, encarou com ceticismo a viagem de Arrigo a Cuba após a edição do AI-5 da ditadura. Via limites na proposta guerrilheira, embora também não concordasse com as posições reformistas majoritárias no partido, muito menos com a guerra popular prolongada proposta pelos maoístas. Preferia solidarizar-se com todos, sem optar por nenhum grupo. O importante para ela era resistir à ditadura.

Diana já estava em Cuba quando chegaram Pantera, Pedro e Toninho, além de Arrigo. Os clandestinos constataram a precariedade do breve treinamento militar realizado, especialmente Diana, acostumada ao rigor do Exército Vermelho na Segunda Guerra Mundial. Por isso ela acabou ficando por lá, a fim de aperfeiçoar a preparação ministrada a revolucionários da América Latina.

O plano da turma era voltar logo ao Brasil, conseguir dinheiro e armamentos para o agrupamento de Marighella e outros a lançar a guerrilha rural. Para tanto, foram realizadas ações urbanas, como expropriações de bancos e de armas. As ações nas cidades tinham, ainda, o propósito de treinar guerrilheiros e fazer propaganda armada da revolução, como Marighella ensinava nas conversas com

Arrigo. Também eram um meio de sustentar o funcionamento clandestino do grupo, e todos deviam estar preparados para o que realmente importava: deflagrar a guerrilha no campo. A turma de Arrigo participou de várias ações, das quais a mais conhecida foi a do cofre.

Arrigo dirigia o Ford Galaxie de Danton pelo Jardim Europa, rodando para observar o movimento e planejar possível assalto. Fariam uma expropriação entre as mansões do bairro, mas ainda não tinham alvo determinado. A polícia não pararia um carro daquele, com um senhor bem-vestido ao volante. De repente, Arrigo viu personagem inesperada. Carmen passou em outro veículo, acompanhada de Eugênio. Mistério: sabia que haviam se separado e que o primo distante a difamava; se estavam juntos de novo, é porque corria algo estranho.

Conhecendo os dois, Arrigo farejou o cheiro dos dólares por trás do encontro. Seguiu o carro do casal e viu Eugênio deixar Carmen num dos palacetes mais bonitos da rua. O homem esperou no carro até ela voltar com um envelope, depois partiu, fuzilado por um olhar cujas balas Arrigo conhecia bem. Ao dirigir o Galaxie perto da antiga namorada, sem ser visto, percebeu que murmurava palavrões. O primo devia ter aprontado alguma. Então, anotou o endereço, mandaria alguém da organização ao local para descobrir detalhes.

No dia seguinte, Pedro Mineiro bateu à porta e foi atendido por Shirley, uma das empregadas na mansão. Ofereceu tecidos e produtos de beleza a preços convidativos e rapidamente se entendeu com a jovem paraibana, a quem dirigiu galanteios. Difícil resistir ao charme dele, que conseguiu as informações de que precisava depois de dois ou três encontros e uns beijos, corpos separados pelas grades do portão, sempre após ela ter ajudado a servir o jantar e arrumar a cozinha. A dona do palacete era uma espanhola que guardava um cofre no escritório da ala do fundo, local a que os empregados não tinham acesso, exceto a moça da limpeza. Foi ela quem segredou a Shirley que lá havia um cofre.

Carmen desaparecera de cena com o fim da campanha do ouro, alimentando rumores de que fugira com o dinheiro. A discrição fazia parte de sua nova condição: tornara-se amante de célebre senador que apoiava a ditadura e, por ironia, recebera suporte político do Partido Comunista na década anterior.

Os companheiros de Arrigo ficaram excitados ao supor que o cofre na casa de Carmen continha ao menos parte dos lingotes de ouro desviados por ela, na certa com a ajuda do novo namorado. Outros diziam que podia ser fruto da corrupção daquele político escolado em longa carreira. O importante era que a ação já tinha alvo definido. Só precisavam definir os detalhes. Forra contra as alianças espúrias do velho partido. Gosto dobrado por usar o ouro dos doadores trouxas para financiar a revolução, agora a verdadeira.

Naqueles dias, Arrigo soube por um parente que o primo Eugênio fora assaltado e tomara uma surra. Quem contou pediu discrição; comentava-se na família que era coisa de Carmen e do amante, que mandaram um capanga atrás dele, não se sabia o que fizera para merecer. Arrigo intuiu que o caso tinha relação com o envelope que Carmen entregou a Eugênio, talvez o almofadinha tivesse descoberto algum segredo para fazer chantagem. Pelo jeito, o senador não gostou do que se passava e tomou providências. Mexer com ele não era para qualquer um, o que dava ainda mais vontade de pegar o cofre no palacete em que mantinha a amante.

Mingo Pantera e Toninho Gaúcho, especialistas em arrombamentos, foram escalados para assaltar a casa à noite. Treinados, não tiveram dificuldade em passar sem ser percebidos pelos dois guardas noturnos que vigiavam a rua; em seguida, pularam o muro e subiram pela escadaria até o cômodo cuja porta abriram sem dificuldade: estavam diante do cofre. O segredo da fechadura era potente e as horas no local não bastaram para abri-la, teriam de voltar depois, uma vez que a luz do dia já se anunciava. Ao menos mapearam a casa e descobriram que o cofre era maior e mais pesado que o previsto. Saíram com cuidado para ninguém perceber que haviam estado ali.

Na segunda-feira seguinte, Carmen foi despertada de manhã pelo rebuliço dos empregados. Estava na casa um grupo de policiais com ordem de busca e apreensão de documentos subversivos. De camisola, ela pegou o telefone para chamar o senador, mas não dava linha – soube depois que os visitantes inesperados tinham cortado os fios. Saiu do quarto em seu robe de seda e deu de cara com um jovem de gravata segurando uma arma. Embasbacado com os peitos da mulher, visíveis sob o decote, o guerrilheiro solicitou que se dirigisse à despensa dos funcionários, onde eles já estavam algemados, com vendas na boca e nos olhos, sob vigilância de dois rapazes e uma garota com revólver nas mãos.

Enquanto isso, outro grupo montava pranchas de madeira e conexões de aço especialmente construídas na fábrica de Danton para que o cofre deslizasse pela escada de mármore, até chegar à rampa de aço que conduziria ao bagageiro da perua Chevrolet C-14 que haviam acabado de estacionar ali. Variação com caçamba do modelo Veraneio, tão usado nas missões da polícia.

Arrigo permanecia na rua, ao lado do motorista do Aero Willys Itamaraty, aguardando os companheiros, todos disfarçados de policiais federais, com terno e gravata. Mais três faziam a segurança na calçada, com pistolas e fuzis camuflados. Eles tinham rendido o vigia, tirado da guarita para se juntar aos empregados detidos na casa. Pantera disse a Arrigo que ficou preocupado, pois sabia que eram dois guardas e só um estava lá. Precisava ficar atento.

Samuel aguardava no banco de trás da Rural Willys que transportara parte dos companheiros. Tinha uma metralhadora no colo, escondida sob o cobertor. Ao alcance das mãos também havia granadas. Um DKV-Vemag completava a frota de veículos a conduzir treze integrantes da ação, alguns emprestados pelo agrupamento de Mariga. Toninho advertiu que o número dava azar, mas foi repreendido por Arrigo, que ironizou a superstição.

O primeiro incidente veio na retirada do cofre. As cordas manejadas por dois militantes para amortecer a descida, bem como os trilhos montados para transportar o volume sobre um carrinho de rolimã, não suportaram o peso, e o objeto despencou, arrebentando degraus da escada. Os mais fortes foram mobilizados, fizeram esforço hercúleo para colocar o cofre na perua, cujos pneus arcaram com o peso, calculado em torno de trezentos quilos.

Todos estavam prontos para partir no momento em que o outro vigia apareceu. Soube-se depois que era dado a beber e tinha deixado o colega sozinho para tomar uma birita; afinal, manhã de segunda-feira era período morto. Ao retornar, viu os carros partindo e instintivamente sacou a pistola. Aproximou-se pelas costas de Samuel, o último ainda do lado de fora, prestes a entrar no veículo. Ao perceber que o guarda dispararia, Arrigo foi mais ligeiro e o acertou com um tiro fatal. Quando os vizinhos se deram conta da ação e a polícia chegou, os companheiros já estavam longe.

Quase chegando ao galpão onde o cofre ficaria escondido, no bairro de Pinheiros, o motorista da perua teve sangue frio ao parar no semáforo. Naquele momento estava ao lado de apenas um companheiro, os demais haviam se dispersado por segurança. O guarda de trânsito notou os pneus arriados do carro e perguntou, fazendo troça, que muamba tão pesada eles levavam. A resposta foi a de que carregavam um cofre na caçamba, se quisesse poderiam mostrar. O guarda sorriu, e o carro passou.

Mais tarde, reunido novamente para abrir o cofre, o pessoal percebeu que a tarefa não seria tão simples. Depois de muito pelejar e ansiosos para descobrir o que havia lá, os companheiros resolveram usar um maçarico. Antes jogaram água para evitar o risco de incêndio. Após o arrombamento vagaroso, como em filme de suspense, veio à luz um montão de verdinhas molhadas. Inacreditáveis quase 3 milhões de dólares, mais umas barrinhas de ouro, talvez guardadas por Carmen como recordação da campanha cívica.

Foi uma festa, o galpão ficou cheio de varais com notas penduradas para secar, era o passo decisivo para o financiamento da guerrilha rural a ser implantada. Apenas Arrigo estava acabrunhado, triste pelo vigia morto, que poderia ter filhos e família para cuidar. Samuel consolava seu ídolo de infância e velho camarada do pai. Agradecia pela ação que salvou sua vida. Ele precisava zelar por Judith e Abel, Arrigo não tinha escolha, uma das duas vidas seria perdida na circunstância de guerra.

Espectros do passado rondavam a mente e o coração de Arrigo, que teve o impulso de detalhar a Samuel como o pai do rapaz fora morto na Catalunha, mas a voz ficou presa na garganta, assim como o choro de longa data, que talvez o tivesse aliviado. Não se entregou sequer ao abraço forte e emocionado que o filho de Lino lhe deu. Uma vida não repunha a outra.

Toninho Gaúcho também confortou Arrigo. Em privado, lembrou a Samuel que tinha avisado: o número de treze participantes traria azar, mas o comandante desdenhara. Que nada, ouviu como resposta, foi um incidente, no mais tiveram sorte para concluir ação de sucesso além do previsto. As palavras foram firmes, mas soaram ao próprio Samuel como autoengano necessário.

No dia seguinte, Carmen apareceu de novo nos jornais, que noticiaram o evento como um assalto comum. A censura estava pesada, e nada se podia publicar que sugerisse vitória de ações armadas. Destacou-se a história do vigia morto. Prevaleceu o silêncio sobre a ação da polícia ao chegar ao local: dois empregados que se encontravam fechados num cômodo do quintal foram metralhados por engano, sob suspeita de serem assaltantes.

Carmen declarou aos repórteres que os bandidos não tiveram sorte, pois o cofre estava vazio. "Bem feito para eles!", foi o que disse também à polícia. No íntimo, ficou arrasada, não tinha como justificar legalmente a procedência da fortuna perdida. Mais uma vez tivera tudo nas mãos e deixara escapulir. Azar maior: o senador ficou furioso e a dispensou. Não foi processada, mas recebeu o convite informal e irrecusável das autoridades para deixar o país em, no máximo, uma semana.

Por sua vez, Arrigo e Pantera fizeram chegar à agência France Presse a declaração de que ao povo seria devolvido o dinheiro roubado pelos donos do cofre, deixando animados os leitores simpatizantes dos revolucionários no exterior.

Galos afogados

Arrigo era sobressaltado por pesadelos. Estava na ação do cofre, ao pé da escadaria, quando o objeto rolou e caiu por cima dele. Estava preso da cintura para baixo, ninguém conseguia tirá-lo de lá. Os companheiros tentavam abrir o cofre, sem sucesso, e resolveram usar um maçarico. O calor ficou insuportável, parecia que colocavam fogo em seu corpo. Os rostos amigos embaçavam-se, assumiam as feições dos meganhas que o torturaram nos cárceres de Vargas, apagando pontas de cigarro em sua pele. Um deles aparecia com um maçarico para furar seus olhos, chamando-o de tio Mário.

Depois, tudo sumiu. Em vez de cofre era uma árvore que estava em cima dele, os companheiros e antigas namoradas rezando com velas acesas, impotentes para salvá-lo. Lino apareceu e falou: "Assassino!". A seguir agradeceu em voz baixa por ter salvado seu filho e ajudou a tirar a árvore de cima do amigo, antes de deixar o local por uma das diversas estradas de terra.

Mal Arrigo escolheu seu caminho, soldados franquistas e vigias da casa de Carmen passaram a persegui-lo. Ele entrou nas águas do mar para fugir. Livrou-se dos homens em seu encalço, mas foi tragado repentinamente pela correnteza e perdeu o pé. Desesperado por não conseguir resistir à maré, deixou-se levar. Quase não aguentava mais, de repente se viu na costa da Ilha Rasa, onde flutuavam carcaças de galos mortos, bem como os cadáveres de Lino e do vigia da ação do cofre. Em terra, o presídio.

Arrigo acordou transtornado em busca de Aurora, apertou a vista: não era ela nem Luna, tampouco Alice, Eva ou Eneide. Muito menos Carmen, Mariana, Marilíndia, as irmãs italianas, as três Marias, Colette ou as primas catarinenses do navio. Não estava acompanhado sequer de si mesmo.

O desafio

O montante arrecadado permitia ao grupo deixar de correr riscos em outras ações para conseguir fundos. Sabiam da máxima então difundida: a cidade é o túmulo dos guerrilheiros. Precisavam se engajar na área rural. Quando foi atrás de sua parte do dinheiro da ação do cofre, Mariga garantiu que a luta no campo começaria no máximo até o início do ano seguinte. Mas as coisas não se passaram como planejou.

Arrigo e seus companheiros viviam clandestinos em uma casa no bairro do Jabaquara quando souberam, pela imprensa, do sequestro inesperado do embaixador americano no Rio de Janeiro, no começo de setembro. Um tempo depois, conheceram os detalhes: o pessoal da Dissidência da Guanabara, na maioria estudantes, procurou a organização de Marighella para propor uma ação conjunta, a captura do embaixador dos Estados Unidos. Pediriam em troca dele a libertação de quinze presos políticos e a divulgação de um documento na imprensa e em rede nacional de televisão para denunciar a ditadura, anunciando o início próximo da guerrilha rural.

Mariga estava em viagem. Devido às dificuldades de comunicação na clandestinidade, não houve tempo de consultá-lo antes da ação. Toledo aceitou a proposta, seguindo o princípio inquestionável de que ninguém precisava pedir licença para realizar atos revolucionários. Mariga depois elogiou a iniciativa na imprensa internacional, mas internamente a criticou, pois ela aumentaria a repressão bem no momento em que se preparava o início da luta no campo.

O sucesso da ação empolgou Arrigo e seus companheiros. Conseguiu simpatia popular, com repercussão nacional e internacional. Desafiou a ditadura, então comandada por uma junta militar provisória, após o derrame sofrido pelo presidente-general Costa e Silva, que acabaria morrendo no fim do ano. Em poucos dias, o governo viu-se obrigado a soltar quinze prisioneiros, de sete organizações políticas de oposição clandestina. Foram enviados num voo para o México. Assim que chegaram lá, os companheiros no Brasil soltaram o embaixador e escaparam.

A reação foi violenta, aumentaram as medidas repressivas que acabariam levando à tocaia na alameda Casa Branca, que matou Marighella no começo de novembro, em rara noite paulistana de futebol ao vivo pela televisão. Com ele naufragaria o plano de guerrilha no campo, pois Mariga centralizara a preparação do movimento, tendo comprado algumas fazendas e deslocado militantes para o interior do país, que acabariam presos ou desmobilizados.

Depois do sequestro e antes da morte de Marighella, a organização de Arrigo já sofrera as consequências da escalada repressiva. A foto de Pedro Mineiro constava de um cartaz junto a outras, de perigosos terroristas procurados. O dono de um boteco reconheceu Pedro, que fora comprar cigarros, e avisou a polícia. Por azar, ele tinha um encontro marcado com Danton nas proximidades. Os dois foram presos e levados de olhos vendados em uma viatura.

Toninho Gaúcho chegou atrasado e viu ao longe os companheiros serem conduzidos à prisão, onde foram recepcionados por um corredor polonês, que alguns conheciam como caratê, devido aos golpes que os prisioneiros levavam dos agentes, que distribuíam socos, pauladas, chutes e todo tipo de boas-vindas.

Danton cometeu um erro no interrogatório. Provocou os brios nacionalistas do comandante responsável ao dizer que nem os nazistas haviam conseguido arrancar informações dele durante a resistência francesa. Para quê? O oficial ficou irritado com a analogia, fez questão de dizer que as Forças Armadas nacionais lutaram contra os nazistas ao lado dos americanos e que agora a tarefa era combaterem juntos o totalitarismo comunista. A seguir começou a aplicar as técnicas de confissão que aprendera com os mestres dos Estados Unidos na Escola das Américas, sediada no Panamá, incorporando também ensinamentos de professores franceses e de outras nacionalidades. Sobretudo, mostrou que a pátria verde-amarela tem *know-how* próprio.

Monsieur Claude Danton aprendeu na própria pele a não ser metido a besta com um oficial daquele. Cabra macho, nacionalista, ensinou na prática muita coisa que Arrigo já havia contado ao amigo francês sobre as prisões brasileiras. Uma coisa é ouvir o relato, outra é sentir a tortura na carne. Pelado, com um capuz preto na cabeça para que não reconhecesse os algozes, Danton foi posto no pau de arara, reivindicado pelo comandante como método de punição autenticamente nacional, inventado contra a subversão de escravizados. Agora o francês valentão que enfrentou interrogatório da Gestapo ia ver o que era bom para a tosse, dependurado numa barra de ferro suspensa. A barra é colocada sob os joelhos encolhidos, presos às mãos amarradas, com a dupla vantagem de machucar o corpo e deixá-lo exposto a sevícias complementares: afogamentos, socos, pontapés, porradas de palmatória e cassetetes.

A influência estrangeira está no uso adicional do choque elétrico, em descargas de intensidade controlada, com fios atados nas partes mais delicados do corpo, pendente a cerca de um ou dois palmos do chão. Na delegacia da rua Tutoia havia uma pianola, aparelho com diversas teclas para permitir o controle da voltagem da corrente elétrica. Ainda eram usados rádios portáteis com os mesmos propósitos da pianola e da manivela. Em raro momento sem o capuz, Danton viu num dos rádios o símbolo da Aliança para o Progresso com os dizeres: "*Donated by the people of United States*".

Levado para a cela depois de muito apanhar, escutou os gritos de Pedro Mineiro na sala ao lado. Não conseguia perceber se era a mesma onde estivera, talvez revezassem os dois no suplício. Fazia parte da tortura deixar o preso ouvir o martírio do companheiro enquanto esperava sua vez.

No segundo dia de interrogatório de Danton, o oficial levou um estrangeiro que gostava de colaborar não apenas levantando fundos para as atividades repressivas, mas também participando das sessões de tortura, onde extravasava seu ódio aos comunistas. Pela voz, Danton reconheceu *mister* Kildare. Ao ser seviciado no pau de arara, entre toques de pianola que descarregavam eletricidade em seus testículos, seus mamilos, suas orelhas, seus dentes e sua língua, em meio a pancadas de palmatória e porrete no corpo e na planta dos pés, Danton ouvia do americano perguntas sobre o esconderijo de companheiros e o destino do dinheiro do cofre. Respondia com urros de revolta dentro do capuz fétido pelo uso reiterado.

Para fazer jus a sua formação em escola da Ivy League, doutor Kildare elaborava questões eruditas que nem sempre o oficial a seu lado entendia, muito menos os agentes mais ocupados com o trabalho manual. Indagava ao hóspede das instalações da rua Tutoia se teria lido o Manifesto Antropófago de Oswald de Andrade, de novo na moda com os tropicalistas. Por acaso não sabia o que era deglutir influências do exterior e reinventá-las à brasileira, como os índios que comeram o bispo Sardinha na era colonial?

Pois bem, ali estava o exemplo vivo: eletricidade e pau de arara, como a guitarra elétrica na música popular brasileira, dizia *mister* Kildare entre risadas, choques e porradas. Um meganha usava palha de aço para incrementar a potência da descarga elétrica nos buracos do corpo. "Bombril, o produto de mil e uma utilidades!", berrava Kildare. Depois enfiaram um cassetete no cu de Danton. "Cu, cu, cu!", gritava o americano ao tocar a pianola elétrica, lembrando-se das notas desafinadas do piano da infância. O comunista precisava confessar tudo, ou da próxima vez usariam um cassetete com estrias de aço.

O amigo francês de Arrigo tentava manter a calma, a intimidação era parte da tortura. Mário Alves morreria pouco depois no Rio de Janeiro, empalado conforme a ameaça. Se Danton resistisse durante um dia ou dois, haveria tempo para os companheiros tomarem providências e fugirem. Então aguentava quanto podia. Ele perdeu parte da audição em decorrência da técnica chamada pelos policiais de "telefone": tapas simultâneos nos ouvidos.

Vendo o mundo de cabeça para baixo no pau de arara, Danton tentava manter a fronte elevada, mas logo a lei da gravidade se impunha sobre os músculos e a força de vontade. A certa altura, quando o pescoço do prisioneiro já estava frouxo, o militar abriu a braguilha e mijou na cara dele. *Mister* Kildare gostou da ideia e repetiu a ação. Os pingos caíam sobre as folhas de jornal que forravam o chão, misturados com o suor, as lágrimas, a saliva, a urina, as fezes e o vômito que dificilmente o supliciado conseguia reter e que depois era obrigado a limpar, se lhe restassem forças. Fedentina insuportável.

Danton sentiu alguma coisa a enforcá-lo, apertando e soltando o pescoço no limite, em ações sucessivas que recomeçavam quando insistia em não confessar. Irritados pelos gritos altos e contínuos, os algozes taparam-lhe o nariz e a boca com pedaços de pano, levando Danton ao desmaio. Depois o acordaram com um balde de água fria, que também serviu para potencializar o efeito dos choques e limpar um pouco o local, derramaram em suas narinas um composto com querosene para gerar sensação de afogamento.

O médico era chamado quando a situação parecia atingir o extremo, para verificar se Danton aguentaria a continuidade do suplício. Os torturadores não queriam acidentes de trabalho, a morte indesejada de prisioneiros sob sua responsabilidade. A menos que tivessem ordem para exterminá-los.

Numa das vezes em que a sequência do tormento de Danton foi interrompida pelo médico de plantão, *mister* Kildare fingiu fazer curativos nos ferimentos do corpo estendido no chão. Simulando piedade, dizia ao oficial a seu lado que não havia nada tão bom quanto desempenhar o papel do médico do seriado televisivo. Em verdade, aplicou uma compressa de éter sobre os machucados, gerando uma lancinante dor de queimadura. Depois, novas compressas e pancadas entrando pelos sete buracos da cabeça, enquanto buchas de algodão com éter eram colocadas em seu ânus e no pênis, para revezar com os choques elétricos, ou somar-se a eles.

Ao fim da sessão, de volta à cela, Danton ouviu os gritos de Pedro Mineiro, como no dia anterior, tortura que não cessava também para ele, solidário ao sofrimento do companheiro e temendo pelo próprio destino. Logo desmaiou.

Ao acordar, notou o silêncio, ao contrário do dia anterior, em que os gemidos de Pedro se faziam ouvir. Perdeu a noção da hora, angustiado à espera de nova sessão de suplício. De quando em quando, o carcereiro batia as chaves nas grades, sinal de que se aproximava o momento tão esperado e temido, que não vinha de imediato, em sucessivos e terrificantes alarmes falsos.

No terceiro dia, sem a presença de Kildare, o pau de arara não foi usado. O empresário francês do grupo de Arrigo imaginou que desejavam demonstrar a variedade de métodos empregados, a crer no que lhe dissera o oficial. Bem depois soube a causa mais provável: a longa permanência no pau de arara gerou problemas circulatórios e gangrena nas pernas de Pedro Mineiro, complicações que levaram a sua morte. Mas ninguém tirava da cabeça de Danton que o tal cassetete com estrias de aço fora usado por Kildare. Nunca pôde provar, pois o corpo jamais foi encontrado.

Para evitar novo acidente de trabalho com o pau de arara, os algozes resolveram dependurar o francês nu, com as mãos amarradas em um gancho preso ao teto, sem atingir o solo, forçando o corpo a esticar-se com o próprio peso, enquanto lhe davam descargas elétricas e todo tipo de porrada. Depois inverteram a posição, prendendo os pés no teto. As duas modalidades eram variações do chamado crucifixo, como ensinava o oficial que não queria ficar inferiorizado diante do que o prisioneiro passara nas mãos da Gestapo.

A certa altura, Danton já havia falado quase tudo o que podia. Fora dando informações aos poucos, de modo a facilitar a fuga dos companheiros. Os torturadores sabiam disso e irritaram-se com a demora. Por castigo e também prazer, proporcionaram ao convidado outras modalidades de tormento: teve um dedo esmagado com pedaço de ferro roliço, recebeu fiapos de madeira sob as unhas, foi obrigado a se levantar com os pés descalços apoiados sobre as bordas cortantes de duas pequenas latas abertas. Ao perder o equilíbrio e cair, pancadas o obrigavam a subir de novo nas latinhas pontudas.

Os rapazes gostavam de mandar furar o poço de petróleo. Apoiado num dedo da mão que não podia desgrudar do solo, Danton foi constrangido a correr em círculos até cair de tontura e cansaço. O castigo pela queda consistiu em espancamento, sob risadas. Outra atividade era a pescaria: engancharam corda comprida sob os braços de Danton, que foi amarrado e lançado num barril cheio de água, sendo puxado antes de perder o fôlego. Era uma variante do afogamento, mergulho forçado da cabeça em tambor de água, conduzido pelas mãos firmes dos executores, que tiravam e punham a cabeça no tambor, conforme o interrogatório.

Ao se despedir de Danton, o oficial que estava sendo transferido de unidade lhe disse que ainda esperava encontrá-lo para apresentar a geladeira, a cadeira do dragão, a coroa de Cristo e outros métodos criados ou recriados com inventividade pelos brasileiros.

Revelações

Os torturadores queriam saber o destino do que fora arrecadado na ação do cofre. Em seu jardim, Danton enterrara uma parte, da qual os homens se apossaram, ganhando ao menos comissão. Ele constataria que o dinheiro sumiu, mas oficialmente não houve menção a isso no processo movido pela Justiça Militar, afinal Carmen afirmara que nada fora roubado, o que facilitou o desvio quando o dinheiro foi localizado. Tanto quanto a tortura física, incomodava a Danton a ideia de que o montante obtido com sua confissão servisse para aperfeiçoar a estrutura paralela de crueldades contra os companheiros ou a apropriação privada do fundo revolucionário pelos canalhas torturadores.

Confessou também que entregara outra parte a Marighella. Ao falar o nome do inimigo número um da ditadura, a pressão aumentou, e Danton teve de admitir que o hospedara em sua casa. A polícia colocou espiões disfarçados perto de lá, que só foram desmobilizados após a morte do autor do *Minimanual do guerrilheiro urbano*, cujo paradeiro queriam que Danton revelasse a todo custo, pois demoraram a se convencer de que ele realmente o ignorava. Depois Danton disse que depositara uma terceira parte em conta na Suíça, secreta até para ele. Apanhou muito antes de constatarem a veracidade do relato.

A quarta e menor parte do dinheiro era usada para manter a estrutura clandestina da organização, aos cuidados dos dirigentes que ainda estavam soltos: Arrigo, Samuel, Pantera e Toninho Gaúcho. Danton conseguiu segurar as informações sobre o paradeiro deles por dois dias e, mesmo assim, foi falando aos poucos. Como Toninho escapara da ação policial que prendeu Danton e Pedro, já devia ter avisado os companheiros, que tiveram tempo de fugir. O que Danton tinha a dizer daí por diante não comprometeria a segurança de ninguém, só o dinheiro guardado em sua casa.

Dada a lição, pararam de bater em Danton, que circularia por diversos presídios, enfrentando processo na Justiça Militar. Contou com bom advogado e corajosamente denunciou as atrocidades sofridas, que não tiveram crédito das autoridades. Sem participação direta nas ações armadas, acabou condenado a quatro anos de cadeia. Conseguiria liberdade condicional após cumprir parte da pena. Retomou seu negócio, onde daria emprego a companheiros que saíam da prisão sem perspectivas. Em segredo, continuaria ajudando financeiramente o Partido Comunista e outros grupos, sem vínculo orgânico.

Aviões e moscas

Não suporto mais permanecer no apartamento de Arrigo. Menos ainda depois que moscas passaram a entrar pelo buraco da janela da sala. A abertura, que serve para gritar por socorro, é útil também para arremessar aviõezinhos de papel com recados implorando ajuda. Meus olhos acompanham os planadores de papel, levados pelo vento até pousarem em segurança no chão, sem serem notados, destinados a entupir ralos nas calçadas ou terminarem recolhidos desavisadamente, postos no lixo ou enviados para reciclagem. Mas a tentativa é válida. Só não contava com a consequência de que o buraco deixaria insetos entrarem.

Moscas passaram a circundar minha cabeça e também a de Arrigo, onde pousam sem reação. Passei a caçá-las, não deixa de ser um passatempo. Irritantes, providas de velocidade e notável visão periférica, não se cansam de escapar dos golpes de toalha. Num deles, errei o alvo e acertei em cheio o rosto de Arrigo, que nem por isso se mexeu. Outro golpe foi certeiro, talvez porque a mosca azul que perseguia era enorme e, portanto, menos rápida no voo. Foi abatida na terceira tentativa, quando estava próxima do porta-retratos com as imagens de Imma e Mário, onde respingaram as larvas que saíram da barriga cheia. Logo limpei a sujeira, impactado pela imagem dos vermes em alvoroço sob a casca da varejeira, era forçoso reconhecer que a cor dava ao inseto uma beleza azul. Ou seria verde?

Também tratei de improvisar um remendo de papelão com adesivo para tapar o buraco na janela e evitar visitas indesejadas de insetos voadores, que matei tantos quantos pude, até mesmo baratas, que nunca imaginei voarem tão alto. Sempre algum bicho entra quando desfaço o remendo para berrar e lançar aviõezinhos em direção ao nada.

Tribunal revolucionário

Mariana visitou Danton quando ele estava cumprindo pena no presídio Tiradentes. Procurada por Arrigo, ela disse o que ouviu do ex-marido, com quem buscava se reconciliar: *mister* Kildare participou pessoalmente da tortura de Danton e de outros companheiros, foi responsável pela morte de Pedro Mineiro no pau de arara, além da já sabida atividade de arrecadação de fundos para a repressão entre o empresariado paulista para montar a Operação Bandeirante, a temida Oban, entidade paralela depois oficializada pelo Exército com o nome longo e pomposo de Destacamento de Operações de Informação – Centro de Operações de Defesa Interna, mais conhecido pela sigla DOI-Codi.

Ao saber da notícia, Toninho Gaúcho propôs julgar o inimigo. Convocados os dirigentes, Samuel foi favorável a executar *mister* Kildare. O ato seria símbolo de insurgência contra a intromissão dos Estados Unidos no golpe militar, depois na montagem do aparelho repressivo. Também um reforço contra a política imperialista que se mostrava com clareza na guerra do Vietnã, fora o aspecto canalha da participação pessoal de *mister* Kildare na tortura de companheiros e na morte de Pedro, sem contar que era preciso marcar posição revolucionária após o assassinato de Marighella.

Mingo Pantera, por sua vez, ponderou que sem dúvida se tratava de um crápula, mas a ação traria mais desgaste que vantagem política, aparecendo aos olhos do povo e da comunidade internacional como ato terrorista que colocaria o americano na posição de vítima e facilitaria o trabalho da imprensa burguesa de tratar os revolucionários como vilões terroristas. Além disso, ele seria substituído por outro safado da mesma estirpe; a proposta era derrotar o sistema, não abater um soldado, ainda mais que atrairia repressão maior contra o grupo, em correlação de forças extremamente desigual.

Toninho perdeu a paciência, disse que esse papo de correlação de forças era coisa imobilista do velho Partidão, sempre disposto a arrumar desculpa para se acomodar à ordem. Aplicar a justiça revolucionária era diferente de igualar-se aos métodos da ditadura. Ou Pantera achava que adiantaria esperar a justiça dos tribunais burgueses contra os torturadores? O companheiro respondeu que não se tratava disso, mas de bom senso revolucionário, pois a ação não traria ganho político.

A votação já estava em dois a um; se Arrigo empatasse, teriam de rediscutir. Ele ponderou que havia sabedoria nas duas posições, talvez a ação fosse suicídio político, mas às vezes era preciso arriscar em nome da causa e da honra revolucionária. Entretanto, não se sentia seguro para votar politicamente ao reconhecer seu desejo pessoal de vingança contra Kildare, por tudo que fizera também com Marilíndia. Então se absteve de votar, o que na prática dava ganho de causa para o justiçamento, de que fazia questão de participar em pessoa.

Ficou decidido pelo coletivo que ele ficaria responsável pela ação, ao lado de Toninho Gaúcho, enquanto Samuel permaneceria no carro para a fuga. Arrigo estivera em missões contra nazistas na resistência francesa, tinha experiência. Sem nada dizer aos demais, resolveu ter conversa reservada com Kildare pouco antes da execução da sentença; daria a ele uma chance de escapar, fosse o caso.

Era manhã nebulosa em São Paulo quando *mister* Kildare saiu para sua corrida matinal em meio às ruas arborizadas e tranquilas do Pacaembu. Ele morava perto da residência antiga de Danton, agora de Mariana, que por acaso assistiu a tudo de sua varanda, mas preferiu nada dizer a respeito durante a investigação policial posterior, que não encontrou qualquer testemunha.

Assim que Kildare abriu o portão de casa, Arrigo aproximou-se com o revólver escondido na cintura, enquanto Toninho aguardava em pé na esquina, também armado, ao lado do carro que Samuel dirigia, pronto para a fuga. Os dois acompanharam de longe os movimentos de Arrigo e estranharam quando ele parou para conversar.

A princípio, Kildare não reconheceu o interlocutor, depois olhou bem e se lembrou da oferta que lhe fez de trabalhar para o serviço secreto americano, de sua amizade com Marilyn. Deu uma risada esperançosa e o convidou para entrar. Arrigo recusou e perguntou de chofre como explicava a morte de Yara. O americano ficou mais pálido do que já era e balbuciou que nada tinha a ver com o assassinato. Casara-se com a moça, ela pôs tudo a perder de livre arbítrio. Dedicara-se a ela, ao contrário de quem apenas utilizava seus préstimos.

Irritado com a indireta, Arrigo disse que ela sairia da Casa Rosa, não fosse o golpe financiado pelos Estados Unidos, impedindo a realização dos planos de mudança para o Recife. O americano retrucou que não ia discutir sua vida particular e fez menção de entrar em casa. Arrigo barrou-lhe o caminho e sacou o revólver, ordenou que pusesse as mãos na cabeça. Deu-lhe um minuto para argumentar, ou seria justiçado como espião, responsável por participar pessoalmente da tortura de companheiros e do assassinato de Pedro Mineiro. Ouviu Kildare dizer que só estava ajudando a eliminar do mundo canalhas comunistas como Arrigo e seus camaradas ateus. Não se arrependia de nada, que o matasse, era guerra. Arrigo retrucou que Yara nada tinha a ver com política e fora assassinada. Kildare engasgou na resposta e saiu correndo.

Arrigo engatilhou a arma, mirou, mas baixou o revólver. Apenas viu na esquina Toninho dar dois tiros no peito de *mister* Kildare, depois outro que lhe estourou os miolos. Lembrou-se da cena da morte do camarada Pepe na retirada da Espanha, prazer de vingança realizada, como nos filmes de faroeste nos cinemas da infância e da vida inteira.

Mister Columbo

"Daniel Columbo, *mucho gusto*." Foi assim, estendendo a mão, que o novo funcionário da embaixada dos Estados Unidos em Santiago se apresentou numa festa, cerca de três anos depois, quando Arrigo já estava exilado no Chile, pouco antes do golpe contra o governo Allende. O sotaque arrastado no "R" fez o filho de doutor Ludovico e dona Imma lembrar-se de outras temporadas.

A escada e a muralha

Arrigo sonhou que subia uma longa escada de madeira, dessas que se veem nos filmes sobre a Idade Média, usadas pelos guerreiros para invadir castelos. Não tinha certeza do motivo de galgar os degraus, mas sabia que era urgente. No começo pensou que o objetivo era entrar no castelo, depois prevaleceu a sensação de que estava escapando do confinamento em suas muralhas, cujo topo precisava atingir.

No fim da subida, olhou para baixo a uma altura de trinta metros ou mais. Vertigem. Companheiros vinham atrás, pressionando para seguir o caminho. Não dava para retroceder, e ainda sobravam alguns palmos para chegar ao objetivo. Teria de saltar para o alto, pulo pequeno, mas um erro levaria à queda fatal. Começou a sentir a escada balançar com o movimento dos que o seguiam. Seu corpo tremia em calafrios. Soldados aproximavam-se no topo da muralha. Indeciso, Arrigo ficou paralisado, agarrou-se à escada tremulante que podia cair a qualquer momento. Acordou em desespero, abraçado às grades de sua cela.

Outra tocaia

As águas de março fechavam o primeiro verão sem Mariga quando Arrigo foi cercado, junto com Pantera e Samuel, numa ação que levou de imediato a vida de Toninho Gaúcho, após troca de tiros com a polícia. Foi uma expropriação à agência do Banco do Brasil na rua Dragão do Mar, esquina com a avenida José do Patrocínio, em frente da praça Castro Alves, no bairro paulistano da Liberdade. Arrigo hesitou em atirar no segurança que aparecera inesperadamente na saída e logo chamou uma viatura policial que passava nas imediações. O Fusca preparado para a fuga não pegou, os companheiros tentaram escapar a pé.

Se torturaram daquela maneira Danton, francês e empresário, imagine-se o que aconteceria com um negro como Pantera, ainda mais sendo ele inteligente e formado em país comunista, marcado também por ter atirado em ação num delegado que ficou paraplégico. Pantera sabia disso e lutou para morrer em combate. Matou dois inimigos e feriu outros três no tiroteio, acabou encurralado quando esgotou sua munição. A poucos metros, Arrigo via tudo enquanto trocava tiros com outros policiais, abrigado atrás de um Gordini. Logo chegaram viaturas do DOI-Codi, queriam pegá-los vivos para extrair informações, conforme ordens superiores.

Dois homens caíram com ódio em cima de Pantera, já desarmado. Impávido feito Muhammad Ali, apesar de gravemente ferido na perna, ele fez jus à fama de campeão de boxe e arrebentou no soco os dentes de um agressor. O agente foi a nocaute, enquanto o outro se escondeu atrás de um Galaxie. Pantera queria ganhar tempo à espera do efeito da pílula de cianureto que tomara ao se ver perdido, obra de uma estudante de farmácia simpatizante do grupo. Ele se arrastou e se escondeu atrás de um Simca Tufão, próximo de Arrigo, enquanto os policiais os cercavam.

Como a pílula parecia não fazer efeito, Pantera mostrou o peito a Arrigo; queria receber um tiro de misericórdia, como haviam combinado certa vez. Arrigo de imediato voltou a arma para o amigo, mas sua mão não obedeceu. Ele parecia ouvir a voz do camarada Pepe nas brumas da Catalunha, com o revólver apontado para sua cabeça a ordenar a execução de Lino. Arrigo insistiu e engatilhou, mas o dedo tremia. Em fração de segundos, ouviu a voz de Samuel, escondido atrás de uma árvore, gritando para ele que o inimigo se aproximava, olhou de relance para o filho de Lino e viu, surpreso, a face do pai dele, berrando: "Corre, Rigo, corre! Foge!".

Ao voltar o rosto e a arma novamente na direção de Pantera, constatou que o campeão já estava caído, sozinho, logo os meganhas jogaram bombas de gás lacrimogêneo e tudo se esfumou. Tossindo, com a visão turvada e ardendo, Arrigo encontrou forças para descarregar as últimas balas no inimigo, orientado pelo som de seus urros de guerra. Tentou fugir, protegido e engasgado pela fumaça, mas pouco adiante tropeçaria em Samuel, caído sobre uma poça de sangue. A imagem da Catalunha voltou, sob nova chuva de balas, Arrigo segurou o corpo de Samuel como fizera com o de seu pai, tentando colocá-lo de pé. Sentiu o calor do sangue dele a escorrer, talvez misturado com o seu. De novo, como num pesadelo, parecia ter Lino agonizante nos braços. Desesperado, tomou sua pílula de cianureto.

Quase desmaiado, fora de si, ainda pegou o revólver de Samuel e disparou a esmo até as balas acabarem em meio à bruma. Os agentes não economizavam munição, contidos apenas pelos uivos do delegado, ordenando que deixassem de atirar, pois os terroristas não tinham escapatória e o chefe queria fazer prisioneiros. De repente, os tiros pararam. Quando a fumaça se dissipou, Arrigo percebeu vagamente a chegada dos esbirros atirando para o alto, cantando vitória, depois jogaram os corpos ensanguentados de Pantera, Toninho, Samuel e do próprio Arrigo no porta-malas da Veraneio, amontoados, como se estivessem todos mortos.

O delegado apareceu na janela do veículo para olhá-los com um sorriso cabotino que fazia lembrar o de doutor Rodolfo e também o do camarada Pepe. Ao menos Arrigo teve o prazer de ver o susto na cara dele quando simulou uma arma com a mão, disparando um tiro imaginário para estourar seus miolos, antes de perder de vez a consciência.

Quando Arrigo tomou a pílula de cianureto, imaginou que logo morreria, mais ainda por ter visto o próprio sangue misturado com o de Samuel. Ao acordar na cadeia, descobriu que nem precisara ser encaminhado ao hospital, pois só tomara um tiro de raspão na cabeça, gerador de muito sangramento, mas sem gravidade, bastaram uns pontos ali mesmo na enfermaria improvisada. Constatou também que o efeito do veneno foi parcial. A droga provocara desmaio, depois enjoo, vômito e uma diarreia que o atazanou no pau de arara, humilhado pelos algozes: "Pede arrego, Arrigo cagão!".

Ele queria morrer, tentou cortar os pulsos com os próprios dentes; colocaram-lhe uma espécie de focinheira para prevenir novas tentativas e apanhou mais ainda. Estava arrasado pela morte dos companheiros na ação e pelo sentimento de culpa, revia a própria hesitação em atirar no guarda que chamaria reforço, depois Toninho cair com os primeiros disparos, a imagem de Pantera pedindo o tiro de misericórdia que não pôde dar e o corpo de Samuel sangrando em seus braços, como Lino, cena que o atormentava sem cessar.

Arrigo recebeu tratamento parecido com o de Danton nos porões. Ainda por cima, era folião de outros carnavais, merecia atenção especial. Certa feita amarraram um fio de náilon entre seus testículos e os dedos dos pés, obrigando-o a caminhar. Desequilibrado, caiu e desmaiou de dor. Foi acordado com um balde de água gelada. Sedento, serviram-lhe um copo de salmoura. Em outra ocasião, apertaram seus colhões entre dois pedaços pequenos de tábua. Depois foi obrigado a tomar água da latrina. Novidade para ele foi a cadeira do dragão, objeto pesado de madeira que lembra uma cadeira elétrica, revestido com folha de zinco, onde o ataram nu a fim de receber choques que atingiam a bunda e o saco. Presas para trás, as pernas ficaram feridas ao bater nas travas de contenção nos espasmos gerados pela sucessão de descargas elétricas.

"Quer sair do inferno, filho da puta? Espera sentado aí na poltrona, que de pé cansa!", assim gritava o torturador diante da vítima, imobilizada por correias revestidas de espuma. Arrigo estava com os pulsos amarrados aos braços daquele objeto que parecia uma cadeira de barbeiro improvisada, enquanto ajeitavam em sua cabeça um balde metálico, o famigerado capacete elétrico. Tacaram-lhe sal na boca para agravar a potência dos choques, a sede e a dor na língua, já cortada pelo bater involuntário dos dentes durante as descargas.

Cerca de uma semana após a prisão, destruído pela dor física e pela culpa, Arrigo estava entregue em sua cela, aguardando novas sessões de tortura e o encontro cruel com a indesejada das gentes. Desistira de viver. Pensou estar delirando ou prestes a morrer quando escutou um gemido no cubículo ao lado, imaginando ouvir a voz de Lino a chamá-lo. Desvairado, gritou pelo amigo: "Lino, Lino, Lino!". Ouviu a resposta, em voz abalada: "Que é isso, Arrigo? Meu pai morreu na Espanha!".

Tiradentes

Ao constatar inesperadamente que Samuel havia sobrevivido, um sopro de esperança tomou o corpo de Arrigo, e os pensamentos de morte escorreram em lágrimas. Teve a sensação de renascer. Ambos ainda penariam muito, mas por sorte não foram identificados como executores de *mister* Kildare, o que equivaleria a uma sentença capital. Apanharam para valer, mas tinham pouco a revelar, pois seu grupo era pequeno e desaparecia com a prisão deles e as mortes de Mingo Pantera e Toninho Gaúcho. A ação do cofre era a que mais despertava interesse dos interrogadores. Custou para se convencerem de que os prisioneiros tinham pouco a acrescentar ao já sabido pela polícia.

Arrigo e Samuel foram supliciados no Departamento de Ordem Política e Social, conhecido como Dops, e na sede paulistana do DOI-Codi na rua Tutoia, durante cerca de um mês. A seguir foram transferidos para o presídio Tiradentes, onde esperariam pelo julgamento militar. Lá ficaram na mesma cela, junto com Danton e outros que dormiam em beliches. Um deles se chamava Akira.

Como alguns filhos ou netos de japoneses, Akira teve destaque em ações armadas. Acabou detido numa batida policial que prendeu um grupo de estudantes reunidos. A princípio, nem apanhou tanto. Só mais tarde, após a prisão de militantes que não suportaram as torturas, os repressores souberam de sua vinculação com um grupo acusado de terrorismo. Ele fez, então, o caminho inverso da maioria dos presos: sob protesto dos companheiros, no meio da noite, foi levado do Tiradentes ao DOI-Codi. O leitor pode imaginar o que se passou com ele naquele inferno, onde mais de quarenta pessoas foram assassinadas durante a ditadura.

A vida no presídio Tiradentes era um alívio perto do terror no Dops e, especialmente, no DOI-Codi. Mesmo comparado com outros destinos de prisioneiros políticos na capital paulista, a Casa de Detenção e a Penitenciária do Estado, o cotidiano no Tiradentes era mais suportável, sobretudo pela possibilidade de contato entre os camaradas, cuja socialização fazia Arrigo se lembrar dos tempos do Maria Zélia.

No Tiradentes, os prisioneiros políticos não eram submetidos a tortura, tampouco havia interrogatórios. Visitas de familiares eram permitidas, Aurora ia ver Arrigo toda semana. Os presos podiam cozinhar nas celas, receber livros, cadernos, mantimentos e roupas de cama, tomar banho de sol. Samuel revelou-se cozinheiro e excelente jogador de damas e xadrez. "Como o pai!", dizia seu mentor e melhor amigo. Organizavam cursos de formação intelectual e política, partidas de futebol, surgiu até um ateliê de artes plásticas, iniciativa de artistas e arquitetos presos. Arrigo construiu um móbile elogiado pelos companheiros, em que dependurou recortes multiformes de revistas com imagens de gente engajada de teatro, cinema, literatura e música popular.

Arrigo reencontrou no local um parceiro de antigos infortúnios dos cárceres de Getúlio, o primo distante Caio, amigo e chefe quando trabalhou na revista *Brasiliense*. Caio passou um período naquela que ficaria conhecida como cela dos lordes, por ser ocupada por gente de prestígio social, como ex-parlamentares e advogados. Lá estiveram os camaradas Ivan e Diógenes, que ganharam moral entre os companheiros por terem suportado bravamente as torturas. Ivan só não tolerava a lembrança da gata Nina e do cão Fred, que Arrigo evocou no momento em que o bigodudo mais uma vez arrastou asas para o lado de Aurora numa das visitas ao eterno namorado, deliciada com a manifestação de ciúme.

Lucas também estava no Tiradentes, condenado a três anos por militância clandestina na Ação Popular, sem envolvimento com ações armadas. Ele jamais contou à polícia sobre o que vira na fábrica de Danton, de quem ficou amigo no presídio. Ocupava outra cela, junto a companheiros de sua organização, pois os presos conseguiram dividir o espaço mais ou menos conforme a orientação política.

Ao chegar, Arrigo fora procurado por Lucas, solidário aos suplícios por que passara. O jovem aproveitou para emprestar a ele uma cópia dos três artigos permanentes de Mao, que um primo levara escondido numa visita. O líder chinês propunha transformar a concepção de vida em três textos, divulgados clandestinamente pela Ação Popular, que os considerava poderosa arma espiritual. Os militantes deveriam lê-los e aplicá-los como tarefa central e diária, a fim de que cada um fizesse uma revolução ideológica até o mais íntimo de si mesmo.

Arrigo logo devolveu o material, pois o jovem amigo o relia todas as noites. Nada comentou a respeito com Irineu e Teresa, que reencontrava quando visitavam o filho, a quem haviam presenteado com um exemplar do Velho Testamento e uma cópia do documento tirado na Conferência de Medellín do Episcopado Latino-americano, com a opção preferencial pelos pobres. Deram os mesmos escritos a Arrigo, a quem segregaram que Mateus estava a salvo, escondido no interior com a companheira Raquel.

Aparelhos de rádio e televisão eram tolerados no presídio e representavam fonte de discórdia pela programação – alguns queriam ouvir música clássica, outros preferiam emissoras populares. Havia quem adorasse ou detestasse o programa do Chacrinha. Assistiam especialmente a noticiários, filmes e futebol. Certa noite, houve silêncio na cela de Arrigo ao verem o companheiro Akira em entrevista na Globo. Ele sucumbira às pressões dos torturadores, apareceu para dizer em público que estava arrependido e fora usado pelos comunistas.

O que incomodava mesmo no Tiradentes era o contraste com os presos comuns, a maioria. O presídio nada tinha de especial para eles, que não raro eram espancados, alguns sumiam para ser eliminados pelo Esquadrão da Morte. Quanto a Akira, Arrigo soube já no exílio que o jovem jamais se livrou dos problemas psicológicos gerados no DOI-Codi. Foi solto após aparecer na televisão, mas nunca se recuperou de alucinações com os torturadores. Internado várias vezes para tratamento psiquiátrico, acabou por recorrer ao haraquiri, nos conformes da tradição dos samurais.

"Adeus, adeus, pescador"

Por intermédio de Aurora, Arrigo mobilizara novamente doutor Vital Beltrão para defendê-lo. Como atuava no Rio de Janeiro, o advogado passou o caso a um colega paulista de confiança, também católico, que preparou bem a defesa, mas previu sentença pesada para o vermelho velho de guerra. O caso não foi longe, pois os nomes de Arrigo e Samuel apareceram na lista de quarenta presos que seriam trocados pelo embaixador alemão, sequestrado por revolucionários. Eles seriam banidos do país, assim como os demais libertados. Os juristas da ditadura, sempre criativos, haviam reinventado a pena de desterro com a figura jurídica do banimento para contemplar quem fora trocado por diplomatas sequestrados.

Antes de partir, deu tempo de ver pela televisão o jogo do Brasil contra a Inglaterra na Copa do Mundo do México. Alguns torceram contra, pois sabiam que a vitória seria usada para legitimar os poderosos. Arrigo acompanhou a maioria que apoiou a seleção, ainda mais porque nas eliminatórias ela havia sido treinada por João Saldanha, amigo desde que estiveram juntos na luta em Porecatu, enviados pelo partido.

Como costumavam fazer sempre que um deles era solto, os demais presos entoaram uma cantiga de despedida. Podia ser o hino da Independência, a "Canção do adeus", "Bella ciao". Daquela vez escolheram a tradicional música de Caymmi: "Minha jangada vai sair pro mar/ Vou trabalhar, meu bem querer/ Se Deus quiser quando eu voltar do mar/ Um peixe bom eu vou trazer".

Arrigo viu, da janela do avião, a baía de Guanabara. De cima, parecia mesmo uma boca desdentada. Lembrou-se da vez que contemplou do mar a paisagem da Glória distanciando-se lentamente em terra, enquanto seguia para o exílio. Agora não era mais marinheiro de primeira viagem, o mar estava lá em baixo, o voo o levava pelas nuvens em busca da estrela da manhã, que continuava no horizonte.

Outro velho de guerra seguia alguns bancos à frente. Apolônio, como os leitores hão de lembrar, esteve com Arrigo no navio do desterro que os conduziu à Europa, onde combateriam o bom combate na Espanha e na França. Saudade do sabonete Araxá. Agora já não era o perfume das três primas catarinenses que fazia companhia a Arrigo, mas o bafo de um policial que tomava conta dele e de Samuel, algemados no voo. O agente mostrava-se empolgado com os dólares da diária que receberia pela missão. Sentimental, com hálito de bebida, arrotando o bife com batatas servido a bordo, desejou boa sorte ao se despedir e avisou que seria uma pena ter de matá-los se voltassem ao Brasil. A promessa seria cumprida para os que ousaram ignorar o conselho.

O Boeing da Varig aterrissou na boca da noite no aeroporto Dar El Beida, onde jornalistas do mundo todo o aguardavam. O local fora enfeitado com bandeiras para receber a delegação da Arábia Saudita, comandada pelo próprio rei Faiçal. Alguns brasileiros estavam tão felizes por sair das masmorras nacionais que pensaram que a recepção era para eles. No dia seguinte, um jornal argelino deu na capa: "Chegada de Ali Babá e os quarenta ladrões". Quem disse que muçulmanos não têm senso de humor?

Perfume permanente de jasmim, alamedas floridas, pequenas casas brancas, ar seco trazido pelo vento quente do deserto, calor sufocante e chá com hortelã.

Boas-vindas para Arrigo e companhia, logo hospedados numa colônia de férias em Ben Aknoun, nas cercanias de Argel.

Refugiavam-se na capital revolucionários das lutas de libertação nacional espalhadas pelos continentes, especialmente a África. Não era difícil encontrar falantes da língua de Camões, os movimentos de resistência ao colonialismo português estavam bem representados, gente de Angola, Moçambique, Guiné-Bissau e Cabo Verde, além de lusitanos exilados do salazarismo e até alguns brasileiros fugidos após o golpe militar.

Tudo muito interessante, mas não era a praia de Arrigo nem da maioria dos brasileiros. Era difícil encarar um país islâmico, outra cultura e costumes diversos. O povo era diferente dos árabes radicados em São Paulo, que Arrigo conhecia desde a infância, em geral comerciantes sírios, libaneses e seus descendentes. Entre os quais a bela Samira, paixão não correspondida da juventude de Lino. Quase vizinha, ela morava na região da rua 25 de março, onde o pai tinha loja de tecidos. Sua família era cristã, assim como tantos patrícios. Até a parte muçulmana da comunidade se diluía rapidamente na cultura brasileira. Na Argélia o ambiente era outro.

Samuel chorou de saudade e pela falta de perspectiva nos primeiros dias do exílio. Arrigo, escolado, assegurava que logo se aclimataria no exterior, em algum tempo se habituaria a ponto de estranhar a volta para a terra natal. Tudo ficaria melhor quando Judith e Abel pudessem se juntar a ele. Mas, antes, era preciso conseguir um país para morar. A melhor alternativa não era na África. Muitos rumaram para Havana, clandestinos, com o objetivo de realizar o treinamento guerrilheiro que Arrigo e Samuel já haviam feito, não seria o caso de repetir a experiência. Além disso, sua organização fora liquidada.

Outro problema para Arrigo eram as restrições ao sexo. Continuava bem-apessoado, mas o sessentão estava em inferioridade diante de muitos jovens, favoritos na disputa pelas poucas estrangeiras vivendo por lá. Era inviável para Aurora acompanhá-lo, pois teria de deixar seu cargo na USP. Foi um raro tempo de abstinência para Arrigo. Em parte. Creio ter ocorrido ao menos um caso que ele me contou, sem especificar o lugar. Deve ter sido em Argel.

Valdir Vitório e as camaradas russas

Uma delegação de parlamentares soviéticos visitava o norte da África, entre eles algumas deputadas, duas das quais sorriram para Arrigo. Não foi impressão. Ele nunca foi de apreciar mulheres rechonchudas, mas aquelas duas tinham charme – rosto bonito, peitos fartos, olhos claros... E ele não estava em condições de implicar com dentes de ouro, que deviam ser sinal de prestígio na terra de Brejnev.

Desde o tempo de Carmen, Arrigo chama de Valdir Vitório o pau que tem entre as pernas. Talvez a espanhola tenha dado o apodo, que ficou. O belo andava encabulado após as torturas no Brasil. Torniquete, choques e outras carícias não eram para qualquer um. Meses depois, continuava a espirrar sangue. Rir para não chorar. Arrigo não estava seguro da saúde do bichinho, que não encontrava oportunidade de testar sua força. Foi quando apareceram Nádia e Natacha.

Arrigo ficou encabulado, mas logo viu que elas o comiam com os olhos. No jantar, empurraram nele a vodca de primeira que traziam na bagagem: "Nasdróvia!". Brindavam e viravam o cálice de um gole só. Muitas vezes. Ele não tinha como recusar. Quando Arrigo se deu conta, a celebração prosseguiu no quarto que as duas dividiam, divinas tetas.

Os três só não esperavam que tanta bebida inibiria Valdir Vitório, o galo naquela noite não passou de um pintinho, dormiu bem antes de Arrigo. Tão preocupado, o brasileiro teve de contar o drama dos maus-tratos. As camaradas se enterneceram. Solidariedade internacional, ensinava Lênin, carequinha como Valdir.

Nas noites seguintes, Arrigo ficou no chá verde, elas estavam acostumadas com a vodca, e ainda provaram áraque, gosto de anis, alto teor alcóolico, uma delícia se diluído no gelo, ideal para o calor próximo do deserto. Valdir Vitório cantou alto e forte, o galo estava vivo. Entre risos, já conquistadas pelo áraque, as donas acrescentaram-lhe um nome: Valdir Vladímir Vitório. Viva o comunismo, nasdróvia!

Tudo se passava entre quatro paredes para não chocar autoridades argelinas e soviéticas nem companheiros moralistas brasileiros, que não eram poucos. Mas o último episódio acabou vazando e virou parte do folclore da esquerda. Na madrugada da despedida, festejaram tanto que uma das camas não aguentou o peso dos três. *Amor, humor*. Espocaram tantos fogos de artifício imaginários que a noite de Arrigo se iluminou por instantes. Desde então, ele não pode ver um filme de Fellini ou um quadro de Botero sem se lembrar saudoso das deputadas russas que, a exemplo das primas catarinenses, das irmãs italianas e de tantas outras, renovaram sua vida. Talvez também ele tenha alegrado a existência de suas parceiras de dança.

Sigue la lucha... por la cachucha

Aaron conseguiu que Samuel fosse admitido em Israel, onde viveria pouco tempo com a mulher e o filho, pois amigos o convidaram a trabalhar na Comissão Econômica para a América Latina, a famosa Cepal, em Santiago do Chile. Já Arrigo teve recusado o pedido de visto para Pasárgada. Também negaram a solicitação para se estabelecer na França, apesar da Legião de Honra que levava na bagagem. Antes que os camaradas franceses indignados contornassem o problema, recebeu convite para trabalhar no setor de imprensa e relações públicas da Cepal, provável interferência de Samuel, bem instalado por lá com a família. Assim, trocou a terra natal de Camus pela de Neruda, que acabara de eleger Allende presidente pela Unidade Popular.

A passagem de Arrigo por Santiago foi das mais marcantes, como atesta seu longo depoimento na coletânea organizada pelo professor Herman Stewart, em livro publicado nos Estados Unidos, com uma versão bastante difundida em espanhol após o golpe que derrubou Allende. É dos raros textos biográficos editados de Arrigo. Não seria o caso de contar de novo seu convívio com os colegas da Cepal, as tentativas de aproximar companheiros da Unidade Popular e do Movimento de Esquerda Revolucionária, os entreveros que testemunhou na estada de Fidel Castro de quase um mês no Chile. Depois, o golpe de 1973, a fuga às pressas para a embaixada do México, onde Arrigo permaneceu algum tempo com muitos outros refugiados até conseguir acolhimento na França, favorecido pela mobilização dos amigos de lá e pelo clima de solidariedade com os que vinham do Chile.

O que não foi narrado é o aspecto mais pessoal, ligado sobretudo ao já referido problema de escassez de mulheres em Argel. Em Santiago era diferente, respirava-se o clima de revolução a liberar os desejos. Machões latinos revolucionários faziam troça com o lema argentino: "*Sigue la lucha... por la cachucha*".

Quando Arrigo ouviu o termo pela primeira vez, lembrou-se da expressão "é do tempo da Maria Cachucha". Ou seja, algo muito antigo. Aurora, que nas férias ia visitar Arrigo, brincava que ele era daquele tempo. Explicou que a expressão se devia a uma cantiga portuguesa do século XIX, popular também no Brasil, adaptada da cachucha, dança tradicional espanhola. Na sua origem, *cachucha* significava "chalupa", "barco pequeno". Daí vem provavelmente o nome que argentinos e outros hispânicos dão ao que os chilenos gostam de chamar de *concha*. Não na Espanha, onde fica a Playa de la Cachucha, em Puerto Real. No México evocam certa Santa Cachucha como sinal de surpresa. Nesse país, assim como na Colômbia e em El Salvador, *cachucha* pode ser ainda "touca", "gorro". Objeto côncavo, pronto a agasalhar. Daí ao sentido argentino, seria um passo. No tempo de *nuestra* América, de revolução e pílula anticoncepcional, festejou-se a cachucha como nunca.

Arrigo descobriu que sempre adorou dançar a cachucha. Gostava tanto que precisava de outras parceiras para bailar quando Aurora voltava ao Brasil. Uma delas se chamava Ingrid, sueca que – como vários europeus e norte-americanos dos dois sexos – foi para a América Latina em busca da revolução que não tinha espaço em sua terra.

América Latina sujeita ao imaginário do bom colonizador europeu, com sua nostalgia do primitivismo, incapaz de compreender a fome como nervo da sociedade que se devora! Era o que Arrigo dizia numa roda de conversa de bar no dia em que conheceu Ingrid. Ele notou a moça apenas quando ela lhe perguntou por que só se dirigia aos interlocutores homens ao falar de política ou coisa séria. Sentindo-se injustiçado pela acusação de sexismo, ele voltou o olhar exclusivamente para ela no resto da noite, entre drinques à base de pisco. Então se lembrou de que a vira uma vez de passagem, não poderia esquecer aquela figura com quem certa tarde trombara no Café Haiti, ponto de encontro tradicional de brasileiros no centro de Santiago.

No meio da conversa, ou antes, Arrigo percebeu que talvez Ingrid tivesse razão, quiçá estivesse falando com ela sobre colonialismo, imperialismo e revolução porque era bonita. Extraordinariamente linda, não podia evitar sobrepor desejo, como acabou confessando. Satisfeita, ela cantou vitória. Tentou espezinhar, mas tampouco podia esconder a atração, o velhote ainda era guapo, além de uma lenda revolucionária. Melhor deixar os corpos se entenderem. Muitas vezes. Arrigo sentiu-se como nunca imaginara que voltaria a se sentir. ¡*Viva la cachucha!* A felicidade só foi interrompida por uma notícia trágica, vinda do Brasil.

Olhos de mar

Diana era forte e alta, continuava bela, de cabelos curtos e já prateados. Sorriso aberto de dentes bem alinhados, rosto harmonioso enfeitado por grandes olhos verdes. "Morena dos olhos d'água, tira os seus olhos do mar, vem ver que a vida ainda vale o sorriso que eu tenho pra lhe dar." Ao ouvir pela primeira vez essa cantiga após a edição do Ato institucional n. 2 da ditadura, a imagem de Diana veio à lembrança de Irineu. Nesse tempo estava casado com Teresa, mas ainda recordava seu primeiro amor não correspondido.

Irineu prosseguia seu trabalho em São Paulo como professor da PUC e Arrigo estava exilado no Chile quando tiveram notícia da velha amiga. Souberam que Diana se vinculara a uma nova organização política e tinha voltado ao Brasil com um grupo de militantes treinados em Cuba para retomar contatos perdidos na zona rural desde a morte de Marighella e dar início à guerrilha no campo. Por um espião infiltrado, a polícia política viria a prender e executar quase todos os envolvidos. A ordem era exterminar quem voltava de Havana.

Os detalhes foram reconstituídos ao longo do tempo, a partir de testemunhos de companheiros e, sobretudo, de confidências de agentes dos órgãos repressivos. Mal se hospedara numa pensão no centro de São Paulo, Diana foi surpreendida por militares, sem chance de reagir. Imediatamente a enviaram a uma fazenda próxima da represa de Guarapiranga, onde funcionava um centro clandestino de torturas e execuções. O dono das terras emprestava o imóvel para os repressores, fazendo jus à Medalha do Pacificador, que recebeu em cerimônia pública em Brasília como recompensa pelos serviços prestados à nação.

Os agentes logo dependuraram Diana pelos pés numa árvore, amarrada e exposta a murros, chutes e choques. Nua, despertou a atenção dos agressores. A seguir, foi levada para o chamado banho de cachoeira. Deitaram-na amarrada em regato raso até que as águas se avolumaram, a forçar o choque do corpo com as pedras do fundo, agravando a dor nos ferimentos, fora a luta para não afundar. Depois veio o banho de piscina, como denominavam os afogamentos sucessivos num poço lodoso, enquanto os algozes se divertiam ao fazer comentários sobre ela, que continuava em silêncio.

O homem tinha unhas compridas, costeletas, cabelos penteados para trás com gomalina e usava óculos Ray-Ban. Tinha fama de conquistador. Ele já havia bolinado Diana, imobilizada na árvore. Irritava-se com o silêncio da mulher. À noite, aproximou-se da cela, entrou sussurrando em voz melosa que lamentava os ferimentos e ficaria ainda mais constrangido com a programação do dia seguinte. Estavam previstos choques elétricos nas partes íntimas, um alicate serviria para arrancar os pelos do monte de Vênus e depois poderia ser usado nos mamilos. Seria uma pena ver os desalmados fazerem churrasquinho, deformando com fogo partes embebidas em álcool de seu corpo. Disse ter notado que ela deixara escapar gemidos de dor e que melhor seria gemer de prazer com ele, que ia subindo as mãos pelas coxas da guerreira.

Diana notara que o tipo, como os demais, não a obrigava a usar capuz, despreocupado com futuro reconhecimento. Era sinal de que ela não sairia com vida dali. Venceu o nojo e fingiu dar trela ao conquistador, já a seu lado na cama dura e estreita. Acariciou o sexo dele por cima das calças, e o macho delirava, logo tirando a roupa e ordenando que continuasse. Ela, então, pegou o escroto e não largou mais. Sem conseguir se desvencilhar, o homem a agredia, gritava de dor e chamava ajuda. Ela apertava mais forte. Devia se lembrar do supervisor do Cotonifício Crespi, do camarada Pepe na Espanha, dos soldados nazistas, do capitão que assediava as atiradoras na Segunda Guerra Mundial. Apertou os colhões do torturador até arrebentarem como ovos cozidos sob saco de papel na palma da mão firme e forte.

Demorou para os meganhas soltarem o chefe, desacordado após um golpe que a guerreira lhe aplicara com a outra mão.

Enfurecidos, os agentes perderam a calma e anteciparam a surpresa que preparavam para o fim da punição à subversiva. Ela foi arrastada para a sala onde lhe colocaram em torno da cabeça a coroa de Cristo, como era conhecida a fita de aço com uma tarraxa para permitir que fosse apertada até o afundamento do crânio, fazendo os olhos saltarem para fora da face.

Coroada com o objeto, parafusos apertados em câmera lenta, nem assim Diana abriu a boca. Atravessada pela dor, ainda teve tempo de dar uma cusparada em seu algoz antes de perder a consciência. O corpo da menina da grande greve paulista nunca foi encontrado, perderam-se os olhos verdes de mira precisa nos campos de batalha na Espanha e na União Soviética, das lutas populares pelas reformas de base. Ela ficou encantada como uma estrelinha a brilhar ao lado de Dária na constelação da Ursa Maior, que Arrigo teria chance de rever no céu em sua última viagem a Moscou.

Curupira

Lindaura e Galego sumiram da vista de quase todos. Arrigo já estava em Paris quando soube que o casal havia sido convidado pelo camarada Ivan a integrar-se ao PCdoB, pouco antes de ser preso. Galego e Lindaura minimizaram as divergências com Ivan ao saber que seriam integrados ao grupo de militantes deslocados secretamente para viver na região do Araguaia. Planejavam atuar junto aos camponeses a fim de formar em médio prazo o embrião de uma guerra popular prolongada, inspirada no exemplo chinês. Era a oportunidade de desforra contra os que interromperam o trabalho na sede do Movimento de Cultura Popular no Recife. Não saía da cabeça deles a imagem dos tanques invadindo o Sítio da Trindade, militares queimando livros e obras de arte.

Ao saber da guerrilha do Araguaia, Arrigo sentiu-se impelido a largar tudo, esquecer as divergências com os maoístas e voltar ao Brasil. Mas as notícias da existência da guerrilha no Norte do país chegaram praticamente junto com a de sua derrota. O Exército precisou de três campanhas militares para liquidar os combatentes. De modo cruel. Quase todos os guerrilheiros foram torturados com selvageria e mortos, os corpos desapareceram. Noticiar a guerrilha do Araguaia ficou proibido aos meios de comunicação. Temia-se que estimulasse a ação de opositores silenciosos.

Lindaura e Galego haviam se integrado ao cotidiano dos demais trabalhadores rurais. Labutavam na terra de sol a sol, sem desenvolver atividade propriamente política, num meio que não apresentava qualquer organização dos trabalhadores. A presença na área era desconhecida até mesmo para a maioria dos militantes e dirigentes do partido. Numa região esquecida pelo poder público, Lindaura e Galego ajudavam no atendimento médico e sanitário aos moradores dado pelos paulistas, como ficaram conhecidos os novos habitantes do local.

Os vizinhos tiveram uma surpresa quando agentes apareceram em busca de terroristas em abril de 1972. Não imaginavam que aqueles que conheciam como dona Lurdes e seu Tião fossem subversivos, muito menos os demais paulistas, gente boa. O casal escondeu-se a tempo na selva, integrado a um dos três destacamentos de 21 combatentes. O partido ignorara a possibilidade de recuo e desmobilização, preferiu iniciar a guerrilha depois que sua atuação na região foi descoberta.

Nunca se conheceram os detalhes da luta de Lindaura e Galego nem das circunstâncias de sua morte. Apenas se sabe que os corpos sumiram após a campanha final de cerco e aniquilamento promovida pelo Exército, que não poupou moradores suspeitos de cumplicidade com os subversivos. Mesmo temerosos de dar declarações, alguns habitantes da região segredariam que o corpo de Galego foi dependurado num helicóptero em pleno voo para mostrar que havia de fato morrido.

Seu Tião era tido como feiticeiro, ganhara fama de imortal. Reza a lenda que sobrevive como duende na floresta, com cabelos de galego e pés de trás para frente a fim de enganar os perseguidores com pegadas invertidas. Ainda se ouve sua voz entre as árvores, levando notícias aos que não aprenderam a ler, como fazia o menino a vender jornais nos trens pelo interior do Nordeste quando tio Mário o conheceu. Lindaura continua a seu lado na forma de vagalume a iluminar os textos que ele lê a quem se dispuser a ouvir.

Era uma vez um garoto de nome Romão, apelidado de Galego por ser loiro, de pele morena, provável descendente dos holandeses pernambucanos. Eternamente encantado na imensidão da floresta.

Visita inesperada

Depois de deixar o Chile, Arrigo já estava estabelecido com Aurora no subúrbio de Paris quando recebeu a visita de Sima. A irmã de Samuel por parte de mãe apareceu sem avisar. A princípio, não a identificou. O belo rosto revelava a alma transtornada e, por isso mesmo, fascinante. Difícil reconhecer a menina que carregara no colo ao visitar a família de Lino após a Segunda Guerra Mundial e que vira apenas de passagem algumas vezes no correr dos anos.

Aurora recebeu bem a moça, que colocaram para dormir na sala, após um jantar regado a Bordeaux, vinho bom e acessível ao bolso de exilados. Prometeram ajudá-la enquanto esperava o dinheiro que o pai ficou de mandar. No Brasil, Aaron tinha enriquecido bastante com a expansão de seus negócios no tempo do milagre econômico. Casara-se de novo depois da morte de Mira, atropelada por um carro em alta velocidade que avançou o sinal vermelho na avenida Higienópolis.

Era outono, quase inverno, as noites longas, o vinho e a calefação estimulavam, assim como a presença de Sima. Arrigo atravessou a madrugada amando Aurora. Paredes em casas francesas de segunda linha são finas e não primam pela vedação sonora. Ele sabia disso.

Na manhã seguinte, Aurora saiu para comprar pão. Arrigo entrou na sala e viu Sima deitada, olhos fechados, seminua. Aproximou-se para admirar a jovem. Já sentado na borda do sofá-cama, acariciou de leve sua coxa. Ia se levantar, mas a mão da moça segurou o pulso dele para que não deixasse de tocar seu corpo, conduzindo-lhe os dedos devagar à região pubiana. Ele sentiu a umidade. Ela ofegava, olhos cerrados como se dormisse. Em silêncio, os corpos foram se encontrando, corações acelerados também pela iminência do retorno de Aurora, de olho na fechadura, que poderia ser aberta a qualquer momento. Quando a porta finalmente se mexeu, os corações haviam voltado à cadência habitual, cada um em seu lugar.

O que poderia ter sido breve aventura teve, porém, desdobramentos inesperados. Cada segundo das ausências da anfitriã era aproveitado, até que o dinheiro veio do Brasil. Era uma boa quantia, e Sima alugou pequeno apartamento na Île Saint-Louis. Arrigo ia visitá-la em segredo e se mudou para lá assim que Aurora retornou para assumir suas aulas na USP. Antes de partir, a namorada fizera Arrigo jurar que não se envolveria com Sima. Sabia que teria aventuras, ela também – as velhas mentiras para não se sentir uma Simone diminuída diante de Jean-Paul –, mas, por favor, que não fosse com Sima. Ele prometeu, ela sabia que não ia cumprir.

Quai de Bourbon, número 36, terceiro andar, de frente para o rio Sena. Foi ali que Arrigo viveu uns meses com Sima à beira do abismo. Ele havia ultrapassado os sessenta anos, embora aparentasse quarenta e poucos, os amigos brincavam que havia feito um pacto com o diabo, como Dorian Gray. Ela mal chegara aos trinta, mas quem não soubesse imaginaria que tinha mais idade. Então, o par não destoava pela aparência. De qualquer forma, ambos eram adultos. Confirmavam-se os temores da falecida Mira.

Rindo, copo na mão e cigarro entre os dedos, Sima certa noite revelou a Arrigo que a mãe sempre lhe dizia para evitar o amigo do primeiro marido, pois não trazia bons ventos para a família. Surpreso, ele não conseguiu esconder que ficou abalado, sem que a nova namorada entendesse a razão. "Que bobagem!" Ela continuou a tagarelar, rindo e animada, fez de tudo para ele entrar na onda, mas a noite já estava arruinada para quem cultivava o sentimento de culpa pela desgraça de Lino.

A notícia do namoro intergeracional logo correu mundo, havia exilados brasileiros em toda parte, as fofocas circulavam rapidamente. Samuel, que naquele momento vivia no Canadá com a mulher e o filho, soube do romance. Já estava distanciado do amigo, que conhecia bem, e o mesmo valia para a irmã. Assim, não ficou surpreso com o relacionamento entre os dois. Até cultivou alguma esperança de que seu velho protetor pudesse ajudar a jovem, afundada nas drogas.

Arrigo descobriu que Sima era dependente depois que ela se mudou para o novo endereço. Fizera tratamento no tempo em que viveu na Alemanha, e parecia ter dado resultado, mas tudo voltou à estaca zero quando se estabeleceu em Paris. Gastava a maior parte da soma generosa que Aaron mandava mensalmente com álcool, haxixe, cocaína e LSD, além de maconha, cogumelos e outras substâncias.

Ela começara seguindo as ideias de Timothy Leary sobre o potencial liberador das drogas. "*Turn on, tune in and drop out.*" Arrigo também se ligou na contracultura, entrou em sintonia e caiu na vida ao lado de Sima, que lhe ensinou um pouco de rock. De sexo ele era professor, mas não embalado por alucinógenos. Adorou.

Arrigo sempre gostou de beber, mas raramente tomava porres. Fumava charuto às vezes, não cigarro, mesmo tendo ficado tanto tempo ao lado de Luna, fumante inveterada durante a guerra. Talvez tivesse tomado morfina para suportar as dores quando esteve sob os cuidados de Marcella e Carmella na Catalunha. Não lhe pareceu que teria problema em acompanhar as experiências da nova namorada.

Sima pensava ser fácil domar a onça escondida dentro de si. Acabou engolida, mas era um belo animal, que encantava Arrigo, direcionado ao mesmo caminho. Viveram juntos lindas alucinações, viagens interiores. Ouviam canções que ele cantava, não raro colocando o nome dela em vez do original: "*Sima in the sky with diamonds*". Além dos Beatles, os favoritos de Arrigo eram Bob Dylan e Pink Floyd. Ela preferia Rolling Stones, Jimi Hendrix e Led Zeppelin. Janis Joplin era *hors-concours*. Cultura pop para o sessentão.

As viagens com ácido nem sempre eram boas. Sima atormentava-se com a figura da mãe, que algumas vezes viu materializada em delírios. Ora aparecia cobrando presença no enterro, ao qual a filha não pudera comparecer por estar exilada, ora Mira surgia estropiada pelo desastre, com o corpo em decomposição, aproximando-se para embalar Sima. Tudo bem real e assustador para ela, que via ratos, camundongos e baratas subindo por seu corpo, tentando entrar pelos orifícios, como nas torturas sofridas no Brasil.

Não era preciso ser psicólogo para perceber que Sima fora afetada pela tortura e tinha problemas com a mãe, cuja morte a abalou, ainda mais por não poder se despedir. Ela e o irmão arriscaram-se a perecer a qualquer instante na luta revolucionária, mas quem morreu de modo violento e inútil foi Mira, atropelada em São Paulo.

Arrigo aproximava-se para ajudar a namorada quando presenciava as visões, mas ela o repelia e gritava e chegou a repetir que a mãe lhe dissera para se manter longe dele. Dar assistência era difícil, especialmente porque se emaranhava cada vez mais na mesma teia. Também ele passou por viagens ruins, em situações parecidas com as de seus pesadelos, cheios de estradas sem saída, com sangue, prisões, fantasmas e muito sentimento de culpa.

Num delírio dele, a cortina da sala tornou-se a batina do mestre jesuíta da infância, que obrigava Arrigo a se ajoelhar e rezar em penitência pelos seus pecados; o homem segurava a palmatória, que batia de leve e ritmadamente na outra mão, como quem está prestes desferir uma pancada na vítima. Arrigo olhava para o chão, dizia a si mesmo que aquilo não passava de desvario, mas quem via não era mais o padre, e sim o torturador da Detenção a empunhar o instrumento de suplício. Queria fugir, foi até a janela, lá fora o Sena corria pacífico aos pés do prédio, mas parecia o mar revolto visto do convés do navio de onde quase se jogou a caminho do primeiro exílio. Sentiu certa mão nas costas, alguém gritava para ele não pular. Pareceu ser Apolônio, voltou-se e viu Sima. Recebeu um abraço: "Calma, é só uma viagem ruim". Enxugou as lágrimas e encarou a namorada, que de repente assumiu a cara de Mira para falar com rancor na voz e nos olhos inquiridores: você já matou meu marido, afaste-se de Sima, canalha! Arrigo quis saltar pela janela, foi impedido novamente pela namorada, que ganhou o rosto de dona Imma, a dizer e repetir muitas vezes com a voz de irmã Carmella: "*Lascia stare, bambino, non fa niente*", até ele se acalmar.

Depois de cada episódio forte, o casal tentava parar com as drogas. Mas os momentos bons sob seu efeito eram em maior número e às vezes tão maravilhosos que compensavam os maus.

Origem do mundo

Aaron tentava colaborar de longe. Além do amor pela filha, sentia-se mal em fazer tanto dinheiro sob uma ditadura que perseguia Sima e Samuel. Lamentava não ter conseguido evitar as torturas que ela sofreu nos primeiros meses de prisão. Porradas, choques elétricos, pau de arara, até um camundongo foi introduzido em sua vagina. Os militares queriam de todo modo saber pormenores de suas atividades e contatos. Alguns ela tinha e não deu, outros ela quis ocultar, mas não pôde, culpando-se por isso.

Ao fim, sem envolvimento com ações armadas, Sima foi condenada a dois anos por ligação com um grupo clandestino, dissidente da Política Operária. Cumpriu um e saiu em liberdade condicional. Imediatamente os pais providenciaram sua fuga para o exílio. Aaron queria mandá-la para Israel. Ela preferiu Paris, depois Berlim, onde ficou na residência do namorado até retornar à França, quando foi bater à porta de Arrigo e Aurora.

Aaron sempre manteve a mesada da filha, mesmo sabendo que gastava com drogas. Por intermédio de um amigo, contratou um dos mais famosos e caros psicanalistas franceses para cuidar dela. Arrigo aprovou, pois se tratava de homem de esquerda, seu conhecido. Acompanhava a namorada às sessões, aguardando do lado de fora da sala. Certa vez foi chamado para dentro, Jacques queria mostrar a ele e Sima um quadro que mantinha em sua casa de campo e trouxera a Paris para reparo da moldura. Gostava de exibi-lo a pacientes e amigos. Era a tela *A origem do mundo*, que Courbet pintara por encomenda pouco mais de cem anos antes. Arrigo sempre se lembra dessa ocasião quando visita o museu D'Orsay, ao qual a obra foi cedida após a morte do proprietário, como parte do pagamento de impostos de herança. Nunca ficou claro o que o psicanalista pretendia ao mostrar aquele quadro estranho, a reproduzir com realismo o torso nu de uma mulher deitada, com os pelos pubianos destacados, não o suficiente para encobrir os detalhes de sua vagina. Além de tudo, o rosto da modelo não está enquadrado, tampouco aparecem os braços e as partes abaixo das coxas, não se sabe se por iniciativa do pintor ou de quem fez a encomenda sem querer identificar a dona do corpo. O fato é que mostra apenas o que interessa, um tanto dos peitos semidespidos, o ventre e o sexo exposto entre as pernas abertas. *La cachucha*.

Talvez a obra tenha sido concebida originalmente na forma atual, alguns acham que foi recortada de um todo maior, que exibia o corpo da modelo na íntegra. Não importa, o foco no sexo teve efeito devastador para o moralismo da época e, para certos observadores, segue sendo herética até hoje. Não para Sima, muito menos para Arrigo. O psicanalista era sagaz, sabia disso, talvez quisesse estimular a paciente a refletir sobre sua relação com a mãe, afinal o quadro mostra o lugar por onde passam todas as pessoas quando vêm ao mundo. Ou pretendesse recuperar e autoestima de Sima, mostrando que a vagina deve ser fonte de vida e prazer, não objeto das torturas sofridas. Arrigo tinha um pé atrás com os discípulos de Freud e não descartou a hipótese de que o quadro fora mostrado por mero deleite exibicionista do proprietário.

O filho de dona Imma ficou mais interessado nas motivações do pintor Courbet, em quem se reconhecia. Era sabido que participou da Comuna de Paris e foi responsabilizado pela derrubada da enorme coluna ao centro da praça Vendôme com a estátua de Napoleão. Seria condenado a pagar pela restauração. Antes fugira para a Suíça, após a derrota da Comuna. Um homem que pôs abaixo tamanho símbolo fálico era o autor de *A origem do mundo*, como descobria com Sima. Só podia ter morrido no exílio. Aumentou a admiração que sentia por ele.

O tratamento da filha custou os tubos para Aaron, mas Sima parecia estar no caminho de livrar-se da dependência das drogas, ao lado de Arrigo, que parou com as experiências, não sem sofrimento. Para Sima, o problema era ainda mais sério. Ela começou a ficar deprimida. Certa vez contou a Arrigo do impulso que teve de se jogar sob o trem ao ver camundongos sobre os trilhos, desses que qualquer um pode reparar nas vias do metrô parisiense. Sempre teve horror a esses bichos, mais ainda após o que se passou nos porões onde esteve confinada.

Sima já tinha ouvido rumores sobre o uso de animais em sessões de tortura. Usavam até cobras e jacarés, em especial com os corpos femininos. Nunca imaginou que isso pudesse acontecer com ela. Antes de uma sessão, foi obrigada a dançar pelada para deleite de alguns policiais, que logo lhe colocaram o capuz na cabeça, a seguir uma corda no pescoço, atada às mãos atrás do corpo nu, de modo que, caso se mexesse para defender a intimidade, se enforcasse.

O agente conhecido pelo codinome de Gegê guardava baratas com carinho numa caixa, cada uma batizada com um nome de atriz de novela: Glória, Regina, Eva, Dina, Yoná. Prendia finos barbantes em suas carcaças, cada qual de cor diferente, verde, azul, amarelo, branco, para melhor identificar as criaturas e também manipular seus movimentos, tarefa delicada, cumprida com destreza e desenvoltura. Não era homem só para o trabalho bruto dos choques e pancadas. Caprichava no que fazia, era profissional. E sensível, um carcereiro contou que o colega levava os insetos amestrados para exibir à mulher e aos filhos. Seu sonho era trabalhar com um ornitorrinco.

Gegê admirava a capacidade das baratas de sobreviver a chineladas e outras adversidades. Seus experimentos comprovavam a resistência delas a mais de meia hora debaixo d'água, em pouco tempo conseguem até regenerar patas arrancadas, podem ficar semanas sem comer e aguentam mais de um mês sem cabeça. Por sua vez, separada do resto do corpo, a cabeça pode se manter viva e mexer as antenas por horas. Era o que sussurrava nos ouvidos de Sima enquanto os colegas davam choques na moça e ele preparava seus bichinhos para entrar em ação.

Sima teve calafrios quando o tipo colocou as baratas para brincar sobre sua pele nua na sala de tormentos. Suportou, enojada, mas tremeu ao ver uma gaiola cheia de ratos. Percebendo a fraqueza, primeiro o torturador colocou delicadamente um camundongo para passear em busca de esconderijo nas cavidades do corpo da moça. Passado que voltava em pesadelos e delírios da exilada.

"Adeus, amor, eu vou partir"

Apesar de tudo, Sima estava em recuperação e ficou animada ao receber uma carta que Arrigo pegou no escaninho da portaria, com selo de Berlim. Ao entregá-la, viu um brilho inédito nos olhos da jovem. Naquela noite, Sima o amou como nunca. Mais intensa que da primeira vez, mais entregue que em qualquer ocasião.

Na manhã seguinte, disse a ele que foi uma despedida. Não queria magoar, contou com delicadeza o que jamais revelara, sua paixão por um professor de filosofia em Berlim, que a havia deixado pouco tempo antes da mudança para a França. A fim de esquecê-lo, ela buscara abrigo na casa de Arrigo e Aurora. Agora recebia aquela carta, com palavras sedutoras, suplicando para ela voltar. O companheiro precisava entender, o professor alemão era o homem de sua vida.

Foi duro, pela primeira vez uma mulher o deixava. Arrigo nada podia fazer, a moça tinha direito, ele não era futuro. Melhor encontrar um tipo mais novo, quem sabe ter filho, família. No dia seguinte, Sima estava de malas prontas. Ao menos Arrigo ficou confortado por ver que os presságios de Mira sobre a filha ao lado dele não se confirmaram, nada de trágico acontecera. Ele a acompanhou até o aeroporto de Orly. Recebeu um beijo ligeiro de adeus e seguiu a moça com os olhos até ela embarcar, leve e feliz. Na volta, ao descer do metrô, sentiu umas gotas e olhou para o céu de Paris, viu que São Pedro armava um temporal. Pensando aleatoriamente na vida e nas mulheres que amou, Arrigo deu passos a esmo sob uma triste chuva de resignação.

Pelo fim do mês, Arrigo deixou o apartamento e foi para Lisboa. Acabara de ocorrer a Revolução dos Cravos, e vários exilados brasileiros dirigiam-se para lá. Hora de esquecer a dor de ser deixado. Esperanças renovadas. Adeus, Île Saint-Louis!

Foi preciso atravessar a Espanha por terra, pois os voos até Portugal ainda estavam irregulares e bem caros. Para conseguir um passaporte falso, ativou antigos contatos, amigos do casal Derville, que já havia falecido. Temia ser identificado e preso na terra de Lorca, apesar de ter deixado o país quase quarenta anos antes. Com a identidade uruguaia de Felipe García Martinez, ele chegou a Madri para trocar de trem.

Não conhecera a cidade, cercada durante a guerra civil. Sentiu nas ruas movimentadas o ambiente único, tão comentado. Nada como a Espanha. Luísa esperava por ele na estação, na certa um nome falso, imposto pela situação de clandestinidade. Devia pertencer a partido proibido, talvez o comunista. Os companheiros franceses haviam pedido para levar uma mensagem a ela, que pegou a carta e se afastou. Foi parada adiante por guardas que não pareciam ser da polícia política.

Arrigo-Felipe pensou em sair de perto, mas temeu pela moça e por ele mesmo, caso quisessem ler a carta que acabara de entregar. Aproximou-se, cumprimentou os guardas com a saudação franquista e beijou a mão da jovem como um cavalheiro, passando-se pelo tio que viera se encontrar com ela. Estava bem-vestido, caprichou no sotaque e perguntou se podia ajudar em algo. Os policiais disseram que era procedimento de rotina, viram os documentos e logo deixaram os dois saírem da estação.

Luísa agradeceu pela ajuda, mas era orgulhosa, afirmou que teria sabido se livrar por conta própria. "*Por supuesto*", ele respondeu, não convinha contradizer aquela mulher briosa, além de muito bonita. Arrigo dispunha de horas livres até o trem partir, podia deixar a mala na estação e caminhar pelas ruas de Madri. Melhor ainda se fosse em boa companhia. Esperou em vão por uma oferta da jovem para acompanhá-lo. Então a convidou para almoçar. Polidamente, ela agradeceu e recusou, tinha compromisso. Antes que Arrigo gastasse mais de sua lábia, Luísa já estava virando a esquina. De volta à estação, deixou a bagagem no guarda-volumes e passou um tempo flanando por Madri, inebriado por um bom vinho.

"Foi bonita a festa, pá"

Em Lisboa, Arrigo dividiu com Lucas um apartamento no bairro do Chiado. O filho de Irineu chegara havia pouco para trabalhar como médico voluntário, empolgado com a Revolução dos Cravos, liderada por capitães que acabaram pacificamente com a ditadura salazarista, instaurada fazia décadas. O país vivia uma euforia política e cultural, a revolução parecia não haver terminado, muitos esperavam que o processo culminasse numa mudança socialista. As colônias africanas em Angola, Moçambique, Guiné-Bissau e Cabo Verde liberavam-se do jugo lusitano com apoio dos militares revolucionários.

Arrigo convivera no Brasil com os comunistas e com o ambiente militar revoltoso dos tenentes, de modo que a situação em Portugal fazia lembrar velhos tempos. Desde que seu grupo se esfacelara, ele deixou de ser militante orgânico. Não queria mais o Partido Comunista, muito menos entrar na dissidência aliada da China ou em outros grupos pequenos, já não se identificava plenamente com qualquer deles. Tampouco tolerava a ideia de passar outra vez por tortura. Em Portugal, não seria o caso de se ligar a qualquer facção, mas tinha esperança de surgir algo novo, de fato popular, como resultado da efervescência política que testemunhava nas ruas. Acompanhava o entusiasmo de Lucas, ligado a uma pequena e aguerrida dissidência comunista. Mas estava longe de concordar com ele.

Com a intermediação de amigos jornalistas brasileiros, produziu reportagens encomendadas. Ganhou a vida nessa época com o pagamento de matérias para o jornal alternativo *Opinião*, além de *O Estado de São Paulo* e o *Jornal do Brasil*, todos sob forte censura. Tinha de escrever nas entrelinhas, como se dizia, ou seja, de modo cifrado, mas ao alcance de bons entendedores. Mesmo assim, algumas notícias foram cortadas no todo ou em parte pelos censores. Não usaria o nome pelo qual era conhecido, Arrigo Liberati estava vetado pelo regime militar. Mas tem tanto sobrenome que podia escolher um pseudônimo com base real sem levantar suspeita. Ficou com Ramalho Silva, que soava lusitano.

Em tarde bela e quente de verão, Arrigo tomava um café na Brasileira do Chiado quando viu Luísa na mesa ao lado, conversando com dois jovens portugueses, trocando olhares conspirativos. A moça a quem entregou a carta em Madri não notou sua presença ou talvez não o tenha reconhecido. Falavam baixo, mas estavam suficientemente próximos para que o jornalista ouvisse a conversa. Tratavam de um dinheiro vindo do Brasil, que serviria para financiar o passo seguinte da revolução portuguesa e ainda ajudar os camaradas da África e a resistência na Espanha. Arrigo quase caiu da cadeira, deviam ser os dólares perdidos da ação do cofre em São Paulo, enviados por Danton a uma conta misteriosa na Suíça. Ficou curioso pelos detalhes, mas os companheiros da mesa ao lado logo foram embora. Só viria a saber deles pouco depois, por notícia de jornal.

Arrigo fez várias reportagens sobre o verão quente de 1975, assim conhecido pelas altas temperaturas e sobretudo pelos confrontos que quase levaram à guerra civil em Portugal. Em decorrência deles, Lucas ficou detido por alguns meses. Não foi só a prisão do amigo que tocou Arrigo pessoalmente. Mereceu capa de jornal um acidente na antiga ponte Salazar, já denominada 25 de abril em homenagem ao dia da Revolução dos Cravos. Ao ver a foto do casal que perdeu a vida, Arrigo reconheceu Luísa e um dos jovens que estava com ela na tarde da conversa ouvida sem querer.

Luísa dirigia o carro no alto da ponte suspensa sobre o gargalo do Tejo quando um caminhão fechou sua passagem. Testemunhas disseram que ela fez manobra brusca para escapar do desastre, sem sucesso. Com a violência do choque, rompeu-se o porta-malas. De dentro voaram milhares de notas de dólar, que o vento levou para longe, feito confetes verdes a cair devagar sobre a imensidão azul do rio, iluminado pelo amarelo do fim do dia, sol parcialmente devorado pelo branco das nuvens. Pessoas saíram de seus veículos e ainda tiveram tempo de ver as notas bailando no céu, até se perderem nas águas a desembocar no oceano. Alimento e veneno para peixinhos cansados de ensinar marinheiros a nadar. Algumas cédulas pousaram na Torre de Belém, guardiã do Tejo, naus partidas para além-mar em busca do desconhecido. Fortunas e virtudes à deriva.

Do Tejo ao Sena

Arrigo acompanhou em Lisboa as disputas políticas até a aprovação da Constituição Portuguesa, quando voltou a Paris, um tanto decepcionado com o enquadramento institucional de um movimento que prometera mais. A expressão "verão quente" fora apropriada para Arrigo no ano anterior por um motivo adicional: a visita da sempre bela e elegante Aurora, recuperando a relação estremecida no tempo de Sima. Ela se aposentara no Brasil e voltou com ele para a França, onde passaram juntos outros verões. A permanência em Lisboa e suas matérias elogiadas na grande imprensa serviram para reavivar contatos profissionais na terra natal, assim Arrigo teria trabalho garantido com reportagens até o fim do exílio.

Estava chegando um verão ameno. Em Lisboa e depois em Paris, Arrigo recebia notícias contraditórias do Brasil. O novo governo do general-presidente Geisel prometia fazer uma distensão política após a esquerda armada ter sido aplastada. Alguns companheiros apostavam nisso e recomendavam arriscar a volta do exílio. Já os camaradas do partido se viam mais perseguidos que nunca. Arrigo sabia que a distensão dependia de neutralizar qualquer grupo de esquerda. O governo ficou preocupado depois que o partido de oposição consentida, o MDB, conseguiu expressiva votação para o Congresso em 1974. Sobrou repressão para os comunistas, que o apoiavam, enquanto outros grupos clandestinos, igualmente perseguidos, propagavam o voto nulo de protesto.

Arrigo tinha amizade com Armênio Guedes, exilado em Paris, entre outros velhos camaradas. Foram eles que o receberam de volta na Cidade Luz. Haviam sentido na pele que o mar não estava para peixe, a onda repressiva era pesada. O Partido Comunista teve de retirar os principais dirigentes para o exterior por razões de segurança, alguns foram presos ou assassinados. Prestes estava morando em Moscou.

Os exilados acompanharam os avanços e os recuos da abertura política na terra natal, em paralelo com o crescimento da oposição. Lucas, que foi viver em Paris após deixar Lisboa, reproduzia o que lhe contavam seus amigos cristãos brasileiros, empolgados com as comunidades eclesiais de base da Igreja católica, inspiradas pela Teologia da Libertação. Elas ajudavam a organizar movimentos populares que floresciam em grande número sobretudo nas periferias das grandes cidades. As greves eram retomadas a partir do que se anunciava como o novo sindicalismo.

Surgiu o movimento pela anistia, com ramificações no exterior, de que Arrigo e Aurora participaram, até que o presidente-general Figueiredo propôs um projeto de anistia, por fim aprovado pelo Congresso. Aquele ano foi excepcionalmente promissor também no cenário internacional. Triunfaram revoluções na Nicarágua e no Irã, cujo devir ainda não estava claro. Últimos suspiros da era das revoluções, aberta no México pelas armas de Villa e Zapata? Era o que o velho de guerra viria a se perguntar ao longo dos anos, tomando uns tragos.

Arrigo esperou um pouco para voltar ao Brasil, pois queria ter certeza de que a anistia era para valer e de que seu caso estava incluído; afinal, os chamados crimes de sangue não foram contemplados. Só partiu quando recebeu sinal verde de seu velho advogado, doutor Vital Beltrão.

Naqueles dias, entre as várias canções que amigos mandavam do Brasil, ouviu uma que o tocou especialmente: "Menina, que um dia conheci criança, me aparece assim de repente, Linda virou mulher". Ficava pensando nos acasos e nas consequências de seus atos. Se Lino estivesse vivo, dificilmente Mira teria se casado com Aaron, logo Sima não existiria e ele não sofreria por causa dela. Indagava-se por que fora se envolver com a jovem que o abandonou para voltar aos braços do professor alemão. Sentia-se velho, sem saber se a dor maior vinha da saudade ou da sensação de ser deixado.

De qualquer modo, Aurora estava outra vez com ele, e a partida da Europa dava ânimo para virar páginas. Só não foi feliz porque na véspera da viagem Arrigo recebeu a notícia que despejou a abóbada celeste sobre sua cabeça. O presságio de Mira agora se esclarecia: Sima se jogara sob o trem do metrô em Berlim.

Que horas são?

O barulho do cuco interrompeu meu pensamento. Estranho, os relógios estavam todos parados, como o passarinho impertinente pôde cantar?

"Cuco-cuco-cuco!
O passarinho do relógio
Está maluco"

A antiga marchinha começou a tocar de repente no rádio até então desligado, na voz inconfundível de Aracy de Almeida. Terminada a canção, o passarinho do relógio saiu de repente do ninho, sem mais suportar permanecer no apartamento de Arrigo. Num voo rasante, passou por mim, resvalou no cabelo desgrenhado do velho e seguiu como um raio para o buraco da janela, furou o remendo e ganhou o horizonte. Deixou-me embasbacado na sala, condenado a observar de quando em quando a coleção de relógios na parede.

Arrigo nunca foi de se atrasar para encontros, talvez um velho hábito de clandestino que não podia perder a hora em pontos combinados a fim de não comprometer a segurança de companheiros. Mas os marcadores do tempo sempre tiveram um problema com ele, deixando de funcionar nos momentos mais inapropriados, de modo que preferia manter parados os relógios de sua coleção na sala.

Antes de retornar de seu último exílio, sem saber se estava atrasado, Arrigo deteve-se para olhar as horas e viu que seu relógio de pulso não trabalhava. Era um modelo comprado em Moscou, devia ter molhado ao lavar as mãos numa bica do Jardim de Luxemburgo. Estava a caminho de um café próximo da igreja de Val-de-Grâce, onde iria se despedir de amigos franceses. Olhou ao redor e descobriu uma providencial relojoaria na rua Saint-Jacques. Ao entrar, viu na parede relógios antigos, todos funcionando com pontualidade. Tinha tempo de sobra. Ficou distraído com as peças e mal notou a senhora atendente, até ser chamado pelo nome.

A princípio não reconheceu a figura, bem maquiada para disfarçar as rugas que insistiam em aparecer num rosto marcado por cirurgias plásticas. A voz permitiu saber de quem se tratava. Carmen deu uma cadeira ao antigo namorado e, sem que ele perguntasse, postada atrás do balcão, desandou a falar dos tempos da revolta tenentista, dos lindos dias no casarão da avenida Paulista, dos quitutes de dona Maria, do saudoso doutor Ludovico, a quem devia tudo, antes de se apaixonar pelo *cabrón* do Eugênio, com o perdão da palavra. Homem rico e refinado só na aparência, prometera casamento, aproveitou-se da inexperiência e das ilusões da pobre seduzida.

Enquanto ela falava, Arrigo desviou o olhar em direção aos próprios pés, perturbado pelo imprevisto de rever o primeiro amor, ainda mais com aquele rosto em que via um espelho. Logo se recompôs, a memória do passado dominou o assombro do presente e ele mirou os olhos escondidos pelas rugas camufladas.

A antiga namorada reconheceu que pôs tudo a perder ao seguir com Eugênio para a Europa, maldita a hora. O almofadinha dissipou em cassinos as economias dela em anos de trabalho honesto no fórum, além do pouco dinheiro que doutor Ludovico lhe dera em reconhecimento pela ajuda de tantos anos com a gerência de seus bens. Não fosse tanta oscilação nas bolsas de valores, o magistrado poderia ter conservado a fazenda, ela bem que o advertira dos riscos de comprar ações.

Ao ouvir o nome do pai, Arrigo lembrou-se de seus conselhos sobre a bela jovem que associava a certas personagens femininas de Machado de Assis, olhos de cigana oblíqua e dissimulada. Doutor Ludovico não previra que ele próprio seria o idiota a cair na conversa daquela cuja existência, segundo ele, estava corroída pelo verme da paixão do lucro.

Carmen prosseguia. Era mulher de honra e palavra, caiu em si e largou Eugênio, falso aristocrata, mesmo ficando ao deus-dará. Por sorte encontrou um nobre italiano digno de seu título e que a tirou das dificuldades. Pena ter morrido cedo. Graças a sua generosidade no testamento, pôde voltar ao Brasil com pequena soma e investir numa empresa de exportações. Após o golpe, foi acusada falsamente de vinculação ilícita com chineses em visita de negócios ao Brasil. Então, os militares a forçaram a entrar na campanha de doar ouro para o bem do país.

O coração que batera um pouco mais acelerado no peito de Arrigo já voltara à cadência de sino a dobrar pelos finados. Notou a ardência da flama da cobiça nos olhos por trás dos óculos da senhora. Riu consigo mesmo dos palavrões que ela lhe dirigira em mais de uma ocasião ao se ver contrariada.

Carmen soube que andaram espalhando mentiras sobre desvios de barras de ouro por parte dela, tudo para acobertar o roubo que praticavam. Ela foi obrigada a sair do país e seguiu para a França sem um tostão depois de levarem de sua casa o cofre onde guardava suas economias e as do amigo senador, dinheiro honesto. Sentia-se tão exilada quanto Arrigo e outros heróis da resistência. Lamentava não ser reconhecida como parte deles. Perdoava terem expropriado o cofre, mas os companheiros podiam contribuir com ela agora e proporcionar alguma ajuda. Se ele soubesse de algum negócio interessante na volta, que a chamasse, pois estava morta de saudade e cansada da vida numa terra estranha.

Não convenceu Arrigo, exceto no que diz respeito à última frase – e em parte. Devia se sentir mesmo enfastiada de acabar a vida com a barriga encostada num balcão. Ao menos, tinha emprego e vivia num Estado de bem-estar social, não morreria de fome ou por falta de tratamento em hospital de terceira ordem. Ele não descartou a hipótese de Carmen ter mentido para esconder riqueza secreta. Em todo caso, sentiu uma ponta de remorso pelo caso do cofre. Teve pena da mulher que lhe deu tanto prazer e dor de cabeça. Nunca mais voltaria a vê-la.

Ao sair da loja, estava sobrecarregado com o peso e o volume dos três relógios que iniciaram sua coleção, além de ter comprado um novo e caro exemplar de pulso. A bela de outros tempos convenceu o ex-namorado de que seu velho modelo russo não prestava mais e de que as lindas peças de parede estavam à venda por uma pechincha. Ao chegar ao Brasil, talvez indispostas com o clima, nenhuma delas funcionou, o que contribuiu para o hábito de manter todos os relógios parados.

Velhos personagens em nova cena

No retorno, Arrigo retomou a carreira de jornalista, trabalhou na *Gazeta Mercantil*, depois na *Folha de S.Paulo* e em outros órgãos, até se aposentar, já avançado o século XXI. Quando esteve na editora Abril, foi um dos responsáveis pela publicação de obras clássicas de filósofos e economistas para venda em bancas de jornal, inclusive alguns marxistas, ainda no finzinho dos governos militares. Suas colaborações esporádicas para a imprensa seguem até hoje, cada vez mais espaçadas.

Arrigo voltou do exílio disposto a ocupar seu antigo apartamento do edifício Esplendor no centro de São Paulo, onde escrevo estas linhas enquanto aguardo ajuda para sair daqui. O espaço é modesto e não convinha a Aurora, que convidou o namorado para viver com ela na avenida São Luís ou no sítio em Vinhedo. Ele não topou. Criado o impasse, voltaram a morar em lares separados, ela cada vez mais retirada na casa de campo, enfurnada na leitura de poemas, contos e romances que a fazem feliz.

Mal se estabelecera no antigo endereço, Arrigo encontrou por acaso Benedito, o Dito Cabeção dos tempos de dona Imma. Foi na passeata de protesto pelo assassinato de Santo Dias. Veio à mente a manifestação de mais de sessenta anos na grande greve, outros operários nas ruas, agora coloridos, brasileiros natos, muitos migrantes nordestinos. Estavam juntos outra vez.

Emocionado pela morte do sobrinho-neto, a princípio Dito não reconheceu Arrigo, que de imediato se lembrou do homem grisalho. Aquela cabeça dava para ver de longe. Negro quando pinta tem três vezes trinta, dizia um ditado. Nem sempre acurado, Dito não estava tão velho, mas o sofrimento tem seu preço, o branco dos cabelos como sabedoria e cicatriz.

No tempo das revoluções russas, os dois meninos compareceram à passeata que seguiu até o cemitério do Araçá para o enterro de José Gimenez Martinez, o jovem espanhol anarquista cuja morte expressou e ajudou a espalhar a greve geral em São Paulo. Agora foi a vez do operário católico de esquerda, velório de Santo Dias na igreja da Consolação, com passeata pelas ruas do centro, desafiando a proibição da ditadura. Ambos mortos pela polícia durante greves.

Os amigos marchavam mais uma vez com a multidão pela praça da Sé, onde agora a catedral estava pronta, com o entorno modificado por reformas. No trajeto, passaram pelo viaduto do Chá, reurbanizado, pedras pisadas no mesmo chão dos manifestantes, que já eram outros rumo à rua da Consolação, cortada por viadutos e pela praça Roosevelt renovada. Quem reconheceria? Novos atores nos papéis de sempre. Nem todos novos: Arrigo e Dito estavam ali, abraçados, caminhando juntos. Tantos atalhos para voltar ao ponto de partida, protestando nas ruas do centro de São Paulo. Não nadaram assim para morrer na praia.

Os amigos de infância não se viam desde o comício pelo presidencialismo na praça da Sé. A situação de tristeza impediu uma conversa demorada, mas Dito encontrou ânimo para perguntar o que fora do amigo nesse tempo todo e resumir o que fizera desde então. Estivera empolgado com as reformas de base; frustrou-se com o golpe militar.

Na repartição pública onde servia, todos sabiam que Dito era trabalhista e apoiava Jango. Houve perseguição depois do golpe, mas escapou após conversa com os superiores. Para isso foi decisivo o depoimento de seu chefe, um humanista, democrata cristão, eleitor de Montoro. Apoiara o golpe, que chamava de revolução, mas era gente boa. Declarou que o senhor Benedito era um funcionário eficiente como nunca vira e que desconhecia qualquer fato que o desabonasse. Dito sorriu ao dizer a Arrigo que por sorte era solteiro, não tinha aliança para doar na campanha do ouro que mobilizou sua seção.

Dito permaneceu no mesmo trabalho até se aposentar, não fazia tempo. A pátria amada idolatrada só deu ao aluno mais brilhante da Escola Moderna a oportunidade de ser empregado de repartição pública. Gente que precisa ser teimosa para viver. Tornara-se membro das comunidades eclesiais de base e do Movimento do Custo de Vida, como o sobrinho-neto da Oposição Metalúrgica de São Paulo, vizinho na Zona Sul, as mesmas paragens nas bandas de Santo Amaro onde viveu depois de sair do Brás.

Não teve filhos, podia ajudar um pouco os sobrinhos, até o Santo, que foi acabar desse jeito. Melhor seria ter morrido ele mesmo, após tantos anos de labuta que não reverteram em quase nada. Não valia a pena viver para ver certas coisas. Deixa estar, Deus tem seus desígnios e pede para ver, julgar e agir.

Naquela noite, Arrigo sonhou que era menino, passeava na praça da Sé com Dito, Lino e Diana sob os olhares de dona Imma e tio Mário, que lhe deu de presente uma bexiga vermelha. Depois de um tropeço, o cordão escapou de sua mão e o balão subiu, engolido pelas nuvens esfomeadas.

Aventura carioca

Logo ao voltar do exílio, Arrigo foi chamado para um debate no Rio de Janeiro com estudantes ávidos por conhecer a história da luta armada contra a ditadura. Depois foi se encontrar com uma turma de artistas e intelectuais que eram ou foram do partido. No clima pós-anistia, velhas brigas e rancores com os dissidentes ficaram amainados. Foram ao Lamas, café frequentado por Rebeca.

A figura exuberante estava sentada à mesa ao lado com um grupo de atores. Ela era conhecida, aparecia na televisão, que se abria para as mudanças nos costumes, apesar da censura. Trabalhava na Globo, onde estavam empregados vários dramaturgos, atores e jornalistas comunistas, poucos dos quais se revelavam incomodados por trabalhar na maior organização da indústria cultural brasileira.

Rebeca lançava olhares para Arrigo, que se aproximou para conversar. Era conhecida dos convivas, não dele, que não via televisão. Brincalhões, os amigos estimularam a paquera. Entre copos de chope, indispensáveis naquela noite calorenta, uísque e caipirinha, Arrigo contava aos demais suas aventuras na Cidade Maravilhosa na época de madame Eneide. Rebeca ouvia, fascinada. Seu jeito lembrava as antigas andorinhas, particularmente a andaluz Violeta, depois informante da resistência para a ação no bordel nazista em Marselha.

O pessoal se divertia com o merecido fogo de quem ficara tantos anos longe da cidade mais bonita do mundo, conforme parecer de todo carioca e de quase todos os brasileiros, especialmente os comunistas daquele tempo. O fogo tomou proporções imprevistas. Depois de muito papo, um filé Oswaldo Aranha e mais bebida, Arrigo pagou sua parte na conta e retirou-se com Rebeca. Já estava próximo da porta quando um dos convivas falou aos outros que a brincadeira tinha ido longe demais, era preciso avisar o convidado.

Ele correu até Arrigo para dizer que Rebeca era uma famosa travesti, incrível que não a conhecesse. Ouviu como resposta: "Devia ter avisado antes, agora é tarde".

O drama de Vitória

Nos mais de quinze anos transcorridos entre a fuga de Porecatu e a anistia, dona Vitória viveu escondida com o filho caçula no interior de Mato Grosso, assumindo identidade falsa. Perseguida pelo governo devido a sua atuação comunista e jurada de morte pelos fazendeiros, achou que era arriscado voltar para casa. Trabalhou como empregada doméstica em Rondonópolis, com o nome de Maria. Trocou também a denominação do filho Frederico, que passou a ser conhecido como João. Adotaram o sobrenome Silva, que mais anônimo não poderia ser.

Eles viram a cidade e o agronegócio crescerem ao longo dos anos com apoio dos governos militares, que fizeram concessões aos trabalhadores rurais, como pagar pequenas aposentadorias e aumentar o número de sindicatos, desde que atrelados ao precário sistema de previdência social e a convênios assistenciais. O caminho do sindicalismo combativo e da reforma agrária fora proscrito, com severas punições oficiais ou clandestinas aos que ousassem segui-lo.

Vitória consultou o advogado de um desses sindicatos ordeiros para ter certeza de que fora contemplada pela anistia mostrada na televisão. Contou a história de um modo hipotético e acabou sabendo que tinha direito. Então, voltou a Porecatu. Esperava que o tempo tivesse cicatrizado velhas feridas e que os fazendeiros que a juraram de morte tivessem morrido ou deixado a história para trás. Ao retornar, descobriu que a comadre já havia falecido, ficara com os três filhos de Vitória só por uns meses, pois pesavam no orçamento precário. O avô não os quis, criou apenas Luís Carlos, que recebeu a mãe friamente e o irmão de modo hostil. Os outros três foram parar num orfanato pela providência do avô, homem de religião, que tinha misericórdia. Depois se dispersaram pelo mundo.

Vitória soube que Vladimir morrera num acidente, caiu do prédio em construção onde trabalhava como ajudante de pedreiro em Porto Alegre. Olga virou andorinha em Curitiba. Magoada, evitou conversar com a mãe, não deu o braço a torcer nem quando pegou aids, a praga que assolava o mundo e levou a menina de seu Fabiano. José foi o mais receptivo, mas estava entregue à bebida. Vitória pouco pôde fazer para ajudá-lo. O rapaz logo morreu de cirrose, em Goiânia. Amargurada, ela buscou antigos camaradas, que a acolheram.

Arrigo, retornado do exílio, arrumou trabalho para dona Vitória como copeira na *Gazeta Mercantil*. Aurora conseguiu uma bolsa para João fazer supletivo. O jovem assumira a nova identidade, mas não recusou a velha, passando a assinar João Frederico. Orgulhoso da história dos pais, juntou-se ao Movimento dos

Trabalhadores Rurais Sem Terra. Fez questão de ser enviado ao acampamento próximo de Porecatu, realizando o sonho de voltar às origens.

Quando o rapaz bateu à porta da casa do avô para uma visita, ninguém atendeu. Voltou-se para a rua, ainda ouviu o barulho de uma arma engatilhada e o irmão Luís Carlos gritar que não queria saber de comunista por perto. João Frederico levou três tiros pelas costas. Vitória choraria todas as lágrimas a que tinha direito, juntou as forças restantes, encarou o luto e aderiu às fileiras do MST.

111

Jovens como Rigo Pantera, que foram às ruas e ajudaram no *impeachment* do presidente Collor, renovavam as esperanças de Arrigo. Vinham participando da transição democrática desde os governos de Figueiredo e Sarney. A década perdida na economia foi de muita luta social e política. O Partido dos Trabalhadores surgira como opção eleitoral de esquerda, juntando lideranças sindicais e de movimentos sociais, além de católicos progressistas, intelectuais e militantes de organizações revolucionárias.

Arrigo tinha amigos adeptos do novo partido e outros que o combatiam na disputa pela hegemonia das esquerdas, especialmente os antigos comunistas, legalizados após os militares deixarem o poder. O velho mantinha reservas em relação a todos, mas esperava haver uma alternativa conjunta. Como jornalista e cidadão, acompanhou a sucessão de crises políticas e econômicas dos últimos anos da ditadura, participou do amplo movimento frustrado para restabelecer eleições diretas para presidente. Viria a se opor aos governos e aos planos econômicos que sucederam os militares.

O ânimo ficou abalado com um episódio que afetou Arrigo pessoalmente, logo depois da derrubada de Collor. O caso envolveu Carlinhos e Rigo, filhos de Mingo Pantera. Elza criou os gêmeos com dedicação após a morte do marido. Eles perderam o pai quando ainda eram bem novos, por isso as lembranças se turvavam na memória. A mais difícil foi ver a mãe ensanguentada sob tortura. Elza não tinha envolvimento maior, mas apanhou muito antes de seus algozes se convencerem disso. Enquanto esteve presa por quase um ano, os gêmeos ficaram sob custódia do Estado num abrigo para menores. À noite, eles se amarravam com um fio atado às pernas de ambos, temerosos de serem separados à força enquanto dormiam. Viviam aterrorizados com a ameaça de adoção por outras famílias, fora a discriminação por serem filhos de supostos terroristas – e negros.

Arrigo, Samuel e Danton quiseram ajudar Elza em vários momentos. Orgulhosa, ela nunca aceitou um tostão. Ao sair da cadeia, criou os filhos com seu trabalho, fez de tudo um pouco, até se efetivar como servente numa escola pública, onde os meninos estudaram. Seus nomes homenageavam os mentores de Mingo. Rigo era o apelido de Arrigo, xará do padrinho laico. Carlos devido a Marx, Prestes e Marighella.

Os gêmeos eram bonitos e inteligentes como os pais. Carlinhos deixou a escola e passou por muitos trabalhos temporários, enquanto Rigo se tornou bancário e foi aprovado no vestibular para ciências sociais na PUC, onde conseguiu uma bolsa de estudos. Ao contrário do irmão, Rigo era politizado, participava de um núcleo de base do Partido dos Trabalhadores e integrara o Movimento Negro Unificado.

A polícia recebeu denúncia anônima de que Carlinhos traficava maconha. Era falsa, ele apenas consumia a droga que portava, mas acabou preso junto com o irmão, que por azar estava com ele no momento da investida policial. Dona Elza deixou de lado o orgulho e pediu ajuda a Arrigo, que contratou um advogado. Não era caso complicado, daria para resolver com um bom defensor, enquanto os dois aguardavam detidos no presídio do Carandiru.

Os irmãos gostavam de futebol e disputavam uma partida no pátio do estabelecimento quando começou uma briga entre dois jogadores; o tumulto rapidamente se espalhou e deu início a uma rebelião geral. Os presos tomaram o pavilhão, logo abandonado pelos carcereiros. Surgiram focos de incêndio. Do lado de fora, chegavam tropas de elite para cercar o prédio e controlar a situação.

Configurou-se um impasse, e as autoridades ordenaram a invasão do presídio insubordinado, onde estavam mais de 2 mil prisioneiros. Alguns resistiram, formando barricadas; a maioria se rendeu. Carlinhos viu quando policiais apareceram sem usar crachá de identificação e atiraram nos presos desarmados, que já haviam se entregado com as mãos na cabeça. Carlinhos foi atingido de raspão e salvo porque o corpo abatido de Rigo caiu sobre ele, que se fez de morto, empapado no sangue que escorria ainda quente do corpo do irmão e de outros dois executados. Queria atrasar o relógio para que nada daquilo fosse verdade.

Rigo estava entre os 111 mortos no Carandiru, segundo contagem oficial. Sobreviventes falam em mais de duzentos assassinados, contando os feridos que foram levados e jamais voltaram. Arrigo conversou uma vez com o filho sobrevivente de dona Elza, falecida pouco tempo depois, de tanto desgosto. Nunca teve certeza absoluta sobre qual dos gêmeos sobreviveu, apenas que assumiu a identidade de Carlinhos Pantera. Naquele momento, o jovem decidiu iniciar uma entidade de ajuda mútua e autodefesa entre os presidiários. Mais tarde viria a se tornar líder de uma organização que dominaria a vida nas cadeias e o crime organizado no estado, no país.

Na conversa com Arrigo, em visita depois do massacre, Carlinhos estava revoltado. Disse que de nada adiantara a luta do pai e do irmão. Corpos negros no necrotério. Seria inviável reformar o sistema que cria monstros. Mais ainda sonhar com um mundo novo. Então, ele atuaria com as armas de que dispunha para sobreviver em meio à selvageria.

Morto falador

Arrigo cansou de viajar pelo Brasil para fazer palestras sobre sua vida e suas lutas. Ele se entendia especialmente bem com o pessoal que criou o Arquivo Edgard Leuenroth na Unicamp. Quase caiu na lábia afiada do professor Marco, seu amigo no exílio em Paris, para doar o material guardado no sítio de Aurora. Disse que estava indeciso, pois precisava considerar também o arquivo da USP que leva o nome do tio Mário.

De início, a presença de Arrigo lotava auditórios nas universidades, em sindicatos, associações de bairro, sedes de movimentos sociais e de partidos de esquerda. Depois passou a falar para grupos menores de especialistas, pequenos centros de preservação da memória e alunos do ensino secundário, convidado a dar depoimento em aulas de professores amigos.

Com o tempo, passou a recusar a maioria dos convites, cada vez menos frequentes, não só por estar mais velho e cansado, mas também pelo desconforto de sentir-se peça de museu. Não quer ser conhecido como uma lenda do século XX, imagem ilusória, pois bem sabe que compõe um pé de página a ser descartado na segunda edição. Gostaria de seguir atuante nas lutas. Sente a premência de tomar partido, mesmo sem apostar mais num único partido. Acha que tudo ficou acomodado em demasia, enquanto persistem desigualdades sociais, altos índices de criminalidade, pobreza e miséria, uma vida cotidiana reduzida ao consumo de mercadorias para todos os gostos e bolsos, embora muitos estejam furados ou vazios. Gosta de declarar que nunca vai se convencer de que o futuro será a perpetuação da barbárie em sociedades produtoras de mercadorias.

Lino vira-casaca

No universo de elucubrações e culpas inescapáveis, Arrigo conjecturava uma rota possível para o amigo esquerdista. Após a derrota na Espanha, Lino teria fugido para os Estados Unidos, onde se alistaria no Exército com o propósito de lutar na Segunda Guerra Mundial. Brilhante, foi recrutado para o serviço de inteligência antinazista. Finda a guerra, o mesmo serviço secreto passou a atuar contra a União Soviética. Movido por seu antistalinismo, Lino aceitou seguir nesse trabalho, que logo abandonaria. Retomou contato com amigos intelectuais de Nova York, sobretudo de origem judaica, próximos do trotskismo, que depois se tornaram apoiadores da política externa dos Estados Unidos. Trabalhou na *Partisan Review*, que passou de esquerdista a bastião conservador naquele país.

Nessa vertente, Arrigo projetava Lino também como colaborador do Congresso pela Liberdade da Cultura, criado por incentivo secreto dos Estados Unidos para fazer frente ao Conselho Mundial da Paz, arquitetado pela União Soviética no *front* intelectual. Lino esteve empregado no setor do Congresso responsável pela América Latina, junto a Gorkin e Mercier, antigos companheiros que conhecera na Espanha. Elegeram a União Soviética e os comunistas como inimigo principal e nunca perdoaram o que consideravam uma traição sangrenta durante a guerra civil. Ainda no cenário internacional, Lino respaldaria todas as iniciativas dos governos de Israel. Estaria entre os críticos de primeira hora do socialismo cubano. No Brasil, viria a apoiar governos neoliberais após o fim da ditadura.

Imaginando essa vida para o amigo, Arrigo concluiu que os mortos na juventude ficam livres dos erros de diversas ordens a que estão fadados os que permanecem vivos. Se era para sobreviver a fim de seguir um caminho desses, então foi melhor Lino ter morrido na Espanha. Ao ouvir esse raciocínio, Aurora disse a Arrigo que nada poderia servir de consolo. Além de sina para os vivos, errar é direito negado aos que partiram.

Descaminhos

Arrigo não se cansa de ouvir uma canção que o consola e faz refletir sobre a vida presente com os olhos do futuro: "Não se afobe não, que nada é pra já, o amor não tem pressa, ele pode esperar em silêncio". Não caberia açodamento, sobretudo depois que o socialismo real ruiu. Sabe muito bem como eram os métodos de Moscou, mas os capitalistas trataram de tentar enterrar junto qualquer contestação aos vitoriosos na Guerra Fria. Não precisava ter pressa, ainda mais que ocorreram eleições diretas e quase as esquerdas ganharam no segundo turno, com Lula contra Collor.

Lutas, lutos, sapatos furados, palavras pingadas em volumes percorridos, enfim chegou a aparente bonança posterior ao plano Real, que estancou o processo inflacionário e elegeu Fernando Henrique para dois mandatos na Presidência do Brasil. Não era mais o mesmo que Arrigo tinha conhecido no tempo da revista *Brasiliense*, com quem depois esteve exilado no Chile. O velho de guerra ficou na oposição, mas tinha amigos no governo, até mesmo Samuel. O filho de Lino trabalhou para implantar o plano e foi ministro no segundo mandato, neoliberal, ainda que não concordasse com o uso do adjetivo.

Arrigo acompanhou a candidatura derrotada de Lula em várias eleições, até que finalmente triunfou. Logo vieram a reeleição e o governo Dilma, num arco de alianças tão amplo que abrigou antigos convivas da ditadura. Desde a retomada democrática, a vida do povo parecia melhorar, devagarinho, com algumas conquistas de direitos. Arrigo notava as utopias revolucionárias darem lugar à valorização da individualidade, do cotidiano, da diversidade, da cidadania e da democracia. Procura ver nisso a atualidade da velha lição: o desenvolvimento de cada um é a base para o livre desenvolvimento de todos. Já se sabe que guardou poucos documentos desse tempo na casa de campo de Aurora, mas não gosta de falar dessa época, vida mais ordinária, melhor se lembrar dos anos de luta contra autoritarismos explícitos.

Na noite da primeira vitória, Lula fez discurso emocionante na avenida Paulista, onde Arrigo reencontrou Dito Cabeção, feliz como nunca, saíra da cama do hospital sem ordem médica. Sabia estar no fim da luta contra um câncer e não queria perder a festa. Irineu apareceu com Teresa, Lucas, Mateus e os netos. O velho amigo católico estava por um triz, prestes a ficar encantado, mas fez questão de comparecer. Se vivos, Lino e Diana teriam participado? E Luna, Sima, Galego, Lindaura, Mariga, Mingo Pantera, Toninho Gaúcho, Pedro Mineiro e tantos que perderam a vida na luta? Alguns companheiros sobreviventes não estavam na avenida para comemorar, ao contrário. A ausência de Samuel foi a mais sentida por Arrigo.

Naquela noite, houve um reencontro surpreendente. Da calçada na avenida Paulista, Arrigo olhou para o alto e viu no canto do palanque uma figura conhecida. Custou um pouco a lembrar quem era aquele setentão grisalho, um pouco careca, que fazia movimentos para se aproximar do centro da cena e no dia seguinte apareceria nas fotos do comício da vitória. Veio à mente a recordação do colega da Sudene no Recife, aquele mesmo que delatou os amigos e ajudou a organizar a campanha do ouro para o bem do Brasil. Era ele, o patife Arsênio, que voltara os olhos para Arrigo, mas os desviou depressa, fingindo não o reconhecer. Entregou-se pela expressão de espanto evidente em seu rosto. Animado, segurou o braço de Lula e o ergueu.

Não era um bom presságio, mas Arrigo logo se distraiu ao rever Danton, acompanhado por Mariana, com quem se reconciliara. Ao lado de Aurora, emocionou-se ao ouvir o discurso do novo presidente, mesmo sem ter ilusão com o triunfo eleitoral possibilitado por alianças pouco confiáveis e um programa moderado demais. Lembrou-se das lutas de gerações de companheiros, desde o tempo da grande greve, dona Imma, tio Mário, muita gente de certa forma estava representada naquela vitória, mudança em marcha, embora lenta e truncada. Até que o vendaval da história soprou em outra direção.

Estação São Paulo

Samuel ofereceu a Arrigo convites para ir com Aurora a um espetáculo que, sabia, o antigo mestre e sua namorada adorariam: as *Bachianas brasileiras* de Villa Lobos, especialmente a número 5. Estava em temporada na sofisticada Sala São Paulo, construída dentro da estação Júlio Prestes da Estrada de Ferro Sorocabana. Lino jamais conheceu a estação inaugurada quando ele e Arrigo lutavam na Espanha em guerra civil. Não poderiam imaginar que parte dela se converteria na luxuosa sala de concertos no centro velho e degradado da cidade, aberta ao público na virada do milênio. Próxima da Pinacoteca do Estado e do Museu da Língua Portuguesa, que pegara fogo, presságio de desgraças por vir. Estação vizinha da Escola de Música Tom Jobim e do Memorial da Resistência, instalado na sede do extinto Dops, onde Arrigo esteve preso e agora volta de vez em quando para participar de atividades em defesa dos direitos humanos e de preservação da memória das lutas sociais.

Nada disso redime a miséria do entorno, disse Arrigo a Aurora, enquanto o táxi passava lentamente para não atropelar a multidão cambaleante na cracolândia. Centenas de pessoas drogadas, raramente brancas, vagavam em andrajos, vigiadas por carros de polícia nas esquinas. Choravam, gemiam e dançavam ao redor de fogueiras de papelão para aquecer a noite paulistana. A fumaça das labaredas, da poluição e da droga misturava-se com a neblina para formar densos nevoeiros, como se estivesse queimando uma biblioteca de livros jamais abertos ou escritos. *Gritos, ais, maldições, preces ressoam!*

A cena de sonho dantesco na vizinhança atrapalhou o prazer do casal ao chegar à Sala São Paulo. Ouvindo a orquestra e a voz da cantora, Arrigo lembrou-se da cena inebriante de *Deus e o diabo na terra do sol*, embalada pela mesma música. Quase esqueceu tanto horror perante os céus, a fome, a raiva, os martírios, os delírios, a loucura. Mas não podia, a mente girava como a câmera em torno do beijo de Rosa e Corisco. Rodava mais que os casais sob efeito de cuba-libre nos bailes dos anos dourados, regidos pelo movimento da batuta do maestro, chicote a vibrar, conduzindo a dança dos desgraçados em volta das fogueiras a poucos metros dali.

Ao sair da sala, Aurora chamou um carro pelo aplicativo do celular. Arrigo gosta de trocar ideia com os motoristas que se esfalfam no trabalho precário, imaginando-se pequenos proprietários livres. Foram atendidos por um rapaz que se levantara às cinco da matina. Ainda estava no batente para pagar a prestação do veículo e levar algum dinheiro para casa.

Ao passarem pelo aglomerado de mendigos na cracolândia, o caminho do carro foi interrompido por uma briga no meio da rua. Havia um terço dependurado no retrovisor e o adesivo de propaganda eleitoral de candidato de extrema direita no vidro de trás do carro modesto, cujo motorista sacou um revólver. Sem ser importunado, colocou a arma ameaçadoramente para fora, buzinou, dizendo ao casal que transportava: "Esses noias, vagabundos, só levando bala!".

Arrigo não gostou da atitude, quis saber como um negro podia ameaçar outros negros daquele modo e apoiar o candidato racista. O entrevero foi longe, o motorista terminou por dizer que não queria saber de comunistas em sua propriedade, expulsou os velhos vermelhos do automóvel. Que se virassem no meio daquela gente que defendiam. Enquanto falava, abriu a porta do veículo com a mão direita, a arma na outra. Quando os passageiros estavam na rua, tocou a buzina e avançou o carro, cantando pneus, quase atropelando um mendigo.

O casal foi logo cercado de observadores admirados, alguns pediam esmola, outros ofereciam crack ou goles de pinga. Um catador de papel surgiu com uma carroça e se dispôs a dar carona. Nesse instante apareceu uma viatura policial para saber o motivo da aglomeração. Arrigo recusou-se a sair do local no carro da polícia, que dispensou, com apoio da namorada.

Ele e Aurora, então, subiram na carroça, puxada por um velho jegue, acomodando-se sobre jornais antigos. Pisou numa folha que, olhando bem, tinha um artigo seu. Um pequeno cortejo acompanhou o casal até o apartamento da avenida São Luís. No caminho, encostaram num boteco para tomar algo, oferta do velho, que encheu a cara. Carros da polícia pararam a comitiva duas ou três vezes para conferir se estava tudo bem, mas foram dispensados por Aurora.

Arrigo encontrou uma bandeirola amassada do Brasil em meios aos papéis transportados, dessas distribuídas de graça nos desfiles de 7 de setembro. Tão miúda que não serviria de mortalha sequer para uma ratazana prenhe, morta na hora de parir a ninhada. Mesmo assim, na entrada do prédio de Aurora, a poucos metros da estátua de Dante na praça em torno da Biblioteca Mário de Andrade, Arrigo levantou-se, empunhou o pequeno estandarte desbotado e declamou do alto da carroça um trecho de poema que sabia de cor desde menino: "Existe um povo que a bandeira empresta/ P'ra cobrir tanta infâmia e cobardia!". E prosseguia enquanto os mendigos o ouviam admirados: "Antes te houvessem roto na batalha,/ Que servires a um povo de mortalha!".

Os mendigos aplaudiram, talvez não tenham entendido os versos, ainda por cima enrolados na fala bêbada. Mas Arrigo estava tão emocionado que comoveu a trupe, pronta a voltar para as imediações da sala da orquestra. Tocada, vendo o poeta abolicionista por trás do palavrório romântico, Aurora esqueceu a velhice e o desconforto da situação. Abraçou Arrigo, cujo rosto estava vermelho como um galho descascado de pau-brasil de tanto chorar sentado à beira da calçada, lágrimas represadas há tempos, enquanto carros passavam em velocidade e rios soterrados corriam em meio aos ratos nos subterrâneos da metrópole alquimiasmática.

A trupe desvairada virou a esquina, entoando um *funk* desafinado, sem notar a estátua de Camões, tampouco a de Cervantes. Saiu do campo de visão do casal, que não teve sequer o consolo de mirar a imagem do exército de Brancaleone subtropical perder-se no horizonte.

Incidente em Vinhedo

As chuvas de verão costumam inundar diferentes pontos do estado de São Paulo, mas nunca haviam atingido o sítio de Aurora. Mesmo assim, precavida, ela sempre deixava a salvo a cesta e o baú de dona Imma com o material do arquivo de Arrigo, em lugar alto no prédio anexo à casa principal, onde também fica a garagem. Estive lá várias vezes para consultar a preciosidade. A última delas com um representante do Instituto Moreira Salles disposto a avaliar o material para fazer oferta de compra. Aurora foi receptiva, como sempre, mas disse que tinha péssima notícia. Antes, serviu um café amargo e puxou conversa melancólica.

Desde moça ouvia de Arrigo que a antiga sociedade estava prenhe de uma nova, ainda por nascer. Mas a vetusta se recusava a morrer, de modo que a humanidade viveria no limbo entre o velho e novo, que certamente viria, questão de tempo. Ora, dizia ela, com o jeito irônico e delicado de sussurrar verdades, até a parteira da história já morreu de velha e a criança não nasce.

Depois conversamos um pouco sobre o segredo de sua longevidade, que atribuiu à vida tranquila em seu canto. O ar do campo, as leituras de poesia e ficção, vendo o namorado de vez em quando nas visitas a São Paulo. As vantagens das famílias de uma única pessoa, bem acompanhada de si mesma. Solitude, nada de solidão.

O representante do instituto tinha pressa, deixou a xícara de café quase intacta e arrumou um jeito cortês de cortar a conversa. Foi quando Aurora deu a notícia infeliz: com as chuvas, a enchente inesperada atingiu a garagem e levou o carro, mas não os documentos guardados no alto. Só não esperava que trouxesse tantos ratos. A rataria tomou conta da edícula onde os arquivos estavam armazenados. Nunca vira cena tão impressionante.

Depois que as águas baixaram, Aurora abriu o baú. Saltaram dezenas de ratos e ratazanas, empachados do material devorado. Nada útil sobrara. Um camundongo fugiu com a aliança de casamento de dona Imma presa no rabo. Mais tarde, o caseiro veio mostrar a carcaça de um rato que morreu enforcado em uma espécie de coleira. O bicho deve ter crescido e engordado com a argola no pescoço, já não podia se livrar dela, tornada parte de sua existência, até sufocá-lo. Enojada, Aurora mandou o caseiro livrar-se da carcaça, não sem antes notar no pescoço do rato a aliança de latão que Arrigo guardava como relíquia histórica, onde se lia: "Dei ouro para o bem do Brasil".

Aurora contou o incidente e deu um sorriso triste, ao mesmo tempo de alívio por não ter mais de carregar o peso da memória de Arrigo. Esse foi o relato dela, como sempre, convincente. De fato, chovera muito e houve enchente, mas não apresentou outra evidência material. Então, ficou uma ponta de dúvida. Quiçá o que interpretei como sorriso triste e aliviado fosse sinal de vitória de quem declarou a destruição para não perder os documentos, ainda mais para uma entidade de banqueiros cheia de boas intenções. Talvez ela mesma tenha destruído o material, em momento de depressão, embora isso seja improvável para uma mulher com sua história. Quem sabe quisesse que eu contasse o ocorrido a Arrigo para depois ter o prazer de desmentir. Resta a esperança de que tudo seja fantasia de uma velha professora de literatura. Só faltou declarar que ouviu os ratos dizerem, ao roer os documentos e as bases de sua casa: "Que século, meu Deus!".

Ao sair do sítio, trombamos com moças que foram entrevistar Aurora. Jovens de um coletivo feminista.

Coube-me a tarefa de ser portador da notícia trágica da enchente em Vinhedo ao bater pela última vez à porta de Arrigo, que ainda não teve o desgosto de ouvi-la. Desconfortável no papel de mensageiro, estava indeciso se repassaria o recado quando o encontrei imóvel sobre a cadeira de balanço.

Suspiro inesperado

Escrevia quando ouvi um estrondo no crepúsculo de sábado. A porta se abrira e bateu forte ao fechar. Entrava na sala Iracema, em busca de consolo com Arrigo. Estava por perto no momento em que roubaram sua bolsa com o celular, todos os documentos, um maço de cigarros e outro de ervas secretas. Ufa, surpreso e radiante, pensei estar salvo da prisão no apartamento.

Iracema assustou-se ao ver o velho sentado inerte. A ponto de esquecer o drama do assalto. Contei em poucas palavras o que se passara e a situação embaraçosa. Tomou o pulso dele e tudo. Também não tinha certeza de que ainda estava vivo. Acordamos buscar ajuda de imediato.

Nada feito, a porta emperrou de novo, nossos gritos e esforços foram vãos. Só paramos ao ouvir barulho inesperado. Flatos. Olhei para ela, educadamente, sem coragem de indagar se teria sido a autora. Mais desinibida, foi logo perguntando se o peido era meu. Desconfiávamos um do outro, o silêncio constrangedor foi interrompido por novo estampido. Vinha de Arrigo, que, ora pois, estava vivo!

Corremos para o velho. Ele seguia imóvel, por mais que tentássemos acordá-lo. Vieram à tona histórias de infância, dela e minha, sobre bufos de mortos até mesmo dentro do caixão. Era impossível afirmar se continuava vivo.

A presença de Iracema mudou o ambiente. Era o que faltava para completar esta história, mais bonita que a de Robinson Crusoé, tão feliz em sua ilha com a chegada do nativo Sexta-feira para tirá-lo da solidão. No apartamento de Arrigo, a sorte trouxe a companhia da bela jovem descendente de índios. Nossa Sexta-feira apareceu num sábado, logo lhe dei o apelido de Sábata.

Iracema aproximara-se de Arrigo quando ele foi à escola onde ela estudava à noite, ensino para jovens adultos, a convite de um professor libertário. Fora dar seu testemunho sobre os cem anos da grande greve, da qual ela não fazia a menor ideia. Ficou encantada, mais com o charme do velhinho que com o tema da palestra. Conversadores os dois, ela passou a frequentar a casa do guerreiro. Quem foi rei jamais perde a majestade, diz o ditado, ao menos para alguns olhares, como o das jabuticabas grandes que ornam os olhos amendoados de Iracema e fazem Arrigo se lembrar dos de Luna. Está longe de ser uma virgem dos lábios de mel, mas que peitos, de fazer inveja à Marianne do pôster na sala.

Iracema Josefa. É intrigante a inspiração dos pais. Homenagem ao avô José? Referência a Alencar e seu romance, lido em todas as escolas antes e depois que a educação se massificou no Brasil? Pode ser, afinal a moça tem cearenses na família. Ela não dá bola para isso.

Iracema diz compreender Arrigo, pois aprendeu a conviver com o avô, outro senhor cheio de belas ideias e bondade, convertido pelos evangélicos. Ela não é religiosa, mas acredita em Deus e gosta de visitar com seu José e a mãe o enorme e luxuoso Templo de Salomão, recentemente inaugurado no Brás, glória a Deus. Pena que a casinha onde Arrigo morou com dona Imma e tio Mário teve de ser derrubada como muitas outras para dar lugar à construção. Mas não era para entristecer, estavam caindo aos pedaços, precisamos aceitar o progresso. Apiedava-se do amigo, tão fofo, e tascava-lhe um beijo na bochecha, talvez na boca.

Busquei nos discos "Iracema voou". Não foi novidade para ela, Arrigo já lhe mostrara a música, essa e outras. Seu nome é anagrama de América, para onde migrou clandestina a xará da canção, de resto enfadonha para nossa Sábata. Certa vez ela tentou visitar a Disney, pacote de viagem de uma semana em dez prestações iguais e sem juros. Arrigo ajudou a pagar. Mesmo com visto de turista, foi barrada no aeroporto em Miami devido à cara de imigrante ilegal. Frustrou-se, ficou sem ser apresentada ao Mickey e ao Pato Donald. Em compensação, conheceu bem nosso velho de guerra.

Iracema vem à casa de Arrigo ao menos uma vez por semana. Quando está sem dinheiro, cobra para arrumar o apartamento. Faz o trabalho com esmero, tira os quadros, os relógios, os móveis e todo o resto do lugar, espana a poeira e limpa. Para mostrar que fez o serviço, troca alguns objetos de posição. Mesmo assim, o velho distraído por vezes não se dá conta. Eu, sim. Numa semana o cuco está de um lado mais à esquerda na parede, na outra mais à direita. Peças cuidadosamente desarrumadas como Arrigo gosta, pensando que o desalinho é obra do vento. Só o retrato de dona Imma e tio Mário, o pôster da revolução de 1830 e o quadro gigante do pai têm lugar cativo.

Numa das visitas para entrevistar Arrigo, ele me apresentou Iracema. Estava ocupada com a limpeza do relógio composto por autômatos que se movimentam com o passar das horas. Feito na China, os bonecos representam personagens americanos: um banqueiro, um industrial, um comerciante, um fazendeiro, um general, um pastor, um policial, um gângster, uma dama, um chefe de tribo indígena, um escravizado negro e – para completar as doze horas – uma dançarina. Como todos os demais da coleção, está parado, mas trabalha precariamente quando estimulado pelas mãos de Iracema. Ela gosta de ver a engenhoca funcionar, mesmo com o mecanismo meio emperrado.

Enquanto os bonequinhos giram descompassados a cada hora cheia, o relógio emite um timbre desafinado "li, li, li". Iracema associa o som à propaganda de alguma calça Lee falsificada, pois vários autômatos usam roupa rancheira, azulada, parecida com aquela que africanos e bolivianos clandestinos vendem sobre as calçadas perto do Templo de Salomão. Para Arrigo, devido ao uniforme e à aparência de um dos personagens, o som remete ao general Lee, da Guerra de Secessão. Sendo produto sino-americano, também pode ser Bruce Lee. Anjos novos, mecanismo entravado.

The end

Batemos na porta com insistência para ver se alguém nos ouvia, mas logo desistimos, cansados. Atravessar a noite com um possível defunto ao lado aterrorizava Iracema. Lembrou-se da história de que tomou conhecimento no cemitério da Recoleta, quando foi passar um fim de semana com Arrigo em Buenos Aires. Reza a lenda portenha que a jovem Rufina sofreu ataque cardíaco ao saber que o noivo tinha um caso com a mãe dela, bailarina italiana radicada na Argentina, já viúva. Sem pulso nem respiração, a jovem foi dada por morta e enterrada na Recoleta. Soube-se depois que havia apenas desmaiado, pois seu caixão foi encontrado com sinais de unhas, o cadáver fora de lugar. O acontecimento tinha bem mais de cem anos, mas a circunstância no apartamento de Arrigo fez parecer a Iracema que fosse ontem.

Amedrontada, pediu um abraço, dormiríamos juntos no quarto de Arrigo, como irmãos, distantes do amigo na sala. Assenti, sem me referir ao espírito malandrino escondido no armário para não a assustar ainda mais. Tampouco mencionei a experiência de tio Mário de fuga no Recife, a ensinar que até nas condições mais adversas ninguém pode ter certeza do que o contato de dois corpos pode gerar, única via de entendimento entre um casal.

Um homem percebe que está ficando velho quando se dá conta de que compartilhou com certa mulher o leito que ela dividiu com amigos e conhecidos de gerações passadas. Estar na cama de Arrigo ao lado de Iracema causou embaraço, melhor supor que era Sábata. Antes de se deitar, apavorada com o silêncio e o escuro, imaginando o caixão em pé no elevador, achou melhor deixar a luz dormindo acesa e pediu para ouvir música. Sugeri um tango argentino, mas ela não topou, pois faria lembrar a tragédia de Rufina. Logo ligou o rádio numa estação de músicas em inglês, suas preferidas, mesmo sem entender palavra. Os Beatles cantavam: "*I once had a girl, or should I say she once had me*". Esquecidos por um instante do corpo na sala, nós nos deixamos levar no embalo da canção.

O sol bateu em meu rosto na manhã de domingo. Era a primeira vez que seus raios entravam pela janela desde a sexta-feira. Fica a dúvida se foram eles que me despertaram ou os gritos vindos da rua, abafados pelos vidros fechados: "O povo, unido, jamais será vencido!".

Iracema sumira, *my bird had flown*. Passarinho sem parada, mas não teria saído do apartamento sem me levar com ela. Chamei em voz alta, conferi cada cômodo, só podia estar brincando, escondida. Foi quando olhei para a parede da sala e levei um susto. No quadro, o pai de Arrigo já não se encontrava só. Sentada na poltrona à sua frente, escondendo as mãos dele, estava a figura reclinada de Iracema, com a mesma camisola branca que usava ao acordar, delineando os peitos estupendos, em contraste com a escuridão predominante no resto da tela. Também foi acrescentado um sorriso discreto de satisfação no rosto de doutor Ludovico. Aprisionara sua Marianne. De seu ponto de vista, não podia perceber que as verrugas permaneciam no quadro, agora nas mãos de Iracema. Adormecida, ainda bem, pois não suportaria ver que acabou como a jovem da Recoleta.

Assombrado, olhei para a cadeira de Arrigo. Vazia, ainda balançando. Ele devia estar por perto, indignado com o rapto de Iracema. Quem sabe tenha partido antes disso, ao ser despertado pelos raios de sol e pelos gritos: "Não passarão, não passarão!". Essa palavra de ordem não costuma dar sorte. Fosse de acreditar em presságios, Arrigo recordaria a guerra civil espanhola, o golpe contra Allende, tantas ocasiões também nacionais em que seus inimigos passaram, como quase sempre. Nunca foi supersticioso; aqueles gritos encantam, flauta mágica a chamá-lo: "A luta continua!".

A possibilidade de ter ido ao encontro dos manifestantes sem me tirar daqui gerou desconcerto. Engano, devia ter ido ao banheiro de mil cores árabes ou estar tomando café. Tanto tempo sem comer. Vasculhei o apartamento, e nada. Uma ideia me sobressaltou: o pai pode tê-lo sequestrado para o fundo do quadro, escondido no porão invisível, destino ainda mais assustador que o de Iracema. Pior, o Canhoto deve ter vindo cobrar a dívida, levando sua alma com corpo e tudo para o inferno. Melhor presumir que ressuscitou pelo encanto da rua, para onde o olhar se dirige: um menino corre na frente da multidão. Corre, Lino, corre!

O campo segue por lavrar, a casa não está limpa nem cada coisa em seu lugar. Arrigo precisa viver pelo menos mais cem anos. A esperança é a última que morre, conforme o ditado que a saudosa dona Maria sempre repetia, sem apostar nas próprias palavras.

Um pequeno pedaço de papel foi deixado discretamente sobre a mesa, até então vazia, exceto pela capa de poeira e pelo computador portátil em que escrevo. Contém a anotação: M. B. 176. Quando quer, Arrigo sabe propor charadas fáceis. Há um único livro de Manuel Bandeira na estante, M. B. Se todos os poemas dele brilham como estrela num único volume, por que não a vida inteira de Arrigo? Vida à toa? Na página 176, estão os versos que o velho de guerra sempre repete como senha para encerrar nossas entrevistas: "Mas basta de lero-lero, vida noves fora zero".

Sorrio do humor antes de bater na janela, esmurrar a porta, gritar. Ninguém repara. A manifestação segue na rua, alarido de palavras de ordem, barulho de sirenes. Um frio percorre minha espinha. Se a polícia aparecer no apartamento, posso sair daqui direto para prisão muito pior. Tempos difíceis, de novo. Mas deixa estar, jacaré!

O sangue escorre seco dentro dos quadros da sala, diante do caleidoscópio em repouso sobre o bufê. Ar molhado de tanta memória. Na parede do prédio em frente, um grafite diz: "A cidade está presa no arame de seus dedos". O reflexo de minha face envelhece na tela do computador, que não registra o bafo da respiração. Volto ao sofá na sala do apartamento a mirar as horas esmigalhadas nos relógios parados. Aninho a cabeça e deixo-me conduzir pelo ruído da rua. A cadeira continua balançando. Tentação de me sentar ali, fingido de morto, a esperar a próxima visita.

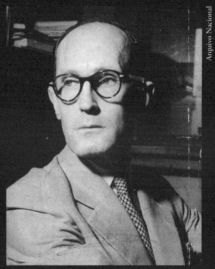

Carlos Drummond de Andrade em 1970.

Finalizado em 2022, ano em que Carlos Drummond de Andrade, poeta e redator do jornal *Tribuna Popular* a convite de Luiz Carlos Prestes, completaria 120 anos, este livro foi composto em Adobe Garamond Pro, corpo 11/14,3, e impresso em papel Pólen Natural 80 g/m² pela gráfica Rettec para a Boitempo, com tiragem de 1.500 exemplares.